JAN JEPSEN

Fortpflanzung folgt

Roman

Eine antarktische Affäre

Berlin Verlag Taschenbuch

Für Jelle, später mal

MIX
Papier aus verantwortungsvollen Quellen
FSC® C019821

Umschlaggestaltung: ZERO Werbeagentur, München
Abbildungen: © Penguins on a red and white sofa, 1994 (acrylic) Watts, E. B. / Private Collection / The Bridgeman Art Library
© FinePics, München
Gesetzt aus der Aleksei 9,2/12,5
Druck und Bindung: Druckerei C. H. Beck, Nördlingen
Printed in Germany
ISBN: 978-3-8333-0934-2

www.berlinverlag.de

Indem wir finden, was wir suchen, zerstören wir es.
Hans Magnus Enzensberger

My Bonnie lies over the ocean, my Bonnie lies over the sea
(repeat)
O bring back my Bonnie to me.

Prolog

Ein Wissenschaftler hat mal gesagt: Das Leben ist ein sehr viel unwahrscheinlicherer Zustand als der Tod. Guter Satz, hätte ich beinah bestätigen können.

Was allerdings die Schuldfrage und den ganzen räudigen Rest angeht – weiß der Himmel noch am ehesten, frag mich was Leichteres. Meines Erachtens führte der Zufall Regie. Clint Eastwood war es jedenfalls nicht.

Ich meine, was, bitte, konnte schon mein Vater dafür (oder dagegen), dass er ausgerechnet an Bord eines Eisbrechers diese Biologin treffen musste? Eine Wissenschaftlerin wohlgemerkt, aus Sydney, Down Under, und nicht irgend so eine »exotische Mietmöse«, die ihm irgendwo in den Tropen vorübergehend »Kopf und Eier verdrehte«, wie es meine Mutter hinterher in ihrem Furor formulierte – auch wenn sie ihm das höchstwahrscheinlich verziehen hätte.

Stimmt's, Mama?!

Warum konnte diese Frau nicht wenigstens verkopft, verhuscht, dumm, deutsch oder komplett asexuell sein, also ganz dem Typ Wissenschaftlerin entsprechen, den Hansen aus seiner Heimat kannte? Warum musste sie ihn ausgerechnet an eine potenzielle Miss Scientist erinnern, Typ Penélope Cruz, nur *noch attraktiver, weil realer, nicht so unnahbar, ohne störendes Rampenlicht*, wie er später in sein Polarprotokoll schrieb.

Den Rest kann man sich denken. Der war Reflex, nehme ich an. *Die Gravitation der Gefühle* bzw. Geilheit, um genau zu sein. Das älteste und beliebteste biologische Programm gleich nach der Fotosynthese. Hätte eine Biologin eigentlich wissen müssen. Stattdessen trug sie zu dieser Gravitation noch beträchtlich bei. Am fünften oder sechsten Tag dieser *abartig-antarktischen Reise* war das. Am Abend des Captain's Dinners, dem *Point-of-no-return*, als das Schiff – Zufall oder nicht – die antarktische Konvergenzzone passierte und diese Biologin, Lisanne, so hieß sie, meinen Vater mit alkoholisch animierter Zunge – und logischerweise Libido – leicht angesäuselt fragte, ob er nicht Lust hätte, mit ihr an Deck zu gehen. Sterne pflücken. So sinngemäß.

Would you like to join me, Häns?, zirzte sie mit stark australischem Akzent, den mein Vater bis dahin immer als *arg schief und gequetscht* empfunden hatte. Das englische Sächsisch, meinte er mal, aus ihrem Mund aber – O Wunder – als eine Art *Engelsächsisch* empfand (da sieht man mal wieder, wie blind, taub und blöde Liebe tatsächlich macht).

Und ob mein Vater Lust hatte mit ihr an Deck zu gehen! Ich und du – schubidu. Den heterosexuellen Mann wolle er sehen, der da *Nein, danke, ich hab schon!* gesagt hätte, wie er später ins Protokoll schrieb. In jenen Teil wohlgemerkt, der nicht für die Öffentlichkeit bestimmt war. Und erst recht nicht für meine schwangere Mutter.

Unnötig zu erwähnen, dass sich die Schuldfrage für sie nicht eine Sekunde lang stellte. Ihr kam das alles wie ein schwindelerregender Blick in den Abgrund vor, nachdem dann alles, im Rahmen der sogenannten Kamera-Krise, hübsch aufflog. Achter- und Geisterbahnfahrt in einem, meinte sie mal. Nur mit echten Monstern. Als ein paar Wochen nach Hansens Rückkehr, gewissermaßen »als Krönung der ganzen Scheiße«, diese Sache mit mir geschah und mein Herz im Zuge ihrer posttraumatischen Belastungsstörung erst viel zu viele Schläge und dann keinen Mucks mehr gemacht hatte – als hätte man kurz SOS gemorst und es dann wieder eingestellt.

Save Our Souls.

Anschließend schwankte meine Mutter lange zwischen rasender Wut und abgrundtiefer Trauer. Wer wollte es ihr verdenken? Niemand. Selbst ihr Arzt meinte, Wut sei heilsam, so was wie der Eiter der Seele. Immer raus damit. Das sei ein natürlicher Teil der Trauerarbeit. Die Hornhaut am Herzen wachse nun mal sehr langsam. Was Ärzte und Therapeuten eben sagen, wenn sie im Prinzip nicht weiterwissen und hilflos sind.

Ich habe lange über alles nachgedacht, ehrlich. Die wohl simpelste und gängigste Antwort auf die Scheißschuldfrage lautet wohl: Shit happens. Punkt. Es regnet, es schneit, Scheiße passiert. Praktisch Naturgesetz. Murphy's Law meinetwegen oder fünfter thermodynamischer Hauptsatz. Keine Ahnung. Ich weiß nur, dass immer gesagt wird: Gott würfelt nicht. Klar, viel zu öde. Der pokert lieber.

Vielleicht war das Ganze ein eitles, abgeschmacktes Kräftemessen himmlischer Mächte. Und die Erde ein Versuchslabor, ein Circus Maximus. Daumen hoch, Daumen runter. Wahrscheinlich hatte die Schöpfung die Menschen auch deshalb so leidensfähig gemacht. Bestimmt. Denn nichts ist langweiliger als ein Gladiator, der schon nach der ersten Runde oder Wunde zu Boden geht. Sieht man ja an meiner Mutter.

Genauso gut könnte man auch dieses Arschloch namens Alkohol anklagen. Ich meine, warum konnte diese Biologin nicht einfach ein oder zwei Pimm's weniger trinken (schon wegen des obszönen Namens), folglich ihre natürliche Schüchternheit oder ihre Rolle als neutral beobachtende Wissenschaftlerin beibehalten – Ehefrau wäre übrigens auch gegangen – und einfach sagen: Sorry, Mister, I'm married. Two kids. Da läuft nix, Häns. Bedaure!

Kurzer Satz für die eine Frau, Riesenunterschied für die andere.

Stimmt's, Mama?!

Stattdessen lief dann ausgerechnet – bereits Tag vier war das – *Die Brücken am Fluss* mit Meryl Streep und Clint Eastwood im Bordkino, gleich gegenüber von Hansens Kabine, Deck 7. Noch so eine Situation. Wie praktisch, denn die Kombination »Mann-und-Frau-im-Kino« ist immer gefährlich. Eins-a-Anbahnungsstätte: dunkel, wie in einer Höhle, bedrohliche Handlung, Beschützerinstinkte. Und schwupps … wandert schnell mal eine Hand, ein Arm, alles nach rechts. Am Ende dann Mund-zu-Mund-Beatmung. Ganz bestimmt. Dafür braucht es nicht immer einen Horrorfilm. Aber davon steht wohlweislich nichts im Protokoll.

In *Brücken am Fluss* spielt Meryl Streep eine frustrierte Hausfrau und Eastwood einen Fotografen, Typ einsamer Wolf. Wusste diese Wissenschaftlerin natürlich. Sie hatte den Film bereits gesehen. Wahrscheinlich hoffte sie insgeheim, mein Vater würde sich spätestens beim Abspann ein bisschen wie Clint Eastwood fühlen, der eine andere bzw. bessere Meryl Streep zu erlösen hatte (sein *Dornröschen aus Down Under*). Nur dieses Mal gefälligst richtig, mit allem Pipapo, sprich Happy End, und nicht so ritterlich und deprimierend wie im Original. Clint Eastwood fährt am Ende in einem sintflutartigen Regen, also praktisch unter einem weinenden Himmel und den feuchten Augen des Publikums, davon (im Film kriegen sie sich nicht)!

Traurig, schon klar. Nur: Im Nachhinein kann man Darsteller und Regisseur Eastwood gratulieren, der Versuchung einer körperlichen Anbahnung im Film zu widerstehen. Denn was passiert, wenn man seine Protagonisten hormonell zu hoch einstellt und auf den »Weg der Weichteile« schickt, quasi die Realität die Regie übernimmt, kann man hier nachlesen. Muss man aber nicht.

Stimmt's, Mama?!

Schwangeren Frauen sollte man besser davon abraten.

1.

Position: 42°53'00 S; 147°21'E
Luft: 20° C / 68° F
Wind: West 40 Knoten (in Böen bis 50)
Wetter: Cloudy
(alle Angaben 12 Uhr Bordzeit)

Die Reise, an der mein Vater teilnahm, nannte sich »The Great Explorer«. Die Firma Quark Expeditions hatte den Eisbrecher, die *Kapitan Khlebnikov*, samt Crew von einer russischen Reederei gechartert und setzte das Schiff für exklusive Expeditionen in polare Regionen ein: *Auf den Spuren der großen Entdecker – zu den Hütten der Polpioniere, den Originalschauplätzen Scotts und Shackletons.*

High End Holidays im Eis, wie mein Vater schrieb. *Eine exquisite Aus- und Eiszeit für die Happy Few.* Die Dreibettkabine, acht Quadratmeter plus Nasszelle, kostete achtzehntausend Euro – pro Person. Für eine Doppelkabine mit Einzelbelegung waren 26 000 Euro fällig – Schwerölaufschlag und Flüge exklusive.

Mein Vater fuhr dienstlich und nur deshalb umsonst mit, weil er als Bordreporter eine Art Logbuch verfassen sollte, sein sogenanntes *Polarprotokoll*, das via Satellit in die *Spiegel-Online*-Redaktion »gebeamt« und von dort in den WorldWideWahnsinn eingespeist wurde.

Bloß: Die ersten Tage war an Arbeit kaum zu denken. Die Expeditionsleitung hatte acht bis neun Windstärken, in Böen zehn – sprich Sturm –, angesagt und die Außendecks vorübergehend geschlossen. *To your own safety* hieß es bloß, zumal die gut achtzig Passagiere an Bord weder eine olympische Delegation von Geräteturnern noch Elitekampfschwimmer der Navy Seals waren. Im Gegenteil. Mit Anfang vierzig war mein Vater einer der jüngsten und gelenkigsten Teilnehmer – praktisch das Küken an Bord. Wer sich an der Reling festhalten wollte – zwecks *»Shouting for*

Ralph«, wie ein kauziger Brite das kollektive Kotzen an Bord umschrieb –, musste sich was anderes einfallen lassen. Kloschüsseln und Brechtüten zum Beispiel. Ganz klassisch.

Wenn mein Vater aus seinem Kabinenfenster sah, war es, als bekäme er Blei in unterschiedlichen Aggregatzuständen zu Gesicht. In einer endlosen Folge von Überblendungen schoben sich schwere, dunkle Wolken übereinander, die Backen voll Wind. Wälzte sich das Schiff mit der Monotonie eines Schwermütigen nach Backbord, erblickte er – kurz vorm Kentern – eine kochende Ursuppe, wütendes Wasser. Ein flüssiges Fegefeuer. Einen Hochsee-Hades. Vielleicht sein letzter Anblick überhaupt, wie er mehr als einmal glaubte.

Trotzig und hart stampfte das Schiff dagegen an, als wollte es mit dem Bug Mammutbäume hacken. Im unregelmäßigen Takt der Wellen flog die Gischt wie der Geifer eines Raubtiers an Hansens kleinem Bildausschnitt vorbei. Nur zwei, drei Decks tiefer wären Scheibenwischer sicher sinnvoll gewesen. Noch ein Deck dichter am Wasserpass hätte man in den Tropen wahrscheinlich bunte Fische und tote Korallen gesehen. Im Südpolarmeer verzichtete man gern auf Panoramafenster und zog noch vor den kleinsten Ausschnitt eine wenig zierende Gardine. Ansonsten wäre mein Vater bei diesem Ausblick wahrscheinlich jeden Abend statt in seinen Pyjama in die Rettungsweste geschlüpft. Vor allem wenn man bedachte, dass der Mensch, evolutionär gesehen, *praktisch eben erst von den Bäumen geklettert* war.

Nicht von ungefähr hatte sich *Doc Holiday*, der Bordarzt, unmittelbar nachdem sie in See gestochen waren, schwankend auf die kleine Bühne im *Lecture Room* gestellt und sämtliche Passagiere für die Gefahren bei starkem Seegang sensibilisiert. *Safety Instructions* nannte sich das. Er setzte dabei – eher unsensibel – auf das Prinzip Abschreckung und den allzu beliebten Assistenten Angst.

Listen, folks! Forget about seasickness!, mahnte der Doc mit steil gestelltem, regelrecht erigiertem Zeigefinger. Geht vorbei, *sooner or later!* Rippen-, Knochen- und Schädelfrakturen dauern länger. *For example* der Kabinenschrank: *your enemy!*, fuhr er fort, als hockte dort der Klabautermann persönlich drin – und so ähnlich war es wohl auch. *Make sure you always keep it locked.* Erst vor Kurzem sei ein Gast fast skalpiert worden, weil ihm der Seegang die verspiegelte Innenseite der Schranktür vor den Schädel gehauen hätte.

Bäng! Just like this. Bloody big cut! You know?!

Der Doc schlug sich daraufhin wie ein Flagellant ein Mal mit der flachen Hand gegen die Stirn, dass es nur so klatschte. Anschließend fuhr er sich mit dem Zeigefinger diagonal über das Gesicht und synchronisierte seine Geste mit einem zischenden Geräusch durch die Schneidezähne. Autsch. Er wartete, bis es auch in der letzten Reihe wehtat, und meinte dann, die Details wolle er den Passagieren lieber ersparen.

You don't really want to know ..., heuchelte er, als Hansen auf Höhe des Solarplexus längst ein Echo des Schmerzes verspürte. Er sah Bäche von Blut und den über ein Auge lappenden hellroten Fleischfetzen vor sich. Wie damals bei den Opfern in *American Werewolf*.

Listen!, fuhr der Doc fort.

Die südlichen Breiten, der *Southern Ocean*, sei nicht von ungefähr bei Seeleuten als *Roaring Forties, Shouting Fifties and Screaming Sixties* gefürchtet. Das Polarmeer sei nun mal kein Planschbecken oder die (Scheiß-)Südsee, wie Hansen im Geist ergänzte. Und eine siebentägige Passage ins ewige Eis keine Kaffeefahrt, sondern ein Ritt durch die verdammte Waschküche. Oft genug im Schleudergang.

Sometimes it's cooking out here! You know?

Spätestens bei diesen Worten kehrte kurz Stille im Vortragssaal ein, andächtige, fast sakrale Stille, als sei man schanghait worden. Fehlte nicht viel und die Ersten hätten sich bekreuzigt, dachte mein Vater. Davon hatte jedenfalls nichts im Hochglanzprospekt gestanden. Manche mochten im Geiste bereits erste Klagen formulieren, auf was für ein Harakiri-Manöver man sich da eingelassen hatte: auf den Spuren der großen Entdecker. Jedem an Bord dürfte bewusst gewesen sein, wie die Sache damals für Scott und seine Männer ausgegangen war.

Erst tragisch – dann tödlich.

Gegenüber vom Schrank mit der Guillotinentür befand sich in der Kabine meines Vaters die Nasszelle. Gleich neben dem Eingang war ein Haltegriff angebracht, den man auch auf Behindertentoiletten findet. Das Gute, Egalitäre bei schwerem Seegang war, dass sich alle an Bord mehr oder weniger ähnlich behindert bewegten. Gerade so, als wollte einem die See den aufrechten Gang streitig machen und einen zurück in die Vierbeinigkeit zwingen – Demut abtrotzend und kotzend, notierte mein Vater.

Seit dem Ablegen in Hobart, Tasmanien, war ihm konstant blümerant zumute. Eine ungute Mischung aus Jetlag und Medikamenten, gepaart mit den Nebeneffekten der Nausea (Seekrankheit), die dem fragilen Vestibulapparat im Innenohr übel zusetzten. Das kleine Hämmerchen komplett sediert, damit es nicht ständig falsche Signale senden konnte, die sonst mit denen des Sehapparats im Hirn kollidierten. Und genau da lag auch das Problem, schrieb Hansen. Optisch schien alles wie immer. Halbwegs normal. Für Auge und Sehsinn blieben die Dinge im Inneren des Schiffes scheinbar an ihrem Platz. Bis auf die Gardine, den Duschvorhang und ein paar Kleiderbügel im Schrank bewegte sich nichts. Dennoch spielte der Gleichgewichtssinn unentwegt verrückt, morste nonstop SOS – *Save Our Souls* oder *Panta Rei* (Alles fließt). Die Welt – ein waberndes Etwas. Und das Schlimmste: Der Magen waberte einfach mit. Passte sich auf seine Art an. Machte Anstalten, den Körper gleich ganz zu verlassen – wie eine Ratte das sinkende Schiff.

Anfänglich vegetierten die meisten Passagiere bloß in ihren

Kabinen, klammerten sich an ihre Kojen oder brüllten buchstäblich aus voller Kehle nach Ralph, als hätte der sich irgendwo im Klo versteckt. Das exquisite Buffet in Deck 4 verwaiste. Bis auf die Crew ernährten sich fast alle nur von Pillen gegen Seekrankheit, deren Wirksamkeit einem Härtetest unterzogen wurde. Bis auf die Crew gab es kaum jemanden an Bord, der keine *drugs* schluckte, keinen Ingwer aß, kein Pflaster hinterm Ohr oder Druckarmband ums Handgelenk trug. Wie die Insignien einer obskuren Sekte.

Die Seeligen bzw. Unseeligen, notierte Hansen.

Denn deutlicher konnte einem die See, die Scheißsee, kaum demonstrieren, dass sie den Menschen hier draußen nicht haben wollte. Als versuchte das Meer, die Terra Incognita, den sechsten Kontinent, das letzte Paradies auf Erden, die Big White Mama (wie viele schwärmten) mit aller Macht vor zu vielen Hobbyhelden, Hilfsentdeckern und Polarpilgern zu bewahren.

Schon möglich, dachte mein Vater. Macht Sinn. Letztlich wurde einem der Weg ins Paradies noch nie besonders leicht gemacht. Die ersten zwei Nächte wünschte er sich viel lieber nach Hause, quasi ins Bett meiner Mutter. Auch wenn er da mit anderen Turbulenzen zu rechnen gehabt hätte.

Aber nicht, was du jetzt denkst.

Wetten?

2.

Ein paar Wochen vor der Reise hatte meine Mutter meinen Vater unmittelbar nach einem gelungenen GV eher angeklagt (fand er) als gefragt (fand sie), warum er eigentlich beim Sex immer die Augen schließen würde.

»Sag mal bitte, Hansen! Interessiert mich.«

»Was?«, fragte mein Vater, noch in ihr, aber langsam erschlaffend, und hoffte, er hätte sich verhört.

»Komm, du stellst dir doch bestimmt immer irgend so eine anorektische Mulattin aus Trinidad mit dicken Titten dabei vor!«

»Wie bitte?!«

Mein Vater schüttelte den Kopf. Gespieltes Entsetzen, erhöhte Alarmbereitschaft und Synapsen, die sich steil, fast zu Stacheln aufstellten. Er wälzte sich demonstrativ von ihr runter:

»Nee, Fritzi, wenn schon Kuba!«, sagte er genervt und beschloss, weder meine Mutter noch ihre Frage sonderlich ernst zu nehmen. Erst als er merkte, dass sie keine Miene verzog, besserte er nach: »Och, Kleine, das ist doch Blödsinn. Wie kommst du denn darauf? Ich stell mir natürlich gar nichts dabei vor!«

»Ach, echt? Und warum siehst du mich dann nie dabei an?«

»Wobei?«

»Wobei wohl?!«

»Keine Ahnung, vielleicht ... weil ... was weiß ich ... Weil man sich dann besser ... konzentrieren kann. Sozusagen ganz Schwanz ist ... Alles andere lenkt doch nur ab ...«

Meine Mutter nickte, so gut das im Liegen ging.

»Ach so, verstehe! Alles andere lenkt ab, ja?! Du meinst aber nicht zufällig mich, Hansen, oder? Ich bin nämlich auch dabei.«

Mein Vater stöhnte demonstrativ, wie ein Sumo-Ringer. Hätte man diesen Seufzer synchronisiert, dann wahrscheinlich mit den Worten: Scheiße. Was sollte das denn jetzt schon wieder?! Sonntagnachmittag. Siebzehn Uhr irgendwas, Fritzi. Wieso kann man nicht einfach postkoital daliegen, ein bisschen nachglimmen, in den eigenen Endorphinen baden und dann schön wegdösen? Ein Himmelreich für das Nickerchen danach. Wieso musste man stattdessen einen rundum gelungenen GV nachträglich kaputtquatschen? Das grenzte schon an sexuelle Sabotage. Scheiße, stimmt doch. Oder nicht?

Ihre Eifersucht, dachte mein Vater, ist schon krankhaft (konnte und wollte ja niemand ahnen, dass meine Mutter zu diesem Zeitpunkt bereits schwanger war).

Sex, setzte er neu an, also guter Sex sei doch eine der wenigen Situationen, in denen man seinen lärmenden Verstand, dieses ganze Grundrauschen in der Birne vorübergehend mal runterfahren und im Idealfall ganz ausschalten könne. »Das ist wie ... keine Ahnung, wie eine Art Trance oder Tantra minus Erkenntnisgewinn.« Ich bumse, also bin ich, dachte er, behielt diesen Gedanken aber besser für sich. »Also Versenkung im wahrsten Sinne, Matratzenmeditation – mit dir«, fügte er schnell hinzu, was die Sache nicht besser machte. Null.

»Oho, Hansen! Poesie!«, spottete meine Mutter, »Matratzenmeditation, und dann auch noch mit mir. Wahnsinn! Klingt ja irre romantisch. Da möchte man sofort noch mal!«, sagte sie und machte Anstalten, das Bett zu verlassen. Am liebsten für immer. »Vielleicht bist du einfach nur ein bisschen verklemmt, Hansen. Kann das sein?«

Wieder Stöhnen.

»Hm, ja, genau, Fritzi. Einfach nur ein bisschen verklemmt – das wird's sein!«, wiederholte mein Vater und blickte, mittlerweile auf dem Rücken liegend, Richtung Stuckatur, als wolle er sich beim Schöpfer persönlich beschweren.

Was, dachte Hansen, konnte er denn dafür, dass Liebe und GV – entgegen der weitverbreiteten Annahme, vor allem unter Frauen – nicht sonderlich gut zusammenpassten? Oder zumindest nie besonders lange. Das lag seiner Meinung nach allein an der Halbwertszeit von Hormonen. Mehr als einmal hatte er sich schon gefragt, wer diesen romantischen Quatsch, diese ganze

Gefühls- und Gefickduselei eigentlich verbreitet hatte. Der Papst? Die Pilcher? Das ZDF? Oder die *Für Sie* bzw. *Für Ihr*, wie meine Mutter mal sehr zu Hansens Freude gemeint hatte. Für solche Scherze liebte er sie.

»Außerdem, Fritzi«, fuhr mein Vater fort, würden manche Menschen sich beim GV gleich ganz die Augen verbinden, Plastiktüten oder Kuhdärme über den Kopp stülpen und was nicht alles tun, von dem er zum Glück keine Ahnung hatte. »Gourmets bei Verköstigungen, weißt du, Kenner im Konzert, Genussmenschen im Allgemeinen« – die würden doch alle ihre Äuglein in bestimmten Momenten schließen. Und sicher nicht vor Ekel. Oder weil sie mit ihren Gedanken gerade in einer Bumsbude in Brasilien, Kuba oder Thailand seien.

»Sondern?«, fragte meine Mutter.

»Sondern vor Verzückung! Was denn sonst?«

So! Mehr geht nicht, dachte er. Gourmet, Kenner, Genussmensch, Verzückung. Wenn das kein verbaler Blumenstrauß war. Ganz dickes Bukett. Und alles vorgetragen mit dem nötigen Turteltimbre in der Stimme.

»Kann ja sein, Hansen, bloß: Ficken und Fressen ist ja wohl nicht dasselbe, oder?!«

Wieder Stöhnen. Und demonstratives Schulterzucken. Klares Jein. Konnte man so sehen, musste man aber nicht. Schließlich gehörte beides zu den Primärtrieben und wurde vom vegetativen Nervensystem gesteuert. Diente der Arterhaltung. Fick follows function, dachte Hansen und überlegte schon mal, was er stattdessen sagen konnte. Etwas, das nicht so brutal nach linker Gehirnhälfte und Bioleistungskurs bzw. Bumsroboter klang.

»Also, bei Affen«, setzte er neu an, während meine Mutter die Augen fast zeitgleich verdrehte, »gelten lange Blicke als Dominanzgebaren oder Alphatiergehabe. Hackordnungsgerangel halt.«

»Hm, genau Hansen, bei Affen«, sagte meine Mutter, offenbar nicht länger gewillt, Ficken und Fauna in einen Topf zu werfen.

Subtext so dick wie eine *Bild*-Headline: Vögele ich hier etwa die ganze Zeit mit einem Makaken, oder wie?

»Ich meine, das sind immerhin unsere Cousins, Fritzi! Oder? Genau! Wusstest du, dass Orang-Utans und Gorillas mit Schimpansen weniger verwandt sind als wir Menschen?«

»Nö! Wusste ich nicht!«

Wollte sie auch gar nicht wissen, solange sie sich beim Sex nicht wie eine Schimpansin und auch nicht wie deren Cousine fühlte. »Das kann's ja wohl nicht sein, Hansen! So husch, husch und nebenbei noch 'ne Banane fressen.« Was das alles überhaupt solle? Ob er sie hier etwa heimlich zur Kreationistin quatschen wolle?

»Nee, Fritzi, eben das genau nicht«, grätschte mein Vater dazwischen, »aber auch nicht zur Kreatur!«, meinte er und überlegte schon mal, wie er das erklären sollte. Am besten gar nicht, dachte er, denn er scheute sich, das Fass von der Heiligen und der Hure aufzumachen. Was, wenn er am Ende einfach nur nicht mit ansehen wollte, was GV für ein Verkehrschaos anrichten konnte? Diese ganzen Kollateralschäden eines gelungenen Koitus, der einen vorübergehend auf Autopilot bzw. Autoidiot stellte. Mit entgleister Mimik und schmerzverzerrtem Gesicht. Gerade bei Frauen, dachte Hansen. Halb singende, halb stöhnende Sirenen. Als würden sich nicht nur Schleimhäute, sondern ganze Kontinentalplatten aneinanderreiben. Irgendwo zwischen Hysterie und Hyperventilation in schwindelerregende Sphären entrückt, in die ihnen der Mann ohnehin nie folgen konnte und in der »Penisneid« wahrscheinlich ein Fremdwort und Freud ein Volltrottel war, dachte Hansen. Mit anderen Worten: Welcher halbwegs normalneurotische Mann wollte schon mit ansehen, wie sich ausgerechnet die eigene Frau in ein winselndes, schwanzgeiles Viech verwandelte? In ein fiebriges Stück Fleisch. Saftend, sabbernd, keuchend und schlimmstenfalls »oaaaah, jaaa, Hansen, fick mich« stöhnend, wie Linda Blair in *Der Exorzist*.

Ich nicht, dachte mein Vater. Oder jedenfalls nicht mehr. Das war ihm einmal passiert – dieser jähe Kampfruf am Abgrund der Geilheit. Ein hochfrequentes: »Fick mich, Hansen«, wie kurz vorm freien Fall, sodass er damals am ganzen Körper zusammengezuckt und beinahe vorzeitig gekommen wäre. Eine angemessene Antwort fiel ihm vor Schreck nicht ein. Wie auch? Erstens bumste er ja gerade – offenbar auf Teufel komm raus. Und zweitens: »Aye, aye, Chefin!« oder »Wen denn sonst?« wäre wohl kaum die richtige Parole gewesen.

»Pass auf, Fritzi, vielleicht schließe ich ja bloß die Augen, weil ... was weiß ich ... weil ich einfach nicht deine Seele vögeln will«, sagte er, etwas hilflos. Die Augen seien schließlich die Fenster usw., aber bis dahin kam er gar nicht.

»Was?! Meine Seele? Wie niedlich ...!« Meine Mutter schnellte plötzlich im Bett hoch wie ein Crashtest-Dummy. Einerseits bemüht belustigt, andererseits bewusst beleidigt suchte sie in seiner Mimik nach Anhaltspunkten für einen Scherz. Sie bettete ihren Kopf auf Kissen und Ellbogen und sah meinen Vater fragend an. Motto: Sprechen wir hier eigentlich gerade von Erotik oder Esoterik, Hansen?!

»Meine Seele – süß, Hansen!«, sagte sie. »Was hat die denn damit zu tun, du Spinner?«

»Eben, nix, Fritzi! Sag ich doch. Und das ist auch gut so! Das muss man sauber trennen.«

»Hä?! Kapier ich nicht. Was genau muss man da trennen?« Und vor allem: Was genau er dann unter ›Tantra‹ und ›Matratzenmeditation‹ verstünde?

Allmählich kam er sich selbst blöd vor und rang nach Worten:

»Ach, keine Ahnung. Vielleicht ... was weiß ich ... das Grob- und das Feinstoffliche ...«

An dieser Stelle schnalzte meine Mutter mit der Zunge, verdrehte die Augen bis zum Anschlag und wartete, ob er vielleicht von selbst draufkam. Sah aber nicht so aus. Sie nickte, in Zeitlupe, schürzte die Lippen und meinte, eher mitleidig als wütend, in der Art wie man einem retardierten Kind recht gab:

»Hm, Hansen, ist klar, das Grob- und das Feinstoffliche. Das meinst du! Sag das doch gleich!«

Kurze Kunstpause.

»Klingt irgendwie wenig romantisch und reichlich nach … Recycling, findste nicht?!«

Mein Vater stöhnte wie im Selbstverteidigungskurs:

»Okay, Fritzi, vergiss es! Ich nehm alles zurück. Ich denk noch mal drüber nach. Welcher *Tatort* kommt eigentlich nachher?«

Aber meine Mutter ließ nicht locker. Sie war angehende Architektin. Sie liebte Klarheit. Struktur. Und Statik. Vor allem in Beziehungen.

»Lenk jetzt nicht ab. Was genau muss man da trennen? Interessiert mich wirklich.«

»Ach, egal, ich glaube«, setzte er neu an und wählte abermals den Umweg übers Tierreich, »ich will dir nur klarmachen, dass Tiere nicht lieben können. Dafür braucht man Bewusstsein und nicht Bewusstlosigkeit!«

»Ach, und neuerdings auch Abitur, oder wie? Was'n das fürn Quatsch!«

Liebe sei doch kein Algorithmus.

Geschenkt. So ging das noch eine ganze Weile. Meiner Mutter fiel dann im Kampf für die reine Lehre der Liebe jene Geschichte vom Schwan ein, der sich letzten Winter irgendwo in eine Plastikattrappe »verliebt« hatte (oder war es ein Tretboot gewesen?), und der deshalb nicht gen Süden geflogen sei, es dafür aber in diverse Zeitungen geschafft hätte. »Die beiden mussten dann in einem Zoo überwintern, weil das Männchen sonst gestorben wäre!«, endete meine Mutter.

»Herzallerliebst«, unkte mein Vater. »Mir kommen die Tränen, ehrlich! Sogar mit Happy End. Sollte man sofort einen Zweiteiler fürs ZDF draus machen.« In Wahrheit musste er bei Schwänen sofort an Gänse und bei Gänsen an Konrad Lorenz denken und wie der es formuliert hatte: Zwar stecke alles Tier im Menschen – aber nicht aller Mensch im Tier. Besser, prägnanter und eingängiger konnte man es nicht zusammenfassen. Das sagte er dann auch.

»Komm, Hansen, was soll denn das – nur weil du offenbar zu solchen Gefühlen nicht in der Lage bist ...«, sagte meine Mutter. Ein Vorwurf – den er nicht zum ersten Mal hörte. Und der langsam nervte: Amors Analphabet, Liebeslegastheniker.

»Solche Gefühle? Wieso? Das ist doch ungefähr ..., keine Ahnung, als würde ich mich in eine Bumspuppe von Beate Uhse verknallen! Im Übrigen stammt der Mensch nicht vom Schwan, sondern vom Affen ab, Fritzi, um noch mal kurz darauf zurückzukommen. Und von denen weiß ich zufällig ganz genau, was sie vor und nach dem Akt nie machen würden ...« Sich nämlich tief und fest in die Augen schauen, wollte er sagen, aber meine Mutter war schneller.

»Ich auch, Hansen. Ich auch«, fuhr sie dazwischen, »... eine rauchen, stimmt's?!«

Der ganze Disput war ihr längst zu blöde bzw. biologistisch geworden. »Und jetzt komm mal her, du plöder Primat! Bevor du wieder wochenlang weg und auf Dienstreise bist. Friede den Hütten. Und Betten«, meinte sie noch. »Wohin fährst du noch mal als Nächstes? Ach ja, Antarschktis«, sagte sie, fast freudsch, als hätte sie lange vorher schon so eine vage Vermutung gehabt.

3.

Position: 45°57.7'S; 150°06.6'E
Luft: 16°C / 61°F
Wasser: 14°C / 57°F
Wind: West 42 Knoten
Wetter: Cloudy
Gereiste Distanz in den letzten 14 Stunden: 235 nautische Meilen

Das Auslaufen in Hobart – ein großer, aufregender Moment. Der Auftakt zu einem Abenteuer. Viel zu erhaben, um ihn mit Small Talk, Kennenlernfloskeln und Plattitüden totzuquatschen, dachte Hansen. Doch die wenigsten hielten sich daran. Sämtliche Passagiere und selbst ein Teil der russischen Crew standen auf dem Oberdeck, plauderten, rauchten oder machten Fotos und Filme, als seien es die letzten. Belege und Beweismittel einer Pilgerfahrt ins ewige Eis.

Als Farewell hatte die *Khlebnikov* dreimal das Schiffshorn ertönen lassen. Angesichts des Altersdurchschnitts an Bord war der überfallartige Lärm entweder eine bedenkliche Tradition oder ein höchst zweifelhafter Scherz des Käptens, dachte Hansen. Es waren ohnehin alle schon so aufgeregt. Die wenigsten Passagiere dürften jemals für knapp vier Wochen in See gestochen sein – und dann auch noch tiefer, als den meisten lieb war. Nicht von ungefähr war vor Antritt der Reise ein Gesundheitscheck erforderlich gewesen, der den Teilnehmern für eine der härtesten Seepassagen in einen der entlegensten und eisigsten Winkel der Welt die entsprechende Fitness attestierte.

Die erste Belastungsprobe, der ergänzende Nerventest, schien Chefsache und wurde beim Auslaufen von Kapitän Wladimir Akudinov höchstpersönlich durchgeführt. Als die Hauptstadt Tasmaniens, Hobart, achteraus schrumpfte und das Schiffshorn ertönte, zuckten fast alle an Deck kollektiv zusammen und wurden einen Kopf kleiner. Wie bei einer Initiation. Selbst die wenigen, die keine Kamera in der Hand hielten, schafften es erst beim zweiten Tuten, sich die Hände schützend vor die Ohren zu halten. Das war weniger Schiffshorn als eine Waffe, dachte mein Vater. Ähnlich dem mythischen »braunen Ton« im Niederfrequenzbereich von 5 KHz, bei dem sich angeblich der Schließmuskel entspannte. Und Schiss bekam man allemal.

Lediglich ein älterer Herr mit Stirnglatze, Haarkranz und Brille blieb trotz altersbedingt vergrößerter Ohren ungerührt an der Reling stehen, filmte und lächelte so selig weiter, dass mein Vater ihn fast zwangsläufig für die Idealbesetzung des schwerhörigen Professor Bienleins hielt, wodurch er selbst einen koketten, aber köstlichen Moment ... zu einer Art Tim ohne Struppi wurde (Held seiner Jugend – Haarfarbe und Berufswahl kamen ungefähr hin).

Damit jetzt kein falscher Eindruck entsteht: Nicht dass man es an Bord der Khlebnikov mit einer greisen Reisegesellschaft zu tun gehabt hätte. Einem Geriatrie- oder Kryonik-Express ins ewige Eis. Das nicht. Doch die dominierende Haarfarbe an Bord war eine Art gnädiges Grau, das am Tag des Ablegens auf fast mystische Weise mit den bleiernen Wolken rundum korrespondierte. Wo mein Vater auch hinsah – grau in unterschiedlichsten Gradationen. Noch bevor er sein erstes Foto schoss, überlegte er – eine Art Berufskrankheit –, was er dagegen tun konnte. Nach all den Jahren als Reisereporter (»Paradiesprüfer«, wie meine Mutter meinte) wusste er nur zu genau, was die Bildredakteurinnen daheim von ihm verlangten: Hochglanztauglichkeit. Shiny happy people. Bacardi-Feeling. Sprich: grelle, grinsende Lügen oder TUI-Totalitarismus, wie mein Vater das nannte. Eine Reise in die Antarktis hatte gefälligst nach Expedition und Abenteuer und nicht nach einer billigen Butterfahrt auszusehen. Alte Leute und graues Haar ... nicht gut, unsexy, solange man nicht für das Imageheft der AOK oder *Chrismon* unterwegs war.

Sah mein Vater genau hin – was er, ebenfalls berufsbedingt, tat –, glich die Haarfarbe der meisten Passagiere nicht dem stumpfen, ordinären Aschgrau eines Busfahrersakkos oder dem Fell einer Kanalratte, wie er schrieb. Das Haupthaar einer Frau aus Jersey, Maha Chohan, Channel Islands, UK, Witwe eines Reeders, schillerte eher wie geputztes Sterlingsilber (und noch saßen die Frisuren!). Dem Äußeren nach erinnerte die Frau an eine Filmdiva der Fünfzigerjahre. An die Lollobrigida vielleicht. Ihre feinen Gesichtszüge, die fast vornehm gefurchte Haut. Dazu ihre aristokratisch-arrogante Art, an der Reling zu stehen und mit niemandem zu reden, außer ein, zwei Mal mit sich selbst. Mein Vater war fasziniert von dieser angeborenen Noblesse, wie man sie nur in der englischen Upperclass mit sehr steifer Oberlippe und viel Teegeschlürfe fand. Und alles unterlegt mit einem dogmatischen, wie festgewachsenen Grinsen, das mehr entrückt als erhaben schien. Als hätte die Lady zu lange irgendwelche Buddhastatuen angeguckt.

Nach dem dritten Tuten des Schiffshorns dann die Katharsis. Ein kollektiver Ausruf der Erleichterung. Gemeinsames Durchatmen wie nach einem falschen Fliegeralarm. Erstes solidarisierendes Lächeln an Bord. Suchende Blicke und Scherze über verwackelte Fotos, eine erste Kontaktaufnahme mit dem Relingnachbarn. Der Blutdruck senkte sich, Adrenalinwerte pendelten sich diesseits der Fluchtschwelle ein. Wie Riesenschildkröten, die langsam ihre Köpfe vorstreckten.

Thank goodness!

Die gelöste Stimmung war schnell wiederhergestellt. Plötzlich lag fast ein Hauch von Kinderlandverschickung über allem, schrieb mein Vater.

Was ihm aber vor allem auffiel, am deutlichsten von allem in diesem Moment, war sie: Lisanne. Nach dem apokalyptischen Tuten hatte sie mit großen, fast kindlichen Augen um sich geschaut und ihren Schreck wegzulächeln versucht. Dabei kniff sie die Augen leicht zusammen, zog die Schultern ein und sah regelrecht schutzbedürftig aus, diese Bordbiologin bzw. »Pinguin-Pussy« (O-Ton meine Mutter). Herrje. Wie ein kleines, verschrecktes Mädchen an Silvester, fand jedenfalls mein Vater: leicht geöffneter Mund, gerade so weit, um nicht affektiert oder panisch zu wirken. Eher Femme fragile als Femme fatale. Eine Polarprinzessin. Gefiel ihm. Gefiel ihm gut. Das machte was mit ihm. Weckte offenbar Beschützerinstinkte. Allemal besser als albernes Alphaweibchengehabe.

Einen Moment lang bedauerte mein Vater, nicht rechtzeitig in ihre Nähe geschlendert zu sein und stattdessen mit ansehen zu müssen, wie dieser mustergültige Moment einer ersten, möglicherweise geglückten Kontaktaufnahme von einem pensionierten Playboy genutzt wurde, einem Casanova a. D., Westküste wahrscheinlich, dachte Hansen. Dauerbräune, Lachfalten, Unterkiefer wie ein Nussknacker. Telekomfarbener Kaschmirpulli über den Schultern und neuester High Definition Sony Camcorder vor dem Bauch. Ein Exchefarzt, jetzt professioneller Parvenü, der seine Frau durch diverse Affären mit Krankenschwestern vor lauter Kummer ins Grab oder in den Alkoholismus getrieben hatte.

Wetten?, dachte Hansen, euch Typen kennt man doch. Fremdficker vom Feinsten. Allein seine eklige Gentleman-Guerillataktik. Bah! Kaum zu ertragen. Als die russischen Hostessen nach dem ohrenbetäubenden Farewell Champagner reichten – zwecks Wiedergutmachung oder was –, hatte sich der Ami gleich zwei Gläser vom Tablett geschnappt und war damit – ganz Gastgeber und Gentleman – auf Lisanne zugegangen. Als sei das seine Scheißprivatjacht und -party, dachte mein Vater. Das musste man erst mal bringen. So peinlich, so pilcherhaft, dass einem allein vom Zugucken übel wurde. Doch was ihn am meisten störte, war wahrscheinlich die Tatsache, dass er – anders als sonst – ebenfalls einen gelungenen Einstieg in das Gespräch gewusst hätte: Für wie viele Passagiere an Bord dieses Atomtuten der *Khlebnikov* wohl schon zu den Trompeten von Jericho geworden sei? Eine mehr oder weniger originelle Anspielung auf das hohe Herzinfarktpotenzial an Bord. Falls sein Englisch solche Frage überhaupt hergegeben hätte.

Kennt man. Gerade in den ersten Tagen auf Reisen haperte es, insbesondere bei abseitigen Themen. Plus jenem nicht unbeträchtlichen Restrisiko, deutsche Redensarten in ein fremdes Idiom zu übersetzen. Hatte mein Vater einmal und nie wieder mit »Über die Wupper gesprungen« versucht: *It's a saying: to jump over the Wupper ... when somebody dies, you know ... The Wupper is a river in Germany* ... usw. Abgesehen davon konnten krude Erklärungsversuche, die nach verkapptem Bildungsbürgergebaren und Bibelquiz aussahen – *the Trumpets of Jericho* z. B. –, komisch rüberkommen. Schlimmstenfalls hätte ihn gerade eine Wissenschaftlerin für einen religiösen Spinner, einen Sektierer, einen Zeugen Jehovas gehalten. Und wenn man dann noch diesen gnadenlosen Selektionsdruck der ersten sieben Sekunden bedachte, von denen in Frauenzeitschriften immer die Rede war und in denen angeblich über hopp oder top, sprich ganze goldene Ehen entschieden wurde ...

Tat mein Vater.

Er überlegte sogar, dass sieben (siebende) Sekunden verdammt lang waren, eine Ewigkeit mitunter. Allemal lang genug, um sich böse zu blamieren. Er selbst brauchte häufig nur den Bruchteil einer Sekunde für ganze Tautologien und komplizierte Kausalitäten. Manchmal wusste er praktisch in Echtzeit seiner Gedanken (was war das eigentlich – Lichtgeschwindigkeit?), ob eine Frau attraktiv war oder nicht und ob er folglich einem GV mit ihr eher ab- oder zugeneigt war. Mehr noch: In sieben siebenden Sekunden hätte er in Ausnahmefällen sogar die dafür erforderliche Erektion zustande gebracht. Und das Dumme: Lisanne schien so eine Ausnahme. Deswegen erzähle ich das hier doch überhaupt.

Das erste Mal war sie ihm schon am Vorabend der Abreise im alten Hafen von Hobart aufgefallen, um es mal vorsichtig zu formulieren. Mein Vater war zu fortgeschrittener Stunde auf der

Suche nach einem kleinen Imbiss gewesen und hatte sich für eine schwimmende Bude in Walfischform entschieden: das *Moby Dick*. In der Schlange stand er ungefähr drei oder vier Personen hinter ihr, was er in seinem Polarprotokoll anschließend zu einer Art Gravitation der Gefühle verklärte (und meine Mutter später dann mit »Der Mann denkt, sein Schwanz lenkt« geraderückte). Halt ich mich raus. Die Gründe für diese Gravitation waren jedenfalls offensichtlich: Lisanne war Mitte dreißig – schätzungsweise – und sah laut den Beschreibungen meines Vaters, wie gesagt, ein bisschen aus wie Penélope Cruz mit blauen Augen. Dunkle, kürzere Haare, Pagenschnitt. Schlanke Figur und makellose Zähne, mit denen man sicher gern lächelte und angelächelt wurde. Allemal ein filmfähiges, hauptrollentaugliches Gesicht. Schöner, üppiger Busen, dachte er, wenn man ihn sogar unter der Goretexjacke ausmachen konnte.

Kurz nachdem mein Vater an jenem Abend der ersten Sichtung seine Bestellung aufgegeben hatte – das Gleiche wie sie, Jakobsmuscheln mit Fritten –, verlor er Lisanne aus den Augen. Was überhaupt nicht schlimm war, sondern, wäre es dabei geblieben, wohl für alle Beteiligten das Beste gewesen wäre. Aber die Regie hatte offenbar anderes im Sinn.

Am nächsten Morgen, 8. Februar, Tag der Einschiffung, stand Hansen noch etwas verschlafen mit seinem Gepäck im siebten Stock des Grand Chancellor Hotel und wartete auf den altersschwachen Fahrstuhl. Die beiden Lamellen öffneten sich stotternd, mit einer aufreizenden Langsamkeit, und gaben kurz darauf den Blick auf Lisanne frei. Als würde ein Geschenk präsentiert, wie Hansen hinterher schrieb. Laut Selbstauskunft hätte ihn eine Marienerscheinung jedenfalls kaum mehr irritiert.

Der Fahrstuhl roch nach Duschkabine. Nach künstlichem Frühling. Ihre Haare waren noch nass, sahen aus wie frisch lackiert und glänzten, als reflektierten sie einen Heiligenschein. Und dann ihre Augen, die Farbe, wie das Wasser in *The Blue La-*

goon. Lisanne trug Jeans, Windstopperfleece, Trekkingschuhe, die Goretexjacke über ihrem Arm und hatte die Gepäckmenge einer Diva dabei. Einen Rollkoffer, zwei Alukisten – ihr mobiles Labor –, eine Fototasche, einen kleinen Rucksack.

Sie eröffnete den ersten Wortwechsel. Mit leicht schiefem, also australischem Akzent, »Engelsächsisch« laut Hansen.

Hello, good morning.

Yes, äh, hi, hello, entgegnete er leicht verlegen und kam sich augenblicklich vor wie in einem Kammerspiel für zwei Personen. Eine Premiere ohne Probenvorlauf.

Where are you ... going?, fragte er, vielleicht eine Spur zu streng, eher nach Polizei und Passkontrolle klingend als nach Anhalter. Er meinte eigentlich die Fahrtrichtung des Fahrstuhls. Ob hoch oder runter.

You mean ... now?

Mein Vater nickte nur. Die Uhrzeit sprach eher für Auschecken.

Ähm, actually Antarctica, sagte Lisanne.

Was?! Wirklich?! Holy shit. Mein Vater überlegte, ob das ein Scherz, ein Schock oder möglicherweise eine australische Variante der *Versteckten Kamera* war. Kann ja gar nicht, dachte er. So eine Frau allein auf einem russischen Eisbrecher. Niemals. Oder nur in *Fräulein Smillas Gespür für Schnee*, dieser schrecklichen Schneeschmonzette.

Antarctica ... really? All the way with ...?

Es sollte ein Scherz sein. Frauen mochten das doch: Humor. Schließlich hieß es doch immer, Humor sei der Schlüssel für Hirn, Herz und Hm-hm-hm. Dumm nur, dass mein Vater vor lauter Aufregung nicht darauf kam, was Fahrstuhl auf Englisch hieß. *With the ...?* War es *lift? Escalator? I mean ... with this machine?*, fragte er, mindestens eine Oktave höher als auf Deutsch. Zu hoch, eunuchig fast, wie ihm selbst auffiel. Dabei deutete er etwas begriffsstutzig auf den Boden. Woody Allen ließ grüßen. Dann fiel es ihm endlich stammelnd ein.

I mean, the äh, äh ... elevator!

Oh, no, sssory, I sssee what you mean!, sagte Lisanne und lächelte, garniert von Grübchen. *Thisss little ride jussst takesss me to the basssement.*

Jesus, Maria und Josef. Auch das noch. Grübchen dachte Hansen. Großer Gott. Und dann die Art, wie sie das »s« sprach. Die sechs »s«, um genau zu sein. Alle mit einem scharfen, zischenden Oberton, als würde einem eine Mischung aus Sternenstaub und reinstem MDMA durchs Rückenmark rieseln. So ähnlich, dachte er noch, muss das damals beim Sündenfall mit der Schlange gewesen sein. Im Paradies. Das Trommelfell meines Vaters wurde auf eine bis dahin ungekannte Weise stimuliert, die eine simple Aussage in Gefilde seines Gehirns vordringen ließ, die mit reiner Informationsverarbeitung nichts zu tun hatte. Gar nichts. Ein simpler Satz, so direkt ins limbische System gekitzelt, dass es fast für eine Spontanerektion gereicht hätte.

Mein Vater versuchte in den Fahrstuhl einzusteigen und musste feststellen, dass die Kabine für zwei Personen samt Gepäck zu eng war. Erst versuchte ihn die Schiebetür selbst zu zerteilen, dann kauten die Stahllamellen zwei- oder dreimal etwas halbherzig auf seiner hinterhergezogenen Eagle-Creek-Tasche herum. Als seien sie im Bund mit meiner Mutter.

Oh, well, I better take the next one then, kapitulierte er, bevor es zu peinlich wurde.

Lisanne lächelte, verständnisvoll, machte aber keine Anstalten, ihm zu helfen. Wie auch, verbarrikadiert hinter ihren diversen Alukoffern.

I'm sssorry, meinte sie bloß, *but* ..., weiter kam sie nicht. Der Rest ihres Satzes wurde durch die sich schließende Fahrstuhltür gekappt. Das war's. Ende der Vorstellung. Teils erleichtert, teils entsetzt sah Hansen der Anzeige des Fahrstuhls hinterher, bis sie unten bei »B« für Basement bzw. bye-bye! angekommen war. Doch das täuschte. Von Hobart ging nur ein einziges Schiff in die Antarktis, sein Schicksalsschiff, wenn man so will: die *Kapitan Khlebnikov*. Ein Indiz ihrer ersten großen Gemeinsamkeit hatte er bereits mit eigenen Augen gesehen: die kleinen Anhänger der Firma Quark Expeditions an ihrem Gepäck. Das Abbild eines brütenden Kaiserpinguin-Paars. Cabin 69 stand darauf. Zufall oder nicht. Das musste er sich wohl merken. Ob meine Mutter wollte oder nicht.

4.

Am Anfang ihrer Beziehung realisierte Fritzi nicht gleich, dass mein Vater jünger aussah, als er war. Laut Geburtsurkunde war er bereits Anfang vierzig und deshalb nicht mehr ganz so taufrisch und voll im Saft stehend wie sein Vorgänger – »dieser FdF«, wie ihn mein Vater in einem Akt der Selbstverteidigung nannte.

Zunächst war das kein Problem. Durch die Blutbahnen wurde ein hochprozentiges Hormongebräu geschleust. Das Innenleben meiner Eltern war wie frisch tapeziert. Wolke sieben überall. Aber Wolken zogen weiter. Und meistens sprang jemand ab oder plumpste vorher runter. Und das biologische Beziehungskarussell drehte sich weiter.

Wenn meine Mutter im Anschluss an die Frage, warum mein Vater beim GV die Augen schloss, »Jetzt komm mal her, du plöder Primat!« sagte und ihn dabei beherzt an sich zog, konnte das eigentlich nur bedeuten, dass er noch mal ran durfte/sollte/musste, am ehesten Letzteres, was ihm genauso bevorstand wie eine Besteigung des K2.

»Komm, entspann dich, Honey-Hansen. Nix Schlimmes!«, sagte meine Mutter, als sie spürte, wie verstockt er war. »Ich will dich nur in den Arm nehmen.« Das wird ja wohl noch erlaubt sein, dachte sie, verkniff sich aber diese Bemerkung.

Mein Vater legte daraufhin seinen Kopf an ihre Schulter und gab ihr fast entschuldigend einen Kuss auf den Hals. Bei der Aussicht, den Disput vorerst beigelegt zu haben und doch noch zu seinem Nickerchen zu kommen, hob sich seine Laune. Er schloss die Augen und entspannte sich so gut es eben ging – nicht besonders. Was dagegen sprach, war die Tatsache, dass er so viel von Fritzis Exfreund wusste.

Theoretisch hätte er dessen Vita schreiben können: Erotomane vor dem Herrn. Praktisch schon mit Erektion zur Welt gekommen. Sprich sexsüchtig wie Tiger Woods und Michael Douglas zusammen. Wollte Fritzi sieben Jahre lang morgens, mittags, nachmittags, abends, nachts und angeblich auch gern dazwischen an die Wäsche. Eigentlich ständig (daher auch der Begriff »Ständer«, dachte Hansen).

Als meine Mutter ihm diese Dinge anvertraute, hatte mein Vater zunächst nur genickt, als ginge es um die Verarbeitung rein sachlicher Informationen. In Wahrheit dachte er sich seinen Teil. Nämlich: Wie viel Selbstbewusstsein brauchte man eigentlich, um das wegstecken zu können. Fünf Kilo, zehn?

Mein Vater wusste selbst delikate Details, die er lieber nicht gewusst hätte: Dass dieser FdF – für »Florian der« bzw. »dein Ficker« – ein Gourmand des weiblichen Genitals, also ein »Austernschlürfer« vor dem Herrn war. Dass er überhaupt jedes Körperteil an meiner Mutter vergöttert und angeblich ganze Oden auf ihre Füße geschrieben hatte.

»Verstehe, Pedalpoesie, ja?!«, hatte mein Vater gewissermaßen aus Notwehr gelästert. Um sich selbst nicht ganz so schäbig zu fühlen. In Wahrheit warf dieses Wissen selbstkritische Fragen auf. Erstens, auf die Idee, ihre Füße zu besingen, wäre er im Traum nicht gekommen (obwohl mein Vater doch eigentlich der Schreiberling war). Zweitens litt sein Selbstverständnis als halbwegs guter Partner unter diesem Wissen fast mehr als unter jeder Sexstatistik oder -artistik. Wenn er nur hörte, was sein Vorgänger sich so alles hatte einfallen lassen. Zettelchen hier und da. Großes Aufgekoche, immer. Überraschungsausflüge. Geschenke zwischendurch. Und Pedalpoesie, wie gesagt.

Der Gipfel des Gewöhnungsbedürftigen bzw. Unglaubwürdigen aber bestand für Hansen darin, dass FdF angeblich behauptet hatte, bei anderen Frauen überhaupt keinen mehr hochzubekommen. Spätestens nach dieser Bemerkung konnte mein Vater nicht mehr an sich halten und fragte:

»Verstehe, 'ne Fritzi-Fickfixierung, oder was?!«

Nicht doof, dachte er. Ein steileres und maßgeschneideteres Kompliment konnte man einer Frau kaum machen, als ihr gewissermaßen Exklusiv-Erektionen zu versprechen. Mehr ging nicht. Ganz hohe Schule, dachte Hansen. Königskompliment quasi. Weil es den weiblichen Wunsch bedingungslosen Begehrtwerdens bei gleichzeitiger Ausschaltung aller Eifersuchtsängste perfekt bediente. *Nimm zwei* praktisch. Wie in der Werbung. Die längste und steilste Lüge der Welt. Nur dass dem Mann statt langer Nase in Rekordzeit ein Riesenrohr wuchs.

»Kannst du dir nicht vorstellen, oder?!«, fragte meine Mutter und sah Hansen fragend, fast misstrauisch an.

»Was kann ich mir nicht vorstellen?«, fragte er scheinbar gelassen und dachte, solche Typen sollte man eigentlich wegen Wettbewerbsverzerrung verklagen. Man sah ja, was dabei rauskam. Stress für den Nächsten.

»Na, dass man keine Lust hat, mit einer anderen Frau zu schlafen, wenn man gerade glücklich liiert ist?«, sagte meine Mutter.

»Doch, klar kann ich mir das vorstellen, Fritzi.«

Gibt's. Alles, dachte Hansen. Soll vorkommen. Dieses Märchen namens Monogamie. Klar. »Im Idealfall hat man gar nicht erst das Bedürfnis andere Frauen zu ... tackern«, sagte er bewusst prosaisch und versuchte sich mit vorauseilendem Gehorsam auf ihre nächste Frage einzustellen.

»Ach so, echt? Wie hübsch, kannte ich noch gar nicht ... ›tackern‹. So nennst du das? Bin ich denn dein ... Idealfall?«, fragte meine Mutter prompt.

»Klar, wer denn sonst?«, sagte mein Vater, wohl wissend, dass sich ein Beweis an dieser Stelle gutgemacht hätte. Irgendeine Geste, die das Gesagte gefühlvoll unterstrichen hätte. Ihm wäre eine Menge Ärger und leidige Diskussion erspart geblieben. Bis zum nächsten fälligen Liebesbeweis. Weil Worte nur die Schatten der Tat waren. Hatte er irgendwo gelesen.

»Du schläfst also gern mit mir?«, versicherte sich Fritzi.

»Klar! Sicher tue ich das, wieso denn nicht?«

Meine Mutter zuckte mit den Schultern.

»Weiß nicht, kommt mir ehrlich gesagt nicht so vor, Hansen. Die paar Male im Monat ...« Und dann noch mit geschlossenen

Augen, dachte sie, wollte aber nicht schon wieder damit anfangen.

»... sind doch dafür aber immer sehr schön, oder nicht?«, versuchte es mein Vater zu justieren. Von wegen Klasse statt Masse. Gelang ihm aber nicht ganz. Gott, drei- oder viermal im Monat. Vor ein paar Jahren war das noch die Frequenz eines sportlichen Nachmittags gewesen.

»Schon, aber mein Idealfall, Hansen, sieht ein bisschen anders aus, also öfter!«

Klar, der Idealfall!, dachte er. Und im Himmel ist Jahrmarkt, oder wie?

Im Idealfall – männliche Version – folgte der Mann dem Ruf der Wildnis und bumste quasi querbeet, was ihm vor die Tröte kam. Vor allem musste er sich nicht dauernd dafür rechtfertigen (zumal auch kein vernünftiger Mensch einem Kind seinen Spieltrieb vorwarf). Im Idealfall schaffte es der Mann in der Hack- und Fickordnung in den Olymp oder wenigstens auf irgendeine irdische Bühne und graste gehörig Groupies ab, statt immer so zu tun, als stecke er gern im Zwinger der Zivilisation und Zweisamkeit. Abgesehen davon: Im Idealfall – männliche wie weibliche Version – taten Frauen nicht ständig so, als seien sie diesbezüglich auch nur einen Deut besser.

Sagen tat mein Vater dann:

»Warum hat sich Madonna dieses Schlüpfermodel, diesen Jesus-Lutz oder wie der heißt, geangelt – etwa aus Liebe?!« Society-News zogen immer.

»Luz Jesus!«, korrigierte meine Mutter, die ewige *Gala*- und *InTouch*-Gelegenheitsleserin, was Hansen heimlich verachtete.

»Gut, dann eben der Luß'e Cheeßuß'e«, lispelte er und brachte meine Mutter immerhin zum Schmunzeln, »klingt auch gleich viel rassiger!«

»Keine Ahnung. Weil er gut aussieht?«

»Erstens. Zweitens: Junge Männer wissen nicht, was sie tun, aber sie tun es die ganze Nacht. Zitat Ende.«

Eine Anspielung auf sein Alter. Angeblich ließ die Libido bzw. Spermienproduktion bei Männern ja schon sehr zeitig nach.

»Was, echt?! Das hat Madonna gesagt? Krass!«, meinte meine Mutter und lieferte die Erklärung dafür gleich hinterher. »Das ist doch bloß so eine Art Rosenkrieg-Replik gewesen, weil Guy Richie im Zuge ihrer Trennung ausgeplaudert hat, sie – also Madonna – in den Arm zu nehmen fühle sich ungefähr so an, wie ... mit einem Stück Knorpel zu schmusen.«

Mein Vater grinste. Nicht schlecht. Gefiel ihm. Schön britisch und böse. Knorpelkuscheln. Noch dazu ein klares Statement zum Thema Fitnesswahn (bzw. -faschismus. Aus »Kraft durch Freude« war ja längst »Freude durch Kraft« geworden).

»Wie auch immer, Hansen«, sagte meine Mutter, »Knorpelkuscheln ist ja nicht gerade unser Problem, stimmt's?«

An dieser Stelle war mein Vater kurz unachtsam und bestätigte: »Ja, stimmt!« Was selten dämlich war (nur durch »Ja, stimmt, total!« zu toppen). Ein Anfängerfehler. Erfahrungsgemäß war es ein himmelweiter Unterschied, ob meine Mutter selbst mit sich und ihrem Körper kritisch ins Gericht ging oder ob mein Vater das tat. Dazwischen lag eine Kluft, ein ganzer Abgrund, groß genug, um darin sämtliche Mars- und Venus-, Einpark- und Zuhörproblem-Klischees auf Nimmerwiedersehen zu versenken.

»Ach so, verstehe, warum sagst du das nicht gleich, Hansen – ich bin dir zu fett!«

»Quatsch ... fett. Hat keiner gesagt, Fritzi!«

»Ach, nee? Was ist es dann? Irgendwas stimmt doch nicht, Hansen! Meinst du, ich merk das nicht?«

Schulterzucken.

»Gefallen dir meine Titten nicht? Fühle ich mich nicht gut an? Hast du 'ne andere?«

»Nein ... alles okay! Entspann dich.«

»Nee, tu ich nicht. Was meinst du mit ›okay‹?«

»Dass ich dich mag, wie du bist. Alles tipptopp, Mausen«, sagte er und hörte selbst, wie schlimm das klang. Schmierig, so nach Margarine.

»Ach echt, ja?! Und wieso küssen wir uns dann eigentlich nie beim Sex?«

»Was? Tun wir doch.«

»Nee, Hansen. Tun wir nicht. Komm jetzt, hau es ruhig raus. Ich hab nämlich keine Lust mehr, mich deinetwegen scheiße zu fühlen und allmählich Komplexe zu kriegen.«

Wieso meinetwegen? dachte er.

»Und wenn wir schon dabei sind, Hansen ... lecken willst du mich auch nie. Oder so gut wie nie ... zuletzt ...«

»Was? Komm, jetzt mach mal halblang, Fritzi, das stimmt doch gar nicht!«, fuhr mein Vater dazwischen, weil er fürchtete, das Datum seines letzten Cunnilingus zu hören, und sich am liebsten die Ohren zugehalten hätte. Das grenzte schon an häusliche Gewalt gegen Ehemänner. Eine Art Friendly Fire. Er fühlte sich erbärmlich in solchen Momenten. Wie im Kreuzverhör oder vom Fick-TÜV in die Mangel genommen.

Gleich mehrere Dinge machten ihm dabei zu schaffen: Erstens allein die Art, mit der meine Mutter ihre Mängelliste vortrug. Zweitens der Sachverhalt als solches. Drittens die Menge der Anklagepunkte. Und viertens die mangelnde Erfahrung in dieser Form des Geschlechterkampfs, so verbal frontal. Hansen kam das fast vor wie Kickboxen mit psychischem bzw. mentalem Vollkontakt. Das war er aus früheren Beziehungen mit gleichaltrigen Frauen nicht gewohnt. Diese sexuelle Befreiung in Wort und Tat. Dieses *Pimp-my-pussy*-Gehabe oder wie man es nennen sollte. Muschi-Mania, Emma-Erbe.

»Was ist es dann, Hansen? Hau es raus!«, setzte meine Mutter nach, um gleich darauf ihrer letzten Sorge Luft zu machen: »Oder riecht meine Muschi nicht gut?«

Hilfe! dachte Hansen.

»Nein, Scheiße, Fritzi, da ... was weiß ich, steh ich offenbar nicht so drauf«, sagte er und überlegte, ob er vor lauter Verlegenheit noch »so als Vegetarier« hinzufügen sollte. »Sorry, ist halt nicht so mein Ding.«

»Echt? Schade. Nur bei mir oder allgemein?«

»Allgemein!«

Um endlich aus der Defensive zu kommen, stellte er zur Abwechslung selbst eine Frage. Er wollte wissen – einen Tick zu trotzig, zu präpubertär und selten unsouverän –, wieso meine Mutter denn eigentlich nicht bei ihrem FdF geblieben sei.

Wenn der offenbar so viel besser zu ihr gepasst hätte. Und so ein begnadeter Bumser gewesen sei.

»Im Gegensatz zu mir«, fügte er bewusst kläglich hinzu. Auf die Empathie meiner Mutter war bisher noch immer Verlass gewesen.

Sie schnalzte kurz mit der Zunge. Dann meinte sie:

»Tss, Hansen. Ich schlaf gern mit dir, und das weißt du auch.« Nur nicht oft genug. Sonst würde sie ihm wohl kaum solche Szene machen.

Im Übrigen, lenkte sie ein, falls ihn das beruhige: Wenn ihr zu Hause ständig jemand mit seiner Erektion auflauern und »Hier Kleine, für dich, mach mal weg« sagen würde, sei sie irgendwann nur noch genervt und regelrecht angeekelt.

»Von dieser Art des Ständchens«, fügte sie abschließend hinzu.

5.

Position: 50°39,9'S; 155°08.9'E
Luft: 15° C / 59°F
Wasser: 12° C / 24°F
Wind: West 35 Knoten
Wetter: Slightly better
Gereiste Distanz in den letzten 24 Stunden:
351,5 nautische Meilen

Es wurde täglich rauer, drinnen wie draußen. Die ersten Tage bis zur Packeisgrenze geriet fast alles aus den Fugen. Sämtliche Statik schien futsch. Als sei der Big Bang noch nicht ganz abgeklungen und die Erde erst im Entstehen. Oben und unten, vorne und hinten, Backbord und Steuerbord – selbst das Innere und Äußere lösten sich durch die Seekrankheit auf. Die *Khlebnikov* rollte wie ein besoffenes Ungetüm gravitätisch von einer Seite zur anderen. Und mit ihr sämtliche Passagiere.

Immer wieder wurde der Eisbrecher von einer Stafette ausgewachsener Wellen erfasst und jäh abgebremst, ja, regelrecht zusammengeschlagen. Von Mal zu Mal dauerte es länger, bis das Schiff die Wucht der Wellen abgeschüttelt hatte und, angezählt wie ein schwergewichtiger Boxer, taumelnd wieder Fahrt aufnahm. Und zwar nicht nur vorwärts. Zu der Geschwindigkeit des Vorschubs kam auch immer diese Neigung zur Seite. Erstere war angenehm, Letztere die pure Folter. Als würde Neptun mit den Menschen kegeln.

Mein Vater glaubte sogar zu wissen, wie oft. Er wollte es zwar nicht beschwören, aber es stimmte: achttausendsechshundertvierzigmal.

In seiner Koje liegend (und leidend), sah er ganze Textpassagen wie Jenny Holzers LED-Leuchtbänder an die Innenseite seiner Stirn projiziert. Längst verloren geglaubtes Wissen, das er sich irgendwann mal für die Prüfung des Sportküstenschifferscheins angeeignet hatte, wurde von den Wellen wild und stürmisch wachgeküsst. (Enzyme der Erinnerung, sedimentiertes Wissen, irgendwo am Grund des Gedächtnis aufgewühlt.) Das las sich dann so:

Die sechs unterschiedlichen Schiffsbewegungen lassen sich auf Stampfen, Tauchen, Gieren über die Längsachse und die drei gradlinigen Rotationsbewegungen reduzieren: Wogen, Schwoien und Rollen über die Querachse des Schiffes. Bei einer geschätzten Rollzeit von zehn Sekunden pro Tag bewegt sich ein Schiff ca. 8 640-mal hin und her. Bei schlechtem Wetter (liegt vor! dachte Hansen) *ist es nicht ungewöhnlich, wenn 30 Grad Krängung und in seltenen Einzelfällen Rollwinkel von 45 Grad und mehr erreicht werden.*

45 grausame Grad, korrigierte mein Vater.

Sicher, es gab Gegenmittel – normalerweise.

Normalerweise konnte man den Blick auf einen halbwegs starren Horizont richten – diese »Hilfsreling fürs Auge«, wie Hansen sie nannte. Jene messerscharfe, wie am Reißbrett gezeichnete Nulllinie, an der sich Himmel und Erde an gemäßigten Tagen fast pedantisch voneinander abgrenzten – beim EKG auch Asystolie oder Herzstillstand genannt. Daher auch die bei Seglern beliebte Formulierung »Die See lag da wie ein Leichentuch«.

Bloß, im Herbst, auf der Südhalbkugel, im Südpolarmeer, unterwegs in die Antarktis, wo ein Tiefdruckgebiet das nächste jagte, der Wind freie Bahn und ein Halbaffe wie der Mensch im Prinzip nichts zu suchen hatte, da lachten sich die Elemente ins Fäustchen. Da verhielt sich die Kimmung keineswegs kooperativ. Der Horizont erinnerte bestenfalls an eine Systole kurz vor dem Kollaps. Da sah es im Prinzip so aus, als erleide die See einen epileptischen Anfall, wie Hansen schrieb.

Dagegen, dachte er, konnte ein Astronautentraining nur ein Witz sein. In der Schwerelosigkeit stieß man nachts, sanft schlafend, vielleicht irgendwo an. Auf einem Eisbrecher aber, der, wie der Name schon sagt, für und vor allem gegen das Eis konzipiert und nur bedingt geeignet war für eine Passage auf hoher See, wurde jede Nacht im wahrsten Sinne des Wortes zu einem Härtetest.

Erst am Abend zuvor hatte Hansen ein lautes Aufplumpsen in der Nachbarkabine gehört. Gefolgt von einem noch lauterem *Porco Dio*, obgleich »Porco Poseidon« sicher präziser gewesen wäre. Wahrscheinlich war einer der drei Italiener nebenan von einer Welle aus der Koje gekegelt worden. Dem Aufprall nach zu urteilen, der, der oben geschlafen hatte.

Hansens Mitleid hielt sich in Grenzen, zumal er feststellen musste, dass auch er nicht unversehrt durch die letzte Nacht gekommen war: Muskelkater. Die Arme schmerzten. Als Autor und Schreiberling ging das erschreckend schnell. Wahrscheinlich hatte er sich wegen des schweren Seegangs die ganze Nacht an Kissen und Matratze geklammert und schon mal Leichenstarre geübt. Vor allem an einer ganz bestimmten Stelle ...

Noch beim Aufrichten im Bett registrierte Hansen einen weiteren Schmerz an sich. Aua! Weiter unten. Sein Zentralorgan. Offenbar zirkulierte das Blut noch nicht richtig. Im Gegenteil, es schien über Nacht verdickt, regelrecht geronnen zu sein, wie er protokollierte, *fast schon versteinert*.

War das etwa gemeint, wenn es hieß, einem würden Seebeine wachsen? Oder manifestierte sich hier bloß eine unbewusste Sehnsucht nach mehr Statik?

Wie gesagt blickte Hansen durch das Fenster seiner Kabine nach draußen, und da war nichts, woran sich sein Auge festklammern konnte. Genauso gut hätte er den Horizont im Inneren einer laufenden Waschmaschine suchen können. Nichts stand still, wenn man mit einem Eisbrecher quer durchs Südpolarmeer pflügte. Noch dazu im Herbst auf der Südhalbkugel kam man sich vor wie in einer gigantischen Zentrifuge. Alles, was Hansen die nächsten Tage sah, war ein Whirlpool des Wahnsinns. *Poseidon auf Speed.* Ein in Furor erwachtes Monster. Mit schnittfestem Schaum vorm Mund.

Wie zur Hölle sollte er unter diesen widrigen Bedingungen seinen zweiten Bericht verfassen, für den er sich schon numinose Notizen gemacht hatte. Unter anderem so schöne Titel wie: *Das Trauma-Schiff* oder *Das Geschunkel des Grauens*. Erstens, ohne Schlaf konnte man nicht arbeiten. Zweitens, ohne Schlaf wurde der Mensch unleidlich, somnambul, ein Zombie. Und drittens, ab wann setzen eigentlich die ersten Halluzinationen ein?

Hello, good morning everybody!

Mein Vater erschrak. Eine säuselnde Frauenstimme. Schande. Waren das etwa schon erste Symptome?

It's half past seven now, time to get up!

Nein, das war, *thank God*, bloß Diane Wilson, Expeditionsleiterin, Neuseeland, die mit leichtem Kiwi-Akzent über Bordfunk zu ihnen sprach. Mit Engelszungen säuselte sie ihren morgendlichen Weckruf in Hansens Kabine und wünschte, dass man trotz *rocking seas* eine Mütze voll Schlaf bekommen haben möge.

Witz komm raus, dachte mein Vater. Genauso gut hätte man versuchen können, auf einem Surfbrett in der Brandung zu schlafen.

Immerhin. Als einer der wenigen Passagiere an Bord verfügte mein Vater über eine Einzelkabine und hatte damit die Wahl, die Nacht entweder als Wipp- oder als Hollywoodschaukel-Schläfer zu verbringen. Je nachdem für welche der beiden Kojen er sich entschied. Ob er sich – nautisch ausgedrückt – für *Stampfen, Tauchen, Gieren* oder lieber *Wogen, Schwoien und Rollen* entschied.

Hatte beides Nachteile. Als Hollywoodschaukel-Schläfer, sprich längs zur Fahrtrichtung, mit dem Kopf zum Bug, musste er sich permanent an der Matratze festklammern – denn niemand hatte ihm von dem Gurt darunter erzählt (vielleicht weil das zu sehr nach Anstalt ausgesehen hätte). Beim Wippschlaf dagegen, quer zur Schiffsachse, blieb er zwar leichter im Bett, fühlte sich aber früher oder später wie eine dieser Lavalampen. Mein Vater glaubte zu spüren, wie sein Blut im endlosen Rhythmus der Wellen immer dickflüssiger zwischen Füßen und Fontanelle hin und her gespült wurde – nicht wenig davon fand offenbar in einem Seitenarm Zuflucht. Die Folgen am nächsten Morgen waren evident: a) Seebeinsymptom und b) Augenringe wie ein Pandabär.

Da Diane Profi war, ritt sie nicht länger auf dem empfindlichen Thema Schlaf herum, sondern kam sogleich auf erfreulichere Ereignisse zu sprechen. Nach dem Motto »Land in Sicht«, meinte sie Mut machend:

Macquarie Island ... our first landing ... a very exciting place ... only five hundred nautical miles away from here.

Es folgte eine wahre Faktenflut wie bei einem Fernstudium, oder als sei man aus Versehen auf einer Studiosus-Reise gelandet, dachte Hansen. Es ging um Schutzzonen und Inselverwaltung. Seit 1997 UNESCO-Weltnaturerbe und nach Lachlan Macquarie benannt, größte Königspinguinkolonie, ganzjährig besetzte Forschungsstation mit dreißig Wissenschaftlern, zum australischen Bundesstaat Tasmanien gehörend usw. usf. Den Rest bekam mein Vater schon nicht mehr mit. Alter Schul- bzw. Schutzreflex. Reste eines Klassenkasper-Syndroms. Angesichts des englischen Wortschwalls via Lautsprecher fühlte sich Hansen plötzlich an den Englischunterricht im damals neuen Sprachlabor erinnert. Neunzehnhundertschießmichtot. Bei Herrn Niemann, von allen immer nur NN für Nazi-Niemann genannt. Mein Vater erinnerte sich, wie er hinterm Mischpult seiner hochmodernen Kommandozentrale saß und allen Schülern der 11c mittels Kopfhörern BBC-Nachrichten in die Ohren schleuste – statt Stromstößen. Anschließend sollten alle das Gehörte simultan rekapitulieren und dabei laut und deutlich in das Mikrofon vor sich sprechen, ein grauenhaftes Gemurmel, wie beim Vaterunser. Der Nachrichtensprecher selbst stellte die Fragen. Nur Niemann, der Arsch, machte praktisch nichts, außer seinen großen Lauschangriff:

What did Misses Thatcher do to prevent ...?, fragte der Sprecher.

In der Regel hatte Hansen nur Bahnhof, Tendenz Hauptbahnhof, verstanden, während Niemann gottgleich an seinen Reglern saß und sich mit seinen Stasimethoden jederzeit in die fragmentarischen, fast schon homöopathischen Inhaltsangaben einschalten und das gesammelte Gestammel dann live an- bzw. abhören konnte. Als Opfer merkte man es entweder gar nicht oder sofort, wenn Niemann sich plötzlich direkt ins eigene Hirn dazuschaltete und zu einer der schlimmsten Über-Ich-Synchronisationen ansetzte, die man sich vorstellen konnte:

It's pathetic, Jerk, usw. Warum man den anderen – gemeint war: begabteren Schülern – eigentlich die Luft am Gymnasium wegatmen würde.

Maybe, but what is paßätig, Mister Niemann.

Wie gesagt, eine längst vergessene und verheilt geglaubte Wunde. Offenbar eiterte sie noch immer ein bisschen nach.

Dianes Stimme erlöste Hansen und holte ihn in die schwankende Gegenwart zurück. Sie schwärmte noch immer von Macquarie Island, pries mittlerweile die Entlegenheit der Insel, diesen Außenposten der Zivilisation. Sprach sogar von einem nassen und windigen *Garden of Eden.* In den sich im Jahr nicht mehr als fünfhundert Gäste verirrten.

And you will be amongst the happy few.

Unless, sagte sie und fing den Satz neu an: *As everybody probably realised,* sei das Wetter *still a bit rough and pretty bumpy.* Das ließ sie kurz sacken. Zeit, sich auf eine schlechte Nachricht einzustellen. Der Käpten sei der Meinung, ein Anlanden auf Macquarie Island sei zu diesem Zeitpunkt noch etwas ungewiss.

But!

Für zehn Uhr, also *shortly after breakfast,* sei eine Besprechung im Vortragsraum angesetzt. *You can be sure ... we'll try anything possible to get you ashore,* endete Diane und empfahl, sich solange mit dem Frühstück zu trösten.

Go for the pancakes. They are a real treat.

Aye, aye, Diane!, dachte mein Vater und sah kurz an sich hinunter. An mir soll es nicht liegen. Guck, meine Gangway ist schon ausgefahren.

Er setzte sich wie ein Skispringer auf die Bettkante und machte sich für den Sprung Richtung Nasszelle bereit. Bloß, dachte sich so leicht. In Wirklichkeit kam das einer Außenwette bei *Wetten, dass ...?* bzw. *Wetten, nass ...?* bedenklich nahe, witzelte er in Gedanken. Der Zeitpunkt für den Absprung wollte gut abgepasst sein. Ab acht Beaufort auf See, Hochsee, ging selbst die Bewältigung kurzer Distanzen schwer in Richtung Akrobatik. Am besten war es, wenn man bergauf lief. Das hatte sich bewährt; schließlich wussten auch Alpinisten, dass der Aufstieg oft weniger gefährlich war als der Abstieg. Man konnte warten, bis das Schiff bei äußerster Neigung kurz auf Backbord oder Steuerbord Bug verharrte, um dann Schwung und Gefälle bergab zu nutzen und sich tollkühn Richtung Wellental zu stürzen. Theoretisch machbar, praktisch riskant, ohne Helmpflicht und Stuntmanausbildung. Die Entfernung vom Bett bis zum Bad entsprach ungefähr der kritischen Distanz, bei der eine unkontrollierte Beschleunigung und ein ungebremstes Abstoppen – durch Kabinentür, Tischkante, Schrank – anfing wehzutun. Wenn man Glück hatte. Bei älteren Menschen und Osteoporose-Patienten konnte eine Kollision zu weit Schlimmerem führen als nur zu Schmerzen, dachte mein Vater. Wenn sie häufig – wie vom Klabautermann geschubst – zu schnell beschleunigten, folglich den nächsten angepeilten Halt verfehlten und über das Ziel hinausschossen.

Bäng.

Konnte passieren. Passierte! Doc Holiday hätte wahrscheinlich ein Lied davon singen können, wenn man es ihm nicht verboten hätte. Seine *Safety Instructions* zum Thema Sicherheit auf See hatten etliche Beschwerden nach sich gezogen. Ein paar Passagiere hatten darin weniger eine Aufklärung gesehen als pure Panikmache oder sogar Spuren von Sadismus. Insbesondere die

Details vom skalpierten Mann waren nicht überall gut angekommen. Dabei musste man den Doc in Schutz nehmen. In Wahrheit genügten zwei, drei Tage auf See – Hochsee, dachte Hansen –, um zu bezeugen, dass seine Details weder sarkastisch noch sadistisch, sondern bestes britisches Understatement waren.

Aus aktuellem Anlass musste er plötzlich an *Die Meuterei auf der Bounty* denken. Bereits jetzt fand er Parallelen: eine Truppe durchgeschüttelter Passagiere, denen man nach mühsamer Wildwasserfahrt einen Landgang auf einem Weltnaturerbe vorenthielt, weil die See es angeblich nicht zuließ?! Die Frage schien berechtigt. Wie mochte wohl jemand reagieren, der für den Besuch einer der größten Pinguinkolonien der Welt über 20 000 Euro hingeblättert hatte, nur um etliche schlimme Seemeilen später, quasi vor Ort, zu erfahren, dass man selbst mit hochmotorisierten Zodiacs, wie gemacht für einen D-Day, nicht anlanden konnte?

Zwei Möglichkeiten, dachte mein Vater: Ein völlig intakter Selbsterhaltungstrieb würde – Gandhi-gleich – zu Friedfertigkeit neigen, zumal man es im Falle einer Meuterei an Bord der *Khlebnikov* auch mit der Mannschaft, sprich mit Russen zu tun bekommen würde. Russen wohlgemerkt – keine Tibeter. Eine Nation, die Nikolai Walujew und Alexander Powetkin hervorbrachte. Kampferprobt bis in die Knochen.

Wenn man die Mannschaftsmitglieder – was selten genug der Fall war – zu Gesicht bekam, oben auf der Brücke oder achtern beim Joggen auf dem Helikopterdeck oder unten in der Sauna, wirkten sie am ehesten wie Tschetschenien-Veteranen, die man zwecks Enttraumatisierung auf See geschickt hatte. Lebensbejahende Frohnaturen und Dienstleister im Tourismussektor sahen jedenfalls anders aus, dachte Hansen. Ganz anders. Wenn ein Mannschaftsmitglied mal lachte, lächelte, dann höchstens wie Putin. Ein Lächeln, an dem man Rasierklingen schärfen und Kehlen gleich ganz aufschlitzen konnte.

Kurzum, dachte Hansen, Meutern ist vielleicht keine so gute Idee. Welcher Idiot wollte schon bei den Wassertemperaturen erst kielgeholt und dann mit Glück in einem Beiboot ausgesetzt werden? Pitcairn, die Südsee und seine süßen, mandeläugigen und barbusigen Frauen waren tödlich weit weg.

6.

Noch weiter weg, knapp 20 000 Kilometer entfernt – den halben, streng genommen den ganzen Globus dazwischen –, klappte meine Mutter ihr altes Notebook auf. Schon das sechste oder siebte Mal an diesem Tag (fast genauso oft, wie sie neuerdings aufs Klo lief). Da sie viel Tee trank in ihrer kleinen, kalten Bude, dachte sie sich nichts dabei. Sie klickte den Browser an und wartete, bis sich ihre neue Startseite, *Spiegel Online*, aufgebaut hatte. Anschließend scrollte sie über Politik, Wirtschaft, Sport zügig nach unten zur Rubrik Reise und wunderte sich, dass von ihrem »Hochsee-Hansen« noch immer nichts im Netz zu lesen war. Nix. Kein Eis-Blog, kein Polarprotokoll. Selbst ihr Postfach war leer. Nicht mal eine mickrige E-Mail hatte er ihr geschickt.

Scheiße. Wieso nicht? Was war da los? Er war doch schon den dritten Tag (gefühlt einen Monat) auf See. Da hatte man doch sicher jede Menge Zeit und Muße?! Oder war er noch immer sauer wegen neulich? Zu bescheuert, dass sie ihn nicht einfach anrufen, selbst fragen und bei der Gelegenheit gleich den bitteren Beigeschmack ihres letzten Telefonats revidieren konnte. Gar nicht mal meinetwegen. Einfach so, aus rein partnerschaftlichen Gründen. Von mir wusste sie zu dem Zeitpunkt ja noch nichts.

Genau drei Tage war es jetzt her, dass ihr Telefon zu später Stunde geklingelt hatte. Ihr Herz erhöhte augenblicklich den Takt, teils wissend, teils hoffend, es könne sich nur um meinen Vater, »Honey-Hansen himself«, handeln. Sie hechtete – Obacht, schwanger (wusste sie aber noch nicht) – zum Telefon, meldete sich mit den Worten: »Hi, Hansen?«, und da ihr auffiel, wie ähnlich »Hi, Hansen« und »Hier Hansen« klang, und sie unbedingt vermeiden wollte, dass er dachte, sie würde sich bereits wie seine Angetraute mit seinem Namen melden, fügte sie noch schnell hinzu:

»Bist du's, Käpt'n, mein Käpt'n?«

Kurz darauf die Bestätigung – seine Stimme.

»Yep, und zwar leibhaftig, live aus Down Under«, sagte er wie ein Korrespondent oder Hardy Krüger auf Sendung.

»Endlich! Erzähl, Hansen. Alles schick? Heil angekommen? Wie war der Flug?«

Die Antwort kam zeitversetzt, noch dazu mit nervigem Echo in der Leitung.

»Ja, so ... halbwegs heil«, stöhnte mein Vater. Sei ein verboten langer Flug gewesen. Erst ab Singapur habe es ein Upgrade in die Businessclass gegeben. Dann eine Nacht Zwischenstopp in Melbourne. Und leider sei er viel zu fertig gewesen, um sich groß umzugucken.

Meine Mutter nickte nur und dachte: Nobel. Businessclass! Kannte sie sich nicht mit aus. So als Studentin. Als schwangere Studentin. Hätte sie das bereits gewusst, hätte sie entgegnen können: »Pass auf, Honey, unser Baby ist übrigens auch in der Businessclass.« Das Gespräch wäre garantiert anders verlaufen. Wenn auch nicht unbedingt besser.

Stattdessen fragte sie:

»Und sonst so, Hansen? Erzähl ...« Vermisst du mich eigentlich schon? dachte sie, verkniff sich aber die Frage. *Fishing for compliments* – nie gut.

»Gibt nicht viel zu erzählen, bin ja gerade erst angekommen. Und ziemlich müde«, stöhnte er. Bei zehn Stunden Zeitverschiebung hätte er logischerweise einen ausgewachsenen Jetlag. Außerdem ginge es erst nachmittags aufs Schiff. Wirke wie ein Riesenschlepper, der Pott. Seine Kabine sei, wie es ausschaut, ganz oben, Deck 7, Kabine 721. Da würde es sicher noch mehr schwanken. Von wegen Corioliskraft und so.

»Mir ist jetzt schon schlecht.«

Sollte meiner Mutter schon bald ganz ähnlich gehen.

»Und selbst? Erzähl du mal. Bei dir alles im Lack, Fritzi?«

»Danke, geht so. Mittelprächtig«, sagte meine Mutter. Außer ihm würde ihr eigentlich nix fehlen.

»Ach, echt? Jetzt schon?«, tat mein Vater überrascht. »Aber ich komme doch bald wieder.«

Verlegenheitsantwort.

Bald! Witzig. In vier endlosen Wochen, dachte meine Mutter. Falls er nicht noch in Tasmanien einen Job dranhängte, wie er mal laut gedacht hatte. Es gab Sätze, die setzten sich fest wie Zecken. Andere, simplere, wurden nie ausgesprochen. Wie etwa: Ja, Kleine, du fehlst mir auch wie sonst was! Oder: Ich träume schon andauernd von dir und wünschte – x-beliebiges Kosewort hier –, du könntest gleich zwecks Flitterwochen mit aufs Schiff kommen. Und sei es auch nur eine Notlüge für eine Notlage. Eine Art Verbal-Vademekum. Meine Mutter hätte wenigstens seinen guten Willen erkannt – und folglich anerkannt.

»Ich hab gestern kurz überlegt, Hansen«, fing sie an und brach schnell wieder ab. »Ach, egal, vergiss es. Wann genau legt ihr ab?«

»Heute Nachmittag. Was hast du überlegt, Fritzi?«

»Na ja, ob ich nicht ... ich meine, solange du nicht da bist ... nach Hamburg, also vielleicht in deine Wohnung ziehen könnte?«

Als müsste ihm das erst übersetzt werden, dauerte es eine Weile, bis Hansen darauf reagierte:

»Ist das jetzt 'ne Frage, oder ...?«

Wonach klingt es denn, Hansen? Oder muss ich das erst schriftlich einreichen?, dachte meine Mutter.

»Ja, ist es. Wie findst'n das? Sag mal.«

Und als müsste sie sich für ihre Anfrage rechtfertigen, setzte sie zu einem großen Rundumschlag an. Dass ihr die eigene Wohnung gerade mächtig auf die Nerven ginge. Das ganze Kohlengeschleppe jeden Tag. Sie hätte jetzt schon so lange Arme wie ein Orang-Utan.

»Verstehe!«, sagte mein Vater. Botschaft angekommen. Kein Kavalier weit und breit.

»Und das Schlimmste, am Ende wird die Scheißbude noch nicht mal richtig warm!« Berlin im Februar halt. Echt abartig. Die gefriergetrocknete Hundescheiße überall. Außerdem die Tussi im zweiten OG, über ihr. Mit ihren Stöckelschuhen morgens. Punkt sieben macht die Dauerlauf oder Prêt-à-porter-Proben. Als ob da Spechte wohnten. Noch gruseliger wird's, wenn ihr Typ am Wochenende kommt (im wahrsten Sinne!). Dieser Soldat oder was der ist, ihr Stecher. Die würden sich dann jedes Mal die Seele aus dem Leib vögeln (Botschaft: Und ich nicht). Kurz vorm Kommen würde die immer wie die frühe Whitney Houston oder dieser Gnom aus der *Blechtrommel* klingen. Wie heiße der noch mal? Ach ja, Oskar Matzerath, genau, ganz, ganz hohes C.

»Also, was sagst du, Hansen?«

»Wozu?«

»Na, deine Wohnung! In Hamburg. Ist das okay für dich?«

»Ach so, ja, meinetwegen, mach doch«, sagte er etwas onkelhaft generös, »Kohlenschleppen und frieren ist nicht gut.«

»Eben, Hansen!«

Oder war das zu viel verlangt? Begeisterung klingt aber anders, dachte meine Mutter. Ihre anfängliche Freude, seine Stimme zu hören, wich einem ersten, massiven Unbehagen. An dieser Stelle drohte das Gespräch zu kippen. Eigentlich sagte sie ihm doch, wie wahnsinnig verliebt sie war, dass sie sich vor lauter Sehnsucht gern mit seinen Sachen umgeben, zum Schlafen ein verschwitztes Hemd von ihm anziehen, daran riechen und seine kleine Mansarde sozusagen als Ersatzkörper bewohnen wollte – und von ihm kam nur ein mickriges »Okay, Kleine, mach doch. Von mir aus.« als Antwort! Bisschen dünn, oder nicht?! Daher sagte sie:

»Wobei, vielleicht lassen wir das besser, Hansen. Ich hab es mir anders überlegt. Du würdest mir wahrscheinlich in deiner Bude noch mehr fehlen. Und ich bin mir nicht sicher, ob das so gut ist.«

Das ließ meine Mutter so stehen, nur um zu sehen, wie mein Vater darauf reagierte. Ob er im Idealfall widersprach oder mit einem Echo ihrer Emotionen reagierte. Einer Spur von Sehnsucht. So was.

»Okay, deine Entscheidung, Fritzi.«

»Ach, ist dir also egal, oder wie?«

»Mehr oder weniger schon, ja.«

Meine Mutter nickte nur. Na toll, das läuft ja super, dachte sie. Das Telefonat erinnerte sie plötzlich an die Art, wie Hansen mit seiner Mutter sprach. Der einzige Unterschied bisher war, dass er trotz des Jetlags noch nicht gegähnt hatte.

»Okay, Hansen, besprochen. Ich bleib in Berlin. Auf Distanz. Ist vielleicht besser. Aber ... trotzdem danke!«

Immerhin schrie sie nicht. Hansen hörte nur ein Rascheln, weil meine Mutter gerade nach einem Taschentuch griff. Es klang, als versuchte sie einen Großteil ihrer Wut hineinzuschnäuzen.

»Fritzi?! Alles okay bei dir? Bist du erkältet?«, fragte mein Vater.

»Scheiße, Hansen, nee, ganz ehrlich, nix ist okay, wenn du mich so fragst«, sagte sie mit ausgewechselter Stimme. Hauptsache Emotionen, zur Not auch mit falschem Vorzeichen. Alles, wirklich fast alles war ihr lieber, als sich vier Wochen mit seiner Gleichgültigkeit herumzuschlagen.

»Angenommen, ich ziehe bei dir ein, in deine kommode Bude ... Was mache ich, wenn zufällig irgendeine deiner Extussis anruft, Hansen? Sag ich der: ›Tachchen, hier spricht die neue, keine Ahnung ... Bettgeschichte, Mätresse, Konkubine, Gespielin?‹«

»Oah, Fritzi, was soll das denn jetzt?« Immer diese Scheißeifersucht, dachte mein Vater und realisierte, reichlich spät, dass er offenbar irgendwas Falsches gesagt haben musste und das Telefonat gerade böse entgleiste.

»Wieso, Hansen, weil du Stoffel, sorry, einfach nicht das Maul aufkriegst?! Schließlich kennen wir uns ja noch nicht soooo gut, wie du andauernd betonst! Stimmt's, Hansen?! Gerade mal sechs mickrige Monate«, meinte meine Mutter.

Toll. Und für so was hatte man nun das Telefon erfunden. Noch vier Dollar zwanzig, dachte mein Vater. Statt sich zu entschuldigen (selbst wenn er nicht genau gewusst hätte, wofür), fühlte er sich zu Unrecht angegangen und bemerkte, wie ihre Aggression auch auf ihn überschwappte: immer dasselbe. Physik letztlich.

Actio gleich reactio. Druck und Gegendruck. Wenn er nicht so feige (und weniger softiesozialisiert) gewesen wäre, hätte er aus der Deckung eines transkontinentalen Telefonats ihre Provokationen am liebsten in mustergültiger Machomanier pariert. Nichts lieber und leichter als das, dachte er. Ein Mal Arschloch bzw. Alpha-Arschloch sein. Wie gern hätte er einfach mal die Meute von der Leine gelassen. All die ungenutzten Schimpfwörter, die wie Söldner nur darauf warteten, in die Schlacht ziehen zu dürfen. Statt immer diesen widerlichen Scheißsoftie zu mimen, den auch keiner wirklich wollte. Jedenfalls nicht die Frauen, auf die mein Vater stand.

Die passende Bemerkung lag ihm bereits lose auf der Zunge: Tja, Pech, Kleine, kann passieren. Es gab andere Frauen vor dir ... und wie es gerade aussieht, wird es auch schon bald eine nach dir geben!

Wann und wie schnell das der Fall sein würde, hing maßgeblich davon ab, ob solche Sätze nur gedacht oder im Affekt auch gesagt wurden.

Stattdessen räudiges Rumgedruckse, wie immer:

»Wird dich vielleicht enttäuschen, Fritzi, aber ... ich hab keine Geheimnisse. Weißt du, ich bin nämlich Schreiber. Da muss man dauernd die Hose runterlassen.«

»Ach so, richtig, stimmt ja, hast du gesagt – die ›Textnutte‹, ich vergaß, Hansen«, sagte meine Mutter, die schon allein sein Tonfall nervte.

Okay, »Textnutte«, seinetwegen. Könne er mit leben. Es gäbe schlimmere Arten der Prostitution. Oder glaube sie etwa, er könnte solche Reise machen, wenn er auch nur ansatzweise das schreiben würde, was er wirklich sah, dachte und fühlte?

Meiner Mutter kam ein Gedanke:

»Weißt du, was ich mich gerade frage, Hansen?« Woher sie eigentlich wissen solle, dass er es mit seiner jeweiligen Freundin nicht genauso hielte? Und ob sie überhaupt zusammen wären, wenn sie immer haargenau wüsste, was er wirklich dachte, sah und fühlte?!, meinte meine Mutter. Vielleicht sei ihm seine Scheißschreiberschizophrenie schon in Fleisch und Blut übergegangen. So richtig schlau würde man jedenfalls nicht aus ihm und seinem Hardcore-Hanseatismus.

Mein Vater stöhnte abermals – für die Dauer von zwanzig australischen Cents. Er wollte Zeit schinden.

»Keine Sorge, ich kann das trennen, Fritzi! Dienst ist Dienst und du bist du!«, sagte er bewusst flapsig. Gemäßigte Macho-Manier.

»Was?! Na, da bin ich aber jetzt echt beruhigt«, erwiderte meine Mutter und schnalzte mit der Zunge: »Ganz ehrlich, Hansen, du bist vielleicht ein Charmebolzen, ›Dienst ist Dienst und du bist du!‹ Hab ich Wolfgang Petry an der Strippe, oder was?«

»Okay, sorry, Fritzi, war n' Scherz. Geld ist gleich alle. Können wir hier friedlich auseinandergehen?«

»Meinetwegen. Lass uns nicht streiten. Ist tückisch, so am Telefon. Tut mir leid, Hansen, ich hab keine Ahnung, was mit mir los ist, wahrscheinlich krieg ich bloß meine Tage. Wir klären das, wenn du wieder da bist, okay? Wie ist das Wetter bei euch, Chéri?«

Was brachte es? Mein Vater war weit weg, sie telefonierten. Wahrscheinlich zum letzten Mal für die nächsten vier Wochen, dachte meine Mutter. Er würde im Südpolarmeer sein, sie im beknackten Berlin. Dazwischen lag der halbe Globus, streng genommen der ganze. Was bringt es, wenn wir uns streiten?, dachte meine Mutter. Warum sollten die letzten Worte so was sein wie: Äy, Typ, weißt du was? Fick dich doch selbst ins Knie! Ich komm schon klar! Ohne dich.

Wie gesagt, noch wusste sie ja nichts von ihrer Schwangerschaft.

»Okay, ist gut, schon vergessen«, sagte mein Vater, dessen Wut stets eine Weile nachdieselte. »Die Telefonkarte ist ohnehin gleich leer. Vielleicht fällt uns ja noch was Nettes ein für – warte – zwei Dollar und zwanzig«, sagte er gereizt. »Das sollte machbar sein, oder?! Ich gehe nämlich gleich für vier Wochen auf einen Eisbrecher.«

»Gern, Hansen, fang an. Ich höre!«

Eine Liebeserklärung bringt man lässig auch in zehn Cent unter, dachte meine Mutter. Und das einzig Positive, was Hansen bis hierhin zu berichten gewusst hatte, war ein Pommes-frites-Erlebnis mit Jakobsmuscheln! Irgendwo im alten Hafen von Hobart auf einer schwimmenden Imbissbude namens *Moby Dick*. Das sei wie – was hatte er gesagt? – »Hummer-Burger« gewesen. Und hatte gedichtet: »Andere Länder – andere Fritten.«

»Wieso ich?«, fragte er.

»Wieso nicht? Du bist doch die Nutte!«, sagte sie, diesmal witzig gemeint. Doch es klang nicht so.

»Ja, stimmt, bloß ... ich zahl gerade! Das macht keinen Sinn«, sagte mein Vater und sah zunehmend genervt auf die Guthabenanzeige, die die australischen Dollars vampirisch aus der Telefonkarte zu lutschen schien.

»Ach, komm. Was willst du denn noch hören, Hansen? Ich hab doch schon gesagt, dass ich dich vermisse wie was weiß ich, und du erzählst mir was von Pommes frites mit Jakobsmuscheln! Ganz ehrlich, denk mal kurz darüber nach.«

Tat er. Und kam dann zu dem Schluss, dass er meiner Mutter damit im Grunde genommen nur einen Gefallen tat, verglichen mit dem, was er ihr nicht erzählte. Die Pommes frites waren mit Sicherheit das kleinere Problem.

»Okay, stimmt, du hast recht, tut mir leid«, lenkte er plötzlich ein und überlegte angestrengt, was er noch Beschwichtigendes hinzufügen konnte. Musste nicht unbedingt ein Satz für die Ewigkeit sein, aber wenigstens was mit einer Halbwertszeit von vier Wochen. Irgendwas Nettes. Ein versöhnliches Ende. Da ihm so schnell nichts einfiel, unter Stress konnte er nicht denken, wühlte er in seiner Hosentasche nach ein paar Aussie-Dollars. Und dann geschah das, was manche Leute gern mit »Der Teufel scheißt immer auf den größten Haufen« bezeichneten: Als mein Vater gerade »Okay, Mausen, pass auf« sagte und »Ich finde auch, wir sollten ...«, erschien – Zufall oder nicht – das Fräulein Fatima höchstpersönlich in Gestalt von Lisanne auf der Bildfläche. Sie ging an der Telefonzelle vorbei und damit mitten durch Hansens unvollendeten Satz. Dabei hob sie nur kurz die Hand, flüsterte *Hi there* und bewegte minimal die Fingerspitzen ihrer rechten Hand, als versuchte sie frisch aufgetragenen Nagellack zu trocknen (den sie als Wissenschaftlerin natürlich nicht trug). Zeitgleich fiel ihr Blick auf Hansens Hand, die gerade tief und grabschend in der Hosentasche steckte und augenblicklich erstarrte. Und mit ihr mein Vater. Mehr als einen Schreck, Tendenz zum Schock, brachte er nicht zustande.

Wie viel Volt mochten das gewesen sein? Langte das schon, um einen Molch oder Bonobo zu töten?

Mein Vater riss die rechte Hand mit der Geschwindigkeit eines Revolverhelden aus der Hosentasche – ohne Münzen, die erübrigten sich gerade –, hielt sie vor die Muschel und flüsterte Lisanne hinterher:

Hi, wait ..., where are you goi...? Doch da hatte sie die Telefonzelle bereits passiert. Und schlimmer noch: Wenig später war auch meine Mutter aus der Leitung verschwunden.

»Was ... Hansen, hallo?! Sprichst du mit mir? Was hast du gesagt?«, fragte sie. »Und wieso plötzlich auf Englisch?«

»Ach, schon gut, nix!«, druckste er rum, er habe nur gerade jemanden getroffen ... vom Schiff, also von der Expeditionsleitung. »Den Bord-Or... Ornithologen«, stammelte er, bevor das Gespräch bei einem Restguthaben von 75 Cent vorzeitig beendet wurde.

Ein schriller, penetranter Ton ersetzte plötzlich die Stimme meiner Mutter. Wie die Flatline eines freudlosen Telefonats. Als sei da gerade irgendwas zwischen ihnen gestorben. Doch das täuschte.

Tatsächlich war genau das Gegenteil der Fall.

7.

Schande. Was war das denn? dachte meine Mutter. Das tasmanische Telefonat hing ihr noch eine Weile wie ein Tinnitus im Ohr. Im Nachhinein tat es ihr schon wieder leid. Ihre Reaktion. Irgendwie affig und affektiv, einfach so aufzulegen. Sonst gar nicht ihre Art. Hinterließ ein ungutes Gefühl. Eine diffuse Mischung aus Wut und Liebeskummer, dachte sie zunächst. Bis hin zu leichter Übelkeit. Solidarische Seekrankheit vielleicht. Gepaart mit Sehn- bzw. Eifersucht. So was, glaubte sie. Und was die Eifersucht betraf, darin war sie schon unter normalen Umständen Expertin.

Sie konnte ja nicht ahnen (ahnen schon, aber nicht wissen), dass sie bereits jetzt sukzessive zum Hormonmonster mutierte und emotional auf Achterbahnfahrt geschickt, quasi zwangsverschickt wurde.

Um sich in den nächsten Tagen abzulenken und wenigstens so zu tun, als würde sie sich nach einem anderen Mann umsehen – spaßeshalber –, ging sie hin und wieder aus, bevorzugt in die *Panoramabar*. Dort angekommen, stellte sie mit Befremden fest, dass ihr niemand wirklich gefiel (und ihr Hansen ganz schön fehlte). Sie ertappte sich sogar dabei, wie sie eines Abends *My Bonnie lies over the ocean, my Bonnie lies over the sea, my Bonnie lies over the ocean, O bring back my Bonnie to me* summte. Außerdem wollten ihr weder Drinks noch Fluppen richtig schmecken. Und aus unerklärlichen Gründen hatte sie sogar eine Nase Beschleuniger, sprich Koks abgelehnt, die ihr ein Kommilitone kredenzt hätte. Und noch ungewöhnlicher ihre Begründung dafür:

»Nee danke, aber wenn du zufällig Rote Bete dabeihättest …«

Hallo?! Nachtigall! Das war schon kein Trapsen mehr, sondern ein Trampeln. Selbst Nils, der Kommilitone, guckte reichlich irritiert, überlegte kurz ob »Rote Bete« eine neue Designerdroge sei und meinte: Sorry, hätte er heute ausnahmsweise mal nicht dabei. Aber nächstes Mal wieder, versprochen, meinte er mit Blick auf ihren Bauch. Und damit schien ausgerechnet ihr Gelegenheitsdealer als Erster zu kapieren, was Phase war, und bot ihr sogar an, zum Späti, also Spätkauf zu gehen. Falls sie sonst gar nicht klarkäme. Ohne Rote Bete!, betonte er.

Meine Mutter fand die Reaktion zwar süß und so, dachte sich aber nichts weiter dabei. Der Gedanke war so weit weg wie Hansen selbst. Schon nach zwei Stunden stieg sie wieder ins Taxi und fuhr artig nach Hause. Und zwar allein – wenn man mich nicht mitzählte, was meine Mutter definitiv noch nicht tat. Aber das war nur noch eine Frage der Zeit. Minuten, genau genommen.

Von Friedrichshain bis nach Prenzlauer Berg kam sie mit dem Kurzstreckentarif aus, wenn sie die letzten paar Schritte zu Fuß ging. Tat sie, regelmäßig. Auch wegen der frischen Luft. Beim Aussteigen warf sie einen vorausschauenden Blick Richtung Bürgersteig. Wichtig in Berlin, Hauptstadt der Hundescheiße, Kot-Capital, dachte sie. 333 000 Häufchen von 165 000 Hunden täglich (wer zählte die eigentlich?) – kunstvoll und mitunter zwei- oder dreistöckig auf die Trottoirs drapiert. Und anders als mein Vater wollte sie auf keinen Fall in irgendwelche Scheiße treten. Für nichts und niemanden. Ihr war nämlich schon latent übel. Einer der Gründe, weshalb sie die *Panoramabar* vorm Morgengrauen verlassen hatte.

Mit einem mulmigen Gefühl betrat sie das Treppenhaus. Es roch muffig, nach feuchtem Kohlenkeller, wie immer. Nur jede zweite Lampe funktionierte. Die einzigen bunten Akzente waren die Graffiti, Pizza-Flyer, Lidl- und Baumarktprospekte auf dem Boden. Ansonsten war es dunkel wie in einem Darm.

Meine Mutter wohnte in einem der letzten unsanierten Häuser in Prenzlauer Berg. Vorderhaus, erstes OG, Berliner Altbau. Ofenheizung. Kohlen im Keller. Und Wände wie aus Pappmaché. Wenn ihr Nachbar nieste, was er oft tat – Herr Vogelsang, ihr »Prachtossi«, wie sie ihn nannte –, hätte sie ihm jedes Mal »Gesundheit« wünschen können. Ständig flog die Sicherung raus. Immer wenn Waschmaschine und Toaster und/oder Föhn gleichzeitig in Betrieb waren. Alle Leitungen lagen über Putz, wie von

Gunther von Hagens plastiniert. Im Prinzip sah das Haus meiner Mutter aus wie kurz nach, genau genommen sogar wie während des Krieges. Es gab immer noch die Einschüsse vom Häuserkampf in den Fassaden. Möglicherweise waren auch ein paar frische hinzugekommen. Zumal sich unter der Wohnung meiner Mutter eine sogenannte Sky-Sportkneipe befand, die bevorzugt von »speedfressenden Spacken in Bomberjacken mit mindestens einer Nackenfalte« frequentiert wurde (O-Ton meine Mutter).

An den Wochenenden zog durch die Fugen der Dielen ein Odeur aus Klosteingeruch, Rauch und Testosteronausdünstungen, das sich in Küche und Schlafzimmer ausbreitete und Hansen »Chanel Nr. 00« getauft hatte. Dazu, fast schlimmer, diese Urwaldgeräusche. Wildgehege. Undefinierbares Geblöke und Gegrunze, wenn unter einem eine Horde von Honks zu *Dschinghis Khan* oder »Hölle, Hölle, Hölle« Pogo tanzte. Oder was die da machten. Und suffselige Heiterkeit von Honks und Horsts war weltweit sowieso das Schlimmste und oft nur Vorstufe von ekelhafter Frauenanmache und »Negerklatschen«, dachte meine Mutter. Sind die hauchdünnen Torfdeiche im Hirn erst mal weggesoffen. In besonders nervigen, weil schlaflosen Nächten dachte meine Mutter dann, dass Hansen leider recht hatte, wenn er meinte, der Übergang von Mensch zum Tier sei absolut fließend. Mit dem Zusatz, dass die Tiere dabei allerdings reichlich schlecht wegkämen.

Dann lieber das Faktotum nebenan, Herr Vogelsang. Einer der letzten Ur-Ossis im Kiez in einer nahezu gentrifizierten und weitgehend ossibefreiten Zone. Den hatte meine Mutter im Laufe der Jahre regelrecht lieb gewonnen. So nächstenlieb. An seine Haustür hatte irgendein Scherzkeks »It's a Zoni« geschrieben, was meinem Vater gefiel und seiner Meinung nach Potenzial für ein *Titanic*-Titelbild gehabt hätte (damals, als Sony noch mit dem Slogan Werbung machte).

Herr Vogelsang klingelte wenigstens einmal die Woche bei meiner Mutter, stand dann mit seinem Dackelblick vor der Tür und sagte bzw. nuschelte, je nachdem, ob mit oder ohne Zahnersatz:

»Tachchen, nu kieken se ma, wat ick hier ha'are ...« Und ob dit Fräulein Fritzi vielleicht die Güte hätte, mal ebend 'ne Glühbirne bei ihm auszuwechseln. Das war der Klassiker.

Beim ersten Mal hatte mein Mutter noch gedacht: Klar, Sportsfreund! Bei dir im Hirn vielleicht. Doch schon beim zweiten oder dritten Mal tat sie ihm den Gefallen. Ihre Art der Barmherzigkeit bzw. »Herz IV«, wie sie das nannte. Und falls die Birne wirklich kaputt war (was sie nicht war, nie. Herr Vogelsang drehte nur jedes Mal die Sicherung vorher raus). In einem Anfall von Nächstenliebe bestieg meine Mutter dann Herrn Vogelsangs Klappleiter, die er währenddessen aufgeregt festhielt (den Härtegrad und Steigungswinkel hatte Fritzi mal als eine Art Phallusersatz aus besseren Tagen interpretiert). Sie duldete es, dass er ihr mit »gefühltem Proktologen-Blick« zusah, wie sie zwei Meter über ihm die Birne auswechselte. Allerdings tat sie das nie im Rock, nur in Hosen, wie sie Hansen gegenüber betonte, als der ungläubig nachgefragt hatte. In den drei Jahren hatte meine Mutter nur ein einziges Mal genervt nachgehakt, ob die Birnen eigentlich alle noch aus der Zone stammten. Oder warum die Dinger sonst so oft kaputt seien? Als hätte sie den Trick nicht längst durchschaut.

»Nee, nee, allet Westware, bloß die Leitungen nich, wa?! Ick globe, ditt hat mit die Überspannung im Haus zu tun.«

Hm, Überspannung, schon klar. Ich weiß auch genau wo, dachte Fritzi und beließ es dabei. Herz IV, wie gesagt. Ihre Art der Sozialarbeit und Nächstenliebe.

Aber was ich eigentlich sagen wollte: Als meine Mutter abends aus der *Panoramabar* heimkehrte und wahnsinnig hungrig ihre Haustür aufschloss – trotz des Geruchs im Flur –, brannte bei Herrn Vogelsang noch Licht. Die Glotze lief praktisch nonstop, sein elektronisches Lagerfeuer: Höchstwahrscheinlich lief *Die Ludolfs* – seine Lieblingssendung. Diese schmierigen Schrottplatzbrüder. Als Artgenossen. Meine Mutter dachte sich nichts dabei. Außer, dass Herr Vogelsang mal wieder vor der Röhre eingeschlafen war. Und diesmal vielleicht für immer. Das Beste, was ihm im Prinzip passieren konnte.

Wetten? dachte meine Mutter. So würde es kommen. Ganz bestimmt. Tod durch Unter-Gürtel-Schichten-Fernsehen. Und sie würde es dann weit und breit als Einzige mitkriegen, bevor die ersten Maden über die Fußmatte krochen. Vorsichtshalber riskierte sie einen Blick Richtung Türschwelle, falls sich da schon was tummelte ... war aber nix. Gott sei Dank.

Oder doch kurz klingeln? Mitten in der Nacht? Nee, lieber nicht, dachte meine Mutter. Ein Problem rein ästhetischer Art. Und über einen gewissen Mindestsatz ging auch ihr Herz IV nicht hinaus.

Was sie in dieser Nacht davon abhielt zu klingeln, war der Geruch. Seit Tagen schon. Hölle, Hölle, Hölle, dachte sie. Auch wenn meine Mutter keine Ahnung hatte, dass das am Beta-HCG und ihrem gesteigerten Geruchssinn lag. Diesem von den äußeren Zellschichten der befruchteten Eizelle gebildeten Schwangerschaftshormon, das einen verdorbene Lebensmittel besser erkennen ließ. Damit man ergo dem Ungeborenen – mir in diesem Fall – kein Gammelfleisch anbot. Das ganze Treppenhaus stank noch stundenlang nach Herrn Vogelsang, wenn er seine Tür mal zu lange offen ließ, in der Hoffnung, irgendwer könnte sich zu ihm verirren. Dagegen war ein Pumakäfig der reinste Luftkurort. Nicht auszuhalten. Als sei Herr Vogelsang schon vor Tagen verstorben. So gesehen, dachte meine Mutter – ganz pragmatisch, gemessen an der Dauer des Gesamt-Todseins, also für den Fall, dass Herr Vogelsang den Löffel gleich direkt bei den Ludolfs auf dem Schrottplatz abgegeben hatte –, kam es auf die paar Stunden und zwei bis drei Maden jetzt auch nicht mehr an. Es langte, wenn sie morgen früh klingelte. Wenn ihr hoffentlich weniger übel war.

Die Haustür mehrfach hinter sich verriegelt, duschte sich meine Mutter kurz ab – sonst hätte sie den Geruch die ganze Nacht wie eine Tapete auf ihrer Haut gespürt. Sie sah dabei an sich hinunter und wunderte sich, ob ihre Brüste wirklich etwas größer geworden waren oder ob das bloß Wunschdenken war. Anschließend haute sie sich noch zwei Eier und ein bisschen Speck in die Pfanne (eins für sich, eins für mich sozusagen). Aber noch immer kein Aha- bzw. Ach-so-Erlebnis. Vielleicht weil dieser spätnächtliche Appetit nach einer Clubnacht nicht weiter ungewöhnlich war, noch dazu, wenn sie, wie sie plötzlich vermutete, demnächst ihre Tage bekam. Was auch ihre Laune, dieses Ziehen im Unterleib und das abrupte Telefonat erklärt hätte.

Stimmt überhaupt. Ihre Tage ... waren längst überfällig, dachte meine Mutter. Sie hatte die Pille ... warte mal, wann wegen Unverträglichkeit genau abgesetzt? Vor sieben oder acht Wochen. Ungefähr. Und was genau hatte ihr Doktor Untenrum gemeint (sie konnte sich seinen Namen nie merken, irgendwas mit U am Anfang)? Es könne dauern, bis sich ihr Zyklus wieder normalisiert und stabilisiert hätte. Bis zu wie viele Wochen? Vergessen. Lange jedenfalls. Weil, wie der Doktor auch noch gemeint hatte, der Körper eine gewisse Zeit brauche, um alle »Rückstände« restlos abzubauen. Das sei normal und nicht weiter ungewöhnlich. Müsse sie sich drauf einstellen. Auch dass die Periode möglicherweise stärker, von mehr Schmerzen und Hautunreinheiten begleitet sein könne.

Allerdings müsse sie jetzt logischerweise beim GV vorsichtig sein oder alternativ mal über eine Spirale nachdenken. Wenn sie nicht schwanger werden wolle, fügte er unnötigerweise hinzu (als sei sie irgendeine dreizehnjährige Mandy oder Nancy aus Marzahn). Und wegen der Kosten, fuhr der Doktor fort, also falls sie ihr zu hoch seien, so als Studentin, etwas über hundert Euro, darüber könnten sie reden. Unter bestimmten Umständen bekomme man nämlich einen Zuschuss, müsste sich einer von ihnen mal schlaumachen. Gesetzt den Fall, dass eine Spirale für sie überhaupt infrage käme. Aber auf Dauer fahre man damit sogar günstiger. So seine Worte, und meine Mutter korrigierte im Geiste: Auf die Dauer fickt man damit günstiger, nicht fährt.

Noch immer unter der Dusche, dachte sie belustigt über den subventionierten Sex nach. Als sei man im – was weiß ich – tiefsten China mit restriktiver Ein-Kind-Politik und Zwangssterilisationen. Aber dann, und das war neu, dachte sie, noch immer duschend, über den ganzen unsubventionierten und vor allem unvorsichtigen Kalendersex nach, den sie seitdem mit Hansen gehabt hatte. Harakiri-Hansen, so gesehen.

Ihr Blick fiel abermals auf ihre Brüste. WAS! Nicht doch ... sag bloß ...

Im Prinzip brauchte sie nur eins und eins zusammenzuzählen: Milchmädchenrechnung bzw. Dominoeffekt. Der sah ungefähr so aus:

Allgemeine Launenhaftigkeit, dazu das Rote-Bete-Gelüst, die fehlende Rauch- und Trinklust, dann extreme Geruchsempfindlichkeit und Übelkeit – offenbar doch kein Liebeskummer, vermehrter Harndrang plus abgesetzte Pille und fehlende Spirale. Ein paarmal abenteuerlicher Aufpasssex, leichtes Ziehen im Unterleib, minimal größere Brüste (dann doch plötzlich!). Und schließlich das Ausbleiben der Regel, gewissermaßen als Gegenprobe. Und ergo, Bingo, Baby, und alles in allem wohl doch ein bisschen Mandy aus Marzahn. Mit anderen Worten: Die Frage, die sich meine Mutter auf einmal stellte, lautete nicht, ob, sondern wie lange sie wohl schon schwanger war.

Die restliche Nacht schlief sie, kann man sich vorstellen, ungefähr so wenig wie mein Vater. Hier wie da schwankte alles, die Wogen schlugen hoch. Bei Hansen Hochseewellen, bei meiner Mutter Hirn- und Hormonwellen. Und beiden war davon ein bisschen übel. Nur, dass mein Vater nicht die ganze Zeit an Rote Bete, sondern an seine blöde Biologin denken musste.

Und man will gar nicht wissen, wie.

Viel zu peinlich.

8.

Position: 52°20,4 S; 157°42.7'E
Luft: 10° C / 50°F
Wasser: 10° C / 50°F
Wind: West 30 Knoten
Wetter: Cloudy again!
Gereiste Distanz in den letzten 24 Stunden:
224,6 nautische Meilen

Draußen die tobende See, drinnen das Halali der Hormone, schrieb Hansen an einer Stelle ins Protokoll und war sich längst nicht mehr so sicher, was die Ursache seines Seebeinsymptoms betraf. Ob das nächtliche Geschubber eines Bauchschläfers auf der Matratze schuld war (bei dem Wellengang) oder ob es am Ende nicht doch eher was mit ihr, seiner Polarprinzessin, zu tun hatte. Ein pawlowscher Penis oder so. Eine Art amouröses, fleischgewordenes Ausrufezeichen. Da half im Prinzip nur eins. Selbst ist der Seemann. Ein altes Hausmittel, dachte er. Fünf gegen einen.

Auf der Bettkannte sitzend passte mein Vater schließlich eine Welle ab und folgte gewissermaßen seinem Genital ins Bad. Theoretisch hätte er sich am eigenen Gemächt festhalten und Richtung Dusche zerren können. Dort angekommen, drehte er an den Armaturen, bis die Wassertemperatur in etwa jenem beglückenden Gefühl eines ersten Eindringens in eine leicht vorgeglühte Vagina entsprach (fragte sich nur in welche). Dieses einzigartige »Coming-home-Gefühl«, wie mein Vater es mal genannt hatte. Er richtete den warmen Wasserstrahl auf seinen Schwanz und presste die Lippen zusammen. Der Rest war Schweigen. Und Schütteln.

Am Anfang versuchte er dabei noch an meine Mutter zu denken. Doch plötzlich wurden meinem Vater wildfremde Frauen auf die Innenseite seiner Stirn projiziert. In etwa das Personal des Pirelli-Kalenders. Alle nackt, wild, willig, sich räkelnd. Ein einziger Fleischsalat. Sein Frontallappen – ein besseres Bahnhofskino. Titten, Ärsche, Mösen, Möpse und Nippel. Und alles in 3-D. Mein Vater wusste kaum, wo er zuerst hingucken und -grapschen sollte, bis plötzlich Lisanne im Fadenkreuz erschien.

Eine Biologin, dachte er noch, eine Wissenschaftlerin, die nicht so recht in dieses dunkelrote Milieu passen wollte. Sie war nackt, vornübergebeugt, schwarz glänzende Haare (wie im Fahrstuhl neulich, nur ohne Heiligenschein). Sie hatte leichte Gänsehaut vor Erregung. Neben ihren Rippenbögen prangten seitlich zwei Brüste wie Halbmonde. Zwei Hände reichten in der Vorstellung meines Vaters kaum aus, um Lisannes Brüste von hinten zu umfassen (streng genommen stand ihm ja auch nur eine zur Verfügung). Sie wollte gerade was stöhnen, seltsamerweise synchronisiert, auf Deutsch: »Ja-ah, Hä-Häns, pfffflüg mich, aaahhhh, ahhhber schöööön la-aangsam ...«, als mein Vater bereits untenrum kollabierte.

Eine Art Sexspasmus. Ein kurzer erotisch-epileptischer Anfall, wie er ihn so eruptiv zuletzt in seiner Pubertät erlebt hatte. Showdown mit Sperma. Bubimäßig, bubiübermäßig, dachte er. Danach war Ruhe. Kein Abspann. Nichts. Einzig sein Schwanz schien sich persönlich bei ihm bedanken zu wollen und machte kurz darauf noch etwas nachdieselnd einen Diener.

Mein Vater stellte die Dusche ab. Anschließend stand er breitbeinig wie John Wayne nach einem gewonnenen Duell in seiner Kabine und versuchte sich abzutrocknen. Keine ganz einfache Übung bei schwerem Seegang. Schließlich bin ich kein Scheißstorch oder -fischreiher, dachte er. Selbst ein Schlangenmensch hätte sich unter diesen widrigen Umständen schwergetan. Es erforderte schon ein gehöriges Maß an Akrobatik und Feinmotorik, sich zwischen zwei Wellen freihändig und vorübergehend auf einem Bein stehend Unterhose und Socken anzuziehen – ohne Genickbruch. Vorsichtshalber nahm er auf dem angeketteten Stuhl Platz. Besser ist das, dachte er. Bevor er noch das nächste abschreckende Beispiel für Doc Holiday würde. Mein

Vater war gerade dabei, sich die zweite Socke überzustülpen, als sich abermals die Expeditionsleitung zu Wort meldete:

Hi, me again. Sorry to disturb ..., sagte Diane, *another announcement ... since some people got obviously upset.*

Offenbar habe ihre letzte Durchsage von vorhin bei manchen zu Irritationen geführt. Deshalb sei sie eben noch mal bei Käpten Wladimir Akudinov auf der Brücke gewesen. Der habe ihr versichert, dass er alles, wirklich alles dransetzen würde, damit sie Macquarie Island betreten könnten. Zur Not würde es ihr Zeitplan auch erlauben in Lee, also an der windabgewandten Küste der Insel anzulegen und dort einen Wissenschaftler – *a scientist aboard* – abzusetzen.

Was?! *Wait a minute!* (Sein Englisch kam jetzt flüssiger.) *A scientist? Lisanne?* War etwa die gemeint? Hier irgendwo absetzen? Zwischen Millionen Pinguinen und Raubmöwen? In der polaren Pampa? Scheiße. Was redete Diane da? Spätestens an dieser Stelle war mein Vater hellwach. *Hell* im wahrsten Sinne des englischen Wortes, für »Hölle«, und hatte es plötzlich sehr eilig. Vor lauter Eifer bekam er nicht mit, dass es sich nicht um Lisanne handelte.

Mit nassen Haaren spurtete er, sich mal mit der rechten, mal mit der linken Hand an der Wand abstützend, drei Decks tiefer Richtung Speisesaal. Auf dem Weg dorthin dachte er: Halte durch, mein australischer Engel – *Aussie-Angel* –, die Rettung naht.

Fast schien es, als hätte er seine Mission gefunden.

Mission Muschi, dachte er, was leider nicht halb so albern gemeint war, wie es klingt.

Sie wollte ihm einfach nicht mehr aus dem Kopf.

Allein ihr erster öffentlicher Auftritt. Unvergessen. Und drei ganze Seiten im Protokoll. Kurz nachdem Doc Holiday, der Bordarzt seine leicht sadistische Sicherheitseinweisung beendet hatte, hatte er dann nach und nach das gesamte Expeditionsteam auf die Bühne gebeten, damit sich jeder kurz mit Namen und jeweiliger Funktion vorstellen konnte. Das klang dann ungefähr so:

Hi, I am Diane Wilson ... your Expedition Leader, New Zealand. I hope we will have a wonderful time together and will share some marvellous moments and experiences ... bla, bla, bla.

Hi, I am Michelle Silsburn, Assistant Expedition Leader, United States. We will do whatever we can ...

Hello, my name is Nigel Mingus, your Ornithologist for the next four extraordinary weeks. We are going to see a lot of different birds ...

Hi, Irene Tripp, Marine Biologist, specializing in orcas, New Zealand. They are just the most gorgeous animals ... awesome. I love them.

So ging das bis hin zu den Beibootpiloten. Den Maître aus Österreich bekam man überhaupt nur dieses eine Mal zu Gesicht. Von den Russen wurde lediglich der Kapitän, Wladimir Akudinov, vorgestellt. Der allerdings wirkte, als hätte man vergessen, den Eisernen Vorhang vor seinem Gesicht wegzuziehen. Als täte Lächeln weh.

Nach zehn oder elf Personen, als die Aufmerksamkeit der Passagiere allmählich zu schwinden drohte, zog Doc Holiday die Augenbrauen bis zum Anschlag hoch, eine Art mimischer Tusch, und bat mit den Worten *And now ... a warm welcome to our scientist in residence*, Miss Lisanne Jenkins auf die Bühne.

Der heimliche Hauptakt, dachte Hansen sofort.

Im selben Moment erhob sie sich in der ersten Reihe. Im Gegenlicht konnte er zunächst nur ihre Silhouette sehen. Der Scherenschnitt einer Aphrodite. *And the winner is ...*, dachte er. Obwohl knapp hundert Menschen jeden ihrer Schritte verfolgten, betrat sie äußerst souverän die Bühne. Der Doc überreichte ihr mit beiden Händen das Mikrofon und zwar so feierlich, als würde es sich um einen Oscar handeln, was Lisanne mit einem schlichten *Thanksss, Frank* honorierte. Ein erstes, den ganzen Raum betörendes Lächeln.

Hello everybody, I jussst like to introduce myssself ...

Jesus, Maria und Josef. Allein ihre Stimme! Zum Niederknien!

Dieses alles ziselierende »S«. Und dann auch noch auf Englisch. Engelsächsisch, wie gesagt. Und äußerst ungezwungen. Fern aller Eitelkeiten. Keine Starallüren oder Affektiertheiten. Fast schon langweilig normal, dachte Hansen, der zumindest ein wenig Gegengift spritzen wollte. Er wünschte sich sogar, sie möge irgendetwas Dummes oder Divenhaftes sagen, Hauptsache ein wenig Blamage. Bei einer Amerikanerin hätte es möglicherweise schon der erste oder zweite Satz getan.

Lisanne aber wirkte kein bisschen manieriert oder selbstverliebt.

My name isss Lisanne Jenkins. I'm actually joining this extraordinary journey since I am going to invessstigate the effectivenessss of Virkon boot disssinfection in avoiding potential transsslocation of dissseassses in Antarctica.

Oder so ähnlich. Mein Vater hatte kein Wort verstanden. Egal. Ihre Form war erst mal wichtiger als ihre Funktion.

To do a proper job ..., fuhr sie fort, müsse sie ein paar Untersuchungen machen und nach den verschiedenen Landgängen vereinzelt ein paar Erdproben von den Schuhen nehmen.

Therefore, sagte sie und sah dabei auffordernd in die Runde, *I would need sssome asssissstance, some volunteers.*

Der erste Impuls meines Vaters war, seinen Arm wie ein Scheißstreber hochzureißen und wild stöhnend zu schnipsen: Hier, ich, hier, bitte ... Miss Jenkins ... nimm mich! Sonst gar nicht seine Art.

Glücklicherweise kam eine Frage aus dem Publikum dazwischen. Ein Passagier wollte wissen, ob man die Schuhe dafür ausziehen müsse. Offenbar jemand mit Schweißfüßen.

Oh no! Don't worry, sagte Lisanne lächelnd. Das sei nicht nötig. Sie würde lediglich Abstriche machen, von den Schuhsohlen, fügte sie hinzu, bevor irgendwer, mein Vater wahrscheinlich, »Schade« denken oder sagen konnte.

Ein paar lachten. Andere wollten wissen, wozu und für wen sie das denn genau mache.

Für die Universität in Sydney. Eine Forschungsarbeit. Mit dieser Studie wolle sie herausfinden, inwiefern der Tourismus in das sensible Ökosystem der Antarktis eingreife und zwischen den verschiedenen Inseln und Anlandungspunkten möglicherweise als Keimkurier fungiere.

We don't know yet. And therefore I need samples of ... guano, meinte Lisanne, *mainly penguin poo. From your boots. No big deal, takes just a few seconds.*

Das war's. Anschließend bedankte sie sich und gab das Mikrofon artig an Frank zurück. Schlagartig war sie zu Everybody's Darling avanciert. Die Schutzpatronin der Pinguine. Umbrandet vom ermutigenden Applaus der Passagiere setzte sie sich an ihren Platz zurück. Fast alle nickten ihr wohlwollend zu und signalisierten schon sitzend, dass sie ihre Schuhe zur Verfügung stellen würden. Klar, gern. Für einen guten Zweck. Mein Vater toppte das noch, indem er ernsthaft überlegte, ob er bei den Landgängen vorsätzlich in jeden verdammten Pinguinschiss latschen sollte, der sich ihm auf den subantarktischen Inseln zeigen würde.

Ihr zuliebe. Oder wie man das nennen wollte. Schließlich ging es um Leben oder Tod. Von Pinguinen.

Zunächst.

9.

Nach einer kurzen, durchgrübelten Nacht wollte meine Mutter aus ihrem Bauchgefühl Gewissheit machen. Das tat sie, indem sie – statt Brötchen – einen Schwangerschaftstest kaufte. Zu ihrem Erstaunen, fast schon Entsetzen, stand auf der Packung Mr. Storch. Fehlte nur das Ausrufezeichen dahinter. Oder: Made in Vatikan, dachte sie.

Was, wenn man auf keinen Fall schwanger sein wollte? Wäre es da nicht schlauer gewesen, hinter Mr. Storch wenigstens ein Fragezeichen zu setzen? Ganz schlechtes Marketing, dachte meine Mutter. Mit vierzehn hätte sie garantiert einen weiten Bogen um die Packung gemacht. Von wegen *nomen est omen*.

Mangels Alternative nahm sie die Packung aus dem Regal. Zumal der Testsieger, wie die Verkäuferin meinte, gerade ausverkauft sei. Was wenig verwunderte, wenn man in Prenzlauer Berg alias »Pregnant Hill« wohnte – Europas angeblich fruchtbarster und kinderreichster Region. Störche standen hier offenbar unter Artenschutz.

Schon auf dem Weg nach Hause war sich meine Mutter fast sicher. Neunzig Prozent. Tendenz steil steigend, nachdem sie ihre vorletzte Zigarette geraucht hatte, sozusagen als Test vor dem Test. Das Ergebnis eindeutig positiv: Die Kippe schmeckte noch immer nicht. Das Geld für den Test hätte sie sich auch sparen, an UNICEF spenden oder in ihrer studentischen Dauerbedürftigkeit am besten gleich in Stillpads und eine erste Großpackung Pampers investieren können. Damit war es dann fast schon amtlich: Das elendige Gequarze muss ab sofort aufhören, dachte meine Mutter. Vielleicht ganz praktisch. Ob sie deswegen noch zwei, drei Kilo mehr zunehmen würde? Auch egal. Besseres Alibi, um aus dem Leim zu gehen, als ein Baby im Bauch, gab's eh nicht.

Fast sah es so aus, als hätte sie sich mit den neuen, also anderen Umständen bereits abgefunden. Freude ist vielleicht nicht das richtige Wort. Lustangst schon eher. Eine Art Fifty-fifty-Feeling war das. Sie zwang sich einfach, gelassen zu bleiben und ihre Schwangerschaft sportlich-spirituell zu nehmen – so es denn eine war. Der Vergleich hinkte vielleicht, aber wenn die Tibeter es schafften, sich mehr oder weniger friedlich komplett und für immer von China annektieren zu lassen, dachte Fritzi, dann müsste sie ja wohl locker mit der Okkupation durch einen Embryo klarkommen. Kinderspiel. Einfach mal loslassen, den Verstand abstellen oder an den »erweiterten Weihnachtsmann« glauben, wie Hansen es mal so schön griffig formuliert hatte. Schafften Milliarden anderer Menschen doch auch. Einfach mal fünf gerade sein und den oder die da oben machen lassen. Die machten ja sowieso, was sie wollten. Hieß doch immer: Der Mensch denkt, Gott lenkt – und sicher nicht nur den Samen schnurstracks in ihren Eileiter.

Nur: Theorie und Praxis. Zu Hause angekommen, war meine Mutter in Wahrheit so aufgeregt, dass sie kaum pinkeln konnte. Sie wusste nicht, wo hinein (kleinere Sorge). Außerdem hatte sie Angst vor der eigenen Courage, wie man so sagt (große Sorge). Das war die Kehrseite ihres Fifty-fifty-Feelings. Fragiles Gefühlsgebilde. Extrem flüchtig und leicht zu verscheuchen. Sprich kurze Halbwertszeit. Für den Fall, dass sie wirklich in anderen Umständen war, würden bald ganz andere Gefühle in ihr aufkommen. Anflüge von Panik. Bestimmt. Zumal ihr durchaus bewusst war, wie sehr Eltern immer irrten, wenn sie glaubten, sie bekämen das Kind. Falsch. In Wahrheit ist es genau umgekehrt, dachte meine Mutter. Im Prinzip galt dann der gleiche Satz, der stets nach 9/11 bemüht wurde: dass danach nichts mehr so sein würde, wie es mal war. Inklusive des eigenen Körpers. Ein Baby war ein Attentat auf den Alltag, es schlug ein wie eine Bombe bzw. Boeing. Ließ dein altes, lässiges Leben einstürzen wie die verdammten Twin Towers. Man ist tagsüber nicht mehr müde und vom Feiern verstrahlt, sondern Tag und Nacht werden vom Geplärre des Babys und seinem unmissverständlichen Stillauftrag perforiert. Findet praktisch gar nicht statt, wenn man Pech hatte. Man ist ein Zombie, eine lebende Nuckelpulle, Milchmaschine, Breiaufbereiterin, Popocremefachfrau, Schnullerabkocherin, La-Le-Lu-Vorsängerin und Kinderkarrenkurverin. Und nonstop Spreizspagat. Kind versus Karriere. Muttitasking total. Von den ganzen anderen kind- und schwangerschaftsbedingten Kollateralschäden mal abgesehen.

Kurzum, es gibt ein Leben davor und ein Leben danach, dachte meine Mutter. Nur danach etwas weniger.

Das war der wahre Grund. Diese Gedanken. Deswegen konnte sie nicht gleich pinkeln. Da hing zu viel dran, gewissermaßen im Fahrwasser. Allein der Gedanke an die ganze Fremdbestimmtheit, fast schon Geiselhaft, ließ bei ihr den ersten Turm einstürzen. Und die Trümmer ihres alten Lebens drückten ihr auf die Blase, sodass meine Mutter nahezu die tröpfchenförmigen Symptome einer Blasenentzündung aufwies. Inklusive der dazugehörigen Phantomschmerzen.

Dieses Ziehen im Unterleib.

In Ermangelung eines Nachttopfs oder Urinals hielt sich meine Mutter schließlich ein Bierglas (Kristallweizen) zwischen die Beine. Motto »Wahrheitswasser marsch«. Erst im Nachhinein fiel ihr auf, dass sie in der Küche und dann auch noch in ein Bierglas uriniert hatte, was selbst in Berlin bei einigen Nachbarn zu leichten Irritationen hätte führen können.

Auch egal. Ihre Bude war ohnehin nicht familientauglich.

So, fertig, dachte Fritzi und stellte das »schlechtgezapfte« Glas vor sich auf den Küchentisch. Sie öffnete die Storch-Packung, entnahm das Orakel, überflog die idiotensicheren Instruktionen (»Nur frischen Urin verwenden!« Und möglichst den eigenen, ergänzte sie amüsiert) und hielt kurz inne. Dann doch. Tief durchatmen. Falls Mr. Storch gleich losklapperte. Wovon sie schwer ausging. Das war Spannung pur. Besser als Bleigießen und Ziehung der Lottozahlen zusammen. Zu ihrem Bauchgefühl gesellte sich ein regelrechter kleiner Trommelwirbel. Wie bei einer Zirkusnummer. Am ehesten Hochseilakt. Fritzi selbst die Akrobatin. Ohne Trapez, versteht sich. Abtreibung kam ja nicht oder noch nicht infrage. Außerdem, wozu? Hatte nicht erst kürzlich – wie hieß sie? – diese besoffene Bischöfin, die Käßmann, in einem Interview gesagt: »Man fällt nie tiefer als in Gottes Hand«?

Doch. Hatte sie, meine Mutter wusste auch wo: auf Deutschlandradio. So gesehen ganz konsequent, dass die Käßmann angetütert Auto fährt, dachte sie, mit exakt 1,56 Promille, wenn die sogar Bäume und Gegenverkehr als Gottes Hand versteht. Eine Eins-a-Autosuggestion.

Bei dem Gedanken an einen »Unfall« tunkte meine Mutter das Orakel in den noch warmen Urin. Streiflein, Streiflein in der Hand, wer ist die Schwangerste im ganzen Land?

Der Rest war Warten. Wie lange eigentlich? Das soll schließlich kein Tee werden, dachte meine Mutter. Warten und beten. Bloß wie, wenn man nicht mal halb so gottesgaga war wie die Käßmann? Blieb eigentlich nur Bangen oder Gelassenheit. Beten sei im Prinzip eh nur ein anderes Wort für Betteln, hatte Hansen mal gemeint. Kein Wunder, dass das so selten funktioniere.

Die Antwort ließ dann nicht lange auf sich warten. Da war was. Eindeutig. Blässlich und blau. Mein erstes Lebenszeichen, wenn man so will: ein kleiner babybringender Balken. Fast so, als hätte ihn meine Mutter mit ihrem hochkonzentrierten, fast stechenden Brennglasblick selbst reingelasert.

Ihre Mundwinkel gingen daraufhin minimal nach oben, nicht viel, nur minimal, als trauten sie sich nicht höher. Es fehlten genau jene zwei, drei Millimeter, die zwischen Freude und reichlich Restzweifel entschieden.

Erst mal abwarten, dachte sie, wie Mr. Hansen auf Mr. Storch und dessen Botschaft reagierte. Ob der womöglich auch blau anlief. Vor Wut und nicht vor Freude. Teil zwei des Schwangerschaftstests. Und mindestens genauso wichtig. Denn ob und wie viele Lebenszeichen in meinem Fall dazukommen würden, stand ja noch in den Sternen. Denen der südlichen Hemisphäre hauptsächlich.

Stimmt's, Mama?!

10.

Position: 53°30,4 S; 158°46.8'E
Luft: 10° C / 50°F
Wasser: 10° C / 50°F
Wind: West 30 Knoten
Wetter: Cloudy again!
Gereiste Distanz in den letzten 24 Stunden:
266,6 nautische Meilen

Im Speisesaal angekommen, roch es nach Porridge – Haferbrei, aufgebackenen Brötchen, Tee, Kaffee, Cornflakes. Es gab frisches Obst, Obstsalat, Kuchen, Lachs, Wurstplatten, Rühreier, *ham and bacon*, Spiegeleier, kleine Marmeladen im Glas. Es gab alles. Und von allem reichlich. Sogar Kaviar. Und Nutella. Die *Khlebnikov* – ein Schlaraffenland zur See, notierte Hansen. Ein fahrender Fressnapf.

Was auf den ersten Blick fehlte, waren die Menschen, die all das futtern sollten. Entweder schliefen sie noch oder keiner traute sich, aus seiner halbwegs stabilen Seitenlage aufzustehen, aus Angst, gleich wieder seekrank zu werden. Wobei das Rollen auf Deck 4, weiter unten im Schiff, wesentlich erträglicher war. Wie elektrisches Rodeoreiten auf niedriger Stufe, dachte Hansen.

Er nahm sich Orangensaft und Kaffee und setzte sich auf einen Platz mit Blick auf die Tür. Damit er genau verfolgen konnte, wann wer wie reinkam, um dann im entscheidenden Moment – so sein Plan – auf Lisanne zuzugehen und sie anzusprechen. Denn: No risk no fuck, wie ausgerechnet meine Mutter mal in Bezug auf Hansens Schüchternheit gesagt hatte. Das hatte er sich gemerkt.

Allmählich füllte sich der Speiseraum mit Passagieren, die alle etwas indisponiert und derangiert aussahen. Wie nach einem Rave – also Wave-Rave –, dachte Hansen. Die Frauen konnten das dank ihres Make-ups – bei manchen Make-news – ganz gut kaschieren. Die meisten hatten eingecremte, glänzende Gesichter, hier und da mit etwas Rouge drauf. Die Männer waren lediglich frisch gekämmt und rasiert, trugen nagelneue Hemden, Bundfaltenhosen, atmungsaktive Funktionsfummel, Hightechfleece, Goretex und semipermeable Sportswear – lauter Sachen, dachte Hansen, die man vor hundert Jahren auf einem klammen Holzschiff gut gebraucht hätte.

Mit vorgeschürzten Lippen beobachtete er Mister und Misses Rousch, ein älteres Ehepaar aus Canberra, Australien, das noch am ehesten an den unterschiedlichen Frisuren zu unterscheiden war. Dem Äußeren nach sahen die beiden fast aus wie eineiige Zwillinge oder schlecht geklont. Die Teller wurden wortlos vollgepackt, als wollte man sich für Krisenzeiten vorsorglich einen Rettungsring anfressen. Motto: Fett schwimmt oben. Mit beladenen Tabletts strebten die beiden – möglichst unfallfrei – einem Fensterplatz entgegen, was Hansen fast zwangsläufig an *Dinner for One* erinnerte. Ein Tigerfell zwischen den Stühlen, dachte er, hätte die Szene wahrscheinlich perfekt gemacht. Am Tisch angekommen, lief die Kommunikation entweder gar nicht oder telepathisch ab. Immer wieder ein trauriger Anblick. Wenn in einer Beziehung das Ende der Worte erreicht war und sämtliche Gesprächsimpulse von außen kommen mussten: Nachbarn, Kinder, Enkelkinder, *Lindenstraße* ... Will man wirklich so enden? dachte Hansen. Als Pärchen-Pantomime? In Gewohnheit gemeißelt? Und wenn nicht, was war die Alternative?

Der da drüben etwa? fragte sich Hansen. Ein gewisser Mister Smittel aus Nelson, Neuseeland, Typ zauseliger Naturnerd, Witwer oder Senioren-Single, der als Einziger allein saß und optisch etwas aus der Reihe fiel. Er kam irgendwie ungeduscht rüber in seinem karierten Holzfällerhemd, der alten abgewetzten Cordhose, den auf einer Seite plattgelegenen Haaren. Höchstwahrscheinlich weil ihm das kosmetische Korrektiv, sprich die Frau an seiner Seite fehlte, wie Hansen vermutete. Mister Smittel hatte Ähnlichkeit mit einem auf Wunderheiler machenden Karadžić.

Andererseits sah er von allen Passagieren noch am ehesten wie ein echter Abenteurer aus. Ein Mann – Tendenz Klabautermann –, der vor hundert Jahren bei Scott, Amundsen oder Shackleton als Schiffszimmermann an Bord gewesen sein könnte. Gut möglich, dachte mein Vater, dass seine Aufmachung ein Statement war. Vielleicht wollte er optisch darauf bestehen, dass man sich auf einem Eisbrecher mit höchster Eisklasse befand, auf einem verdammten *working vessel, you know?!*, und nicht beim transatlantischen Tanztee auf einem dieser albernen AIDA-Dampfer mit Stabilisatoren und Knutschmaul bzw. Botoxfresse am Bug.

Wobei, dachte Hansen, stimmt so nicht ganz. Es gab Parallelen.

Immer wieder brachten größere Wellen die Passagiere einander unfreiwillig näher. Die eigentliche Geburtsstunde des Schunkelns. Die Balance am Buffet musste immer wieder durch plötzliche Ausfallschritte, sogenannte Sidesteps, wiederhergestellt werden, was Hansen unmittelbar an das alberne Stopptanzen seiner Jugend erinnerte. Jenes groteske Verharren in einer Bewegung, wenn der DJ die Musik jäh verstummen ließ. Als würde man auf der Tanzfläche einen Hexenschuss erleiden.

Trotzdem eine Mordsgaudi für die meisten. Eine Art *Khlebnikov*-Kirmes. Wie richtiges Tanzen schien auch das wellenbedingte Gewanke und Geschwanke auf die meisten Passagiere eine unerhört vitalisierende Wirkung zu haben. Anders war diese beschämende Agilität der älteren Herrschaften kaum zu erklären.

Wohin mein Vater auch blickte, sah er überwiegend lachende, gelassene und ausgelassene Passagiere. Hatten die überhaupt keine Angst, oder hatten die einfach mehr Gottvertrauen bzw. bessere Pillen eingeworfen? Vielleicht war das bereits eine Art Todesverachtung, wenn nicht gar -sehnsucht der älteren Herrschaften?

Für das Gros der Gäste schien die aufgebrachte See nach drei Tagen allmählich ihren Schrecken zu verlieren und ein unerschöpflicher Quell an Freude und Slapstick zu sein. Selbst heikle Momente wurden auf dem schwankenden Schiff mit einer gewissen Noblesse und Nonchalance gemeistert. Immer wieder hörte Hansen ein gut gelauntes, beinah operettenhaft vorgetragenes: *Good morning, Liz, John, Nancy, Steve, Warren ... how are you this morning? Slept well?*

Die fast stereotype Antwort darauf lautete:

Come on, Warren, Ruth, Steven! You must be bloody joking!

Wenn beispielsweise ein Passagier, das Tablett beladen mit überschwappenden Müslitellern oder Teetassen, den Gang zu seinem Platz ob der Schräglage des Schiffes auf halber Strecke unterbrechen musste, blickte sofort ein alarmierter Sitzender auf, sondierte die Schieflage und kommentierte das Geschwanke mit einem Aplomb, als hätte er wochenlang dafür geprobt und nur auf sein Stichwort gewartet:

O dear, Henry, I thought you stopped drinking.

Rutschte dann doch mal ein Brötchen oder Ei über den Rand des Tabletts:

Thank you, Sir, far too kind, but I didn't order anything. I've already eaten.

Very british – indeed, dachte Hansen und kam sich bisweilen vor, als sei er unter eine fahrende Schauspielertruppe geraten. Die *Khlebnikov* ein Theaterschiff, ein Ableger eines britischen Boulevardtheaters.

Hatte Hansen die ersten ein, zwei Tage seiner Dienstreise noch damit gehadert, an diesem vierwöchigen Betriebsausflug der Grauen Panther teilzunehmen, fühlte er sich mittlerweile sehr wohl inmitten der souverän unaufgeregten und äußerst arrivierten Gesellschaft. Mit ihrem kollektiven Gag-Tourette. Vor allem, als er kurz die Gegenprobe machte und sich ein ähnliches Schwerwetterszenario auf der *MS Europa* oder *MS Deutschland* vorzustellen versuchte.

Schreck lass nach, dachte er mit Grausen. Wohl wissend, wie typisch deutsch es war, sich darüber zu freuen, dass er fernab der Heimat nicht auf seinesgleichen traf. Offenbar konnte man noch so viel, lange, teuer, weit und weltmeisterlich reisen, den hässlichen Deutschen wurde man innen wie außen nie ganz los.

Misanthropie – made in Germany, dichtete mein Vater. Humor, dachte er dann, und sei es auch nur in homöopathischer Potenz, ist immer eine feine Sache. Einerseits gesellschaftliches Gleitmittel, andererseits Geniestreich der Evolution. Vielleicht sogar ihr Endzweck – als logischste Konsequenz von Bewusstsein. Er stellte seine Kaffeetasse beiseite, griff nach seinem Notizheft und schrieb: *Wenn es schon keinen Sinn im Leben gibt, dann wenigstens Unsinn*, als er mitten im Satz aufblickte, Lisanne sah und in Kopfkladde ergänzte ... *und solche Frauen!*

Im Nachhinein war sich mein Vater nicht sicher, ob er Lisanne aus den Augenwinkeln hatte kommen sehen oder ob er ihre Anwesenheit gespürt hatte (so sechster Sinn). Als läge da eine Art Gefühlsgravitation vor. Als seien sie füreinander bestimmt. Das grenzte schon fast an Apotheose.

Hansen stellte fest, dass Lisanne von Tag zu Tag besser aussah. Selbst die Seekrankheit stand ihr vergleichsweise gut. Diese vornehme Blässe, dachte er. So milchig. So anämisch. So ... Sünde, sprich sexy irgendwie. In natura – und das sollte was heißen – noch viel attraktiver als eben unter der Dusche.

Erst auf den zweiten Blick fiel ihm auf, dass seine Pinguinprinzessin an diesem Morgen etwas indisponiert wirkte. Ihre Mimik. Dieser leicht angespannte Zug um den Mund, irgendwie unlocker. Das fehlende Lächeln, das sie sonst wie eine Einladung trug. Bisschen wie Fritzi, kurz bevor sie ihre Tage bekam. Konnte das sein? Möglicherweise bloß Morgenmuffeligkeit, dachte mein Vater. Durfte man nicht überbewerten.

Möglicherweise auch nur ein wurmstichiger Vorwand, seine Angebetete (fast schon Angebettelte) vom Thron der Projektion zu schubsen und sie dadurch etwas nahbarer zu machen. Ein jämmerlicher Versuch, seinem australischen Engel die Flügel zu stutzen. Zumal: »Schönheit schafft keine Nähe, Schönheit schafft

Distanz«, wie Joop mal gesagt hatte, der Mode-Joop. Das hatte sich Hansen gemerkt. Obgleich der ja ziemlich viel sagte, wenn der Tag lang war und die Kameras liefen.

Das alte Problem. Und das war ein Problem (für die meisten Männer): Fast proportional zur Trophäentauglichkeit einer Frau schrumpelte deren Selbstbewusstsein wie im Zeitraffer. Die wenigsten Frauen interpretierten Feigheit als Schüchternheit und fanden es süß, wenn ein Mann nur verlegen rumdruckste. Und falls doch, dachte Hansen, dann schliefen sie nicht mit schüchternen Männern. Oder nur ein einziges Mal und höchstens aus Mitleid (aber wer wollte schon aus Barmherzigkeit gebumst werden?). Frauen standen alle auf Alphaärsche! So Siegertypen, triefend vor Testosteron. Mit kantigem Unterkiefer, dickem Schwanz, Portemonnaie und Durchsetzungsvermögen. Jedenfalls wenn man den sogenannten (bzw. selbst ernannten) *Pick Up Artists* (kurz *PUA's*) Geld und Glauben schenkte. Jener fragwürdigen Casanova-Community, deren Gurus abstruse Dinge im WorldWideWahnsinn verbreiteten, Volksverdummung vom Feinsten. Die Flirtkurse gaben und ganze Fickfibeln schrieben, in denen verkündet wurde, dass noch der letzte Honk ein verkümmertes Gigolo-Gen und den latenten Schneid eines James Bond hatte.

Was allerdings das Setting betraf, dachte Hansen, konnte man an Bord der *Khlebnikov* ausnahmsweise mal mit 007 mithalten, dem alten Chefchauvi. War alles da, dachte er, grimmige Russen, Killerwale, Kaviar, Champagnerbars aus Eis, skurril anmutende Forschungsstationen. Es gab sogar zwei Helikopter an Bord. Dann die ganzen exotischen Schauplätze, die noch folgen sollten – die Hütten der Polpioniere, der Mount Erebus als südlichster Vulkan der Welt und – das Wichtigste – das obligate Bond Girl als erotische Zutat. Statt Pussy Galore, Pussy Polar, wenn man so will. Eine kurvenreiche Wissenschaftlerin, die es mit der eigenen, ewig geladenen Waffe zwischen den Beinen gewissermaßen umzulegen galt, dachte Hansen. Und ob man es glaubt oder nicht, exakt bei diesem Gedanken erhob er sich.

Mein Vater klappte sein Notizbuch zu und dachte: So, los jetzt, Hansen, Mann oder Memme. *Lover* oder *Loser*. Bevor es peinlich wurde oder Lisanne womöglich dachte, er sei sackschwul. Den Mutigen gehört die Welt – und allemal die Frauenwelt. Man konnte den Zeitpunkt auch verpassen.

Zur Tarnung schnappte sich mein Vater noch schnell Teller und Tablett (obwohl sein Hunger gleich null war), bahnte sich einen Weg am Porridge-Pulk vorbei und stellte sich mit Herzschlägen wie Detonationen unmittelbar hinter Miss Scientist am Obstbuffet an. Man hätte seinen Puls messen müssen. Lag irgendwo im Technobereich. 180 zu 100 Bpm ungefähr. Schwer hypertonisch. Äußerlich gelassen, sah er zu, wie sich Lisanne von einem silbernen Oval ein paar Mangostücke auf ihren Teller löffelte, was, ehrlich gesagt, etwas unbeholfen wirkte. Bisschen verhuscht, nach vergeistigter Wissenschaftlerin. Mein Vater überlegte kurz, ob er das als Einstieg in die Konversation kommentieren sollte. Der James-Bond-Praxistest, dachte er. Der hätte Lisanne nämlich garantiert, ob der besseren Handhabbarkeit bei starkem Seegang, eine Banane hingehalten und eindeutig zweideutig gemurmelt: *Here, honey, try this. I have more!* Einmal kurz an sich hinuntergeschielt, klebrig gegrinst und: »Ups, ich glaube, die andere wird gerade reif« genuschelt. In der nächsten Szene lag der Herr Bond dann bereits mit schnurrender Beute im Bett. Nach dem Akt, wie immer. Haare, Haltung, Bettwäsche, alles tipptopp, wie frisch bezogen, als wär nix gewesen.

Hansen schien Lichtjahre davon entfernt. Sonst nicht gerade auf Mund und Gehirn gefallen, suchte er fieberhaft nach einer Bemerkung, die weder zu auffällig noch zu offensichtlich klingen würde. Wenn es schon stimmte, dass der Mann mit dem Schwanz dachte, dann wollte er ihn wenigstens nicht zu Wort kommen lassen. Zumal die wenigsten Frauen mit ihrer Muschi zuhörten. Und schon gar nicht eine Wissenschaftlerin aus einem Dorf in Down Under, dachte er, falls das überhaupt stimmte.

Nächstes Problem. Was, dachte er plötzlich, wenn Lisanne in

Wahrheit gar keine Wissenschaftlerin war, sondern eine Hochsee-Hostess? Irgendeine Animierdame oder Gerontogeisha, die den älteren Herren und Witwern an Bord die längeren Seepassagen allein durch ihre Gegenwart versüßen sollte? Deren einzige Aufgabe es war, so possierlich zu sein wie die Pinguine, über die sie angeblich forschte. Denkbar oder nicht? Klar, dachte Hansen. Dass er nicht gleich darauf gekommen war. Bei anderen Kreuzfahrtunternehmen, der Cunard Line z. B., fuhren (offiziell) auch jede Menge sogenannte Gentleman Hosts mit, die sich dann bei alleinreisenden Damen über das Tanzbein langsam (und inoffiziell) zum Schambein vortasteten.

Im Ernst, dachte Hansen, den Titel »Die schöne Wissenschaftlerin« würde man nicht mal dem Volkshochschulkurs Ganz-ganz-kreatives-Schreiben durchgehen lassen. Die schöne Mutti, Müllerin, Bäckerin, Putzfrau, Jungfrau, Migrantin, Hebamme ... – das ja, dachte er. Aber die schöne bzw. sogar wunderschöne Wissenschaftlerin? Das war bestenfalls ein Oxymoron, wie geile Greisin oder netter Nazi.

Im Rahmen seiner biologistischen Denke glaubte er auch zu wissen, warum. Polarprotokoll, Seite 57, dritter Tag: *... weil die Koexistenz von überdurchschnittlicher Intelligenz (siehe Hawking, Einstein, Goethe, Wittgenstein, Adorno usw.) und Schönheit (Marilyn Monroe, Michelle Hunziker, Sylvie van der Vaart usw.) in der freien Wildbahn so vielleicht nicht vorgesehen und die Kombination gewisser Selektions- und Wettbewerbsvorteile in nur einem Individuum zu viel des Guten war und ein Wettbewerbsvorteil in der Akzeptanz der anderen schon schwer genug wog – und ergo würgte.* Zitat Ende.

Als weiteren Beleg für seine These führte mein Vater das Klischee von Models und Miss-Wahlen-Gewinnerinnen an, die in der öffentlichen Wahrnehmung bevorzugt blöd, zickig, anorektisch oder wenigstens hin und wieder in der Betty-Ford-Klinik zu sein hatten. Seiner Meinung nach verfügte die Evolution/Schöpfung bei allem Geprahle und Geprotze (*Geweih, Gefieder, Gesang,*

Gehirn, Gedichte usw.) über einen heimlichen Gerechtigkeitssinn. Ein kleiner Makel, so seine These, schützte all diejenigen, bei denen sich die Schöpfung besonders viel Mühe gegeben hatte (*Gottes Günstlinge*), davor, von den anderen, *mediokren Menschen, den Prototypen*, aus lauter Neid und Missgunst erschlagen zu werden (was heute stellvertretend die Medien übernahmen).

Alles in allem eine steile These, schon klar. Aber falls sie auch nur ansatzweise stimmte, grenzte es schon fast an eine Art Gottesbeweis.

Mein Vater wollte gerade abdrehen und sich wieder auf seinen Platz setzen, als sich – O Wunder – Lisanne plötzlich selbst zu ihm umwandte. Sie tat das mit einer entwaffnenden Zwanglosigkeit, als würden sie sich schon ewig kennen und schätzen, und meinte: *Oh, hi, good morning, Mister … I didn't notice you!*, sodass mein Vater später zu seiner Entlastung behaupten konnte, dass SIE nämlich IHN angesprochen hätte und nicht etwa umgekehrt. Als spielte das hinterher noch irgendeine Rolle.

Stimmt's, Mama?!

11.

Meine Mutter saß noch immer in ihrer Küche und war einigermaßen überrascht, dass ihr Storch-Schreck so moderat ausgefallen, ja, regelrecht ausgeblieben war. Maximal ein Schreckreflex und nicht gleich: O Gott, O Gott, Weltuntergang oder was. Ob das jetzt eine Art Schockstarre war oder eine Art behelfsmäßiger »Baby-Buddhismus«, konnte sie selbst nicht so genau sagen.

Eindeutig irrational dagegen, wie schwer sie sich tat, das halb leere oder halb volle Weizenglas einfach auszukippen. Als stünde da vor ihr auf dem Küchentisch eine Nährlösung, in der unsereins als Minikaulquappe seine Bahnen zog. Als könnte man mich darin mit etwas Geschick und Alchemie nicht nur nachweisen, sondern vielleicht gleich ganz raussieben. Verlockende Vorstellung, wenn sie sich dadurch die Schwangerschaft sparen könnte.

Möglicherweise zögerte sie auch noch aus ganz anderen, profaneren Gründen, die eher was mit der menschlichen Sammlernatur zu tun hatten. Und insbesondere Dingen galten, die mit starken Emotionen verknüpft waren wie beispielsweise die eigene Fortpflanzung. Musste man nur mal an all jene Eltern denken, die im Zuge ihres Gipfelglücks offenbar einen Höhenkoller erlitten und außer dem Geborenen noch die Nachgeburt mit nach Hause nahmen – Mutterkuchen *to go* quasi. Andere hoben jahrelang ein verschrumpeltes Stück Nabelschnur auf, wie einen liebgewordenen Wattwurm (und bedenke, das alles hatte ja nichts mit irgendwelchen Erbkrankheiten und Stammzellentherapien zu tun).

Gott! Nee! Bloß nicht, dachte meine Mutter. Wehret den Anfängen. So wollte sie auf keinen Fall werden. Eine dieser monothematischen Mitte-Muttis, mit ihren Biobabies im Bugaboo, dachte sie, bei denen das Kinderkriegen eher an Selbstbefriedigung und die Erziehung an Konzeptkunst grenzte. Bei dieser Vorstellung stand sie sofort auf, schüttete ihren Urin ins Klo und schmiss anschließend gleich noch das Bierglas weg. Gewissermaßen als erstes symbolisches Opfer weiterer entbehrungsreicher Jahre. Doch damit nicht genug. Angesichts des monatelangen Verzichts und der bevorstehenden Fremdbestimmung, fast schon Geiselhaft, steckte sich meine Mutter demonstrativ ihre letzte Zigarette an. Ein Akt pränatalen Ungehorsams. Halb Trotzreaktion, halb Selbstvergewisserung ihrer (noch) intakten Fritzi-Integrität.

Tatsächlich dachte sie sogar kurz darüber nach – nur ganz kurz –, ob es wirklich auf absehbare Zeit ihre letzte Zigarette sein würde. Sprich, ob Schwangerschaftsabbruch eine Option sein könnte. War's aber nicht. Zur Not würde sie auch die Märtyrer-Mutti machen. Also alleinerziehend. Egal, wie unfertig ihr Scheißstudium war, wie verzweifelt ihre Eltern darüber sein mochten und wie Honey-Hansen dazu stand.

So gesehen erinnerte ihre letzte Zigarette spätestens ab der zweiten Hälfte an eine kleine Konklave. Von wegen weißer aufsteigender Rauch, wenn im Vatikan die Wahl eines neuen Papstes verkündet wird: eine Entscheidung, die längst nicht überall Zustimmung finden würde.

Es war so absehbar, so verdammt absehbar, das ganze Gestöhne im Dunstkreis der Familie. Vor allem ihre »materielle«, stets auf Sicherheit und Vernunft bedachte Mutter würde weniger begeistert als geschockt reagieren (die »Terrorexpertin«, wie Hansen sie mal getauft hatte). Am liebsten hätte Fritzi die Neuigkeit ihren Eltern verschwiegen. Man musste keine Hellseherin sein, Tochter reichte vollkommen. Das Telefonat – ihr Outing, dachte Fritzi – würde ein erster, echter Elchtest in Sachen Kind bzw. Enkelkind sein.

»Gott, Fritzi!«, hieß es am anderen Ende der Leitung, mehr gewürgt als gesprochen. Ob das denn nicht noch ein bisschen Zeit gehabt hätte? Die Familienplanung? Gefolgt von einem ganzen Geschwader an Stoßseufzern. Wenigstens bis nach dem Studium! Sie bastle doch auch so schon lange genug an ihrem Studium herum. Wie viele Semester seien das jetzt?! Neun schon?! Na!

Da hätte Mareike, die Tochter von Kühns, schon ihr erstes Staatsexamen in der Tasche gehabt.

»Überleg dir das bitte gut, Fritzi. Eine Schwangerschaft wird dich – realistisch betrachtet – mindestens um zwei bis drei Jahre zurückwerfen.«

»Na und, aber mindestens ein Kind nach vorne«, ging meine Mutter sofort wie eine Löwenmama in die Offensive, bis zum Äußersten bereit. »Jetzt krieg dich mal ein, Mama! Ich bin bloß ein bisschen schwanger. Gibt Schlimmeres, okay?!« Zum Beispiel die kinderlose und karrieregeile Mareike Kühns, dachte Fritzi.

»›Ein bisschen schwanger‹«, wiederholte ihre Mutter und hakte nach, wieso sie denn eigentlich gerade was von »mindestens ein Kind« gesagt hätte ... das würden doch nicht etwa Zwillinge?!

»Warst du schon beim Frauenarzt?«

»Nein! War ich nicht. Und selbst wenn, Mama!«

Sie wisse auch, dass das alles sehr suboptimal und weit entfernt vom Wunschkind sei. Aber es solle wohl so sein.

»Gott, Fritzi, ein Kind ... unterschätz das nicht. Ein Kind ist schließlich kein Haustier!«

»Nicht dein Ernst, Mama. Spinnst du?! Wie alt warst du eigentlich damals, als du mich bekommen hast? Vierundzwanzig! Dagegen bin ich ja schon fast 'ne Oma!«

»Ja, genau! Fritzi. ›Damals‹!« In den Siebzigern. Da sei auch alles ganz anders gewesen. »Wir waren doch praktisch von morgens bis abends ... stoned, Hippies.« Den Kopf in den Wolken. Und noch weiter weg, ganz andere Welt, weißt du. *Lucy in the Sky* und so. Da gab es diesen Druck noch nicht. Beruflich. Das kann man doch nicht vergleichen. »Das war doch eine ganz andere Zeit.«

»Toll. Und wo ist das jetzt hin, das Hippiehafte?«, fragte meine Mutter. Die Welt braucht Hippies. Gerade heute. Hippies to heal the world, dachte sie.

»Na, dein Vater wird sich freuen!«

»Fein, wenigstens einer! Gib ihn mir mal«, sagte meine Mutter schnippisch.

»Gleich, er steht schon neben mir. Im Übrigen, Fritzi, das wollte ich noch sagen: Papi hat damals gleich nach dem Studium gutes Geld verdient.«

An dieser Stelle kam das Gespräch fast zwangsläufig auf Hansen. Weg von der Biologie hin zur Bonität. Was das denn überhaupt für einer sei, ihr Freund?! Also der Vater ihres künftigen Kindes?

»Ich meine, was macht der beruflich, Fritzi? Studiert der auch noch? Du hast ihn uns ja bis heute nicht vorgestellt. Warum eigentlich nicht? Ist er dir peinlich?«

Peinlich? Nee, absolut nicht. Im Gegenteil.

»Oder kannst du nicht reden, Fritzi, ist er gerade bei dir?« Bisher wisse sie nur, dass er aus Hamburg komme und fast so alt sei wie sie. »Stimmt das?«

»Nee, Mami, ist er nicht. Schön wär's. Der ist vierzig und ansonsten gerade in der Antarschktis«, sagte sie mutwillig, pseudofreudsch.

»Und was macht der da? In der ...?«

Am liebsten hätte meine Mutter jetzt »Walfang« oder »Atomversuche« gesagt. Erstens konnte sie es ihrer Mutter ohnehin nicht recht machen. Zweitens wollte sie ihr unter keinen Umständen unnötige Details bzw. Munition liefern. »Freiberufler« klang in den Ohren ihrer Mutter nicht viel besser als Freibeuter, Freischärler, Freigeist, Freibier oder Freigänger.

»Der schreibt da was, Mama. Und macht Fotos! Für *Spiegel Online*, kann man übrigens nachlesen.«

»Aha, ein Schreiber. Na schön. Und warum gerade da? In der Antarktis? Kann man denn heute überhaupt noch davon leben, eine Familie ernähren, Fritzi?«

Schließlich könne sie ein Kind ja nicht stillen, bis es volljährig sei.

»Gott, Mama, jetzt hör aber mal auf! Du und Geld. Das ist ja gruselig.«

Davon, meinte Fritzi, würde sie ihre Entscheidung für ein Kind sicherlich nicht abhängig machen. Und ob sie schon mal überlegt hätte, bei der FDP als Familienministerin vorzusprechen. Ab welchem Einkommen dürfe man denn ihrer Meinung nach Kinder bekommen?

»Jetzt übertreib nicht, darum geht's doch gar nicht, Fritzi.«

»Doch, dir schon!«

»Wir können dich jedenfalls nicht ewig weiter unterstützen ...«

»Siehst du, sag ich's doch!«

»Weiß denn dein Freund überhaupt – dieser Dings, wie heißt er noch –, dass du schwanger bist, wenn der gerade ...?«

»Nee, Mama, weiß er nicht. Noch nicht. Und dieser ›Dings‹ heißt übrigens Hansen.«

»Hansen? Wieso hör ich eigentlich immer bloß Hansen? Hat der keinen Vornamen?«

Nächstes Problem.

»Doch, hat er!«

»Schön. Darf man den auch erfahren?«

»Ja, darf man. Jerk, Mama!«

»Was? Jörg?«

»Je-erk, Mama, nicht Jörg! Soll ich buchstabieren: Jutta-Emil-Richard-Kaufmann!«

»Entschuldige, Fritzi, aber Jerk ...«, das sei ja nun wirklich kein Allerweltsname. Habe sie noch nie gehört. Oder gelesen, stichelte sie. Jerk Hansen?! Nicht dass sie wüsste. Und sie könne sich Namen ganz gut merken. Sonst.

»Ist er da denn festangestellt, bei, wo war das? *Frau im Spiegel*?«

»Oaah, nein, ist er nicht, Mama. Außerdem: *Spiegel Online*. Aber egal, ist ja fast dasselbe.«

Es war zwecklos. Nur mehr oder weniger subtiles Genörgel. Der chronische Choral des Über-Ichs. Praktisch mit Schrot gefeuert. Irgendwas traf da zwangsläufig ins Schwarze. Lauter Dinge, die Fritzi nicht hören wollte bzw. selber wusste. Als hätte sie nicht schon genügend Spießertum mit der Muttermilch absorbiert und wüsste nicht selbst, wie suboptimal das alles war. Studium, Schwangerschaft und ein schwerst bindungsbehinderter Mann. Fast so paar-paranoid, dass er dafür einen Behindertenausweis beantragen könnte.

Allein dieses ständige »Kind, Kind« ihrer Mutter. Nervte. Kolossal. Als sollte sie in die Unmündigkeit regrediert werden. Als sei sie immer noch der pickelig-pubertierende Teenager, der seinen Eltern ein Trauma nach dem anderen bescherte.

Um sich weitere Diskussionen zu ersparen, entschloss sich meine Mutter schließlich für das Totschlagargument. Weg vom Rationalen hin zum Irrationalen:

»Pass auf, Mama, wir können das hier auch abkürzen, weil, es ist so ... ich liebe Hansen nämlich! Du weißt vielleicht nicht mehr, wie sich das anfühlt, aber ich schon.«

Das saß. Blattschuss. Fritzi konnte den schockgefrorenen Gesichtsausdruck ihre Mutter regelrecht vor sich sehen, diesen verbitterten Zug um den Mund, der mit den Jahren immer mehr zu einer Schießscharte verkam, fand sie. Statt langsam mal altersmilde oder was zu werden, wurde sie geistig immer ungelenkiger und sprang ergo noch schlechter über den eigenen Schatten.

»Na schön. Und umgekehrt, Fritzi?« Harscher Tonfall. Fast schon Raureif an den Wortkanten. »Ich meine, liebt er dich denn auch, dieser Jörg oder Jerk?« Wenn der schon wie ein Brechreiz klingt, dachte sie.

»Klar, tut er das, Mama, hoffe ich zumindest. Wieso nicht?« Könne man ja nie so genau wissen. Hansen sei Hamburger, also praktisch Fischkopp als Sternzeichen, sagte sie, der trage sein Herz nicht auf der Zunge. Und außerdem, was heiße das schon. Es gäbe nun mal keine Garantie. Für nix und niemanden. Jede Liebe habe ihre Halbwertszeit.

»Bestes Beispiel: du und Papa«, meinte Fritzi.

Stille. Nächster Blattschuss.

»Komm, Fritzi, jetzt mach mal halblang, ja?! Papa und ich sind seit bald dreißig Jahren verheiratet. Aber ... Vorschlag zur Güte:

Wir lassen das erst mal kurz sacken. Meine Meinung kennst du ja jetzt«, meinte ihre Mutter und wiederholte vorsichtshalber noch mal, dass ein Kind kein Hobby sei, sondern ein Fulltime-Job. »Fritzi! Und erinnere dich bitte, wie schnell du damals die Lust an Mumpsi verloren hast.«

Ihr Hamster.

Wie bitte? Mumpsi? Mein Scheißhamster damals?! Das glaube ich jetzt nicht, dachte Fritzi. Das ist so bekloppt. Ohne Worte. Das hat sie nicht wirklich gesagt.

»Mama! Da war ich – wie alt? Sieben oder acht?! Ich glaube, wir beenden das hier besser, wenn du mir nicht mal zutraust, den Unterschied zwischen einem Kind und einem ...«

»Moment! Hab ich so nicht gesagt und auch nicht gemeint, Fritzi. Ich will dir nur klarmachen, was für eine enorme Verantwortung ein Kind ist. Und ich kenne dich, du hast bisher fast alles mit einer wahnsinnigen Euphorie angefangen und schon nach wenigen Wochen ...«

»Mama, danke, es reicht. Ich hab's kapiert, okay?! Ist angekommen, nerv nicht ... nur zu eurer Information: Ich krieg das Kind, so oder so, mit oder ohne euren Segen! Mir doch egal, ob du dich langsam mal ein bisschen darüber freuen willst, dass du bald Oma wirst ... ach, Scheiße ...!«

Und mit diesen Worten beendete meine Mutter das Telefonat. Kurz danach balancierten ihre Gefühle zwischen Heul- und Lachkrampf. Beides wollte nicht so recht klappen. Wie bei einer Vektoraddition. Schon das zweite Gespräch in kürzester Zeit ohne ein richtiges »Tschüs«. Sonst gar nicht ihre Art, dachte Fritzi und überlegte, wann sie ihre Mutter das letzte Mal so angebrüllt hatte. In der Pubertät wahrscheinlich. Während der letzten großen Hormonschwemme. Genau wie damals verspürte sie plötzlich große Lust, sich ordentlich zu besaufen. Komatös. Diese Möglichkeit entfiel. Stattdessen legte sie beide Hände schützend auf ihren Bauch und schwor, hoch und heilig, auf keinen Fall so zu werden wie ihre Mutter.

Die Terrorexpertin!

Versprochen, meinte sie, großes Indianerehrenwort. Fritzi nahm sich sogar vor, später alles ganz anders zu machen. Mit mir.

»Besser!«, meinte sie. Viel besser. »Schon deshalb, weil du ein Junge wirst und kein Ha... Ha... Hamster! Ich kann das spüren, ich weiß das!«, sagte sie und fing ein bisschen besorgniserregend, fast hysterisch an zu lachen.

12.

Position: 53°54.2 S; 158°28.7'E
Luft: 10° C / 50°F
Wasser: 10° C / 50°F
Wind: West 30 Knoten
Wetter: Cloudy again!
Gereiste Distanz in den letzten 8 Minuten: 2,51 nautische Meilen

Hansen spürte auch jede Menge. Lisanne und er standen noch immer am Buffet.

Man kam ins Plaudern:

You want some mango as well?, meinte Lisanne, die seien wirklich *very yummy*. Mein Vater reagierte so perplex und zögerlich, als handele es sich um die Darreichung der verbotenen Frucht. Und so ähnlich war es ja auch.

Oh, thank you, yes, why not, sagte er etwas geschwollen, *I might as well try some*. Obwohl er Mangos nicht mochte, hielt er seinen Teller so artig hin wie ein Bluthochdruck-Patient seine Hand für Medikamente. Und er wurde rot wie eine Puffleuchte. Eine dieser Evolutionserfindungen, deren Sinn sich ihm als Betroffener, sprich Erythrophobiker noch nie ganz erschlossen hatte. Was für einen Sinn machte es, wenn man seinem Gegenüber die eigene Unsicherheit im wahrsten Sinne des Wortes auf dem Tablett präsentierte? Als sei man an den Prototyp aller Lügendetektoren angeschlossen?

They taste much better than they look.

Really?

Mein Vater sah zu, wie ihm Lisanne ein paar Mangostückchen auf den Teller löffelte. Sie sahen in der Tat seltsam, wie vorgelutscht aus. Dann meinte sie noch, vielleicht weil mein Vater zu perplex war und keine Konversationsversuche unternahm, hoffentlich habe er länger was davon. In ihrem Fall sei das nämlich *A bit of a waste!*, also Verschwendung. Und eins musste man

Hansen lassen. Trotz Aufregung, Herzklopfen, Blutsturz, Flucht- und Angriffsimpulsen und Stresshormonen war er noch immer auf dem Quivive und wusste sofort, was sie meinte.

Oh, I see, seasick?!, fragte er.

Gut, keine große Kunst. Neben dem Wetter war Seekrankheit das Smalltalkthema Nummer eins an Bord. Seit Tagen schon. Und das machte auch Sinn. Wetter war immer und überall, quasi weltweit ein überaus dankbares Thema. Unverfänglicher Allgemeinplatz. Dabei galt, je schlechter desto besser bzw. verbindender. Nichts vereint mehr als ein gemeinsamer und übermächtiger Feind, als Krieg oder Unwetter. Schon beim bloßen Wort *seasick* hatte Lisanne so gequält genickt, dass es sich fast von selbst verbot, einen auf Seebär zu machen und mit Vitalität zu protzen, dachte Hansen. Mitfühlend zog er seine Mundwinkel nach unten, verdrehte die Augen bis zum Anschlag und meinte:

Oh, I know ... same here. Einen Tick zu dramatisch, tuntig fast (was auch am fremden, melodischeren Idiom lag). *It's like ... a total turtle.*

Lisanne stutzte und wollte gerade nachfragen, als Hansen seinen sprachlichen Irrtum selbst bemerkte und korrigierte:

Äh, sorry, torture, I mean torture ... not turtle of course! A total torture.

Oh, yes, I see, of course, meinte Lisanne, ... *but a total turtle, that's actually quite cute.*

Dann ließ sie ihr Lächeln von der Leine. Meine Güte. Sonnenaufgang nix dagegen, dachte Hansen. Keine Spur von Verachtung oder Überheblichkeit war darin zu erkennen. Ein sehr offenes, geradezu einladendes Lächeln war das. So hätte ein Bond-Girl oder eine Professionelle, nebenbei bemerkt, im Leben nicht lächeln können. Damit waren auch diesbezüglich sämtliche Zweifel zerstreut.

So, tell me, whereabouts are you from?, fragte Lisanne

Als mein Vater gleichgültig, fast schon gelangweilt *Germany*, antwortete, *from Hamburg* (wobei er Hämbörg sagte), war es, als hätte er: »Sesam, öffne dich!« gesagt. Lisanne reagierte regelrecht überschwänglich. Fast schon amerikanisch.

Oh really? Is that right? All the way from Germany?! You came a long way then!, sagte sie und ihre Augenbrauen wanderten noch ein Stück weiter nach oben.

Er nickte nur, schließlich fand er das nicht halb so exotisch wie sie.

I like Germany!

Really, why?

Lisanne schien die Frage überhaupt nicht zu verstehen und gab sie an meinen Vater zurück.

Why not? It's a good country, isn't it?

Hansen zuckte mit den Schultern. Komplexes Thema. Zu verfänglich, so am Anfang. Er wollte ihr nicht gleich widersprechen. Deshalb bereute er seine Bemerkung bereits. Aber die Frage drängte sich auf: Wieso fanden immer alle anderen Deutschland so toll und zu Hause unkten, stöhnten, nörgelten, stänkerten und kotzten die Deutschen selbst um die Wette. Oder wanderten konsequenterweise gleich aus: *Deutschland adé*; *Goodbye Deutschland!*; *Die Auswanderer*; *Mein neues Leben*; *Lebe Deinen Traum*; *Auf und Davon – Mein Auslandstagebuch*; *Umzug in ein neues Leben*.

Lisanne erzählte dann voller Stolz von ihren *prussian roots*, sprich preußischen Wurzeln und nannte den Namen irgendeines polnischen Kaffs, aus dem ihre Ururgroßeltern Mitte des 19. Jahrhunderts nach Australien ausgewandert seien. *My grand-grand-grandparents*, sagte sie, sodass Hansen kurz glaubte, fast schon hoffte, sie würde stottern. Gar nicht mal seinetwegen. Mehr so als kleiner, liebenswerter Makel.

I see, sagte mein Vater, *a prussian penguin scientist*, und erfuhr, dass Lisanne *one quarter german and one quarter Italian* sei. Fast hätte er gefragt – freudsch vom Feinsten –, wo genau sie denn zu einem Viertel italienisch sei. Er konnte sich gerade noch korrigieren:

And where from in Italy?

Sssicily, zischelte sie.

Alles klar. Daher ihr Aussehen. Sizilien, Schande! Die Glut des Ätnas in ihren Adern. Auch das noch. Feuriger geht's ja gar nicht, dachte Hansen. So vulkanisch. Vulvakanisch. Fast hätte er den Faden verloren.

Ein Viertel deutsch, meinte er dann, sei auch *just about right*. Lisanne sah ihn fragend an. (Zu Deutsch gleich ungesund, fast schon krank, wollte er hinzufügen, verkniff sich aber diese Bemerkung. Wenn es denn ein paar Balz-Bonuspunkte brachte.) Standortvorteil mal anders, dachte er. Er konnte sich kaum konzentrieren.

Wenn es nach meinem Vater gegangen wäre, hätten sie bereits an dieser Stelle das Gespräch abgekürzt und lieber nonverbal, mit Bodylanguage weitergemacht. Doch die Spielregeln waren andere. Seit Adam und Eva schon. Zuerst war das Wort. Viele Wörter, dachte mein Vater. Endlose Litaneien, Suaden, Säuseleien und Schmeicheleien. Smalltalk meistens. Noch nie hatte er es anders erlebt. Außer einmal. Gegen Geld. Ansonsten galt: Vor der Kopulation stand immer die Konversation.

Erst der Sermon – dann der Samen, schrieb Hansen später ins Protokoll.

Es folgte das übliche Geplänkel, in dem sich mein Vater aufs Fragenstellen beschränkte. Das konnte er ganz gut. In seiner Eigenschaft als Journalist. Und weil er natürlich wusste, Frauen schätzten es ungemein, wenn einer auch zuhören und nicht nur protzen und gierig gucken konnte.

So tell me ..., neulich im *Lecture Room* habe er nur Bahnhof bzw. *Penguin* und *Poo* verstanden. Also was genau mache sie da jetzt eigentlich auf Macquarie Island? Eine Seuchensafari?

Sie machte eine wegwerfende Handbewegung.

Ah! You don't really want to know. Don't bother. Seriously ... Das sei eigentlich kein Frühstücksthema.

I'm going to investigate the effectiveness of virkon boot disinfection in avoiding potential translocation of diseases in Antarctica, wiederholte sie fast wortgenau ihre Rede.

Hansen nickte bloß mit dem Kopf und sagte: »Ach so!«, und: »Ist klar ... *the effectiveness of ... what, virkon boot desaster?*

Aus Bahnhof wurde endgültig Hauptbahnhof.

Ach so? Lisanne sah ihm dabei interessiert auf den Mund. Sie kräuselte die Stirn und fragte ihrerseits, offenbar begierig, die deutschen Vorfahren in ihr zu reanimieren: *Akkccchr so? What does that mean: Akkccchr so?*

Hilfe. Mein Vater erschrak regelrecht. Wie schlimm das klang, dachte er. Seine Sprache aus ihrem Mund. Nach Gräte oder Katarrh im Hals. Akkkchrrr so! Irgendwie ungesund. Es war das Erste, was er an ihr abstoßend fand: ein deutscher Laut der Verwunderung. Vielleicht weil der Kontrast bei Lisanne besonders groß war. Als würde eine Nachtigall oder Cecilia Bartoli mitten im Gesang plötzlich rülpsen.

Er versuchte es weicher und nicht so arabisch auszusprechen. Ach so. *It's ironic and means – more or less – I didn't get it.*

Lisanne nickte.

Oh, I see. You mean ... my job. What I am doing? Sie würde Proben nehmen. Für die Uni in Sydney. Eine Forschungsarbeit. *Samples of penguin poo, their droppings ...*, meinte sie.

Put it this way: I'm simply doing some studies on shit.

Mein Vater nickte kurz und schmunzelte. Das hatte er verstanden. *Shitstudies.* Schönes Wort. Und so metaphorisch. Universell. Entsprechend hatte er sogleich die passende Antwort parat: Ob das nicht jeder irgendwie auf seine Art machen würde, *I mean shitstudies?!* So im Laufe seines Lebens, fragte er. Als dächte er dabei an meine Mutter.

Well, yes. In a way, I guess you could say so, bestätigte Lisanne und lächelte, garniert von ihren hübschen Grübchen. Ein Lächeln, das weit über den Horizont reiner Höflichkeit hinausging – vielleicht brachte es nicht unbedingt das Eis der gesamten

Antarktis zum Schmelzen, aber für meinen machtlosen Vater langte es allemal.

Er wollte gerade fragen, ob sie wirklich schon auf Macquarie von Bord ginge, als das erste Gespräch am Buffet jäh unterbrochen wurde. Lisanne schielte plötzlich schräg an Hansens rechter Schläfe vorbei, fast so, als hätte sie einen leichten Silberblick. Beinahe zeitgleich wurde Hansen von einem Aftershave umnebelt, möglicherweise wegen des Seegangs zu dick aufgetragen.

Irritiert drehte er sich um und sah, roch und hörte, was er lieber nicht gesehen, gerochen und gehört hätte:

Hai, geis, hau is äverybadie this moarning?!

Scheiße. Der Casanova ... Don Juan a. D., dachte Hansen, Lisannes Kurschatten.

Danke, bis eben noch sehr, sehr gut, dachte er, und jetzt verpiss dich, *please*. Stattdessen trat mein Vater selbst unweigerlich einen Schritt zurück. Aus der Reihe am Obstbuffet wurde ein nicht gleichschenkeliges Dreieck – mit ihm am längeren Ende.

Ein Typ wie ein Tsunami. Allein dieser Akzent. Grässlich, dachte Hansen. Als würde er beim Sprechen ständig Donald Duck zerkauen. Die amerikanische Antwort auf Dieter Bohlen.

Oh, hi, Dick, well ...!, entgegnete Lisanne, als käme das Wörtchen *well* von Welle, und ließ den Kopf kokett hin und her schwanken. Sie sagte, sie habe praktisch gar nicht geschlafen, weil sie Wasserbetten noch nie habe ausstehen können. Falls Hansen sie richtig verstanden hatte, denn seine Gedanken nahmen sofort Witterung auf. Relativ normal, wenn eine Frau wie Lisanne das Wort »Bett« in den Mund nahm.

Oaah, yeah, ei kän täll! Same here, dröhnte der Ami. *Ei häd ä tärrible neight tu, no kidding, ju no. Ei was holding on to mei mäträs the whole* ... er wurde leise, sah um sich und sagte gespielt verschämt: *frick'in neight, män.* Um dann wieder loszuröhren: *Shit. I can't believe we are paying a bloody fortune for this ...*

Er wartete auf Bestätigung, die allerdings ausblieb. Wahrscheinlich weil Lisanne – genau wie mein Vater – dienstlich und deshalb umsonst mitfuhr, es aber den anderen Passagieren aus Rücksicht nicht unbedingt auf die Nase binden mochte. Für Dick hätte Hansen fast eine Ausnahme gemacht.

Änywäie, ei can't wäit to put my frick'n feet on MäcKinsey ... or MäcCarthy Island, is it?

Hm, genau, so siehst du aus, du Dick, dachte Hansen ... MacCarthy ... und sah auf sein Namensschild: Dick Millner, San Diego, United States.

Oh, yeah, yeah, you mean »Macquarie«, korrigierte Lisanne. Dann fiel ihr auf, dass sie einander noch gar nicht richtig vorgestellt hatten:

By the way, we haven't introduced each other ... this man here ... from Germany ... Sie brach ab und stellte fest, dass sie noch nicht mal Hansens Namen kannte. Vergeblich suchte sie nach seinem Namensschild, das er wohlweislich nicht trug.

Sorry, what's your name again?

Hermann, sagte er, *Hermann the German ... if you like.*

Eine Laune.

Dieser San-Diego-Dick sprang sofort darauf an. Er zog die buschigen Augenbrauen hoch, quasi in Gefechtsstellung, und meinte Richtung Lisanne:

Whewww! Höhrmänn ... the Görmän! Right on, män. That sounds serious! Göring's first näme was Höhrmänn, wasn't it?!

Ohne eine Antwort abzuwarten, drehte er sich zu Hansen:

Änywwuäh ... nais to miet ju! I äm äctually Dick froam Sän Diego, Källyfornia. Er deutete mit dem Daumen auf sein Namensschild, als sei es ein Orden. Und kurz darauf schüttelte mein Vater einem Mann die Hand, als würde er Bud Spencer oder einem Cromagnonmenschen aus Kalifornien vorgestellt. Weniger Begrüßung als Bedrohung.

Aber das Beste kam erst noch. Lisanne fragte, eine Art Schlichtungsversuch, ob der Name Hermann in Deutschland sehr verbreitet wäre.

Oh yes, absolutely, very common! Germany is still full of Hermanns sagte mein Vater, hob den Zeigefinger und ergänzte mit einem theatralischen Impetus: *And Horsts actually!* Und fing an zu schmunzeln. Wunderbarer Satz, fand er. Völkerverständigung vom Feinsten. Solche Dada-Dialoge kamen nur stoned oder eben auf Reisen zustande. Und weil ihm der Satz so gut von der Zunge ging, wiederholte er noch mal:

No, it's really true, you know, Germany is still full of Horsts and Hermanns.

Lisanne schien zu begreifen, während der Ami völlig humorbefreit dreinschaute. Wie ein stecken gebliebener Strandbuggy. Und als mein Vater mit einem kleinen Triumphgefühl seinen kontrollierten Rückzug einleiten wollte, war es Lisanne, die ihn mit einem ungläubigen Blick auf seinen Teller zurückhielt und belustigt fragte:

Just this few slices of mango?! Come on, Höhrmänn! Is that all? Looks like a typical lady plate to me! Are you on a diet?

Mein Vater warf einen Blick auf seinen Teller. Der Ami auch:

Yeah, right, sambadie with jur näme schutt iet morr, män!

Ganz beiläufig fragte Lisanne, wo er sitzen würde. Im ersten Moment war mein Vater so perplex, dass er fast *Why?* gefragt hätte. Dann nickte er mit dem Kopf in Richtung Mister und Misses Rousch und sagte:

Over there, next to the ... twins.

Do you mind, if I join you for a cup of coffee, HERMANN?

...

Was?! Ob es ihm was ausmachte? Himmel, nein!, dachte er. Ist der Papst katholisch? Allein, dass sie überhaupt gefragt hatte. Wie Geburtstag und Weihnachten zusammen. Kneif mich mal einer, dachte er und musste aufpassen, jetzt bloß nicht zu euphorisch zu reagieren.

No ... not at all, you're welcome.

Im Überschwang seiner Gefühle machte er einen Fehler. Als suchte er einen Verbündeten oder besser gesagt, einen Verlierer, sah er aus Versehen diesen Dick an. Und obwohl Hansen mit aller Deutlichkeit dachte: Aber du nicht! Du ... Dick!, meinte der:

Okäy, guys, si ju in ä bit. Ei just gät mie sam scrämbbeld äggs!

Während sie sich einen Weg zu ihrem Tisch bahnten, sah mein Vater mit Sorge kostbare Minuten ihres ersten Tête-a-Têtes dahinschwinden. Lisanne brauchte für die Strecke vom Buffet bis zum Fensterplatz wesentlich länger als er. Immer wieder wurde sie von Männern wie Frauen gleichermaßen angesprochen und in Gespräche verwickelt. Offenbar hatte sie es verpasst, sich im Laufe ihres Lebens eine Aura von Arroganz zuzulegen, dachte Hansen. Der Schutzschild einer attraktiven Frau.

Als sie es schließlich an Hansens Tisch geschafft hatte, stellte sie wie in der Mensa ihr Tablett ab und meinte noch im Hinsetzen:

So, Hermann the German! Tell, me ... how come, I don't believe you. Es gebe nämlich keinen deutschen Hermann auf der Passagierliste. Das wäre ihr aufgefallen.

Well ... yes, sagte Hansen wie jemand, der sich ohnehin gerade outen wollte. Sein richtiger Name sei für englische Muttersprachler *a bit odd*, wie er es formulierte.

Kleine Irritation. Ein Kräuseln zog sich durch Lisannes Gesicht.

My real name actually is Jerk, Jerk Hansen, trug er in Bond-Manier vor.

Große Irritation. Lisanne hörte sogar auf zu kauen.

Jerk? Like jerk, really? Come on.

Sure, sagte er. *I can show you my passport.* Dann erklärte er, wie schon etliche Male zuvor auf Reisen, dass Jerk ein altnordischer, also germanischer Jungenname sei. Die schwedische Version von Erik. Und dass seine Eltern – *simple people, you know* – mangels Fremdsprachenkenntnissen damals nicht wissen konnten, was das auf Englisch bedeutete (nämlich u. a. Knilch, Narr, Trottel, Depp, Wichser). Und erst recht nicht, dass sein Name eines Tages ein in Los Angeles erfundener Hip-Hop-Tanz sein würde.

Well, maybe they should have named you Eric then – in the first place.

Ganz Wissenschaftlerin und offenbar lösungsorientiert, schlug Lisanne vor, ihn, falls er nichts dagegen hätte, *Häns* zu nennen, wie sie es aussprach. *Just Häns* – als Kurzform seines Nachnamens. *Since you really don't look like a jerk to me!*, fügte sie noch hinzu. Ein Satz, den sich mein Vater, *Häns Hänsen* neuerdings, gern eingerahmt oder am liebsten als Lebkuchenherz um den Hals gehängt hätte.

13.

Seit dem Telefonat mit Oma Rita hatte meine Mutter ein Gefühl von Eiszeit. Als würden ihr lauter kleine Frostbeulen wachsen. Subkutan. Direkt an Herz und Seele. Sie hätte sich zwischenzeitlich lieber einen Mühlstein um den Hals gehängt.

War sie wirklich schon so schwanger, sprich ein halbes Hormonmonster? Dazu hätte jedenfalls auch gut diese diffuse Wut im Bauch gepasst. Da meine Mutter nicht wusste, wohin damit, und glaubte, Wut schade insbesondere einem Ungeborenen – was stimmte –, war sie leicht reizbar. Ein falsches Wort, eine schiefe Geste und schon ging sie an die Decke. So gesehen vielleicht ganz gut, dass Hansen nicht zugegen, sondern auf seinem *loveboat* in der Antarktis unterwegs war.

Erst kürzlich hatte es Herrn Vogelsang, ihren Prachtossi, erwischt. Schwanger wie sie war, fing meine Mutter offenbar an, ihn mit anderen, strengeren Augen zu sehen. Plötzlich regte sie der Typ nur noch auf (vielleicht weil es jetzt jemand anderen gab, der ihrer Fürsorge und Obhut quasi exklusiv bedurfte). Vielleicht hatte es auch ästhetische Gründe. Allein dieses widerliche Rumgelutsche auf seinem Zahnersatz. Bah. Dann der viehische Gestank, der aus seinen Katakomben mit den abgehängten Decken drang. Als würde Herr Vogelsang sukzessive vom Zoni zum Zombie mutieren. Noch mal Bah. Ein notgeiler Ossi-Opi in fleckigen Unterhemden, mit wucherndem Johannistrieb, leicht ranzig und schon nach Tod riechend. Hurra.

Dummerweise hatte der arme und ahnungslose Herr Vogelsang unmittelbar nach dem trostlosen Telefonat mit Oma Rita bei meiner Mutter geklingelt. Ganz schlechtes Timing. Erstens war ihre Wut über den Hamster-Vergleich alles andere als verraucht (nichts konnte eine Tochter wütender machen als die eigene Mutter). Zweitens hatte sie danach diesen Sehnsuchtsanfall, mal wieder in den Arm genommen zu werden. Eine Scheißsehnsucht war das – für zwei, dachte Fritzi. Der eine Mensch, den man liebte, war weit weg, der andere gerade erst im Entstehen. Weshalb sie sich doppelt allein fühlte und anfing, sich selbst zu bedauern (irgendeiner musste es ja tun).

Auf dem Weg zur Haustür stellte sich meine Mutter kurz vor – eine Art Tagtraum –, wie umwerfend es wäre, wenn mein Vater vor der Tür stehen und feierlich erklären würde (mit oder ohne Blumen): »Folgendes, Fritzi. Hab's mir anders überlegt. Scheiß auf die Antarktis. Ich will lieber bei dir sein. Und zwar ab jetzt für immer. Herz ist Trumpf!«

Obwohl die Chancen dafür ungefähr eins zu unendlich standen, blieb meine Mutter im Flur zwecks Kurzinspektion vorm Spiegel stehen. Anders als sonst war sie auf Anhieb sehr zufrieden mit dem, was sie da erblickte. Schwanger sah man wirklich um einiges besser aus. War was dran. Wie das blühende Leben im Prinzip. Eine der wenigen wirklich erfreulichen Begleiterscheinungen: die hormonell bereinigte Haut, volle, glänzende Lippen, strahlende Augen, selbst die Haare saßen gut (möglicherweise, damit die Männer nicht gleich wegliefen). Tipptopp alles, und so gesehen eine Sünde, dass Honey-Hansen davon nichts mitbekam. Meine Mutter hätte sich ihm so nur zu gern präsentiert bzw. hingegeben.

Und dann das. Perlen vor die Säue. Buchstäblich. Als Herr Vogelsang gerade ein zweites Mal klingelte und meine Mutter lächelnd die Tür öffnete, sah sie sich mit einem brutalen Beispiel von Wunsch versus Wirklichkeit konfrontiert. Und Wirklichkeit gewinnt. Wie so oft. Statt Hansen stand da dieser Anti-Amor in Trainingshose mit *BZ* in der Hand. Noch bevor Herr Vogelsang sein Gebiss in Position gelutscht hatte und irgendwas nuscheln konnte, platzte es aus ihr heraus:

»Nicht schon wieder. Echt nicht, Herr Vogelsang. Vergessen Sie's. Es reicht allmählich, okay?!« Sie habe genug von dieser Kabarettnummer. Außerdem dürfe, könne und wolle sie seine Leiter nicht mehr hochklettern!, fügte sie etwas leiser werdend hinzu. Sie sei nämlich kein Go-go-Girl, sondern neuerdings schwanger.

Und, nebenbei gesagt, andere Frauen ließen sich so was teuer bezahlen!

Herr Vogelsang nahm die abgefeuerte Breitseite erstaunlich lässig, fast galant hin. Berlin halt. Ruppiges Gerede und Gehabe gehörten zum Grundton. Er nickte nur und meinte:

»Is gut!«

»Wie jetzt, ›is gut‹?!« Meine Mutter stutzte kurz. War das etwa ein Angebot? »Nee, ist überhaupt nicht gut, Herr Vogelsang. Ich glaube, es hackt!«

Mit diesen Worten knallte sie die Haustür zu, dass der Putz im Treppenhaus rieselte. Herz IV ersatzlos gestrichen, was ihr kurz darauf – typisch Fritzi – wahnsinnig leidtat. Nicht mal Jehovas Zeugen verdienten solch rüde Abfuhr, dachte sie. Wie es aussah, hatte ihr Herr Vogelsang nur die *BZ* mit dem Fernsehprogramm vorbeibringen wollen. Tat er manchmal. Getaktet nach seinem welken Trieb. Und stets so gefaltet, dass die »tägliche Tittentrulla« sich regelrecht dreidimensional nach außen wölbte. Pin- und Pop-up-Girl in einem. Vielleicht war es das, was meine Mutter so ärgerte. Erstens die schlüpfrige Tatsache als solche. Zweitens der beiläufige und vielleicht beißende Blick, den sie dabei auf Natascha aus Russland bzw. aus der Retusche geworfen hatte.

Normalerweise kein Problem. Was sie schwanger daran störte, war die Konfrontation mit einem konfektionierten Körper, der von Göttern und Grafikern (bzw. Chirurgen) geschaffen worden war, während sie kurz davor stand, aus dem Leim zu gehen. Wie ein schizoider Schub erwachte in ihr die Sorge um den eigenen Körper.

Was war mit den ganzen kind- und schwangerschaftsbedingten Kollateralschäden? Würde sie jemals wieder zu alter Konfektionsgröße und Perfektion zurückfinden und hinterher wieder ganz die Alte sein? Oder würde sie für den Rest ihres Lebens das Gefühl haben, den falschen Körper zu bewohnen – ein, zwei Nummern zu groß? Die Haut am Bauch ausgeleiert wie ein alter

Pulli, verziert mit dem hässlichen Muster der Schwangerschaftsstreifen.

Dann die Frage, wie ihre Brüste das alles verkraften würden. Erst Dolly Buster und dann?! Und wie um Himmels willen würde Hansen damit klarkommen? Konkret: Würden er und seine Libido eine Niederkunft aus nächster Nähe heil überstehen? Wollte man ihn überhaupt händchenhaltend im Kreißsaal dabeihaben? Als Hobbygynäkologen und Geburtshelfer? Der war ja auch alles andere als erprobt in solchen Dingen. Was, wenn er live, in Farbe und 3-D mitbekam, dass ihre Vagina nicht nur Feucht- und Naherholungsgebiet für ihn war? Wollte alles bedacht sein. Wird schon ein Grund haben, dass es in Deutschland Zigtausende Hebammen gibt, aber nur einen einzigen Hebammer. Und dass Geschlechtertrennung seit Anbeginn der Menschheit nicht nur in öffentlichen Toiletten, Umkleidekabinen und arabischen Dampfbädern eine feine Sache ist. Einen größeren Vertrauensbeweis, als sich so schutzlos in die intimsten Tiefen gucken zu lassen, gab es nicht. Beine breit, breiter, am breitesten, dachte meine Mutter.

Hinzu kamen die normalen, ganz banalen Bedenken. Baby-Buddhismus hin oder her, wenn meine Mutter über ihre Schwangerschaft nachdachte, fühlte es sich schon jetzt, auf den ersten Metern bzw. Zentimetern, wie eine feindliche Übernahme oder eine Art Hausbesetzung an. Als sei ihr Körper von jemand anderem, Fremdem okkupiert worden, der ab sofort das Geschehen – und schlimmer, das Nicht-Geschehen – bestimmte.

Von jetzt auf gleich war jedenfalls Schluss mit der ganzen Feierei. Und das in Berlin. *Bar 25*, *Bassy Cowboy Club*, *Kaffee Burger*, *Berghain*, *Cookies*, *Picknick*, *Weekend*, *das 103*, *Panoramabar*, *Watergate*, *White Trash*, *Kumpelnest*. Numinose Möglichkeit. Noch mehr Drogen. Party nonstop. 24/7. Feiern, bis es blutet. Doch nüchtern zu clubben sei ungefähr so amüsant, wie besoffen zu putzen, wie meine Mutter gegenüber Else, ihrer besten Freundin, meinte. Machte man nicht. Stattdessen brütete man. Sah Bauch und Brüsten beim Wachsen zu, guckte bei eBay schon mal nach

Babybetten und bei ImmoScout nach Wohnungen (Nestbautrieb), die man sich höchstwahrscheinlich nicht leisten konnte.

Und man aß. Ordentlich. Zum ersten Mal für einen guten Zweck und ohne schlechtes Gewissen: Kohlehydrate, Fisch, Fett, Fleisch, Hülsenfrüchte (für den Folsäurebedarf, ganz wichtig). Was sollte sie auch sonst machen? Studieren konnte sie in diesem Zustand jedenfalls nicht. Ausgerechnet Architektur.

Das Studium kam meiner Mutter plötzlich noch abstrakter vor als sonst. Wahrscheinlich weil gerade der Chefkonstrukteur höchstpersönlich bei ihr Hand anlegte und mit ihr als Assistentin eines seiner größten Wunderwerke vollbrachte: Leben.

Täglich ein bisschen mehr Kind. Mein Kind, dachte Fritzi. Wie sollte sie sich da an der TU mit etwas so Banalem wie TWL oder Baustoffkunde auseinandersetzen?

Alles, was meine Mutter in der nächsten Zeit zu konstruieren und planen versuchte, kreiste um den Begriff »Familie«. Und wie sie die nötige Statik schaffte. Kompliziert genug. Noch dazu mit einem wie Hansen – *nordisch by nature* – ihrem »Hardcore-Hanseaten«, den sie nicht besonders gut kannte (und vielleicht nur deshalb liebte?), den sie gerade erst anfing zu begreifen oder vielmehr auch nicht zu begreifen. Noch dazu unter emotional erschwerten Bedingungen, in einem Ausnahmezustand, der ihren Körper einen hochprozentigen Hormoncocktail zusammenbrauen ließ (*Harmony's Hell*), dessen vordringlichste Wirkung darin bestand, dass sie den Mann ihrer Wahl, den künftigen Vater ihres Kindes gern an ihrer Seite gesehen oder wenigstens gewusst hätte. Statt räumlich und emotional maximal weit entfernt von ihm zu sein – sodass sie ihm nicht mal in Gedanken folgen konnte, außer vorwurfsvoll.

Warum konnte eigentlich nicht sie gut gelaunt auf einer Lustreise sein und Hansen derweil das Kind bekommen, dick, träge, müde werden und demnächst ständig zu irgendwelchen Untersuchungen beim Frauenarzt rennen? Ungerecht. Wieso sollte sie sukzessive zu einer Seekuh mutieren, während Honey-Hansen gemütlich ein bisschen Kreuzfahrerfett zulegte und die Viecher im Original fotografierte?

Und dann noch in der Antarktis! dachte sie. Am Arsch der Heide. Weiter weg konnte man sich nur noch durch Selbstmord oder einen Flug ins All verkriechen. Zu der geografischen Distanz kam die historische Komponente, dieser Aspekt der Zeitreise. Auf den Spuren der großen Entdecker. Hundert Jahre danach. Zu den Originalschauplätzen der Polpioniere, »den wahren Eisheiligen«, wie Hansen sie ehrfurchtsvoll genannt hatte, als er meiner Mutter den opulenten Hochglanzprospekt der Firma Quark Expeditions gezeigt bzw. zugemutet hatte. Klar wäre sie da gern mitgefahren. Als Assistentin oder so. Überhaupt nicht klar war, warum er das nicht mal in Erwägung gezogen hatte.

»Hier, mein nächster Job«, hatte er ganz beiläufig und deshalb provokant gemeint. Als handele es sich bloß um eine Butter- oder Hafenrundfahrt.

»Schön«, sagte meine Mutter. »Und schön dekadent. Wann denn?«

»Anfang Februar.«

»Was, echt? Im Februar schon. Und ... für wie lange?«

»Viereinhalb Wochen, ungefähr, mal sehen.«

Mal sehen? Selbst ohne Schwangerschaft war das ganz schön lang. Fritzi hatte daraufhin nur genickt und entsprechend lustlos bis widerwillig durch die noble Broschüre geblättert.

»Wie gesagt, ganz schön dekadent!«, kommentierte meine Mutter. »Was kostet das? 26 000 Euro?! Wie jetzt, das ganze Schiff oder ...?«

Scheiße, dachte sie. Nobel geht die Welt zugrunde. Das sah schon sehr erhaben aus. Alles. Die Bilder waren bombastisch, zum Niederknien. Eine Eiszeit auf edel. Lediglich die Kabinen verströmten einen vergleichsweise sachlichen, sagen wir sozialistischen Charme. Nix Chichi. Der Luxus lag in der Exklusivität. Es gab weltweit nur ein oder zwei Schiffe, die sich durchs Rosseis brachen. Überall Eisberge, die an Riesensaphire erinnerten, bizarre Skulpturen, psychedelisch blau, mit Pinguinen drauf. Notorisch abtauchende Wale, Fluken, von denen das Wasser wie flüssiges Gold tropfte. Ein Seeleopard, der auf einer Eisscholle döste, Porträts von Pinguinen und genauso viele Bilder von den Passagieren in ihren Schwerwetterjacken. Mit dem hohen, gefütterten Kragen und dem Aufdruck der Firma Quark Expeditions. Das sah schon ein bisschen merkwürdig aus – nach Betriebsausflug, Sekte oder Seniorenabschiebe, dachte Fritzi. Nach Aliens. Die Menschen wirkten wie Fremdkörper in einer großartigen, geradezu keuschen Gegend.

Auf jedem zweiten Bild posierte der Eisbrecher im Hinter- oder Vordergrund. Helikopter kreisten am Himmel. Und dann die *Khlebnikov* von oben – inmitten von Weiß, was ein wenig an Tortenkunst erinnerte. Trotz der klirrenden Kälte überall nur lachende, zumindest lächelnde Gesichter. *Sunny side up*. Bilder von Menschen mit Sonnenbrillen und Fellmützen, denen die Sonne noch in der polarsten Nacht aus dem Arsch schien.

Und das waren keine Models! Kein Stück. Das waren jede Menge Jacketkronen und Porzellanimplantationen. Alles gut situierte und saturierte Menschen, die dem Alter und Aussehen nach ihre Eltern hätten sein können. Laut Statistiken des Deutschen Reiseverbandes waren die meisten Passagiere auf Kreuz- und Expeditionsfahrten zwischen 41 und 55 Jahre alt. Schon mal beruhigend. Noch beruhigender, dass bei Fahrten auf sehr nördlichen und südlichen Routen sowie bei Flusskreuzfahrten das Publikum häufig zur Generation 60 plus zählte. Musste man sich also – laut Google – keine Sorgen machen. Und falls doch, für den unwahrscheinlichen Fall, dass Hansen auf reiche, alte Witwen stand, dann ... Pech gehabt, mit denen konnte und wollte meine Mutter eh nicht konkurrieren. Konnte ja niemand ahnen, dass es da noch diese australische Artgenossin mit ihrem Deutschlanddings an Bord gab, deren größter Günstling ausgerechnet mein werdender oder auch nicht werdender Vater war. Je nachdem.

14.

Position: 54°30,4 S; 158°46.8'E
Luft: 10° C / 50°F
Wasser: 10° C / 50°F
Wind: West 30 Knoten
Wetter: Cloudy again!
Gereiste Distanz in den letzten 24 Stunden:
266,6 nautische Meilen

The island is dreadfully dreary to the ordinary observer, but to the naturalist it is full of fascinating interest.
J.R. Burton aboard the *Australasian*, 23 June 1900

Jeden Morgen fand mein Vater in der Posttasche seiner Kabinentür den sogenannten Bordnewsletter mit dem Wasserzeichen der Firma Quark Expeditions: ein Eisbrecher vor einem Eisberg. Oben stand das Motto der Reise, *The Great Explorer*. Darunter folgten das Datum, die aktuellen Koordinaten und ein paar mehr oder weniger abstrakte Ortsangaben.

Die ersten fünf Tage stand dort: *AT SEA*, am sechsten Tag der Reise dann: *MACQUARIE ISLAND*.

Als Geleit für den Landgang folgte das sinnstiftende Zitat eines mehr oder weniger bekannten Polarforschers. Unmittelbar darunter die täglich gleichen Verköstigungs-Koordinaten – für viele das Wichtigste an Bord:

0630 *Early morning coffee, tea & pastries are available in the Lounge*

0630–0800 *Breakfast is served in the Port dining room* usw.

0900 – *Decontamination* (und was es damit auf sich hatte).

Dann, ganz unten, das *Russian word of the day* – eine Anregung zur Völkerverständigung mit der russischen Crew (den Morlocks, wie Hansen sie nannte). Am sechsten Tag der Reise lautete es, Zufall oder nicht ... *Stchastlyvogo plavanya – let the adventure begin.*

Ich sag's ungern, aber beim letzten Satz musste mein Vater fast pawlowsch an ein amouröses Abenteuer mit der Biologin an Bord denken. Vielleicht auch Wunschdenken, das war zu diesem Zeitpunkt noch nicht klar. Einzig sicher lässt sich nur sagen, dass sich mit jeder zurückgelegten Seemeile offenbar nicht nur die räumliche Distanz zwischen ihm und meiner Mutter vergrößert hatte. Im Fahrwasser der *Khlebnikov* war auch eine Schleppe an Gewissensbissen auf der Strecke geblieben, die sich in den Weiten des Ozeans offenbar auf homöopathische Art zu einer kaum nachweisbaren Menge verdünnt und schließlich ganz verflüchtigt hatte.

Noch dazu in internationalen, also praktisch gesetzlosen Gewässern redete sich Hansen die Sache schön und sein Gewissen klein. Seit sie in Hobart abgelegt hatten, war ohnehin ein Großteil der Naturgesetze außer Kraft gesetzt. Was also konnte er dafür – oder dagegen –, dass sein Dornröschen aus Down Under so gesehen auch unter die Rubrik »Höhere Gewalt« fiel?!

Das erste gemeinsame Frühstück mit Lisanne war schon mal ganz vielversprechend verlaufen. Allemal ausbaufähig, dachte mein Vater. Anschließend war er wie beseelt, fast schon besoffen vor Freude, zurück in seine Kabine gegangen – dachte er zumindest. Als er die Tür öffnete – die Klinke noch in der Hand –, große Irritation. Auf seinem Bett lag ein älterer, indisch aussehender Herr, Mister Mehandru, wie Hansen dem Namensschild entnahm. Auf dem Boden hatte der Mann sämtliche Kleidungsstücke zum Trocknen ausgebreitet. Statt Hansens Laptop standen plötzlich Bilder von Shiva und Vishnu auf seinem Schreibtisch. Es roch auch anders, nach Räucherstäbchen.

Als mein Vater eintrat, hob Mister Mehandru nur kurz den Kopf, als hätte er ihn bereits erwartet:

Hello, my friend! Please, come in. How can I help you?

Hansens erster Gedanke: *Versteckte Kamera*. Der zweite: Shit, Demenz. (Nur, dass man bei Demenz nicht mehr darüber nachdenken konnte, was ganz beruhigend war. Nach klassischem Ausschlussverfahren schied diese Möglichkeit also aus.)

Sorry, Sir, I think I got lost!

Mister Mehandru machte eine wegwerfende Handbewegung.

Ah, don't bother. Happend to me before. Each deck looks bloody the same, you know.

Hansen nickte nur. Noch immer ahnungslos.

But ... you know, fuhr Mister Mehandru fort, nur derjenige, der sich verlöre, könne sich neu finden. *And apart from that, my friend, aren't we all a bit lost, I mean, in general?*

Wait a minute! dachte Hansen. Was wird das denn jetzt? Der kann sich doch nicht auf meine Koje legen und einen auf Bhagwan oder Swami Soundso machen.

Dann der entscheidende Hinweis.

So it's important to open your eyes and mind, my friend. Deshalb wohl auch die Nummern an den Türen, fügte Mister Mehandru verschmitzt hinzu.

Mein Vater trat einen Schritt zurück, warf einen Blick auf die Kabinennummer und realisierte erleichtert seinen Irrtum: 621. Da stand's. Tatsache. Falsche Kabine, ein Deck zu früh abgebogen (Lisannes Schuld, dachte er). Hansen entschuldigte sich, *sorry to disturb you*, aber Mister Mehandru winkte ab. Schade nur, dass er nicht die Lady vom russischen Roomservice sei. *She is damned hot!* Schneller hatte noch keiner die Kurve von spirituell zu sexuell gekriegt, dachte Hansen hinterher.

Ein Deck höher dann die nächste Überraschung. Mein Vater betrat seine Kabine und stellte augenblicklich fest, dass auch hier irgendetwas nicht stimmte. Es dauerte eine Weile, bis er darauf kam. Die *Khlebnikov* hatte die Maschinen gedrosselt. Na klar. Das sonore, niederfrequente Gewummer des Schiffsmotors, dieses dauerdieselnde »Om« im Ohr – weg. Im ersten Moment ein ungewohntes, fast beunruhigendes Gefühl. Am ehesten vergleichbar mit einem allein verbrachten Abend in der Küche, wenn der alte, stromschluckende Kühlschrank jäh verstummte und man sich augenblicklich einen Tick einsamer, ja, regelrecht verlassen vorkam.

Schon die nächste Feststellung tröstete Hansen darüber hinweg: der Seegang, falsch, der Scheißseegang – auch weg. Als hätte Käpten Akudinov den Eisbrecher gezähmt und eingeritten. Zum ersten Mal seit Tagen hielt der verdammte Kahn endlich still.

Ah, angenehm, dachte Hansen, wenn die Welt nicht ständig aus den Fugen geriet, und trat ans Fenster. Sofort machten sich die alten Lebensgeister bemerkbar. Das war das Gute an der Seekrankheit, im Gegensatz zu dem Geschwanke eines alkoholischen Abusus gab es keinen röhrenden Kater. Kein rollendes Blei im Hirn. Man war sofort wieder der oder die Alte. Mit dem Unterschied – und in diesem Punkt ähnelten sich die Folgen –, dass einen eine neue Dankbarkeit fürs Dasein im normalen Betriebsmodus erfüllte.

Mein Vater trat ans Fenster, zog die Gardine beiseite, und sah, hinter einer von Salz verkrusteten Scheibe – Land. Eine Ahnung davon. Weniger Postkartenidylle als Waschküche. Äußerst verschwommen alles. In etwa so deutlich, als hätte er zur temporären Demenz noch einen grauen Star oder Netzhautblutungen bekommen (die seine Oma immer als »tieffliegende Wolken« beschrieben hatte). Wolken gab es auch hier. Jede Menge. Zu viele. Absolut kein Fotowetter. Schade, dachte Hansen, denn allzu oft kam man hier auch nicht vorbei. Zumal – das durfte er nicht vergessen – er eigentlich auf Dienst- und nicht auf Lustreise war.

Im selben Moment meldete sich Diane von der Expeditionsleitung zu Wort.

Hello everybody, this is me, Diane, speaking ... I have good news. As probably everybody already realized ...

Mit dem salbenden Tonfall einer Nachrichtensprecherin verkündete sie, dass der Anker gerade ausgebracht und die Zodiacs bereits zu Wasser gelassen würden. Deshalb, *folks*, Schwimmweste anlegen. Die Exkursion fand also statt. *Round about ten a.m.* würden die Passagiere, wie bereits beim Briefing erklärt, je nach Datum, mit den geraden oder ungeraden Kabinennummern ausgeschifft. Heute sei der 15.2., *which means …*

Aye, aye, Diane, dachte Hansen und hörte nicht weiter zu (ein Fehler). Kabine 721 hat kapiert. Ich bin ungerade, schon aus Überzeugung. Allein die detaillierte Erinnerung an den Ausschiffungsablauf ließ erahnen, dass Diane ihre Hoffnung längst aufgegeben hatte. Sie wusste aus Erfahrung: Alle waren viel zu aufgeregt und würden gleich, egal ob gerade oder ungerade Kabinennummer, wie bei einer Evakuierung zu den Booten stürmen. Oder Goldrush. Als ginge es darum, die besten Claims am Clondyke River abzustecken.

And … please! Don't forget, sagte sie ziemlich informell, *before you guys all go ashore … the decontamination. It's a must! Obligatory* war das Wort, das Diane benutzte. Plötzlich klang sie richtig streng.

Stimmt, die dämliche Dekontamination, dachte Hansen. Was auch immer es damit auf sich hatte. Bei dem Wort fiel ihm nichts Gutes ein: Tschernobyl, Bhopal und Seveso sowieso. Chemisch, biologisch oder radioaktiv verseuchte Menschen und Landstriche. Ähnlich schlimm seine jüngste Erfahrung in Verbindung mit dem Begriff: Wegen der dämlichen *decontamination* war Lisanne mitten im Frühstück plötzlich aufgesprungen und hatte: *Oh shit, I am sorry, gentlemen, I have to leave* gesagt. Der Kummer darüber wurde schlagartig von einem anderen überlagert, denn plötzlich saß Hansen allein mit San-Diego-Dick da. Er war ein zu schlechter Pokerspieler, als dass er seinen Unmut, sein Desinteresse, seine physische wie psychische Abscheu gegenüber dem Typen irgendwie hätte kaschieren können. Seine Motivation Smalltalk zu betreiben tendierte gen null, minus null im Prinzip. Der Typ erinnerte ihn zu sehr an den wahnsinnig präsenten Hank Schrader in *Breaking Bad*, Walter Whites kantigen Schwager von der DEA, der Drug Enforcement Administration. Mit dem ganz entscheidenden Unterschied, dass Hank Schrader eine Kunstfigur war. San-Diego-Dick war echt – zu echt. Zumindest für meinen Vater. Ein Bildschirm zwischen ihnen, dachte er, hätte die Begegnung wesentlich erträglicher gemacht.

Unmittelbar nachdem Lisanne gegangen war, verhielt er sich einfach so, als säße er vor der Glotze. Und da er zu Hause auch nicht mit dem Kasten sprach, sondern lieber aß, stopfte er sich Früchte in den Mund und ließ Dick machen. Und der machte. So lange, bis selbst der unsensibelste Mensch gemerkt hätte, dass dieser *Hörrmänn se Görmän* ihm gegenüber ungefähr so kommunikativ war wie eine Buddhastatue. Ständige wechselte Dick das Thema. Eben war er noch auf einem der letzten Concorde-Flüge, und zwar vorne beim Piloten (ein Freund von ihm, der aber nicht in der Todesmaschine gesessen hatte), da startete er schon einen neuen Versuch (wenn selbst Concorde und Todesflüge nicht zogen). Abteilung *dirty talk*, für gewöhnlich der größte gemeinsam Nenner zwischen Männern.

So ... what do you think ... about Miss sexy Scientist ... she's a hottie ..., er nickte in die Richtung, in der Lisanne verschwunden war, ... *a straight ten, isn't she?!*

Hansen hörte auf zu kauen. Allerdings nicht, weil er Lust gehabt hätte, sich mit Dick über Lisanne zu unterhalten.

A hottie?!, wiederholte er. Was für ein beknacktes Wort.

Shit, yeah, don't you think. But forget it, she is married! Not really surprising, isn't it?

How do you know?!

She told me and, well, she is wearing a ring, right hand, meinte Dick und schüttelte seinen Ringfinger.

Well, what a pity, sagte Hansen, wenn das so sei, dann lasse er sich mal lieber schnell von ihr dekontaminieren, und entschuldigte sich.

Vor dem Fahrstuhl auf Deck 4, 5 und 6 hatten sich, wie angekündigt, die beiden Meeresbiologinnen, Kirstin Le Mar (Schwerpunkt Seeelefanten) und Irene Tripp (Orcas), sowie Lisanne positioniert.

Teils erleichtert, teils enttäuscht, sah mein Vater, dass die *decontamination* an Bord der *Khlebnikov* mit drei handelsüblichen Staubsaugern durchgeführt wurde. Hosen, Jacken, Taschen, Nähte, Reiß- und Klettverschlüsse sämtlicher Passagiere wurden ähnlich flüchtig abgesaugt, als wollte man sein Auto an einer Tankstelle für nur einen Euro restlos sand- und keimfrei kriegen. Alles in allem ein rührender, weil alberner Versuch, der Evolution auf Macquarie nicht ins Handwerk zu pfuschen und keine artfremden Samen anzuschleppen. Pusteblumen wahrscheinlich. Bei den vorherrschenden Windstärken auf Macquarie hätten die sicher ihre helle Freude gehabt, dachte Hansen.

Anders als sonst, reihte er sich freiwillig in die längste Schlange ein. Das war die von Lisanne. Dumm nur, dass er als Einziger die zu dekontaminierenden Sachen bereits am Leib und nicht über dem Arm trug. Alle anderen Passagiere hatten offenbar besser zugehört oder mitgedacht. Das Absaugen etwaiger Pollen fiel dadurch an bestimmten Stellen noch flüchtiger und weniger gründlich aus als bei den anderen Landgängern. Ein peinlicher Lapsus. Fand er. Mehr nicht. Man hätte schweigend darüber hinweggehen können – tat man aber nicht. Nicht an Bord eines Schiffes mit Gag-Tourette.

Es war dann ausgerechnet Mister Mehandru aus Kabine 621, der es sich nicht nehmen ließ, meinem Vater in männerbündischer Bums-Biederkeit Absicht zu unterstellen. Vielleicht in Ermangelung anderer Attraktionen bisher. Er tippte Hansen von hinten auf die Schulter, legte den Kopf leicht schräg und sagte dann, sicht- und hörbar amüsiert, mit schlingerndem Singsang und einer Betonung wie bei einer Achterbahnfahrt:

Aye, look at this! – Kopfstimme – *What a bloody clever boy this young gentleman here is!*

Dann drehte er sich um, suchte und fand sein Publikum – was nicht schwer war in einer wartenden Schlange –, wandte sich wieder an meinen Vater und empfahl ein, zwei Oktaven tiefer:

You might as well ask her for a strip-search!

Hm, genau. Hansen nickte nur und machte gewissermaßen gute Miene zum schlüpfrigen Spiel. Er hoffte inständig, Lisanne bekam im Lärm des Staubsaugers nichts mit von dieser anzüglichen Zote. Mein Vater fand es, ehrlich gesagt, schon komisch genug, dass sie vor ihm kniete. Da kam man zwangsläufig auf gewisse, naheliegende Gedanken. Leibesvisitation gehörte nicht unbedingt dazu.

Die Bemühungen, das Ausschiffen über die Kabinennummern zu steuern, erwiesen sich wie erwartet als hinfällig. Mit Ausbringen des Ankers hatte sich eine gewisse Aufregung an Bord der *Khlebnikov* breitgemacht. Fast ein bisschen *Titanic*-Panik, dachte Hansen. Ein einziges Gewese und Geschiebe auf den Gängen. An Bord herrschte plötzlich eine ähnliche Betriebsamkeit wie in einem gerade gelandeten Flugzeug. Dort ließ sich der kollektive Fluchtinstinkt der Herde nach der Landung auch nicht mehr unterdrücken (manche Menschen riskierten lieber einen Halswirbelvorfall und mimten, minutenlang unter den Handgepäckfächern stehend, den Glöckner von Notre-Dame, anstatt sinnigerweise einfach sitzen zu bleiben).

Damit später niemand versehentlich an Land zurückgelassen wurde, sollte jeder an einer Check-out-Tafel seine Plakette mit der entsprechenden Kabinennummer umdrehen. Von grün (an Bord) auf rot (Landgang). Idiotensicher. Und prädestiniert dafür, andere, unliebsame Zeitgenossen ohne großen Aufwand loszuwerden. Das Umdrehen der Plakette war so ziemlich das Einzige, für das man selbst verantwortlich war. Sonst musste praktisch nix selber entschieden oder getan werden. Man wurde wie ein Schaf oder Schüler geführt und gefüttert – Hansen vermutete darin den Hauptgrund, warum Gruppenreisen und Kreuzfahrten immer beliebter wurden. Und er sich immer öfter auf Klassenreise wähnte. Einfach stumpf machen, was andere vorgaben. Das ließ Raum für Albernheiten und eine ähnliche Unbefangenheit wie damals in der Schule. Diese im Prinzip nie wieder erreichte Lebenslässigkeit jener Jahre. Muss ja, dachte Hansen. Anders konnte er sich seine pubertäre Bereitschaft, sich mir nichts, dir nichts zu verknallen, kaum erklären.

Inmitten eines Pulks von Quark-Expeditions-Jacken hatte er Lisanne schon von Weitem unter den Rettungsbooten an Deck 4 ausgemacht. Sie stand neben der Gangway, die hinunter zu den Zodiacs führte und trug eine Art Flieger-Fellmütze, die ihr Gesicht sehr vorteilhaft rahmte. Kunstfell wahrscheinlich, so als Vegetarierin, wie Hansen beim Frühstück erfahren hatte. Weniger Wissenschaftlerin als Hostess bat sie jeden, der sie passierte, in eine große quadratische Metallschüssel mit einer desinfizierenden Lösung zu steigen. Farblich erinnerte das Gebräu ein bisschen an Ahoi-Brausepulver, Himbeergeschmack. Lisanne geizte nicht mit ihren Grübchen. Als mein Vater an der Reihe war, warf sie einen Blick auf seine Schuhe und meinte:

Nice boots you have!

Das wäre nicht weiter bemerkenswert gewesen, wenn sich nicht im selben Moment der, wie soll man sagen, seltsame Sex-Souffleur in Hansens Hirn dazugeschaltet hätte. Mit der Geschwindigkeit eines Reflexes sprach er ihm irgendwelche chauvinistischen Kommentare ins Hirn. ES-Entschlackungen, wie Hansen es mal genannt hatte. Glücklicherweise passierten diese Fußnoten nie die Schwelle seines Sprachzentrums. *Thank God.* Jedenfalls nicht in Gegenwart von Frauen. Das Kompliment hätte er Lisanne sonst unter Abänderung eines einziges Buchstabens augenblicklich zurückgeben können:

Nice boobs you have, baby.

Wie gesagt, er konnte nichts dagegen tun. Außer die Klappe zu halten und verschämt an sich herunterzuschauen. Mit Blick auf seine Schuhe sagte er dann strategisch:

Oh yes! Meindl – made in ... guess where ... Germany by the way. Womöglich war ihre Ger-Mania der Schlüssel zum Erfolg bzw. zu ihrem Schoß. Wie gesagt, Standortvorteil mal anders.

Ah, nice, but maybe you brought some german germs as well, sagte Lisanne und deutete auf die Desinfektionsschüssel. Hansen stieg artig hinein und fand das ziemlich originell. *German germs*. Und so naheliegend. Komisch, dachte mein Vater, bis zu den Knöcheln in der Lauge stehend, dass sich das damals nicht bei den Alliierten für die Deutschen durchgesetzt hatte: statt *Krauts*: *the germs*. Ihm gefiel das.

In drei Schlauchbooten wurden die Passagiere im Shuttlebetrieb übergesetzt. Die Boote waren martialische schwarze Höllengefährte, wie aus der Konkursmasse von Kevin Costners Megaflop *Waterworld* ersteigert. Sie frästen weiße Brautschleppen ins Wasser. Unangemessen schnell und laut in einer Umgebung, über der noch ein Hauch von Ewigkeit lag, dachte Hansen. Ruderboote wären irgendwie stilvoller gewesen.

Jeweils fünf Passagiere saßen sich in Schwimmwesten stumm gegenüber. Die Einzige, die jetzt noch was zu sagen hatte, war Hansens Zodiac-Pilotin, Irene Tripp, wie gesagt, die Orca-Expertin. Eine Koryphäe auf ihrem Gebiet. Sie hatte dünnes, langes Haar. Straffe, fast maskuline Gesichtszüge (bisschen wie Winnetou). Eine Jeanne d'Arc der Meere oder waschechte Aqua-Amazone, dachte Hansen. Mit Extradosis Testosteron im Blut (was auch die dünnen Haare erklärt hätte) und durchdringender, fast navytauglicher Stimme. Marke Marine Corps. Eine Stimme, die sich ständig gegen den Lärm eines gigantischen Außenborders und gegen heulende Windstärken im Südpolarmeer durchsetzen musste (und deren Lautstärkeregler offenbar im höheren Pegelbereich festgefroren war).

Okäy, guys, welcome aboard, just a few safety instructions ... please, sit down everybody ... I strongly advice you, to hold on to this, okäy-ie?!

Misses Tripp griff nach einer Leine im Boot, als wollte sie eine Anakonda erwürgen.

And, guys, no standing and taking pictures while we're driving!

If you fall overboard, thäts it – game over. You häve three minutes – mäx. So, please, do me a favour – try to stay äboard. It's not äs wet and also much warmer and cosy. Believe me.

Hansen hätte am liebsten mit *Aye, aye! Sir!* pariert. Nur weil man als Frau einen Außenborder bediente – egal, wie viel PS der hatte –, musste man ja nicht gleich einen auf Lara Croft machen und alle anderen wie auf einer Sklavengaleere anbrüllen.

Sie rückte ihre verspiegelte Oakley-Brille zurecht.

Okäy, guys, rädy äverybadie? Let's hit the road then.

Mit einer ruckartigen Handbewegung riss sie den Gashebel nach hinten. Das Zodiac hob seine Nase und flog mit Hovercraft-Geschwindigkeit über die dunkle See. Als sollte Macquarie Island nicht in friedlicher Absicht besucht, sondern besetzt werden.

Eiskalter Wind biss meinem Vater ins Gesicht. Seine Augen tränten. Er drehte das Gesicht aus dem Fahrtwind und blickte unweigerlich nach hinten. Im Kielwasser, die Speed-Schleppe eine weiße Wunde und zwei Wellenstafetten, die sich nach beiden Seiten auffächerten. Mit dem Motorenlärm und ob des Fahrtwindes waren alle verstummt. Die Männer fixierten die Insel, die drei älteren Damen an Bord bestaunten Misses Captain Tripp, die wiederum konzentriert nach vorne blickte. Als dürfe sie nicht von der Fahrbahn abkommen oder zu viele Pinguine plattfahren. Oder was sonst tauchte da links und rechts des Bootes so panisch ab? Fische?

Mein Vater dachte über den Begriff Mannweib nach und überlegte, ob die alberne *Action-Attitude* vielleicht doch ihre Berechtigung hatte. Denn wo die Tripp als Expertin mitfuhr, waren auch ihre Studienobjekte, die Orcas, nie weit. Die Frau war quasi per Du mit den Viechern – schwamm, tauchte, kraulte und balzte mit ihnen, als seien das keine Killer-, sondern Kuschelwale und sie selbst ein weiblicher Tiefseetarzan. Immer tückisch, wenn man sich zu sicher wähnte und plötzlich – huch – doch so mir nichts, dir nichts gefressen wurde (siehe Siegfried & Roy oder Steve Irwin, der Krokodilkasper und all die numinosen, aber namenlosen

Zoowärter). Es brauchte jedenfalls nicht viel Fantasie, um sich vorzustellen, wie ein zu langsam fahrendes Zodiac plötzlich von einem tauben, kurzsichtigen oder brünftigen Orca angefallen wurde, weil er es mit einem Weibchen oder einer fetten Robbe verwechselte.

Deutlich hatte Hansen die Bilder diverser BBC-Dokumentationen vor Augen, in denen sich wilde Free Willys, also echte, frei lebende Orcas, mit zwei Dritteln ihres Körpers gleich lebenden Torpedos auf eine Eisscholle wuchteten und die Robben nicht nur aus ihrem Mittagsschlaf, sondern gleich ganz in Stücke rissen. Die Opfer flogen in Zeitlupe ein paarmal um die eigene Achse und rotierten meterhoch durch die Luft, ähnlich effektvoll wie der Knochen in Kubricks *2001 – Odyssee im Weltraum*.

Vielleicht daher auch der Name Kegelrobben, dachte Hansen.

Macquarie Island kam rasend wie im Tiefflug näher. Eine aufgeworfene, hügelige Wiese mitten im Meer. Wie aus einer schottischen Parallelwelt geklaut, am ehesten den Äußeren Hebriden. Alle nur denkbaren Gradationen von Grün und Grau. Der Himmel hing wie ein alter, vollgesogener Flokati über dem Eiland. Die dicht gedrängten Wolken schienen eine Rallye zu veranstalten. Anders als auf den Bildern im Prospekt fehlte die Farbe Blau hier völlig. Entsprechend düsteres, fast schwarzes Wasser.

Ungefähr zwanzig Meter vor dem Ufer stellte Misses Tripp den Motor ab, damit sich die Schraube nicht in den Algen verfing. Oder was immer das war. Eine Art Riesentagliatelle Spinaci. Sepia. Nur dass die Dinger eher so aussahen, als würden sie Menschen fressen. Ein waberndes Medusenhaupt.

Giant kelp, sagte die Tripp, noch bevor irgendjemand danach fragen konnte.

Man mochte keinen Fuß da hineinsetzen. Aber das musste Hansen auch nicht. Kaum dass er seine Beine über die Bordwand des Zodiac schwang, kamen zwei Helfer des Expeditionsteams in Gummistiefeln herbeigeeilt. Sie hakten sich links und rechts bei ihm unter und ehe sich mein Vater versah, stand er auch schon trockenen Fußes an Land. Gleich einem grantigen Greis, der gegen seinen Willen von zwei Zivis auf eine Bettpfanne gehievt wurde.

Nur gut, dachte er, dass Lisanne das nicht gesehen hatte.

Nicht jede Frau hatte ein Helfersyndrom.

15.

Wie sag ich's Hansen am besten? Die News, die *Breaking Baby-News*, dachte meine Mutter und hatte plötzlich eine Idee. Am besten gleich mit Bewerbungsbild: den Ultraschall, gescannt und per E-Mail, als Anhang – unseren Anhang, dachte sie. Sie stellte sich vor, wie sie das Bild via Satellit einmal durchs All in die Antarktis direkt in Hansens Bewusstsein schickte, wo ich mich als Idee dann schon mal in Ruhe einnisten konnte.

Das Kontaktinformationsblatt für die Passagiere auf der *Khlebnikov* hatte ihr mein Vater mit den Worten »Hier, für alle Fälle, Mausen« dagelassen (und der lag ja wohl vor).

Khlebnikov@cruisemail.com; To Mister J. Hansen – Cabin 721.

Dann der Betreff. Was schrieb sie da rein? Baby an Bord? Nicht wirklich. Am besten ließ sie das Bild für sich bzw. mich sprechen. Auch wenn es eher nach einem Gummibärchen als nach einem aussagekräftigen Porträt aussah. Es ließ sich noch nicht mal in Junge oder Mädchen unterscheiden. Gott sei Dank, dachte meine Mutter. Klar hätte sie es gern gewusst, andererseits war sie jedoch froh, dass ihre Schwangerschaft nicht noch länger unbemerkt geblieben war. Neunte SSW war schon peinlich genug. Fast asozial. Ohne Pillenpause und den komplett auf links gedrehten Organismus wäre ihr das nie passiert. Normalerweise konnte sie den Mondkalender nach ihrem Zyklus stellen. So aber war sie sich bei der großen Vorsorgeuntersuchung zwangsläufig wie eine dieser Prekariatsperlen vorgekommen, die sich plötzlich wunderten, wieso ihr Stuhlgang neuerdings zappeln konnte und schreiend an die Brust wollte. Etwas übertrieben, okay, aber nur etwas. Las man immer wieder, dass manche Frauen, fette Frauen, Amerikanerinnen hauptsächlich, ihr Kind völlig ahnungslos auf dem Klo oder en passant mehr ausschieden als gebaren. Oder dass irgendeine Sechzehnjährige mit Verdacht auf Blinddarmreizung ins Krankenhaus eingeliefert wurde und stattdessen den kleinen Kevin-Cosmo oder die Sabine-Shakira im Bauch hatte. So gesehen war die neunte SSW schon spät und irgendwie unsensibel genug, fand Fritzi.

Das Seltsamste daran: Ihre Scham hatte ihr bei der Untersuchung offenbar auf der Stirn geschrieben gestanden. Jedenfalls hatte sich ihr Arzt, Doktor U., diesbezüglich eine kleine Spitze nicht verkneifen können.

»Sehen Sie«, sagte er schmunzelnd und anscheinend nicht zum ersten Mal, »so was kommt von so was!« Er überflog ihre Krankenakte und meinte, etwas onkelhaft: »Oder war das ... geplant?«

Ach was, Herr Doktor. Meine Mutter schüttelte den Kopf und dachte, mit meinem Typ, mit Hansen kann man nichts und niemanden planen.

»Nee, eher nicht, nicht wirklich!«

»Und jetzt?! Ich meine, haben Sie sich schon Gedanken gemacht ...?«

Tja, Treffer versenkt, hätte sie am liebsten gesagt. Klassischer Fickfehler, Herr Doktor, wie mein Freund das nennen würde. Passiert. Ist sozusagen systemimmanent: Rein, raus – fertig ist der kleine Klaus. Sie sind doch der Experte.

»Wie geht es Ihnen damit? Haben Sie sich schon überlegt ... Sie studieren noch, oder?«

Der Doktor sah sie prüfend über den Rand seiner Brille an. Die Frage nach dem Studium hätte er sich schenken können. Das war unseriös, die Moralkeule zu schwingen war allein den Eltern vorbehalten.

»Ach, wissen Sie, eigentlich geht's mir ganz okay damit. Den Umständen entsprechend«, relativierte meine Mutter und zuckte mit den Schultern. Schon alles ein bisschen plötzlich und außerplanmäßig. Und ja, das Studium, klar. Ist ein Problem. Wenn auch das kleinere, dachte sie. Ihr Freund, also der potenzielle Vater, war wahrscheinlich das größere.

»Eine Untersuchung ergibt erst Sinn, wenn Sie sich für das Kind entschieden haben«, kam Doktor U. auf den Punkt. »Ansonsten würde ich Sie lieber erst mal zu einer Schwangerschaftsberatung schicken ...«

Meine Mutter schüttelte den Kopf.

»Ich hab mich entschieden«, sagte sie. »Ich will das Kind.«

Begründung: Sie habe größere Bedenken sich gegen das Kind und für einen Schwangerschaftsabbruch zu entscheiden. Selbst wenn man die Dimension solcher Entscheidungen nie ganz überblicke. Diesen plötzlichen Paradigmenwechsel, meinte sie, ohne zu wissen, wie recht sie damit behalten sollte. Denn zu dem Zeitpunkt ahnte sie ja noch nichts von den erschwerten Bedingungen ihrer ungeplanten Schwangerschaft, sprich jenen sechs Siebteln ihres Beziehungseisberges, die südlich des Polarkreises und damit weit unterhalb ihrer Wahrnehmungsschwelle lagen.

Der Doktor nahm es mit einem unspektakulären »Gut« zur Kenntnis. Profi halt. Es folgte die erste große Vorsorgeuntersuchung. Die Anamnese. Erst abtasten und so weiter. Dann Krankenvorgeschichte, Allergien, Alkohol- und Tabakkonsum, mögliche erbliche Dispositionen, tausend Fragen. Fast eine Art Volkszählung. Wiegen, Blutdruck messen, Urinprobe, Piks in den Finger zwecks Hämoglobin-Bestimmung, Aids- und sogar Syphilistest. Chlamydien mittels Abstrich, klar, und, und, und. Anschließend noch Fragebogen ausfüllen und selber Fragen stellen.

»Und zwar alles, was Ihnen auf der Seele brennt«, meinte der Doktor.

Meine Mutter zuckte mit den Schultern. Für ihre dringlichste Frage fehlte eine Kristallkugel auf dem Pult des Doktors. Sie interessierte sich nur dafür, wie Hansen das alles finden würde. Obwohl. Um das rauszufinden, musste sie es ihn erst mal wissen lassen, deshalb die Frage, wann man denn die erste Ultraschalluntersuchung machen könne, weil ...

»Jetzt. Die machen wir sofort. Wir statten dem Nachwuchs einen Besuch ab.«

Der nächste große Moment. Dieselbe Aufregung wie beim Schwangerschaftstest. Der Doktor bat meine Mutter, sich auszuziehen. Zwecks vaginaler Sonografie, sprich Expedition in die Eingeweide, wie sie das nannte. Eine völlig neue Erfahrung. Und großes Erstaunen, dass es sich weniger nach Raumfahrt und *Odyssee im Weltraum* anfühlte als *Deep Blue – Reise in die Tiefe* oder Jacques Cousteaus *20000 Meilen unter dem Meer*. Auf der Suche nach einer unbekannten Tiefseespezies. An einem Ort, den das Sonnenlicht niemals erreichte. Es sei denn, dachte meine Mutter, sie entschied sich doch für einen schmerz- und schoßschonenden Kaiserschnitt.

Doktor U. verwandelte sich während der Untersuchung für sie in eine Art Käpten Nemo auf Tauch- und Schleichfahrt. Es dauerte eine schier endlose Weile, bis er fündig wurde und einen halbwegs sendefähigen Fötus einfing. Weil sie die Spannung kaum aushielt und um das etwas peinliche und kommentarlose Gestocher in ihren intimsten Tiefen zu entschärfen, ergriff meine Mutter schließlich das Wort:

»Ganz schön kamerascheu, das Kleine, oder?«

Der Doktor nickte nur. »Hm«, machte er, als müsse er eine Bombe entschärfen. Seine Reaktion fiel eher dürftig bzw. gewöhnungsbedürftig aus, fand Fritzi, zumal, wenn man sich selbst gerade so wund fühlte, als würde man bei vollem Bewusstsein am offenen Schädel operiert. »Hm« ließ jede Menge Interpretationsspielraum zu, war regelrecht ein kleiner akustischer apokalyptischer Reiter. Es konnte alles Mögliche und vor allem Unmögliche bedeuten. Schein- oder Eileiterschwangerschaft. Oder ganz großes Versehen. Alles. Fehlalarm – kein Fötus nirgends. Und der Schwangerschaftstest bloß ein Scherzartikel – bei dem Namen Mister Storch! Oder sollte »Hm« bloß ganz profan bedeuten: Während der Fahrt ist das Sprechen mit dem Kapitän strengstens untersagt? Der musste doch wissen, was man als Schwangere hören wollte, wenn man hilflos und breitbeinig wie ein Käfer auf dem Rücken lag. Und was man auf gar keinen Fall hören wollte. Nämlich »Hm« (fehlte nur noch, dass er jeden Moment entsetzt aufschrie: »Meine Fresse, mit wem oder was haben Sie sich denn gepaart ... Hulk?!«).

Der Mann war doch – hoffentlich – ein Profi, dachte meine Mutter, und hoffentlich nicht dieser Perverse aus der Charité. Jener Spinner und Spanner, der erst neulich mittels medizinischer Minimalmimikry (weißem Kittel) bei sämtlichen frisch entbundenen Frauen auf der Station die Nachsorge und nebenbei ein paar Muschifotos vom Tag danach gemacht hatte. Auf solche Gedanken kam meine Mutter, während sie so dalag. Zwangsläufig.

Warum schwieg der Mann so beharrlich? War das Absicht? Genoss der ihre beinah berstende Aufmerksamkeit, dieses Machtgefälle, fast schon Vakuum, in diesem Moment? Fakt war, dass sie noch nie die Falten auf der Stirn eines Menschen als so bedrohlich empfunden hatte. Während der Doktor angestrengt auf den Monitor blickte, als gelte es irgendwelche Untiefen zu umschiffen, als sei es bloß ein Videospiel: *Findet Nemo* oder was, folgte meine Mutter all seinen Regungen wie eine Fährtenleserin. Bis er endlich meinte:

»Na also, hier ist er ja ... sehen Sie?« Anschließend sagte er noch irgendwas von wegen »kleiner Eckenhocker«.

Jesus, Maria und Josef. Kann man sich vorstellen. Stein vom Herzen. Ganze Gerölllawine. Weihnachten und Geburtstag und alles Schöne zusammen. Das war qualitativ – mindestens – einer dieser Momente, in denen man sich sonst das Jawort gab. Meine Mutter war schlagartig so sprachlos, wie man es nur sein konnte, wenn einem gerade die mit Abstand wichtigste Person im Leben vorgestellt wird. Ein völlig Fremder im Prinzip (merkwürdigster, regelrecht mystischer Migrationshintergrund), und dennoch wurde sie von der eigenen Gefühlsflut einfach weggeschwemmt. Ohne Worte. Jahrhundertflut. Land unter. Bis über beide Augenlider. Der Monitor verschwamm und verwandelte sich plötzlich tatsächlich in ein Stück Tiefsee. Und ich mittendrin: Nickel Hansen. 2,12 Zentimeter. Ca. zwei Gramm. Neunte SSW. Ein kleiner Statist des Schicksals. Und erst mal »Eckenhocker«.

»Sehen Sie hier das kleine Herz pochen?«

Meine Mutter nickte, sah aber alles nur sehr verschwommen. Wie durch eine undichte Taucherbrille. Doch, da war was. Ein nervöses, aufgeregtes Flimmern. Extradosis Dopamin, als der Doktor dann meinte: »Sieht gut aus, keine Mehrfach- oder Bauchhöhlenschwangerschaft. Ich kann Sie beruhigen. Alles schick. Ihre Schwangerschaft ist vollkommen intakt. Er liegt ideal. Alles prima so weit.«

Er? dachte meine Mutter. Und dann noch mit Bestnoten: ideal, schick, prima, intakt. Eine Schwangerschaft *summa cum laude* sozusagen. Wow! Das machte schon ein wenig stolz. Und vor allem überglücklich. Ohne Worte. Sprechen ging gerade nicht. Als hinge sie an einem Tropf mit reinstem MDMA. Meine Mutter nickte nur liegend, was ein paar Tränen in den Augenwinkeln löste. Am liebsten wäre sie dem Doktor um den Hals gefallen. Das ging schon schwer in Richtung Stockholm-Syndrom, wenn man bedachte, wie lange der Mann so stiekum sonografiert hatte, sein Schweigen nur unterbrochen vom Horror-»Hmm«. Und wenn man bedachte, wie anders diese erste Untersuchung hätte verlaufen können. Ohne Bestnoten. Nix prima. Dafür brauchte es nicht viel Fantasie. Sondern bloß ein einziges, krummes Chromosom.

Stockholm-Syndrom auch deshalb, weil meine Mutter den Doktor bis dahin nicht sonderlich sympathisch gefunden und ihre Freude in eigenartigem Kontrast zu seiner emotionslosen und sachlichen Routine gestanden hatte. Als Doktor oder Käpten Nemo schien er lediglich darauf bedacht gewesen zu sein, möglichst bald wieder aufzutauchen. Schließlich machte er das alles nicht zum ersten Mal und stocherte ständig in irgendwelchen Frauen rum. Kein Wunder, dass es meiner Mutter inmitten seiner ganzen Routine beinahe blöd vorkam, wegen eines »Eckenhockers« so von den Socken zu sein.

Sie traute sich kaum nach dem Ultraschall zu fragen. Musste sie auch gar nicht.

»Liegt schon vorne für Sie bereit. Und dann lassen Sie sich bitte gleich den nächsten Termin geben.«

Alles sehr sachlich. Fötus-Fließbandabfertigung. Und im Prinzip nur akzeptabel, weil alles wie am Schnürchen, in diesem Fall Nabelschnürchen, lief. Keine Unregelmäßigkeiten. Alles ganz normal, schick, prima. Sonst eigentlich kein großer Freund davon, hatte Fritzi die Normalität nie schöner gefunden. Klar, jede angehende Mutter war erpicht auf den ersten Ultraschall, auf dieses Daseins-Dokument, als handelte es sich dabei um den Beweis für anderes Leben im All. Um sich wenigstens in diesem Punkt etwas von der Norm abzuheben, etwas exotischer zu klingen, sagte meine Mutter, während sie sich hinter der spanischen Wand anzog, dass sie das Ultraschallbild gern scannen und in die Antarktis schicken wolle. Was so ähnlich klang, als würde sie es zum Mond schießen wollen, wie ihr dann selbst auffiel. Deshalb fügte sie noch, und nicht ohne Stolz, hinzu: Ihr Freund sei da gerade auf Dienstreise – auf einem russischen Eisbrecher. Fast hätte sie sogar »mein Mann« gesagt. Der freudsche Wunschversprecher einer Schwangeren, die sich in Anbetracht einer anstehenden Entbindung – gewissermaßen als Gegenpol – mehr Bindung in der Beziehung wünschte.

Der Doktor sah sie fragend an. Wer, wie oder was schien ihm völlig egal.

Und dennoch, Fritzi schaffte es, für einen Moment einen Ruck in seine Routine zu bringen, was ihr eine gewisse Genugtuung gab. Musste sie sich nicht länger wie eine austauschbare Legehenne fühlen. Der Doktor zog die Augenbrauen hoch, nickte und sagte dann: »Ach, wirklich, Antarktis«, wie jemand, der dienstlich auch lieber an den Südpol als immer in den verdammten Unterleib von Frauen gereist wäre.

»Was macht denn Ihr Partner?«, fragte er.

Zum ersten Mal echtes Interesse.

»Eine Expedition, auf einem Eisbrecher, zu den Hütten der Polpioniere«, sagte meine Mutter. Könne man nachlesen. Auf *Spiegel Online*. Der nächste Bericht müsse jeden Moment erscheinen. Warte sie auch schon drauf.

»Ach, wirklich ...«

Der Doktor nickte und wurde kurz Mensch. Mit seiner nächsten Bemerkung schüttelte er all die Routine ab und machte sogar sein an Folter grenzendes »Hm« vergessen.

»Na, dann ...«, meinte er, »das passt doch prima: ein kleiner Herzensbrecher auf einem großen Eisbrecher!« Meine Mutter hätte den Mann abermals am liebsten umarmt – diesmal aus freien Stücken, ohne jedes Stockholm-Syndrom.

Gut, ein bisschen kitschig. Aber wenn man sich nur kurz in meine Mutter hineinversetzte, bis unters Dach mit Hormonen angereichert, dann gab es keinen Kitsch mehr. Sondern nur noch Jeff Koons. Dann nickte man flauschig und wurde ganz rührselig. Dann konnte man gar nichts dagegen machen, dass man neuerdings nah am Wasser gebaut war, quasi in Venedig wohnte. Und praktisch nonstop Pipi in den Augen hatte, wegen jeder Kleinigkeit.

Eine Frage habe sie noch, sagte meine Mutter, bevor sie es vergaß. Sie wischte sich mit dem Handballen die Tränen weg. Was solle sie denn dazuschreiben? Junge oder Mädchen? Wegen dem »Herzensbrecher«, meinte sie, und weil der Herr Doktor doch vorhin »er« liegt ideal gesagt hätte.

Sofort wieder Routine. Ein Gesicht wie jemand, der diese Frage schon tausendmal gehört hat und nur so tat, als sei sie interessant. Vielleicht wäre es origineller gewesen, wenn meine Mutter stattdessen gefragt hätte: »Und, sieht man den Namen schon?«

Die Antwort wäre dieselbe geblieben.

»Ach so, nein, bedaure.« Da müsse sie sich noch etwas gedulden. Das Geschlecht sei zwar schon entschieden, das ja, aber für gewöhnlich könne man es erst ab der zwanzigsten SSW bestimmen, je nachdem wie der Embryo dann liege. Ab der neunten SSW spreche man aber von einem Fötus, deshalb »er«.

Beim nächsten, spätestens übernächsten Mal wüssten sie aber vielleicht schon mehr, meinte der Doktor. Dann erhalte sie auch ihren Mutterpass. Bis zur zwölften SSW sollte sie allerdings damit warten. Aber, wie gesagt, kein Grund zur Sorge. Alles sehe sehr gut aus so weit. Ihre Schwangerschaft sei absolut intakt.

Aber das war auch so ziemlich das einzig Intakte gerade.

Stimmt's, Mama?!

16.

Position: 50°39,9'S; 155°08.9'E
Luft: 15° C / 59°F
Wasser: 12° C / 24°F
Wind: West 35 Knoten
Wetter: Slightly better
Macquarie Island – World Heritage Area

Plötzlich Pinguine. Wahnsinn. Überall. Wo mein Vater auch hinsah. Jede Menge Königs- und Haubenpinguine in freier Wildbahn. Als sei man in eine Folge von *Ein Platz für Tiere* gebeamt worden. Hansen hatte selbst Jahre danach noch Professor Grzimeks Kommentare im Ohr, der was von »putzig« und »unsere gefiederten Freunde« erzählte. Mit einem Timbre, als spräche ein verwandeltes Eichhörnchen aus ihm.

Aber »putzig« passte. Schon auf den ersten Metern glaubte mein Vater dem Geheimnis der weltweiten Beliebtheit der Pinguine auf die Spur gekommen zu sein. Eindeutig. Die unerhörte Popularität der Tiere lag in dem Bruch bzw. Stilbruch ihres dandyhaften Outfits begründet: teils Smoking, teils Wetsuit, ein aqua- und aerodynamisches Nonnenkostüm, das, ehrlich gesagt, auch Skispringern oder Synchronschwimmern gut gestanden hätte, dachte Hansen, aber in eigenartigem Kontrast zu ihrem grotesken, grobmotorischen Gang stand. Bisschen Charlie Chaplin, bisschen Augsburger Puppenkiste – *Urmel aus dem Eis* am ehesten. Als übten die Tiere noch. Immer wieder wechselten die Pinguine wie ferngesteuert die Richtung, blieben abrupt und scheinbar orientierungslos stehen, schienen zu verschnaufen, dass Hansen fast zwangsläufig an fußkranke Pilger denken musste, die wegen fortgeschrittener Arthrose oder einer missglückten Hüftgelenks-OP massenhaft nach Lourdes gewandert waren. Einige Pinguine gaben dabei schnarrende, geradezu gotterbärmliche Geräusche von sich, die an eine rostige Tröte oder ein Cornu erinnerten. Seltsam synthetisch klang das. Geräusche, wie sie mein Vater Anfang der Achtziger mit seinem ersten polyfonen Synthesizer produziert hatte (als er noch Keyboarder bei Human League oder Heaven 17 oder Gary Newman werden wollte). Krank, heiser und leidend klang das. Ein Sound, der noch den dichtesten Nebel durchdringen, ja, regelrecht zerreißen konnte. Und sicher auch sollte. Schließlich hatten die Viecher keine Handys.

Man bekam fast zwangsläufig Mitleid. Hansens nächste Assoziation (das hörte überhaupt nicht mehr auf): Erster Weltkrieg, als noch Mann gegen Mann gekämpft wurde. Vor allem die grauen, in der Mauser befindlichen Jungtiere sahen aus wie invalide Kriegsheimkehrer. Der spitze Schnabel der Tiere erinnerte an einen Säbel und reichte einem Erwachsenen – Hansen – genau bis zum Becken, was neben der Gefahr, den Tieren sofort zu verfallen, die wohl größte Bedrohung für einen Menschen bzw. Mann darstellte, dachte er.

Wirklich gemein und beißend (und mit Abstand das Aggressivste an den Tieren) war dieser Gestank, der über der ganzen Insel lag. Bah. Nicht schön. Nach tagelanger Übelkeit ohne festen Boden unter den Füßen schmälerte er den Gesamteindruck der Kaiserpinguine. Und nebenbei bemerkt, so fest war der Boden hier auch nicht. Igitt. Guano-Ground. Sicher wie gemacht für Lisannes Seuchensafari, dachte Hansen.

Wo blieb sie überhaupt?

Man bekam fast zwangsläufig das Gefühl, irgendwo irgendwas Großartiges zu verpassen.

Schon nach sehr kurzer Zeit hatte Hansen weniger den Eindruck ein Naturreservat, als vielmehr eine ziemlich dicht besiedelte Insel zu besuchen. Noch dazu an einem Nationalfeiertag, dachte er.

Vielleicht waren aber auch Jung und Alt unterwegs zu einem Protest gegen den G-8-Gipfel, zur IAATO-Konferenz oder – mangels Transparenten – zu einem friedlichen Rave. Eine Art Wildlife-Woodstock vielleicht, Wetter und Anzahl der Besucher kamen ungefähr hin, genauso wie die Beschaffenheit des aufgeweichten Bodens. Wirklich widerlich.

Für Woodstock waren die Pinguine im Prinzip zu stylish. Der Aufmachung nach kam eher der Wiener Opernball infrage, dachte Hansen, dazu passte auch das enorme Aufgebot an Presse.

Hilfe. Wo man auch hinsah, lauter Pinguin-Paparazzi, dachte Hansen. Fotoshooting total. Die digitale Jagdsaison, die große Pinguin-Pixelung war offenbar eröffnet. Aus diversen Objektivmündungen wurden ganze Salven und Bildsequenzen geschossen. Video und Foto. Lauf- und Sperrfeuer. Kaum einer der Passagiere war unbewaffnet. Die ambitioniertesten Amateure nahmen Positionen wie Heckenschützen ein. Es erinnerte an ein Massaker. Im Ernstfall, so viel stand fest, hätte kein einziger Pinguin überlebt.

Selbst der alberne Polar Arts Workshop mit Coral Fussell & Chris Salvatore (den Guest-Artist's in Residence an Bord) versuchte die Tiere mittels Aquarellzeichnungen einzufangen, um sie später bei Tee und Plätzchen in der Lounge zu bestaunen – wenn man denn staunen konnte, dachte Hansen.

Der moderne Mensch kam, sah, knipste. Oder malte. Traurig. Irgendwie, dachte Hansen. Niemand schien sich noch mit dem Sensorium seiner Sinne zu begnügen. Es wurde flächendeckend fotografiert und abgefilmt. Alle wollten Belege und Trophäen ihrer Reise. Banale Beutebilder. Die eigentliche Realität verschwand dadurch wie hinter einem Schmierfilm.

Mister und Misses Tseng, ein Paar aus Hongkong, trieb es besonders arg. Die beiden waren bis an die Zähne mit Kameras und Objektiven bewaffnet. Dem Äußeren nach hätte man sie glatt für eine Special Force halten können, für Sniper, die der Gruppe den Weg freischießen sollten.

Servil hielt Misses Tseng ihrem Mann die Drittkamera mit Teleobjektiv hin, auf einem Stativ, das fast so groß war wie sie selbst und eher an eine Panzerfaust erinnerte.

Herr Tseng macht ordentlich peng, dachte mein Vater und überlegte, ob das vielleicht die Überschrift für seinen nächsten

Bordreport sein konnte. Zumal ihm die Redaktion »Pearl Harbor der Pinguine« wohl kaum durchgehen lassen würde. Als Hansen das Paar passierte, sah Herr Tseng kurz auf. Das heißt, da er sich in der Hocke befand, Scharfschütze halt, drehte er lediglich den Kopf zur Seite und warf – noch dazu auf Beckenhöhe – einen anerkennenden, fast schon anatomischen Blick auf Hansens Kamera. Der kam unter Männern sonst nur in öffentlichen Duschen vor. Immer wenn mehr oder weniger verstohlen der Penis des anderen taxiert wurde, um daraus Gott weiß was abzuleiten. Eher selten das, was eine Freundin von Hansen mal zu diesem Thema gesagt hatte: dass es nämlich nicht auf den Schwanz ankomme, sondern auf den Typen, der da dranhänge! Eine Aussage, die sich fast eins zu eins auf die Fotografie übertragen ließ, dachte Hansen. Deshalb kam er drauf.

Als Herr Tseng an der Panoramakamera meines Vaters erkannte, dass er es nicht mit einem Amateur, sondern mit einem Aristokraten zu tun hatte (Hasselblad war sozusagen der Long John Silver unter den Kameras), nickte der Mann kurz kollegial und meinte anerkennend: *Oh, Hasselblad, very nice!*, war aber glücklicherweise zu sehr im Jagdfieber, um leidige Männer-Materialgespräche anzufangen.

Thank God, dachte mein Vater. Wenn er eins hasste, dann das. Als ob ein halbwegs begabter Fotograf nicht auch mit einer billigen Knipse – ohne Zeissphallus – gute und bessere Ergebnisse erzielen konnte als ein schlechter, noch so gut ausgestattet. Mehr hatte er zu dem Thema nach jahrelanger professioneller Fotografie nicht zu sagen.

An Motiven mangelte es nicht. Auf Macquarie Island konnte man kaum vorbeischießen. Was Hansen am meisten in den Fingern und auf der Retina juckte, waren nicht die posierenden Pinguine, sondern Mister Tseng, der den Abstand zu seinen Models mittlerweile auf einen Meter verkürzt hatte. Oder umgekehrt. Den geforderten Mindestabstand zu den Tieren einzuhalten war ob deren Neugierde und Zutraulichkeit praktisch unmöglich. Ging man für ein Foto nur kurz in die Hocke, was sich empfahl (Kinder und Pinguine nie von oben fotografieren), kamen die Vögel von selbst angeurmelt. Die mutigsten oder verzweifeltsten Pinguine, die partnerlosen vielleicht, entdeckten in den diversen Objektiven eine Art Spiegelkabinett und schnäbelten so verliebt oder selbstverliebt mit ihrem Ebenbild, wie man es sonst so nur von vereinsamten Wellensittichen kannte.

Great shots, sagte Herr Tseng, *so close*, und schoss demonstrativ weiter. Praktisch mit Schrot. Seine Frau nickte eifrig und grinste.

Really cute, meinte auch sie und deutete auf einen watschelnden Eudyptes Schlegeli, sprich Hauben- oder Schlegelpinguin, der zwar wie alle anderen aussah, ihr aber wegen des leicht exzentrisch wirkenden Kopfschmucks besonders fotogen vorkam.

Yes, indeed, pretty putzig!, sagte mein Vater im Vorbeigehen. *I like this one here ... the punk.* Bisschen wie Johnny Rotten von den Sex Pistols damals, dachte er.

Die Frau nickte mehrmals, übertrieben hektisch. Es fehlte nicht viel und sie hätte wie ein dressierter Seehund geklatscht.

Etwas abseits stand eine Gruppe von Rangern und Wissenschaftlern der Macquarie-Forschungsstation. Unschwer daran zu erkennen, dass sie als Einzige nicht fotografierten und andere Jacken anhatten. Sie standen etwas unorganisiert neben einem verbeulten Ölfass und erinnerten ein bisschen an die Grenzbeamten der DDR beim Mauerfall. Wie Türsteher oder Hohewächter eines Vorpostens des Paradieses ließen sie die touristische Invasion über sich und ihre Schützlinge ergehen. Ihr leicht gequältes Grinsen hätte man ohne Weiteres mit einem *Fuck off!* vom Feinsten synchronisieren können.

Nachvollziehbar. Hansen hätte an ihrer Stelle exakt dasselbe gedacht. Zu viele Touristen, Menschen im Allgemeinen. Noch dazu an einem Ort, an den sie eigentlich nicht gehörten.

Unter den Blicken der Ranger war es Hansen plötzlich doppelt peinlich, so plump auf einer fernen, naturgeschützten Insel einzufallen (und wie fußkrank an Land getragen zu werden). Die anderen Passagiere konnten als Gleiche unter Gleichen diesen Makel vielleicht ganz gut kaschieren – vor allem vor sich selbst. Schließlich hatten alle ihre Identität und Integrität mit der ersten Anprobe ihrer Quark-Expeditions-Jacke quasi über Bord geworfen. Bekam man aber die eigenen Bedenken so plötzlich und akademisch gespiegelt wie er, verspürte man augenblicklich das Bedürfnis, sich fast zwanghaft von der Gruppe abzugrenzen.

Bloß wie? Sollte er seinen Presseausweis zücken und sagen: Hier, Freunde und Fans – ich nämlich ... *embedded journalist! You know?!* Ich tue auch nur meinen Job, werde wie ihr bezahlt und muss nachher beim *Captain's Dinner* am Tisch mit Wladimir Akudinov sitzen und mich missgünstigen Blicken aussetzen. Eine zweifelhafte Ehre, sicher, und beileibe nichts, worauf ich stolz bin, *I know, I know*, aber so ist es nun mal als Pressefritze und Polarpromoter. Man wird über Gebühr gepampert und genießt Privilegien, dass es mitunter peinlich ist.

Es folgte eine offizielle und recht formlose Begrüßung – zwischen zwei Böen. Ein sehr bärtiger Wissenschaftler, die australische Antwort auf Reinhold Messner, bildete mit seinen Händen einen Schalltrichter:

Welcome everybody ashore! May I please have your attention for a second.

Das Fotografieren wurde augenblicklich eingestellt, die meisten Videokameras dagegen nur herumgeschwenkt.

If you would like to come a bit closer for a second. Damit er nicht so brüllen und die Tiere zusätzlich stressen müsse, meinte er. *Our friends here.*

Der Schwarm zog sich träge zusammen. Sogar ein paar Pinguine trotteten mit, was unter den Passagieren für großes Gelächter sorgte (während sich die Pinguine sicher wunderten, warum die bemützten Zweibeiner einander bei so spätsommerlichen Temperaturen von fünf Grad plus gegenseitig wärmen und vor dem Wind schützen wollten).

Right then, once again: Welcome everybody ashore on Macquarie. My name is Pit Frankell and I'm working here on this unique island as a geologist since 1995. Therefore my nickname is – Robinson.

Ein paar lachten trotzdem. Natürlich. Irgendeiner lachte ja immer.

But we haven't figured out yet who's supposed to be Friday.

Wieder Lachen.

Mister Frankell nutzte die Gelegenheit, sich kurz an die Expeditionsleitung zu wenden und zu fragen, ob man denn jetzt komplett sei. Oder ob da noch eine Fuhre käme. Bevor er gleich loslegen und zur Einstimmung ein bisschen was über *this truely magnificant island* erzählen würde, auf der er jetzt schon etliche Jahre verbracht hätte.

Diane, die etwas abseits stand und einem anderen Insulaner gerade zwei Päckchen aushändigte (bestimmt Drogen oder Präser, dachte Hansen, was willst du hier sonst machen), sah sich kurz um und deutete auf das letzte Zodiac, das gerade mit Lisanne, ihrem Kurschatten Dick und ein paar russischen Crewmitgliedern an den Strand gezogen wurde. Wie eine Bienenkönigin wurde Lisanne von einer rein männlichen Entourage begleitet.

Zwei der Männer sah er zum ersten Mal: Ivar und Dimitri, die beiden nass rasierten Helikopterpiloten, die selbst mit ihren Nike-Jogginghosen und ihren tropfenförmigen Ray-Ban-Brillen stark an Tom Cruise in *Top Gun* erinnerten – und das bestimmt auch wollten. Obgleich Hansen diesen Pilotenhype, dieses alberne Faible der Frauen für Männer in Uniformen, nicht nachvollziehen konnte, für ihn waren das bloß Fernfahrer der Lüfte. Entscheidend war, ob Lisanne das ähnlich sah. Grund zur Hoffnung gab es. Kaum dass sie meinen Vater etwas abseits der Gruppe ausgemacht hatte, kam sie ohne Umwege auf ihn zu, stellte sich erstaunlich dicht neben ihn – dichter als die in Nordeuropa verbreitete Armlänge – und flüsterte:

Hi Häns, did I miss out anything?

Er schüttelte den Kopf. Das Flüstern gefiel ihm. Fehlte nur noch die Decke über ihren Köpfen, dachte mein Vater kurz. Ein paar Nackenhaare stellten sich steil. Am meisten aber freute ihn die Tatsache, dass sich Lisanne in einer Traube von etwa achtzig Menschen und zwei Piloten schnurstracks zu ihm gesellt hatte. Das ging schon schwer in Richtung Glücksgefühl. Angereichert und veredelt durch einen hochprozentigen Schuss Schadenfreude beim Anblick der beiden düpierten Heli-Cops, die Lisanne auf den letzten Metern nur noch mit den Augen gefolgt waren. Jede Wette, dachte Hansen, dass die nur ihretwegen mit an Land gefahren waren. Die putzigen Pinguine waren sicher nicht der Grund.

Wenn es nach meinem Vater gegangen wäre, hätte er ihre Niederlage zu gern noch gekrönt. Am liebsten hätte er Lisanne lässig, fast gelangweilt den Arm um die Schulter gelegt und ihr einen Kuss auf die Stirn gestempelt. In gut sichtbaren, kyrillischen Druckbuchstaben: Meins! oder besser: Alles meins!

Also: весь мой.

17.

Mittlerweile rief meine Mutter fast stündlich ihre E-Mails ab. Noch immer nichts. Musste oder sollte man sich allmählich Sorgen machen, den Veranstalter anrufen und fragen, ob das Schiff havariert sei, und musste sie sich schon mal damit abfinden, alleinerziehend und -ernährend, sprich eine Hansen-Hinterbliebene, zu sein?

Keine schöne Vorstellung. Wobei die Aussicht auf einen zweistelligen Millionenbetrag sie für einen Mini-Moment entspannte. Wenn sie ehrlich war. Und so kurz war der Moment nicht. Immerhin reichte er bis zur Feststellung, dass Quark Expeditions ein amerikanisches Unternehmen war. Die bezahlten doch schon Millionen, wenn man einen Pickel von fettigen Pommes bekam, sich an zu heißem Kaffee verbrannte. Oder vom Rauchen an Lungenkrebs erkrankte. Aber um kein falsches Bild entstehen zu lassen: Allein für eine erste E-Mail von meinem Vater hätte meine Mutter auf einen Großteil der Entschädigung verzichtet. Noch war ihr der leibhaftige Hansen lieber.

Laut Fahrplan musste er gerade eine subantarktische Insel anlaufen – »das Foyer zur Antarktis«, wie es im Prospekt hieß. Das entsprechende Foto sah spektakulär aus. Wow! Wie eins dieser großformatigen Wimmelbücher mit Tieren, die meine Mutter früher als Kind gern angeguckt hatte.

Kurz war sie betrübt, dass sie als Normalsterbliche (Dauerstudentin) wohl niemals in solch entlegene Gefilde gelangen würde. Eine vergleichbare Tierdichte bekam sie nur in Dokumentationen über die Serengeti, schrumpfende Heringsschwärme, Quallenplagen oder Massentierhaltung zu Gesicht. Eine Weltreise, dachte sie, würde künftig sicher in noch größere Ferne rücken mit Kind. Schwer vorstellbar, dass überhaupt irgendetwas einfacher wurde. Außer vielleicht die Frage nach dem Sinn des Lebens, die schon bald mit so simplen Worten wie »Mama« und »Papa« beantwortet werden würde.

Immerhin.

Meine Mutter legte den Quark-Expeditions-Prospekt beiseite und sah aus dem Küchenfenster. Ihr Blick prallte auf Beton. Noch mal Aua. Der Kontrast konnte kaum größer sein. Berlin im Februar – Gradationen von Grau. Und hoher Fluchtimpuls. Meine Mutter musste plötzlich an eine Bemerkung von Hansen denken. Mal wieder gezieltes Berlin-Bashing (was sie jedes Mal persönlich nahm). Nach einem sonntäglichen Bummel im Mauerpark war er über den Prenzlauer Berg als »bessere Legebatterie« und »Kinderghetto« hergezogen. Er meinte, dass die Brutaufzucht hier im Prinzip doch alles andere als »artgerecht« sei. Freilaufen und -leben ginge irgendwie anders. Oder wie sehe sie das? Könne sie sich ernsthaft vorstellen, hier mal Kinder großzuziehen?

Meine Mutter hatte damals verdutzt mit den Schultern gezuckt und irrtümlich gedacht: Holla, die Waldfee, der geht ja ran. Kinder! Meine Güte. Komplexes Thema. Hatte sie sich noch nie (und mit niemandem) ernsthaft Gedanken drüber gemacht. Schien Lichtjahre entfernt. Sie erwiderte, sie sei selbst zwischen Feldern und Wiesen und nicht zwischen Feinstaub und Häuserschluchten aufgewachsen. Klar könne sie sich was Schöneres für ihre Kinder vorstellen. Berlin sei schließlich nicht Bullerbü.

Das langte schon. Mein Vater fühlte sich bestätigt: Sein Reden! meinte er. Dieses ganze betreute Spielen heute! Sei doch irgendwie krank, dass man genauso viele Eltern wie Kinder auf dem Spielplatz sähe. Oder etwa nicht? Bei irgendwelchen Viechern würden alle Wert auf ein Minimum an Lebensqualität legen, Stichwort »Happy Hühner« und so, aber selbst täte sich jeder täglich diesen Zwinger namens Zivilisation an. *Das kapiere, wer will.* Und apropos Zivilisation, Fritzi?! Ob sie eigentlich mal *Das Unbehagen in der Kultur* von Onkel Freud gelesen hätte? Nein? Schade, lohne sich.

Mein Vater bekam sich überhaupt nicht mehr ein, redete sich regelrecht in Rage. Allein diese ganzen Bio-Beamten und Bionade-Biedermeier. Furchtbar, diese Form der Neoreligiosität. Diese jämmerlichen Zurück-zur-Natur-Bestrebungen, mit so segensvollen Namen wie »Naturkind«, »Zwergenwiese«, »Morgentau«. Früher hätte man solche Typen – Dinkeldeppen, meinte er –, die mit Fahrradhelm auf der Rübe bei Alnatura einkaufen, wahrscheinlich eingesperrt. Die hätten doch alle Tofu im Hirn usw. usf. Rundum- und Kahlschlag in einem. Worte und Sätze wie Abrissbirnen.

»Ja, ja, mein *grumpy and angry old man*«, hatte meine Mutter damals schmunzelnd gesagt.

Sie erinnerte sich noch gut an dieses Gespräch, das eigentlich kein Gespräch, sondern der Monolog eines Misanthropen war. Ausgangspunkt war ihre Frage gewesen, ob sie sich, falls sie einmal zusammenziehen würden – »irgendwann mal, vielleicht«, Vorsicht war die Mutter aller Porzellankisten (und Pärchen!) –, für Hamburg oder Berlin entscheiden würden oder »am besten gleich in den Busch zu den letzten Yanomamis«, wie meine Mutter seinen Zivilisationskoller gekontert hatte. Frisch verliebt bzw. verklärt, störte sie sich nicht weiter an seinem Abgesang des Abendlands, sondern filterte lediglich die für sie relevanten Information raus: Erfreulich, dachte sie, dass Hansen Pläne mit ihr zu machen schien und genau wie sie offenbar keine Lust auf eine Fernbeziehung hatte. Offenbar meinte er es ernst mit ihr. Das war jedenfalls genau das, was man frisch verliebt, als »Oxytocin-Opfer« (O-Ton Hansen) hören wollte. Grob geraspeltes Süßholz. Das Versprechen auf Exklusivität und Verbindlichkeit. Überall. Nicht nur untenrum.

Damals war Fritzi also zu gnädig gewesen, um meinem Vater zu widersprechen, und jetzt, beim trostlosen Blick in ihren Hinterhof, konnte sie ihn sogar verstehen. Die Vorstellung, ich, ihr Nachwuchs, Nickel Hansen, ihr ungekrönter Kronprinz in spe, müsse demnächst in diesem Hof spielen, trieb ihr fast die Tränen in die Augen. Und zwar zu Recht. Das Einzige, was da entfernt an Natur erinnerte, war ein räudiger Weihnachtsbaum (Hansen: »Tannen gehören in den Wald!«). Im Sommer gab es noch eine

Fledermaus, ganzjährig die grüne Tonne für organische Abfälle. Plus zwei, drei trübselige Tauben, die manchmal so irritierende Geräusche von sich gaben, dass meine Mutter lange glaubte, ihr Zoni-Nachbar stehe mit der *BZ* am offenen Fenster und wedele sich gemütlich einen von der Palme.

Kurzer und kühner Gedanke plötzlich. Eine Art Abenteueranfall. Was, dachte Fritzi mit Blick auf die Landkarte des Quark-Prospekts vor ihr, wenn sie Hansen einfach hinterherreiste (solange sie noch reisen konnte)? Ihn überraschte! Und dann am besten gleich ganz dableiben. Da hinten. Unten. In der Ecke. Neuseeland oder so. Wenn schon schwanger und ein neues Leben, dann auch richtig!, dachte sie kurz (und kühn!). Wir sind dann mal weg, Freunde. Hansen würde das garantiert gefallen. Ganz sicher. Der war eh »durch mit Deutschland«, wie er nervig oft betonte. Zu viele, zu schlecht gelaunte Leute auf zu engem Raum (Kurzfassung). Ging ihm so was von auf den Keks. Die ganzen notorischen Nörgler. Wirtschaftliche Expansion zugunsten kollektiver Depression (oder so ähnlich). Kein Wunder, meinte er, dass Deutschland laut dem Better-Life-Index der OECD immer weiter zurückfiel. (Australien lag im Ranking übrigens auf Platz 1). Dem Land sei jegliche Romantik ausgetrieben worden usw.

Fritzis genervte Reaktion darauf: »Hilfe! Holt mich hier raus – ich bin ein Hansen!« Schließlich sprach er immer nur davon, dass er auswandern wollte – Singular, nicht Plural.

Das Geld für den Flug hätte sie sicher irgendwie zusammengekriegt. Sich geliehen. Aber dann, auf Tasmanien? Hansen war ja längst in See gestochen. Schiff chartern? Schwimmen? Helikopter und hinterher? Spätestens an dieser Stelle kollidierten Fakten und Fiktion, scheiterte ihre Vorstellungskraft am Finanzvermögen und ihr Gedankenspiel geriet jäh ins Stocken.

Schade eigentlich. Denn zu Hause hielt sie es gerade nicht aus. Und sie hätte sich zu gern mit meinem Vater ausgetauscht.

Sei es drum. Dann eben Tatsachen statt Tasmanien, sprich Hamburg statt Hobart. Warum nicht Hansens Mutter besuchen? Ein paar Tage in seiner kleinen Mansarde wohnen (mit Elbblick), die Stadt schon mal auf sich wirken lassen, Uni angucken. So was, dachte meine Mutter. Das war ja wohl das Mindeste, was sie für ihr Kind tun konnte. Nach Hamburg alias Pfeffersack-City zu ziehen. Das Tor zur Welt. Eine der reichsten Städte Europas. Und trotzdem schön. Besser als Berlin. Mit einem richtigen Fluss und nicht nur einer »Pissrinne« wie der Spree (Hansen). Da konnte sie noch was werden. Auch als Architektin! Bisschen provinziell, was das Nachtleben betraf. Dafür Brutstätte und Biotop diverser herausragender Bands. *Die Sterne*, *Tocotronic*, *Blumfeld* (mit Jochen Distelmeyer) – Hamburger Schule halt, die ganzen Helden und Halbgötter ihrer Jugend. Abgesehen davon, hatte meine Mutter ohnehin ein Faible für Hanseaten. Für deren Humor hauptsächlich. In Kombination mit ihrer Mundart. Für sie größtes sexuelles Lockmittel, meinte sie mal, noch vor irgendwelchen Pheromonen. In der richtigen Dosis vom richtigen Mann eingesetzt wirkte das laut Selbstauskunft wie ein alphabetisches Aphrodisiakum. Im Prinzip brauchte mein Vater nur »Och, Leudde!« oder »Lang mich mal büdde die Budder« oder »Da nich füar!« zu sagen, zack, sofort Hormoneinschuss. Solange er dabei keine Prinz-Heinrich-Mütze trug und Pfeife rauchte, bekam er sie damit weich.

Fritzi und Hansens Mutter – Muma Ischia, benannt nach ihrer Lieblingsinsel – hatten sich erst ein Mal getroffen und waren sich, mit etwas gutem Willen, auf Anhieb einigermaßen sympathisch gewesen. Noch im Flur stehend, hatten sie sich gleich zur Begrüßung das Du angeboten. Muma Ischia schüttelte mit beiden Händen Fritzis Hand (das machte man so in Hamburg, denn eine Umarmung war viel zu intim, praktisch schon Sex) und sagte: »Schön, dass wir uns mal kennenlernen. Ich heiße übrigens Rosi! Und du musst dann, lass mich raten, die Neue sein.«

»Äh …«, meine Mutter versuchte wacker ihr Lächeln aufrechtzuhalten und dachte: Ja, genau, die neue Alte!, sagte aber, na ja, so neu sei sie ja nun auch nicht mehr – mit Anfang dreißig.

»Ach guck, das ist ja wie bei Ring und mir. Wir hatten damals auch einen Altersunterschied von gut zehn Jahren. Du, das ist nicht das Schlechteste.«

»Ring?«

»Ja, mein Mann, Ring Hansen, ist ein friesischer Vorname.«

»Echt? Hör ich zum ersten Mal.«

Meine Mutter erfuhr dann ungefragt, dass Jerk sehr nach seinem Vater, also Ring käme, der auch so ein Hallodri und Bruder Leichtfuß gewesen sei. Mein Vater verdrehte schon ob der Vokabeln die Augen bis zum Anschlag. Ein mimisches Stöhnen war das. Der Besuch versprach, interessant zu werden.

»Na ja, Männer! Wichtig ist sowieso erst mal, dass wir Blonden zusammenhalten, was, Fritzi?! Du weißt ja, wir sterben sonst langsam aus!«

Meine Mutter stand praktisch noch mit einem Fuß in der Haustür. Sie stutzte, so dezent wie möglich. »Wir Blonden?« Aus dem Mund eines älteren Menschen klang das irgendwie goebbelesk, nach Rassenlehre, wie sie später meinem Vater gegenüber meinte.

»Wieso gerade ›wir Blonden‹?«, fragte meine Mutter so arglos wie möglich.

»Na, weil es stimmt. Dunkel ist doch dominant und setzt sich immer durch, wusstest du das nicht?!«

»Ach so, verstehe, aber ich glaub, ich muss dich enttäuschen. Ich helf schon ein bisschen nach«, sagte meine Mutter. Ihre Art der Zivilcourage. »Darf ich trotzdem reinkommen?«

»Natürlich. Bitte, Kinder, legt ab. Ich freu mich doch so, dass ihr da seid.«

Muma Ischia blickte meiner Mutter auf die Haare und machte keinerlei Anstalten, ihre Hand loszulassen. Im Gegenteil, sie drehte sie behutsam wie ein Blatt nach oben und betrachtete plötzlich die Linien in der Handfläche. Ein bisschen wie Miss Marple auf Spurensuche. Ihr Hobby.

»Lass mich raten, dem Hauttyp nach ... so zart ... musst du entweder Luft- oder Wasserzeichen sein. Kommt das hin?«

»Ja, Wasser ... wieso?«

»Na, weil sich Erde und Feuer anders anfühlen würden.«

Fritzi nickte nur und sah kurz zu Hansen rüber, der bloß die Augen verdrehte und deutlich erkennbar dachte: Geht das schon wieder los. Diese Sternzeichen-Scheiße. Ansonsten war er mit Betreten seiner Kindheitsstube ziemlich still geworden und hatte offenbar entschieden, das Reden lieber den Frauen zu überlassen. Schließlich sollten die sich ja kennen- und schätzen lernen.

»Wirklich wahr, musst du mal drauf achten, Fritzi. Bei den drei Wasserzeichen ist die Haut wesentlich glatter, so ... samtig!«, meinte sie. Jerk habe ihr doch bestimmt schon von ihrem Hobby erzählt, oder?

»Nein. Welches Hobby denn?« Meine Mutter schüttelte irritiert den Kopf.

»Na, Chirologie, also Handlesen. Hat er wirklich nichts davon erzählt?«

Meine Mutter schüttelte abermals den Kopf und meinte: Nein, nicht dass sie wüsste. Sie warf einen überaus gekräuselten, fast hilfesuchenden Blick zu Hansen.

»Interessierst du dich denn für so was?«

Wahrscheinlich hätte man jetzt Ja sagen müssen, wollte man ein paar Payback-Schwiegertochterpunkte sammeln. Meine Mutter aber, die heucheln hasste und immer sehr direkt war (bzw. frontal, laut Hansen), sagte:

»Geht so, bisher!«

Klar lese sie hin und wieder Horoskope, wenn sie beim Arzt im Wartezimmer die *Brigitte*, *Cosmopolitan* oder *Vogue* durchblätterte. Doch genauso schnell vergesse sie die auch wieder. Es sei auf jeden Fall keine Religion für sie. Und erst recht keine Wissenschaft.

»Aber ... das Handlesen ist neben der Astrologie eine der ältesten Wissenschaften der Welt! Die linke Hand steht im Allgemeinen für deine Anlagen und Talente, Fritzi. Die rechte für das, was du daraus machst. Wenn du magst, kann ich dir ...« Offenbar spürte meine Oma den Ruck in Fritzis Hand. »Du musst keine Angst haben. Ich betreibe das Handlesen nicht medial, sondern rein analytisch. Ich kann nicht hellsehen. Jedenfalls ... nicht so gut.«

Das überlasse sie den Zigeunern.

Meiner Mutter langte das schon. An Info. Sie fühlte sich plötzlich wie von einem Nacktscanner durchleuchtet und hätte nur zu gern ihre rechte Hand wiedergehabt, die, so kam es ihr vor, eine akute Abwehrreaktion in Form einer Schweißattacke bekam. Ähnlich einer Kröte, die in Notwehr ein unangenehmes Sekret absonderte. Fritzi warf abermals einen hilfesuchenden Blick zu Hansen. Dann erst, praktisch im letztmöglichen Moment, mischte er sich, halbherziger, als es der Wortwahl nach klang, ein:

»Och, Mama, büdde! Du bist ja schlimmer als 'n Pitbull! Kann das nicht fünf Minuten warten? Warum bietest du uns nicht erst mal einen Tee oder Kaffee an? Lass uns doch erst mal ankommen.«

»Natürlich! Entschuldige, Fritzi. Kommt, legt erst mal ab. Ich bin schon ganz aus der Übung. Ich bekomme doch nur noch so selten Besuch.«

Meine Oma ließ Fritzis Hand los. Im Gegenzug wollte sie aber schnell noch wissen, welches Sternzeichen Fritzi sei.

»Skorpion, Assistent Waage«, scherzte meine Mutter sichtlich erleichtert.

»Ach, wirklich? Interessant, du meinst sicher Aszendent, Fritzi, nicht Assistent, kann das sein?«

Hansen stöhnte, ließ sich tief ins Sofa sacken und machte sich über die Dominosteine her.

»Das war'n Witz, Mama«, meinte er mampfend und fing an, in der *Hörzu* zu blättern. Immer wieder erstaunlich, wie schnell man mit seinen Eltern aneinandergeraten konnte. Wenn man wollte. Da sah man sich Wochen, Monate nicht, freute sich auf den Besuch, und dann langten ein paar Wimpernschläge und ein Halbsatz und schon verstand man seine eigene Kritik vor lauter Stöhnen nicht mehr.

»Ach so! Na schön, Assistent Waage. So oder so, wenn mich nicht alles täuscht, Fritzi, sind Wasser- und Feuerzeichen, also Skorpione und Schützen, für eine Partnerschaft ... ach, egal ...« Meine Oma brach mitten im Satz ab, sodass selbst Hansen kurz aufsah.

»Wie? Nicht gut, oder was?«, fragte er, weniger beunruhigt, als nach einem potenziellen Alibi Ausschau haltend, wie meine verunsicherte Mutter damals annahm. Damit er hinterher den Sternen die ganze Schuld in die Schuhe schieben konnte. Das war ja weltweit sehr beliebt. Klassenübergreifend. Von der Putzfrau bis zum Staatsoberhaupt. War nicht schon Helmut Kohl immer zu einer Wahrsagerin gerannt?

»Also, ich will jetzt nichts Falsches sagen.«

»Dann lass es am besten, Mama!«

Eine Beziehung sei so oder so Arbeit. Das sei bei Papi und ihr damals nicht anders gewesen. Nichts sei immer nur eitel Sonnenschein. »Heirate – und du bereust es. Heirate nicht – und du bereust es auch«, kürzte meine Oma mit Sokrates eine achtzehn Jahre lange, eher glückliche Ehe ab. Und außerdem, räsonierte sie, so arglos wie es nur ältere Damen konnten, sei es ja nicht das Schlechteste, wenn man sich ein bisschen aneinanderreibe.

Hansen blickte auf. Grinste klebrig. Machte sich sofort wie eine Hyäne über den Satz her, und sei es bloß, um jetzt nicht irgendwelche Eheanekdoten serviert zu bekommen, die er in- und auswendig kannte:

»Och, Mama, wir reiben uns eigentlich regelmäßig aneinander. Stimmt's, Fritzi?!« Meine Mutter hätte sich vor Scham am liebsten gehäutet.

Und so ging das noch eine ganze Weile. Interessant war aber eigentlich nur das, was meine Oma damals bei dieser ersten Begegnung nicht sagte: Dass sie meinen Eltern als Paar nämlich höchstens ein Jahr gab. So sternetechnisch. Maximal zwei – mit Kind. Wenn das damals schon bekannt gewesen wäre.

Was meine Mutter nach diesem ersten Besuch bei Muma Ischia befremdete und ihrer Meinung nach am meisten über ihre gemeinsame Zukunft aussagte – mehr als alle Sterne zusammen –, war die Tatsache, dass Muma Ischia so verdammt routiniert gewirkt hatte. Obwohl sie doch so selten Besuch bekam, dachte Fritzi (oder war das nur ihre allgemeine Hansen-Unsicherheit?). Da hätte sich selbst der dauergrinsende Kai Pflaume noch eine Scheibe von abschneiden können. *Nur die Liebe zählt* – meiner Mutter war es vorgekommen, als würde Muma Ischia eine Art Standard-Schwiegertochter-Programm abspulen. Und das, dachte sie, hätte dann auch erklärt, weshalb Hansen die ganze Zeit dasaß wie unter einer Scheißkäseglocke. Als sei er schwer auf Valium. Nicht wiederzuerkennen.

Erst auf der Rückfahrt nach Berlin gewann er langsam seine Sprache zurück und wollte wissen:

»Und, Fritzi, was meinst du? Wie ist dein Eindruck ... kommt ihr klar?«

»Ja, doch. Ist nett, deine Mutter«, sagte sie und zuckte mit den Schultern. »Irgendwie tutig. Und allemal gesprächiger als ihr Sohn«, meinte sie restgereizt. Unter anderem, weil er sie die ganze Konversation allein hatte führen lassen. Mit der selten bekackten Begründung: »Wieso? Ich kenn euch beide doch schon!« Vor allem aber, weil sie den Verdacht nicht loswurde, dass es für meinen Vater nur das Replikat einer Szene war, die er so oder so ähnlich schon etliche Male erlebt hatte. Ein Kennenlernklassiker.

»Tutig?«, fragte er.

»Ja, aber auch ... irgendwie originell. Eine krude bis kuriose Mischung«, meinte meine Mutter. »Einerseits so hanseatisch, andererseits so esomäßig. Diese ganze Spökenkiekerei. Aber egal, besser hanseatisch als hinterhältig«, resümierte sie.

Hansen nickte.

»Seh ich genauso.«

»Aber als Schwiegermutter ... ich weiß nicht«, meinte Fritzi, mehr aus einer Laune heraus. Als wollte sie Hansen testen. Mit den Schwiegermüttern sei das ja immer so eine Sache, reichlich tricky. Vor allem unter erschwerten Bedingungen.

Hansen drehte sich kurz zur Seite, sah sie an:

»›Erschwerte Bedingungen‹? Und wieso überhaupt ›Schwiegermutter‹?« Sei ihm da was entgangen? Hä?!

»Hör mal! Deine Mutter scheint dich ja wohl so was von zu vergöttern, Hansen!«

»Ja, und? Zu Recht, oder nicht?!«, sagte er und grinste wie Snoopy. »Wo ist das Problem?«

»Kann ich dir sagen. Man merkt, dass du ihr einziges Kind bist.« So ein Muttertrieb könne schnell mal ins Monströse wuchern. Ähnlich einer Schlingpflanze, die reflexartig alles bekämpfe und verdränge, was sozusagen an ihren einzigen Sonnenschein wolle. Mit anderen Worten: Als Freundin könne man da nur ablosen.

»›Ablosen‹?«, wiederholte mein Vater, das sei doch kein Battle.

»Wetten, deine Mutter findet mich zu jung, zu forsch oder nicht gut genug oder ... genau ... nicht blond genug für dich, Hansen?« Überhaupt, was hätte das vorhin eigentlich bedeuten sollen? Das sei schon arg arisch gewesen. Wir blonden Braunen oder wie sei das gemeint gewesen?

»Nee, Quatsch, so schlimm nicht. Sarazin-affin ... höchstens. Nix Nazi«, meinte er.

Eigentlich hätte sich meine Mutter jetzt – politisch korrekt – empören müssen. Sarazin-affin. Schlimm genug. Quasi dasselbe. Wenn das nicht passierte, lag es nur daran, dass sie zu sehr mit der Diskriminierung ihrer eigenen Person beschäftigt war. Und mit Hansens fehlendem Widerspruch diesbezüglich. Und mit der ihr immer übler aufstoßenden Tatsache, dass manche Fragen meiner Oma so stereotyp geklungen hatten, als entstammten sie einem Protokoll oder Massencasting.

»Wie ist es denn sonst immer gelaufen? Hat überhaupt schon mal eine bestanden?«, fragte Fritzi, schon ein bisschen fuchsiger.

Hansen zuckte abermals mit den Schultern. Statt sich über das provokante »immer« zu mokieren, unterstrich er es noch, indem er meinte: »Na ja, mit den Jahren ist sie eigentlich immer gnädiger geworden.« Dann fügte er noch hinzu: »Sei bloß froh, dass du nicht die Erste bist, die sie kennenlernt.«

War das Absicht? Sosehr es auch den Fakten entsprechen mochte, es gehörte ganz sicher nicht zu dem, was meine Mutter gern gehört hätte.

»Oh ja, Hansen, da bin ich jetzt aber wirklich erleichtert!«

Mein Vater sah kurz zur Seite und umklammerte unmerklich das Lenkrad ein bisschen fester.

»Was erwartest du denn? Ich meine, ich bin nicht mehr vierzehn, sondern vierzig, Fritzi! *Come on!*«

»Klar, vierzig und immer noch Schlüpferstürmer! Ich frag mich langsam echt, wieso, Hansen!«

»Interessant. Und was antwortest du dir dann?«

Meine Mutter zuckte mit den Schultern und dachte: jedenfalls nichts, was ich dir ins Führungszeugnis schreiben würde.

»Liest die eigentlich allen als Erstes gleich aus der Hand?«

»Nicht allen, nee!«, sagte Hansen genervt. Aber fast jedem, sei halt ihr Ding. Also seit dem Tod seines Vaters. Das sei so was wie der Schnuller für ihre Seele. Darin suche sie Trost.

Aber meine Mutter ließ sich nicht ablenken:

»Und wie viele ...« Sollte sie das wirklich fragen? »Wie viele haben denn schon bei ihr vorgesprochen? Pi mal ...« ... Penis, dachte sie, behielt das aber für sich.

Mein Vater stöhnte und dachte: Was wird denn das jetzt – 'ne Volkszählung?

»Komm, Fritzi, das ist doch kindisch, das willst du doch nicht wirklich wissen, oder?!«

Stimmt. Wollte sie wirklich nicht.

»Doch ... Hansen, will ich«, behauptete meine Mutter in einem Anflug von Selbstüberschätzung. Als ginge es hier um pure Empirie, um reine Fakten fürs Statistische Bundesamt. Sie differenzierte sogar und fragte, ob die Zahl seiner bisherigen Beziehungen, oder sollte man es »Amouranzen«, Affären nennen, sich eigentlich noch im zwei- oder schon im dreistelligen Bereich bewegten. Und welche davon eigentlich am längsten gehalten habe.

Hansen sah abermals zur Seite und schüttelte den Kopf.

»Nicht dein Ernst, oder?« Meine Mutter hielt seinem forschenden Blick stand.

»Doch, jetzt sag schon!«

»Solange du die Letzte bist, Fritzi, die sie kennenlernt, ist es doch egal, ob schon zwei oder drei vor dir da waren, oder nicht?!«

»›Zwei oder drei‹?«, wiederholte meine Mutter. Und im Himmel ist Jahrmarkt, oder wie? »Entspann dich, Hansen, wer sagt denn, dass ich überhaupt die Letzte sein will.« Im Gegensatz zu ihm sei sie noch ganz schön jung. »Das vergisst du immer, zarte dreißig«, sagte sie. »Vielleicht musst du mal dein altbackenes Bild von Frauen korrigieren und nicht alle immer sofort mit deiner Mutter vergleichen ...«

Okay, okay, dachte er, wer dumme Fragen stellt, kriegt dumme Antworten. Er zuckte demonstrativ mit den Schultern. Wohl wissend, dass schon das eine riskante Reaktion war. Achselzucken stand für X, die große Unbekannte. Motto: »Überblick verloren.« Fehlte nur noch, dass er gleich die Finger zu Hilfe nahm und meinte, er sei noch nie gut in höherer Mathematik gewesen.

Mein Vater versuchte zu retten, was nicht zu retten war: eine friedliche Rückfahrt nach Berlin. Er ging vorsichtshalber auf Kuschelkurs und legte meiner Mutter eine Hand aufs Knie, die sie angewidert wegwischte, als könne man von so einem Hurenbock sonst weichen Schanker oder was bekommen.

»Ist doch egal, Fritzi. Wer sitzt denn gerade neben mir und wird freiwillig und gern nach Berlin kutschiert?«

Kurz überlegte Hansen allen Ernstes, ob er noch eine Extrarunde um den Horner Kreisel fahren und einen Tramper einsammeln sollte. Sicherheitshalber. Als zusätzlichen Airbag, als einen Schutz der Öffentlichkeit für eine halbwegs erträgliche Fahrt. Besser Smalltalkscheiß als 280 Kilometer Beziehungsdrama, sprich *Highway to Hell*.

»Okay, dann sag mir wenigstens, wie lang deine längste Beziehung gedauert hat.«

»Vier Jahre.«

»Oho, doch so lange, vier Jahre! Und im Schnitt, Hansen? Ich meine, was ist mit den ganzen anderen ... Tussen?«

»Das waren keine Tussen!«

»Dann eben Elsen, Bratzen ...«

»Das waren auch keine Elsen oder Bratzen, Fritzi!«

Jetzt nimmt er sie auch noch in Schutz, dachte meine Mutter.

»Ist doch scheißegal, Mann! Dann eben Lebensabschnitts- oder Fickgefährtinnen, Mätressen, Matratzen, Beziehungen, Spielzeug – keine Ahnung, denk dir was aus! Ich kenn die ja nicht.« All die Trümmerfrauen, die Hansen-Hinterbliebenen, dachte sie. Langte das schon für eine Selbsthilfegruppe? Nach nur vier Monaten Beziehung mit meinem Vater wusste sie bereits von mindestens zwölf Verflossenen, so *summa summarum*. Und das konnte ja wohl nur die Spitze des Fleischbergs sein. Sie habe vorher noch nie erlebt, erzählte sie ihrer Freundin Easy einmal, dass ein Freund, verbunden mit irgendwelchen Anekdoten, immer wieder ganz beiläufig neue Namen aus seiner »Bumsbiografie« zauberte. Das sei doch total pervers bzw. paradox. Irgendwie mache sie es an, aber gleichzeitig quäle sie so ziemlich jede, die es mal – mehr oder weniger – in Hansens Leben geschafft hatte (und sei es auch nur für ein einziges Mal gewesen). So eifersüchtig kannte sie sich nicht, dass sie selbst auf Frauen vor ihrer Zeit ungehalten reagierte, als mein Vater noch ein völlig Fremder gewesen war und es vielleicht auch besser hätte bleiben sollen.

»Wie wär's mit Freundinnen, Fritzi, einfach Freundinnen«, sagte Hansen so ruhig, als hätte er eine Valium nachgeschmissen. Das machte die Sache nicht besser. Seine affige Abgeklärtheit.

Dieses *nordisch by nature*. Das konnte man schon nicht mehr als Stock bezeichnen, das war mindestens eine Pricke oder ein Poller im Arsch.

»Okay, geschenkt, aber denen allen hat deine Mama artig aus der Pfote gelesen?«

»Quatsch, doch nicht allen! Meinst du, ich stell ihr gleich jede vor?«

Aha, das war doch mal 'ne Aussage. Mehr davon.

»Nee, vielleicht nicht jede. Vielleicht nur die, die du länger als 'ne Woche gepoppt hast? Die Kriterien würden mich echt mal interessieren.«

»Poppen ...« Hansen verdrehte die Augen, »ich hasse dieses Wort.«

»Dann eben pimpern, oder ... wie hast du das mal genannt ... ach ja, tackern. Auch hübsch.«

»Scheiße, Fritzi. Worüber reden wir hier eigentlich?«

Weiß ich auch nicht, dachte sie.

»Über deine Be-zieh-un-gen.«

Genau! B-ziehungen, dachte Hansen. Wie B-Ware oder B-Movie oder b-liebig. Aber das behielt er erst mal für sich, als Joker, falls das Gespräch noch weiter entgleiste. Sah ganz danach aus. Währenddessen stellte sich meine Mutter – quasi stellvertretend für einen bestimmten Typus Frau – folgende selbstkritische Frage: Warum verhielt es sich mit den Gefühlen früher oder später immer so asymmetrisch? Wie absurd und selbstzerstörerisch, dachte sie, dass gerade die unverbindlichsten aller Typen, jene, die sich nicht gleich für eine Frau verbogen – außer im Bett vielleicht –, oft so gut ankamen. In der Damenwelt. Ausgerechnet die Arschloch-Aspiranten, deren leidenschaftlichste Form der Liebe die Selbstliebe war. Die maximal beim GV in Selbstvergessenheit gerieten, und das auch nur, weil sie fürs Portfolio ihrer Eitelkeiten um das Prädikat »Guter Liebhaber« buhlten. Und bumsten. Die lieber sich und ihrem Lustprinzip als der Frau treu blieben. Die einfach umsattelten, wenn die alte Stute unter ihnen lahmte, bockig wurde oder seelisch verwundet in einer Art psychischer Prärie zurückblieb.

Wieso ließ man sich darauf überhaupt ein?

Wieso glaubten alle immer, dass sie so einen domestizieren und zähmen könnten. Oder ganz allein für sich haben?

Weil bei Gefühlen die Hoffnung zuletzt und die Logik zuerst starb?

War das die bittere Antwort?

Nach knapp eineinhalb Stunden Autofahrt, Höhe Herzsprung (Zufall), wurde meiner Mutter etwas schlecht, zumindest glaubte sie das. Sie sagte:

»Stopp mal, Hansen. Kannst du bitte rechts ranfahren? Schnell!«

»Wieso? Was ist denn?«, fragte er erschrocken und sah zur Seite.

»Mir ist übel.«

Und das hatte damals noch nichts mit diesem HCG-Schwangerschaftshormon zu tun.

Stimmt's, Mama?!

18.

Position: 54°30,9'S; 158°56.8'E
Luft: 15° C / 59°F
Wasser: 12° C / 24°F
Wind: West 35 Knoten
Wetter: Cloudy
Macquarie Island – World Heritage Area

Und Hansen bzw. Hormon-Hansen, mein Vater? Noch immer in весь мой-Bestlaune, so mit Lisanne an seiner Seite. Subjektiv ein Gefühl von Frühling auf Macquarie Island – objektiv alles andere. Nass, kalt und windig schien die Insel nicht gerade ein Vorposten des Paradieses zu sein. Es roch auch nirgendwo nach Veilchen. Tatsächlich stank es, wie es halt stinkt, wenn tonnenweise verdauter Fisch den Boden bedeckt.

Mein Vater wollte gerade nachfragen, ob sich das hier nicht super für eine Seuchensafari eigne, als Mister Robinson-Frankell seine Stimme erhob und jegliche Flirt-, Scherz- und Anbiederungsversuche vereitelte:

Allright then everybody … bevor sie gleich, in mehrere kleinere Gruppen eingeteilt, einmal quer über die Insel zur Walfischbucht wandern würden, noch schnell ein kurzer historischer Abriss. *If you don't mind?!*

Doch! dachte Hansen. *I do mind.* Die ganzen Vorträge an Bord der *Khlebnikov* waren schon enervierend und volkshochschulmäßig genug. Nicht dass sie hinterher noch ein Referat halten sollten. Allein bei der Vorstellung bekam er Phantomschmerzen. Außerdem: Mit Lisanne an seiner Seite konnte er sich ohnehin kaum konzentrieren. Das war ja das Unangenehme an attraktiven Frauen: ihre Daseinsdominanz. Diese Präsenz, dachte Hansen. Das, was er mal das Bienenkönigin-Syndrom genannt hatte. Alle Aufmerksamkeit, Gedanken und Motivationen wurden regelrecht absorbiert, sobald man in den Bannkreis einer attraktiven Frau geriet bzw. von ihrem Kometenschweif gestreift wurde. Man wollte bzw. musste ihr immer und überall gefallen. Diktat der DNS. Befehl von ganz oben (Gott) an ganz unten (Genital). Im Prinzip verkümmerte man zum Assistenten des Penis. Der da dranhängende Rest – die ernst zu nehmende, integre Person – ging irgendwo im biologischen Bermudadreieck zwischen Hirn, Herz und Hoden verloren.

Der Vortrag fing harmlos an, ein kurzer historischer Abriss, wobei Historie ja nie harmlos war, dachte Hansen. Mit halbem Ohr hörte er was von den ersten europäischen Seefahrern, die Anfang des letzten Jahrhunderts die Südmeere bereist und ihren Proviant mit allerlei einheimischen Tieren wie Robben, Fisch oder den Vorfahren dieser Pinguine aufgebessert hatten. Richtig mies aber wurde es erst mit der industriellen Ausbeutung, als die Flotten der Robben- und Walfänger den Berichten der ersten Entdecker folgten. Dagegen seien die ersten Entdecker Amateurkiller gewesen – *dilettantes of death*, wie Mister Frankell es formulierte.

Listen! I have a quote here from an eyewitness ... Er zeigte mit dem Finger auf einen Pinguin, der dastand, als hätte er die Gräueltaten damals überlebt. Vom Bund der Vertriebenen oder vom Zentralverband der Pinguine, dachte Hansen (wohl wissend, dass man darüber keine Witze machte). Mister Frankell zog ein zerfleddertes Buch hervor und suchte eine markierte Stelle. Lisanne ahnte anscheinend, was jetzt kommen würde. Denn sie meinte schon vorher, als wollte sie Hansen warnen (was absolut nicht nötig war):

Poor little penguins!

Die Gruppe erfuhr, dass auf den baumarmen subaustralischen Inseln schon damals jedes Feuerholz fehlte, um die riesigen Öfen in den Fangstationen zu betreiben. Und da Not nun mal erfinderisch – und grausam – machte, wurde bloß ein Teil der Beute zu Öl und Tran verkocht. Mit dem Rest wurde das Feuer geschürt. Bevorzugt wurden die sogenannte *fats*, die einjährigen Halbwüchsigen ausgekocht, die mit dicker Speckschicht zur Insel zurückgekehrt waren, um in Ruhe zu mausern. Daraus wurde nichts, meinte Mister Frankell, ohne ihr wasserdichtes Gefieder konnten die Vögel nicht mal zurück ins Meer flüchten. Sie wurden hölzerne Rampen hochgetrieben und fielen dort in Töpfe mit siedendem Öl. Die lebenden Pinguine brannten zwar schlecht, dafür gab es sie in rauen Mengen. Das Geschrei soll unerträglich gewesen sein. Später sei man dann dazu übergegangen, die Tiere gleich lebend in einer Presse zu »verarbeiten«: Das konzentrierte Pinguinöl brannte ergiebiger als die ganzen Körper.

Die entsprechenden Zahlen kannte Mister Frankell offenbar auswendig: Zwischen 4000 und 6000 Pinguine wurden auf diese Weise verkocht, *every day*, sagte er und hob dabei den Zeigefinger in die Höhe. Das machte rund 150 000 Tiere pro Saison und in siebzig Jahren – Pi mal Pinguin – irgendwas um die acht Millionen.

Scheiße, dachte Hansen und sah sich um. Die Frage, ob es deutsche Seefahrer gewesen waren, drängte sich förmlich auf. Plötzlich eine Stimmung wie damals beim Klassenausflug nach Hamburg-Neuengamme, dachte Hansen. Wo er auch hinblickte, lauter schockgefrorene Gesichter. Vor allem die Frauen waren so erschüttert, als hätten sie die damaligen Pinguine selbst ausgebrütet. Wenn er trotzdem zu schmunzeln schien, dann nur aus Notwehr. Uralter Klassenkasperreflex, durch die Gruppenreise reanimiert. Er hatte größte Mühe diesen Haus-, Hansen- und Hofnarr ruhigzustellen.

Mein Vater warf einen Blick zu Lisanne, der Schutzpatronin der Pinguine. Hatte sie wirklich feuchte Augen? Als sie seinen Blick spürte, sagte sie:

Jesus, I know they were cruel back then, but I didn't know they were that cruel.

Ein Umstand, der jeglichen unqualifizierten Kommentar verbot.

Hansen nickte, hielt Lisanne ein Taschentuch hin und meinte gefühlsecht, er würde eine schönere Geschichte kennen.

Thanks, sagte Lisanne und nahm das Taschentuch entgegen. *Tell me!*

Well, it's actually not a story, it's a matter of fact.

Go on then.

Profi halt. Ganz hohe Flirtschule. Hätte selbst Casanova nicht besser gekonnt. Ein ganz dezenter Vorstoß in die gewünschte Richtung und dann noch von wissenschaftlichem Interesse. Mein Vater wartete, bis sie sich die Nase geputzt hatte, und sagte:

Die einzige Körperflüssigkeit, vor der Menschen sich nicht ekelten, seien übrigens Tränen, *you know ...*

Oh yes, really? I guess ... that's right. Interesting. I never thought about this.

Für ihn, fuhr er fort, ein klarer Beweis für das Gute im Menschen. Dass er eben nicht nur Tod und Terror verbreiten, sondern auch trösten und trauern konnte. Mein Vater überlegte, ob das ein guter Moment war, seinen Arm um Lisanne zu legen. Sozusagen als ersten einleitenden Schritt, schließlich gab es noch andere schöne Dinge, die mit Körpersäften zu tun hatten und die, so gesehen, auch ganz tröstlich und temporär heilsam waren gegen Weltschmerz jeglicher Art.

Es folgte erst mal die Wanderung Richtung *Hasselborough Bay* zu den Seeelefanten und Walfischknochen. Lisanne, Hansen und San-Diego-Dick wurden der Gruppe von Mister Frankell zugeteilt. Sobald sich alle in Bewegung gesetzt hatten, war der historische Diskurs vergessen und die gute Laune wiederhergestellt. Wenn nicht besser als zuvor. Das schien das Gute am Pinguinpogrom zu sein, dachte Hansen. Eben schämte man sich noch als trotteliger Tourist auf der Insel, jetzt fühlte man sich plötzlich wie geläutert. Bei jedem Pinguin, den er passierte, dachte Hansen: Peace. Wir sind die Guten und kommen in friedlicher Absicht. Niemand wird hier mehr zerquetscht oder ausgekocht. Wir schießen nur Bilder und sammeln Eindrücke – keine Eier.

Gemeinsam schlenderten sie zwischen hohen Büscheln Tussockgras einen Pfad entlang. Kaum hundert Meter gegangen, blieb die Gruppe stehen, weil etwas Großes, Organisches wie das fleischgewordene Phlegma der Länge nach im Gras lag. Ein furzender Fels oder was war das?

Please don't take it too personal, that's his way to say hello to strangers.

Pit Frankell deutete auf einen Seeelefanten. Ein stattlicher Bulle mit einem Lebendgewicht von ungefähr vier Tonnen. Eine Tonne schien allein für die unvorteilhafte Nase des Tieres draufzugehen, was eingedenk des Spruches »Wie die Nase eines Mannes, so auch sein Johannes« Rückschlüsse auf die zweite Tonne zuließ, die offenbar eingefahren und daher nicht sichtbar war. Keineswegs unüblich bei richtig Dicken, dachte Hansen.

Die Gruppe hatte sich inzwischen im Halbkreis um den Seeelefanten aufgebaut, sodass alle das Tier gut sehen und – wichtiger – fotografieren konnten. Der Koloss lag direkt neben dem Weg und schien sich als Rubens-Model nicht groß belästigt zu fühlen. Je länger man ihn betrachtete, desto ähnlicher wurde er einer Riesenmade, dachte Hansen.

Dann: Auftritt Dick. Der filmende San-Diego-Dick mit seiner Handycam.

Oh, yes, buddy, that's great, stay like this. Be a good boy! Come on, keep smiling.

Grundgütiger, dachte Hansen. Die Hölle sind die anderen. Gab es was Erbärmlicheres als Menschen, die die Tonspur einer laufenden Videokamera für alle gut hörbar mit ihren jämmerlichen Kommentaren zutexteten?

We are still on MacKenzie Island, listening and watching here our friend Fat Freddy, farting us his salute.

Schwenk und Zoom auf das Tier.

Mein Vater warf einen hilfesuchenden Blick zu Lisanne. Nichts verbindet mehr als ein gemeinsamer Feind.

Could you repeat, please, for my friends back home? Fart hello again, sagte Dick.

Frag doch mich mal, dachte Hansen. Ich furz dir sogar ein Tschö mit ö, wie der Berliner sagt! Du Dick, du.

How old is this guy, do you know?

Dick schwenkte seine Handycam auf Mister Frankell, dem das offenbar nichts auszumachen schien. Im Gegenteil. Er bekam sofort seine Dozentenstimme:

Well, this elephant seal we're looking at is still quite young, four years maybe, sagte er. Damit läge das Tier nur unwesentlich über dem Body-Mass-Index. Ein Witz. Er nannte ein paar Fakten, z. B. dass die Tiere über fünf Tonnen schwer und sechs Meter lang werden könnten. Masse und Nase (bis zu dreißig Zentimeter) erinnerten an einen Elefanten. Daher auch der Name *elephant seals*. Anschließend referierte er noch ein paar Details zum Sexleben der Tiere. In der Paarungszeit versammelten sich die Seeelefanten zu größeren Kolonien, was mehr an einen Fightclub als einen Swingerclub erinnern würde.

Die sonst sehr friedlichen Bullen würden dann zu erbitterten Konkurrenten. *Kind of cruel.* Alles sei erlaubt. Sumoringen ohne Regeln. Da könne schon mal ein Stück Nase oder ein Augapfel im Sand landen und das ein oder andere Jungtier auch zu Tode gequetscht werden, endete Pit Frankell. Schon wieder so eine Horroranekdote, um Mitleid zu melken, dachte Hansen. Funktionierte immer. Vor allem, wenn es dann auch noch hieß, das Junge gäbe merkwürdigerweise keinerlei Schreie von sich. Ein Phänomen, das bisher nicht geklärt werden konnte.

An dieser Stelle musste sich mein Vater einfach mit einem unqualifizierten Kommentar zu Wort melden.

Maybe they're just well educated, meinte er. Ein paar Köpfe drehten sich zu ihm. In einer deutschen Reisegruppe hätten sicher nicht halb so viele darüber geschmunzelt. Spätestens ein Blick auf Lisanne machte sein nachgeschobenes *sorry* überflüssig. Sie honorierte seine Bemerkung mit einem Lächeln, das für beide Grübchen reichte.

Sie verschwanden allerdings wieder, als die Gruppe erfuhr,

dass der Sieger dieser Sumokämpfe dann zehn bis dreißig Kühe haben könne. Sprich noch mehr als der *Bachelor*. Man nahm an, dass Stress und Kämpfe während der Paarungszeit den Bullen so viel Kraft kosteten, dass seine Lebenserwartung dadurch deutlich sinke, was im Übrigen beim Menschen nicht anders sei. Abermals Gelächter. Die weiblichen Tiere würden bis zu 18 Jahre, die männlichen dagegen bzw. deswegen nur 14 Jahre.

Die Gruppe zog weiter. Lediglich Lisanne blieb bei Hansen stehen und sah zu, wie er seine zweite Kamera aus dem Fotorucksack holte und sich anstellte, sein erstes Bild zu machen. Durch das Geräusch des Reißverschlusses irritiert, hatte der Seeelefant zum ersten Mal überhaupt den Kopf gehoben, gerade so, als erwarte er ein Leckerli und überlege, ob er dafür Männchen machen sollte. Unmöglich zu erahnen, was in dem Klops vorging.

What do you think? Are they quick?, fragte Hansen. Vor allem weil er wissen wollte, ob Lisanne sich Sorgen machte.

Who? The group?

No, our friend ... Fat Freddy, zitierte er. Durch die imposante Größe schien man selbst bei einer Distanz von zehn Metern entschieden zu dicht am potenziellen Epizentrum zu sein – ohne Zaun und Graben dazwischen.

Lisanne zuckte mit den Schultern, ihre Antwort blieb vage.

Well ... vermutlich ein bisschen schneller, als sie es wäre, mit einem Lebendgewicht von vier oder fünf Tonnen.

Durch das extreme Weitwinkelobjektiv wirkte das Tier erstens wesentlich kleiner und zweitens weiter weg. Kein ganz unwichtiger Risikofaktor, wenn man gerade auslotete, wo man die territoriale Integrität eines souveränen Seeelefanten zu verletzen begann. Hätte Hansen eigentlich wissen müssen, als er dem Tier näher rückte, stattdessen wähnte er das Gesetz der Trägheit der Masse schützend auf seiner Seite. Die Distanz, die offiziell zu den wilden Tieren auf der Insel eingehalten werden sollte, bezog sich höchstwahrscheinlich auf Pinguine. Aber ein Seeelefant, dessen Körperlänge, geschätzt, sechs Meter maß? Ergab das Sinn?

Come on, don't be silly, Häns! Do you know Steve Irwin by any chance?

Mein Vater blieb stehen. Klar kannte er den. Steve Irwin?! Dieser australische Krokodil-Clown mit der Vokuhilafrisur? Der Typ, der Knoten in giftige Schlangen gemacht und baumlange Krokodile gekitzelt hatte, während er sein Baby auf dem Arm trug? Kein Wunder, dass so ein zoophiler Zappelphilipp beim Synchronschwimmen mit einem Stachelrochen ins Herz gestochen wurde.

Hansen pirschte weiter. Wollte er Lisanne imponieren? Als der Seeelefant vielleicht noch drei bis vier Meter entfernt war und mein Vater gerade für ein Foto in die Hocke ging, sagte Lisanne etwas energischer:

Come on, Häns. This is not a petting zoo. Please, don't be such a ... prat.

Das klang besorgt, fast vorwurfsvoll. Da sprach zum ersten Mal die Mutter aus ihr, dachte Hansen rückblickend (*prat* hieß »Idiot«, musste er später nachschlagen). Und natürlich hatte sie recht. Als mein Vater auf den Auslöser tippte, wurde durch den sirrenden Autofokus auch der Seeelefant plötzlich aktiviert. Alles Buddhahafte dahin. Der Bulle riss den Kopf hoch und herum und mit demselben Schwung auch sein Maul bedrohlich weit auf, diesen Höllenschlund. Der Oberkörper des Kolosses zuckte einmal drohend in Hansens Richtung, dass der Boden bebte und Fettwellen durch den gesamten Körper des Tieres liefen. In der Zeitlupe einer BBC-Dokumentation hätte das vom Sofa aus sicher fantastisch ausgesehen. Keine Frage. In echt, also im Zeitraffer, lief das alles viel zu schnell ab. Hansen wäre fast klaglos zerquetscht worden. Der Seeelefant gab beim Vorwärtsrobben ein stein- und beinerweichendes Geräusch von sich. Wie Rübezahl in Rage. Hansen meinte sogar die stinkende Druckwelle seines Atems zu spüren. So knapp war das.

Halb rückwärts fallend, halb stolpernd, drückte er mehr aus Versehen denn aus Absicht auf den Auslöser und landete unsanft, also arschlings auf dem Boden. Alles in allem eine Szene, die bei

Upps! Die Pannenshow garantiert unter die *all-time favourites* gekommen wäre. Als Endlosloop.

Jesus, Häns, sagte Lisanne (wie ein Doppelname). Vor Schreck war auch sie ein paar Schritte zurückgetreten, *I told you, these are wild animals.*

Sie wirkte besorgt. Kleiner Trost.

Hansen nickte nur, kämpfte wacker gegen den Schmerz im Steißbein, der sich anfühlte, als hätte man ihm eine glühende Eisenstange ins Rektum gerammt, und prüfte, ob die Kamera was abbekommen hatte. Das war glücklicherweise nicht der Fall. Der Seeelefant wirkte trotzdem zufrieden, fast wie ein selbstgefälliger Sumoringer, der seinen ungleichen Gegner durch einen mickrigen Rülps besiegt hatte.

Um von der ganzen Slapsticknummer abzulenken, eine Verlegenheitsfrage meines Vaters:

Do you know Reiner Calmund by any chance?

Lisanne schüttelte den Kopf, alles andere wäre auch komisch gewesen.

Doesn't matter! He's a celebrity in Germany. Reminds me of him ... same size.

Aber anderer Charakter, dachte Hansen noch. Mit dem Original wäre das garantiert nicht passiert. Der war Kameras gewohnt.

Anschließend stand mein Vater unter den Blicken der Angebeteten so würdevoll auf wie möglich. Alles in allem war er mit einem vergleichsweise glimpflichen Schrecken davongekommen – halb so wild, gemessen an dem, was ihm auf dieser Reise noch bevorstand. Kleines Wesen – große Wirkung. Und ganz anders als bei den Seeelefanten – praktisch genau umgekehrt, eher als würde der Erwachsene vom eigenen Nachwuchs erdrückt.

19.

Ging meiner Mutter zwischenzeitlich kaum anders. Es war wie verhext. Fast wie eine Art Mundwinkelmagie werdender Mütter. Fritzi malte sich alles positiv, geradezu pink aus, Goldrand drum, und die Zukunft zu dritt schien richtig rosig. Fast kitschig: schicke Wohnung (mit Hansen und Elbblick), großer, sonniger Garten, darin ich – der hellste Sonnenschein weit und breit, ein pflegeleichtes, gesundes, lebenslustiges, rundum gut geratenes Kind. Hallo, heile Welt.

Genauso mühelos, fast noch ein bisschen müheloser, konnte sie sich genau das Gegenteil vorstellen: Hansens altersbedingt nicht mehr ganz so starke Spermien, eine zu rabiat durchgeführte Zangengeburt, die Nabelschnur zu lange um den Hals gewickelt. Numinose Fehlerquellen und zack – schon sah die Sache ganz anders aus. Prekärer. Statt rosa Lillifee-Feeling plötzlich ganz großes Gretel-Gefühl – nur unter verschärften Bedingungen: allein und schwanger im dunklen, bösen Wald. Und weit und breit kein Hänsel bzw. Hansen an ihrer Seite, der ihr beistehen konnte.

Oder doch besser warten, bis er zurückkam, und ihn mit der Baby-Botschaft am Flughafen überraschen? Ihm in Hamburg-Fuhlsbüttel (»Foolsbüttel«) um den Hals fallen und sagen: »Ach, übrigens, *Käpt'n, mein Käpt'n*, Folgendes – fällt dir was auf?!« Reizvolle Vorstellung, klar. Aber so lange warten? Eine Ewigkeit. Vier ganze Wochen?, dachte meine Mutter. Keine Chance, hielt sie nicht aus. Nicht zuletzt, weil das für meinen Vater vier ganze Wochen weniger Vorfreude bedeutet hätte. Und sie wusste ja selbst nur zu gut, was der erste Anblick des Ultraschalls mit einem machte. Eine emotionale Erosion. Als träte man zum ersten Mal seinem Schöpfer gegenüber, obwohl es eigentlich ja genau umgekehrt war. Oder sagen wir: Die Schöpfung begegnete sich selbst. Das war ja das Alleinstellungsmerkmal schlechthin beim Menschen, wenn er nicht ganz bekloppt war.

Spätestens nach der Sonografie war es um meine Mutter geschehen (sie sprach hinterher vom »Muttiperplexkino«). Falls es noch Zweifel, Restzweifel gegeben hatte, waren sie seit der ersten Sonografie weg, wie nie da gewesen. Ab da wollte sie mich unbedingt. Komme, wer oder was wolle. Ein zweiter, kleiner Hansen, dachte sie halb im Spaß, halb Ernst. Und einen ähnlichen Effekt erhoffte sie sich auch bei meinem Vater. Wie roh musste man sein, wenn einen das komplett kaltließ.

Meine Mutter versuchte sich vorzustellen, wie er wohl auf den Ultraschall reagieren würde. Eher abwehrend oder völlig aus dem Häuschen? Allergie oder Allegria? Sie war nicht naiv. Wahrscheinlich würde er ein Kind immer noch als gigantische Zwangsjacke und Amputation seiner Freiheit begreifen. Jedenfalls eher als das höchste der Gefühle überhaupt, das Beste, was ihm bis dahin in seinem Leben passiert sei, wie er später, vielleicht auch ein Stück weit zu seiner Ehrenrettung, revidierte.

Fritzi gefiel jedenfalls der Gedanke vom kleinen Herzensbrecher auf dem großen Eisbrecher, wie Doktor U. es formuliert hatte. Die Vorstellung, Hansen würde den Ultraschall wie eine kleine Ikone über seiner Koje aufhängen. Halb Schutzbefohlener, halb Schutzpatron und ganz nebenbei ein bisschen Liebeslotse. Allemal ein Anblick, der ihn vergleichsweise unaufdringlich daran gemahnen könnte, physisch wie psychisch unversehrt nach Hause zu kommen (und nicht gespickt mit Amors Pfeilen).

Neuerdings stand doch ständig in irgendwelchen Studien, dass die Familie mit Abstand der größte Glücksgarant war. Porsche, Polygamie, Prominenz, Kaviar, Karriere, Weltreisen und sogar Südsee satt – alles angeblich ein Scheiß gegen die Geborgenheit im Schoße der Familie. Zu viel Nabelschau und Narzissmus waren ungesund. Der Übergang von Freiheit zu Selbstbezogenheit war so schlecht auszumachen wie die Grenze zwischen Dosis und Überdosis. Wie gesagt: »Wer sich zu sehr mit sich selbst beschäftigt – bekommt es mit der Angst zu tun«, wie Buddha selbst oder der Dalai-Lama mal gesagt hatte.

Manche musste man eben zu ihrem Glück zwingen, dachte meine Mutter, setzte sich vor ihren Rechner, klickte Photoshop an, verkleinerte das bereits gescannte Bild, den Ultraschall, auf 300 kb (Kinderbotschaft) und überlegte, ob und was sie dazuschreiben sollte. Eine Sprechblase vielleicht. Gott, nein. Ein sprechender Fötus. Selten dämlich, dachte meine Mutter und entschied sich dagegen. Das sollte ja schließlich keine AOK-Aufklärungsbroschüre werden. Sie klickte auf »Senden«. Ein Kind bekommen war das eine, aber deswegen gleich selbst infantil bzw. grenzdebil werden? Wie gesagt, wehret den Anfängen. Ball und Baby mal schön flach halten. Gar nicht so einfach, wenn die Hormone erst mal das Kommando übernahmen.

Als einigermaßen hilfreich erwies sich eine Äußerung, die Hansen mal zum Thema Kinderkriegen gemacht hatte. Rückwirkend eine unschöne Erinnerung. Völlig unromantisch. Im Nachhinein musste sie ihm allerdings recht geben. Sinngemäß hatte er gemeint, dass der liebe Gott offenbar echt Ahnung vom Kinderkriegen habe. Praktisch Profi sei. Erstens, warum sonst hätte er damals anderen die Aufzucht seines Sohnes überlassen? Zweitens, ganz schön clever auch, den Verstand frisch gebackener Eltern gleich nach der Geburt hopsgehen bzw. von einem »hochprozentigen Hypnose-Hormon« fluten zu lassen. »Weil, guck mal, Fritzi«, meinte er, »ganz ohne Gehirnwäsche und Weichspüler für das Bewusstsein geht das doch gar nicht.« Sonst gäbe es noch viel mehr Pseudo-Pseudokruppanfälle, Schütteltraumata, Hirnhämatome und Meldungen über Misshandlungen von Schutzbefohlenen. Folglich auch viel öfter grausige Entdeckungen in Blumentöpfen, Tiefkühltruhen oder Einkaufstüten. Insofern: alle Achtung. Durch Gottes kleinen Geniestreich seien die meisten Eltern spätestens nach der Geburt so Baby-ballaballa, dass man ihnen im Prinzip auch »ein strampelndes Stück Wurst« in die Wiege legen konnte. Solange es nur möglichst bald zahnlos zu glucksen anfange. Und zack, alle gleich gaga. Flächendeckend, die ganze Familie. Sofort Säuglings-Seligkeit und lauter Baby-Paparazzi zu Besuch. Als läge da der neue Messi in der Wiege.

»Du meinst Messias«, korrigierte meine Mutter.

»Oder der. Egal. Hauptsache Stammhalter, Fritzi! Hauptsache Fortpflanzung folgt.«

»Und wozu der ganze Spuk?«, fragte Hansen. Doch nur, damit sich diese Doppelhelix (die DNS meinte er) – dieser seltsame Bandwurm in uns – weiter durch Zeit und Raum schlängeln könne. Ein Parasit im Prinzip. Jedenfalls das Einzige, was überlebe, während wir längst wurmstichig zwei Meter unter der Erde lägen und gemütlich zu Humus würden. Eine *spooky* (Desoxyribonuklein-)Säure, ein Code, eine in jede noch so kleine Zelle implantierte Matrix benutzte uns Menschen bloß als Wirt. Unheimlich, oder nicht?

Das sei, wie Hansen gemeint hatte, vor allem ein großes Halali der Hormone. Alles. So einen Satz vergisst man nicht, der fällt einem spätestens als Baby-Betroffene wieder ein.

Meine Mutter erinnerte sich noch genau an ihre Reaktion. Sie hatte daraufhin bloß mit den Schultern gezuckt und gemeint, ein Bioleistungskurs sei offenbar auch nicht ganz ungefährlich.

»Hattest du doch, oder?!«

»Korrekt. Und Latein!« Deshalb wisse er übrigens auch, dass Matrix »Gebärmutter« und eigentlich »Muttertier« bedeutete. Das sage ja wohl alles.

Muttertier, okay, dachte Fritzi, meinetwegen. Eine Erfahrung, die sie auf keinen Fall missen wollte. Der Zeitpunkt, schon klar: suboptimal. Der Partner, subjektiv betrachtet: (noch) optimal. So ungelegen kam ihr eine Schwangerschaft gar nicht. Und sei es als gutes Alibi – bzw. Alibaby – für ihren chronischen Studiumsüberdruss. Lieber Baby- und Bioingenieurin in eigener Sache als angehende (arbeitslose) Architektin, dachte sie. Bauchentscheidung – buchstäblich. Warum sich noch etliche Semester mit Baustoffkunde und Tragwerkslehre rumquälen. Vor allem mit Kind. Und das waren keine Sozialpädagogen an der TU. Das waren alles angehende Diplom-Ingenieure. Hauptsächlich Männer. Da packst du in Mensa und Vorlesung nur ungern deine prallen Milchmöpse aus, Motto: Wer will noch mal, wer hat noch nicht? Wahrscheinlich sei es besser, dachte Fritzi, sie storniere die eigene Karriere bis auf Weiteres und mache erst mal das Baby zum logistischen Großprojekt der nächsten Jahre (ihrem persönlichen *Berlin-Brandenburg International* sozusagen).

Außerdem – die Frage musste erlaubt sein: Was war eigentlich so toll an einer Doppelbelastung und so schlimm daran, erst mal einfach nur eine gute, liebende Mutter zu sein? Abgesehen davon, dass der Gedanke politisch höchst unkorrekt, ziemlich *old school* und reaktionär war, schon klar. Wenig Herausforderung, reichlich Eva Herman, dachte meine Mutter bzw. Eva-Heil-Herman. Aber die Beruf-Kind-Kombination war für Frauen kein Spaziergang, das passte genauso selten perfekt zusammen wie Mann und Frau.

Im Rahmen seiner biologistischen Beziehungsanalysen hatte Hansen die Frühphase der Verliebtheit als »eine andere Form der Manie« bezeichnet und gemeint (mit entsprechenden Quellenangaben aus *Spiegel* oder *Geo*), die Symptome seien mit denen einer Psychose nahezu identisch: Appetitlosigkeit, Schlafmangel, Hyperaktivität, verzerrte Wahrnehmung. Falls das Blut der Betroffenen – vielleicht hatte er auch »Befallenen« gesagt – vom ganzen Oxytocin zu Champagner moussiere und idealerweise auch die restliche Chemie stimme. Dann wurden Männlein und Weiblein als Gladiatoren der eigenen Gene in die Schlacht der Schleimhäute geschickt. Die Leiber der Befallenen stülpten sich wieder und wieder ineinander, verrenkten und verschränkten sich, als wollten sie ihren Chromosomen persönlich vormachen, wie die sich zu einer Doppelhelix zu verknoten hätten. Ein amouröser Amoklauf sei das. Alles in allem. Hieße ja auch liebestoll usw. Und das alles für einen guten Zweck bzw. Zwerg, korrigierte er. Im Dienste der Arterhaltung. Erst Hochgefühl und Supersause, dann schwerer Absturz.

»*The dark side of the Honeymoon*, weißt du?«

Ja, klar, blöde Frage, wer weiß das nicht?

Trial and Eros, wie gesagt.

Meine Mutter hatte ihren Plan, Hansen hinterherzufliegen, rasch wieder verworfen. Schließlich saß er nicht irgendwo in einem Beachbungalow und drehte Däumchen. Abgesehen davon, hatte er mal gemeint, sein schönster Reisebegleiter sei die Einsamkeit. Langte doch, dass sie gedanklich bei ihm war. Wahrscheinlich mehr als ihm gebührte, dachte meine Mutter.

Andererseits, stumpf zu Hause rumsitzen und »brüten« war auch keine Option, und so verfestigte sich ihr Plan, statt nach Hobart wenigstens für ein paar Tage nach Hamburg zu fahren. Muma Ischia zu besuchen, die Babybotschaft wenigstens ihr selbst zu überbringen und dann bei Kaffee und Kuchen ein bisschen mehr über Hansen zu erfahren. Wenn man so will, an der Quelle etwas Freund- bzw. Feindforschung zu betreiben, so redselig wie Muma Ischia immer war. Vor allem, wenn es um ihr Lieblingsthema ging: Jerk Hansen, ihren einzigen Sohn. Meine Mutter nannte sie seit dem letzten Besuch nur »Hansens Fanbeauftragte«. Das Restrisiko eines solchen Plauderstündchens war Fritzi jedenfalls bekannt. Zumal Inhalte und verbreitetes Image oft in auffälligem Kontrast zueinanderstanden, den man wahrscheinlich nur mittels Mutterliebe derart mühelos überbrücken konnte.

»Mein Muttchen« stand in windschiefer Handschrift über der Telefonnummer, die ihr mein Vater für alle Fälle notiert hatte.

Es klingelte acht, neun, zehn Mal. Ewig. Als riefe man im Schildkrötengehege oder auf einer Intensivstation an. Trotz der neuen Hüftgelenke. Dann aber nahm eine fast jugendliche Stimme ab, die man – ohne das entsprechende Bild im Kopf – niemals auf Mitte siebzig geschätzt hätte.

»Ja-ah, Hansen hier!«

»Hallo, Rosi, ich bin's, Fritzi. Die Neue!«, sagte meine Mutter mit der nötigen Portion Selbstironie.

Überschwängliche, fast kindliche Freude am anderen Ende.

»Oh, Fritzi, du? Wirklich?! Das ist ja nett, dass du dich meldest. Wie schön, von dir zu hören. Was verschafft mir denn die Ehre? Hast du was von meinem Jung' gehört?«

»Nee, leider nicht, aber ich würde gern für ein paar Tage nach Hamburg kommen, solange bei Jerk wohnen und dich besuchen – falls dir das überhaupt recht ist?«

»Da fragst du noch? Natürlich, Fritzi, gern, jederzeit.«

»Hast du eigentlich schon was von deinem Sohn gehört?«

»Wer, ich? Nee. Ich bin doch nur die Mutter und immer die Letzte, die irgendwas erfährt.«

Und schon kam meine Oma ins Plaudern. Erstbeste Gelegenheit.

Sie wisse noch genau, fing sie an, wie sehr es sie verletzt habe, als ihr Sohn, also Jerk, vor ein paar Jahren einer Nachbarin eine Postkarte von den Seychellen geschickt habe, einer Schauspielerin, und ihr nicht. »Sie hat es mir an der Bushaltestelle erzählt. Du, so was tut weh. Da habe ich lange dran zu knapsen gehabt.«

Moment mal, dachte meine Mutter. Ein erstes Stutzen. Welche Schauspielerin denn? Bestimmt nicht Helga Feddersen.

»Kenn ich die?«

»Ja, bestimmt. Die ist oder war mal ziemlich berühmt ... wie heißt sie noch gleich ... die ... die ... Ich komm gleich drauf. Hat eine ganze Zeit lang hier bei uns gewohnt, hinten am Schulberg irgendwo. Lebt aber jetzt in New York, mit ihrem neuen Mann. So ein Künstler, mit dem sie ihr drittes Kind hat. Stell dir mal vor. Drei Söhne von drei Männern!«

Und eins davon von Jerk, oder wie?, dachte meine Mutter.

»Ach, wirklich? Und die ist mit dem Bus gefahren?!« Ersatzfrage.

»Ja, die war eigentlich ganz bodenständig, nicht so abgehoben wie andere prominente Schauspieler.«

Fritzi hätte sich die nächste Frage gern verkniffen.

»Aber wieso schreibt ...«, Hansen, wollte sie sagen, »Jerk denn Postkarten an die?« Und was stand da wohl drauf?

»Keine Ahnung. Kam mir auch erst komisch vor. Offenbar waren die eine Zeit lang befreundet. Aber frag mich nicht, wie gut und wer da am Ende ein größerer Fan von wem war. Jerk ist ja in diesen Dingen eher verschwiegen ... bei dir auch?«

»Ja. Hanseatisch halt!« Fast schon »Hansen-atisch«, wie Fritzi in dem Moment einfiel.

»Ach, guck an. Von mir hat er das aber nicht. Weißt du, wie mich mein Mann mal genannt hat?«

Nee, dachte Fritzi und war sich nicht sicher, ob sie das so genau wissen wollte.

»Sein Plapperlieschen.«

Hübsch.

»Das ist aber nicht so nett, oder?«

»Na ja, er hat's nicht böse gemeint. Und es ist ja auch was dran. Aber du musst dir keine Sorgen machen, Fritzi. Die – ich komm einfach nicht auf den Namen, irgendwas mit S oder so – lebt, wie gesagt, längst in New York.«

»Ich mach mir keine Sorgen!«

Wobei ... gelogen.

Nach dem Telefonat war sich meine Mutter plötzlich nicht mehr so sicher, ob dieser Besuch eine brillante Idee war. Schwanger und sensibel, wie sie gerade war. Was, wenn sie Dinge über Hansen erfuhr, die sie in diesem Zustand besser nicht erfahren sollte? Was, wenn Muma Ischia munter aus dem Nähkästchen plauderte, und sie fühlte sich dabei wie ein Scheißnadelkissen? So, wie Mutter Hansen, Rosi, ihr Herz auf der Zunge trug. Eigentlich ja sehr liebenswert, dachte Fritzi. Doch wer weiß, was da außer irgendwelchen Postkarten noch alles im Busch war. Ihre größte Befürchtung gerade. Einerseits schön, dass Hansen kein Muttersöhnchen und zehn Jahre älter war. Klar hatte er da auch einen pralleren Lebens- bzw. Liebeslauf. Andererseits war zu viel Hurensohn auch nicht gerade die optimale Alternative. Oder?

20.

Zunächst mal positiv: Muma Ischias ungekünstelte und wirklich herzliche Freude über Fritzis Besuch. Das sei eine echte Überraschung, meinte sie und nahm meiner Mutter Blümchen und Kuchenpäckchen ab. Dann abermals die Frage: Was verschaffe ihr denn die Ehre?

»Tja, was glaubst du?«

»Sag bloß ... nein ... Jerk hat dir einen Antrag gemacht!«

»So ähnlich.«

»So ähnlich? Nanu, was ist denn bitte so ... Fritzi, du bist doch nicht etwa ...« Blick auf ihren Bauch.

»Doch!«

»Was, wirklich? Ich hab mir fast schon so was gedacht.«

Meine Mutter strahlte.

»Mensch, ist das wahr? Komm her, lass dich umarmen, Kindchen. Sie ist in froher Erwartung! Deshalb siehst du so blendend aus. Das ist ja ein Ding. Ich ... ich werd nicht mehr!«

Und da war was dran. Muma Ischia war wirklich völlig aus dem Häuschen. Riesenfreude – ohne Wenn und Aber. Ganz anders als ihre eigene Mutter. Null Bedenken. Eher krönender Höhepunkt eines so weit guten Lebens, dachte Fritzi. Wie lange habe sie sich das schon gewünscht! Dass Jerk seine guten Gene langsam mal weitergeben möge usw. Endlich ein Enkelkind!

»Du ... ich hab schon geglaubt, ich erlebe das nicht mehr!«

»Doch«, meinte Fritzi, die Gen-Bemerkung galant übergehend, »sieht ganz danach aus. Eigentlich soll man es ja erst ab der zwölften SSW erzählen, aber ich bin mir so sicher. Ich weiß, da passiert nichts. Irgendwie soll es wohl so sein.«

»Na, ganz bestimmt! Weiß Jerk schon Bescheid?«

Meine Mutter zuckte mit den Schultern.

»Müsste er eigentlich! Ich hab ihm das Ultraschallbild geschickt ... via Satellit.«

»Na, der wird Augen machen. Das sage ich dir. Bestimmt meldet er sich bald. So eine Nachricht bekommt er ja auch nicht alle Tage.«

»Hoffentlich«, sagte meine Mutter.

Muma Ischia ging in die Küche und setzte einen Kaffee auf. Währenddessen sprach sie einfach weiter: »Mensch, wird mein Jung' endlich Vater ... wurde auch mal Zeit. Ein eigenes Kind, das muss man einfach erlebt haben, auch als Mann. Und Jerk ist mit seinen vierzig Jahren ja langsam mal alt genug. Der sollte sich endlich die Hörner abgestoßen haben. Hatte schließlich selbst einen alten Vater, mit dem er nichts anfangen konnte. Ring, also mein Mann, war schon fünfzig, als Jerk auf die Welt kam.«

Fritzi nickte. Auf den nächsten Satz hätte sie gern verzichtet:

»Die beiden sind sich sowieso ganz schön ähnlich.«

»Inwiefern?«

»Na, mein Mann war auch so ein Luftikus, weißt du ...« Der sei auch viel rumgereist und habe ewig und drei Tage Hummeln im Hintern gehabt. Sie wolle gar nicht wissen, was der immer alles angestellt habe. Auf jeden Fall sei er kein Kind von Traurigkeit gewesen. Jerk habe sein »unruhiges Blut« wahrscheinlich von ihm geerbt, diesem Mann, den sie all die Jahre auch nur an einer »sehr langen Leine« habe halten können.

Auch, dachte Fritzi. Das hatte einen ganz unguten Beiklang. Wie eine Dissonanz. Was sie zudem irritierte: Redete Muma Ischia nur unbedarft daher oder war es absichtliches Schwiegermuttergestichel, wenn sie im Stil eines Schwanks erzählte, dass mein Vater es mit seinem »unruhigen Blut« und all den »Hummeln im Hintern« bisher nie sonderlich lange bei einer ausgehalten hatte. Und das, obwohl, Zitat: »durchaus ein paar nette Deerns dabei gewesen waren«.

Meine Mutter nickte nur – so mechanisch wie einer dieser Wackeldackel.

»Aber«, meinte Oma Rosi plötzlich, »wenn ich dir einen Rat geben darf, Fritzi: Nur das, was wir bereit sind loszulassen, können wir auch behalten. Konfuzius, glaube ich. Oder Krishnamurti.

Vielleicht auch Laotse. Na, einer von den alten Chinesen und Indern halt.«

Sie sei da immer ganz gut mit gefahren.

Aber mit Kalenderblatthalbwahrheiten und -weisheiten hatte es meine Mutter nicht so.

»Klingt ein bisschen nach *Der kleine Prinz*«, sagte sie. Ein erster gemäßigter Frustablass, der allerdings ins Leere ging.

»Kann auch sein. Warten wir's einfach erst mal ab.« Ein Kind verbinde zwei Menschen ein Leben lang. »Mehr geht doch gar nicht. Ich freu mich so ... vor allem für euch. Das muss man einfach erlebt haben.«

Eine Frage brannte meiner Mutter dann doch noch auf der Seele. Warum, glaubte Oma Rosi, quasi als Hansen-Expertin (immerhin mit Junior- und Senior-Erfahrung), habe der es eigentlich nie sonderlich lange bei einer ausgehalten? Sei daran nur seine Blutgruppe, sprich der Rhesusfaktor »unruhig« schuld? Falls ja, also falls dem so sei, glaube sie nämlich nicht, dass ausgerechnet ein Kind da Beruhigung reinbringe. Im Gegenteil. Nach allem, was sie so von ihren Freundinnen mitbekomme ...

»Gute Frage – nächste Frage!«, sagte Oma Rosi. Sie selbst habe auch schon oft darüber nachgedacht, was wohl der Grund für diese Umtriebigkeit, dieses Unstete sei. »Ich glaube ...«, setzte sie an, »oder nein, anders ... ich weiß nicht, ob dir Jerk das mal erzählt hat, aber bei seiner Geburt damals wären wir beide um ein Haar hopsgegangen.«

»Ach wirklich?«

Und schon waren sie mitten im Thema.

»Ja, du«, das sei damals ganz schön knapp gewesen – für Mutter und Kind. »Als Jerks Herztöne immer schwächer wurden, haben sie ihn dann – Rubbeldiekatz – per Kaiserschnitt geholt. Ring, also mein Mann, hat hinterher noch gescherzt, unser Jerk sei von klein auf ein Dickkopf gewesen und schon immer den Weg des geringsten Widerstandes gegangen.« Zwänge habe er jedenfalls noch nie gemocht. Kindergarten, Schule, Pfadfinder, Musikunterricht, Bundeswehr bzw. Zivildienst, Fußballvereine, zählte Oma Rosi auf – Frauen und Vaterschaften, ergänzte Fritzi im Geiste.

Meine Mutter konnte glücklicherweise nicht lange darüber nachdenken. Denn in diesem Moment schien sich Oma Rosi an etwas zu erinnern, was ihr noch immer die Tränen in die Augen trieb. Sie griff plötzlich nach einer Packung Taschentücher, die in einer Ritze des Sofas klemmten, und schnäuzte sich kurz.

Die ersten sechs Wochen nach der Geburt, sagte sie dann, hätten sie getrennt voneinander verbracht. Ihr Junge sei von verschiedenen Ammen gestillt worden. »Du, das war schlimm. Ich hab ihn so gut wie gar nicht gesehen.« Nur nachmittags habe man ihr das Kind für eine Stunde gebracht.

»Was?! O Gott, das ist ja schrecklich!«, sagte Fritzi und meinte es auch so. Ihre Zustimmung machte ein zweites Taschentuch erforderlich. »Aber dafür«, relativierte sie schnell und tröstend, »ist er dir doch noch ganz gut geglückt.«

»Schon, finde ich auch. Danke, Fritzi. Du siehst, das hab ich noch immer nicht verwunden. Entschuldige bitte. Es tut mir bis heute in der Seele weh. Ich war doch so schwach. Und zu meiner Zeit, damals hat man das halt so gemacht. Heute weiß man, dass das *bonding*«, sagte meine Oma ganz selbstverständlich, »enorm wichtig ist für die Mutter-Kind-Bindung. Ich frage mich manchmal, ob es damit was zu tun hat. Um auf deine Frage zurückzukommen, Fritzi.«

Welches *bonding*, welche Frage?, dachte Fritzi, der gerade ganz komisch wurde bei der Vorstellung, ihr könnte so etwas mit mir passieren.

Sie zuckte mit den Schultern.

»Könnte zumindest sein, dass Jerk da was zurückbehalten hat und sich deshalb schwer mit Bindungen und überhaupt Entscheidungen aller Art tut«, sagte Oma Rosi, »dann ist er auch noch Schütze, mit dem Mond im neunten Haus. Klar, dass er kein Buchhalter oder Verwaltungsbeamter geworden ist.«

Meine Mutter nickte nur. Dann zuckte sie wieder mit den

Schultern. Müsste man mal recherchieren, welche Auswirkungen es auf ein Kind hatte, wenn es der Mutter unmittelbar nach der Entbindung weggenommen und von anderen, wildfremden Frauen gestillt wurde. Das konnte sie sich kaum ausmalen, so schlimm fühlte es sich an. Der Gedanke, dass Klein Hansen schon als Säugling von Brust zu Brust gereicht worden war – anderer Geschmack, andere Farbe, andere Größe, andere Nippel, andere Gerüche, andere Zutaten ...

»Heute würde ich darauf bestehen, dass ich mein Kind bei mir hab. Egal, wie schwach ich selbst bin.«

Fritzi nickte nur. Sichtlich schockiert. Innerlich scannte sie Hansens sämtliche Verfehlungen der letzten Monate ab und überlegte, ob er bei dieser Vorgeschichte eine Art Generalamnestie verdiente. Persilschein in Sachen Partnerschaft.

»Klar: die Körperwärme, der Geruch der Haut, der vertraute Herzschlag, die Stimme der Mutter ... darüber habe ich auch schon ein bisschen was gelesen.«

»Eben. Das ist ganz wichtig, gerade in den ersten Wochen. Aber ich wollte dich jetzt gar nicht beunruhigen, Fritzi. Du hast ja recht. Wenn Jerk dadurch ein Monster oder so geworden wäre, säßest du jetzt sicher nicht hier«, bekam Muma Ischia plötzlich die Kurve. »Stimmt's?« Ihr Lächeln kehrte zurück. »Du, und ich kann mir sehr gut vorstellen, dass er ein toller Vater wird. Nicht so wie Ring, mein Mann. Schon komisch, dass man so wenig von ihm hört und liest«, fügte sie nach einer kurzen Pause hinzu.

»Der ist doch ... tot, dachte ich.«

»Ich meine Jerk. Hoffentlich ist da nichts passiert. Ich kann dir sagen, ich hab mit ihm schon einiges mitgemacht ...«

Nächster Schwank: »Was habe ich damals gelitten, als Jerk mit einem Auto durch die Sahara nach Afrika gefahren ist. Du meine Güte. Ausgerechnet Afrika! Die waren nur zu zweit, er und ein Freund, der das schon mal gemacht hatte. In einem ganz normalen Peugeot, den sie dann in Togo oder so verkauft haben.

Und Jerk kam halb tot mit Malaria und Gelbsucht nach Hause. Schönen Dank auch. Ich kann dir sagen ...«

Hat er mir nie erzählt, dachte Fritzi. Dann folgte wieder eine Bemerkung, die sie lieber nicht gehört hätte, schon gar nicht so kurz nach dem Still-Szenario. Die Worte gruben sich in ihr fest, als hätten sie einen unangenehmen Widerhaken.

»Aber Gott sei Dank ohne Aids!«, deutete Oma Rosi an, entweder aus Takt- oder Schamgefühl. Aber der Subtext fand auch so zielsicher in Fritzis Bewusstsein. Denn Aids bekam man schließlich nicht vom Peugeot fahren.

»Das ist der Nachteil, wenn man einen Jungen kriegt. Weißt du schon, was es bei euch wird?«

»Nö.« Sie schüttelte lustlos den Kopf. Wenn das so weiterging, wollte sie das Kind eh nicht haben. Nicht, dass es ihr sonst so ging wie dieser Frau aus der Zeitung neulich, die von ihrem Mann, wie war das, einem Weißen, genau, ein farbiges Kind bekommen hatte, weil der vorher bei einer Prostituierten gewesen war, die wiederum kurz vorher mit einem Schwarzen im Bett war. Und alles ohne Präser versteht sich. Die Nachricht hatte konsequenterweise unter »Vermischtes« gestanden.

»Willst du dich überraschen lassen?«

»Mal sehen.«

Meine Mutter wusste gerade gar nichts, nur, wie wenig sie von Hansen wusste und dass das, was sie gerade unfreiwillig durch die Blume – eine Distel – erfuhr, nicht unbedingt in die Kategorie »Märchenprinz« gehörte. Sie stellte sich vor, wie der blutjunge Hansen in Togo, kaum Haare am Sack, irgendwelche afrikanischen Huren vögelte. Für 'n Appel und 'n Ei. Die ominöse Schauspielerin nicht zu vergessen. Und all die »netten Deerns«. Dabei waren sie noch immer bei der ersten Tasse Kaffee.

Kurz darauf kam Muma Ischia auf ihr zweitliebstes Thema zu sprechen. Hansen senior. Auch nicht besser. Falls die Apfel-Stamm-Theorie stimmte.

»Weißt du, mit meinem Mann war das im Prinzip genauso.

Wenn der im Frühling mit seinem Wohnmobil loswollte, hab ich ihn fast immer ziehen lassen.« Das sei ihr zwar nicht leichtgefallen, vor allem nicht, als es damals solche Probleme mit dem Betrieb gegeben und der Konkurs gedroht hätte. In der Zeit sei sie regelrecht depressiv gewesen.

»Klar, nachvollziehbar ...«, meinte meine Mutter, doch was sie dann hörte ...

»Und stell dir vor«, nahm die Erzählung plötzlich eine komische Wendung, »ausgerechnet da habe ich in den Kontaktanzeigen der Wochenendausgabe des *Hamburger Abendblattes* eine auffällige Annonce zu Gesicht bekommen: Jung gebliebener Mittfünfziger sucht aparte Reisebegleitung. Dieser Schlingel!«

»Welcher Schlingel?«, fragte meine Mutter.

»Na, mein Mann, Ring, der alte Hallodri. Das sei so einer gewesen, so ein Bruder Leichtfuß.« Ihr sei sofort klar gewesen, dass der sich dahinter verberge, sogar jünger gemacht habe der sich.

Moment mal. »Bruder Leichtfuß«, »Hallodri«, »Schlingel«? Das war ja wohl das Allerletzte, fand Fritzi. Die Frau zu Hause den Firmenbankrott abwickeln lassen und selbst mit irgendeiner Muschi schön einen auf *Monaco Franze* machen.

»Wie bitte?! Der hat *was* gemacht?«

»Eine Anzeige geschaltet«, sagte Muma Ischia, als sei das völlig normal.

»Und das ... ich meine, das hast du dir gefallen lassen?«, fragte meine Mutter. Wie schafft man das bloß? dachte sie. Und will man das überhaupt schaffen?

»Na ja, notgedrungen. Aber was sollte ich denn sonst tun? Schön ist was anderes, weiß ich wohl. Aber die Geschichte geht noch weiter, Fritzi. Weißt du, wer ihm damals geantwortet hat?«

Meine Mutter schüttelte den Kopf.

»Ich!«, sagte meine Oma wie Mutter Courage persönlich.

»Du?!«

»Ich war die Einzige, die ihm geantwortet hat.«

Das glaube ich jetzt nicht, dachte meine Mutter.

»Was hätte ich denn sonst machen sollen? So was kann man nur mit Humor nehmen.«

Na, dich scheiden lassen. Was denn sonst? Sofort. Standrechtlich. Wie sich das gehört, dachte Fritzi und hätte es fast gesagt. Aber andererseits: Was brachte es, Jahre später Hansen senior zu diskreditieren? Das kam ihr destruktiv, fast wie Denkmalschändung vor.

»Darf ich fragen, Rosi, was du in dem Brief geschrieben hast? Das würde mich wirklich interessieren – falls es nicht zu indiskret ist.«

»Keine Ahnung, ich weiß nur noch, dass der Brief mit Chiffre-Nummer ans *Abendblatt* ging und wahrscheinlich an die Firma weitergeleitet wurde. Jerk, äh, Ring«, korrigierte sie sich, »kam wie ein reuiger Köter mit einem Riesenstrauß Blumen nach Hause. Narzissen. Die hab ich noch fotografiert.«

»Respekt, Rosi, also ... ganz ehrlich. Ich weiß nicht ... ich glaube, ich würde mir das, nein, ich würde mir das ganz sicher nicht gefallen lassen.«

»Und dann? Mit Kind ...! Überleg doch mal!«

»Trotzdem.«

Die einzige Alternative wäre gewesen, Jerk ohne seinen Vater aufzuziehen. Ob das wirklich besser gewesen wäre? Außerdem, das dürfe man nicht vergessen, habe man sich früher nicht ohne Weiteres scheiden lassen können. Das sei heute anders. Die Männer seien zwar immer noch wie sie sind, waren und bleiben werden, dafür seien die Frauen emanzipierter. Aber mache das die Sache leichter?

»Leichter vielleicht nicht, aber freier.«

»Freiheit hat immer ihren Preis, Fritzi. Und außerdem tat Ring mir fast leid. Er hat doch zeit seines Lebens darunter gelitten, dass er die besten Jahre seines Lebens in russischer Gefangenschaft verbracht und zu viel versäumt hat. Sollte er sich meinetwegen austoben, solange er nur wieder zurück zu mir kam und wir uns gut verstanden ... Ich hab mir aus Sex sowieso nie viel gemacht.

Denselben Humor zu haben ist meines Erachtens viel wichtiger. Schließlich verbringt man wesentlich mehr Zeit miteinander als über- und untereinander. Du, das lässt schnell nach.«

Meine Mutter nickte, was keinesfalls als Bestätigung gedacht war.

»Ich weiß nicht«, sagte meine Mutter. »Ich glaube, ich könnte das nicht, Rosi, die ›Leine‹, wie du das nennst, so ›lockerlassen‹.«

Sie sage immer: Die Liebe des Mannes sei die Welt und die Welt der Frau sei die Liebe. Ohne ein bisschen Dynamik ginge es nicht. Insofern sei »Leine« eigentlich schon der falsche Begriff. Viel zu statisch für eine Ehe. Es müsse sich vielmehr um ein Gummiband, nicht um ein Gängelband handeln. In dem Moment, in dem die Dinge zu statisch würden – egal, ob es sich dabei um Hochhäuser, Brücken, Beziehungen, Herzfrequenz oder selbst die totalitärsten Systeme handelt –, brächen sie mangels Dynamik auseinander. »Ist so. Naturgesetz, Fritzi. Glaub mir, damit muss man sich abfinden.« Die Planetenbahnen verliefen schließlich auch nicht kreisrund. Der Mond, meinte Muma Ischia, fast schon weise, kreise ja auch eher eierförmig um die Erde. Mal viel, mal nix, von Voll- zu Neumond. Und trotzdem sei er immer da. So viel Vertrauen müsse man schon haben.

Meine Mutter nickte ratlos. Sonst nie um eine Meinung verlegen, war sie plötzlich allein schon wegen dieser Anzeige so perplex, dass sie sich nicht entscheiden konnte, ob die Reaktion meiner Oma ganz schön cool oder eher bemitleidenswert war. Sie wusste nicht, was sie empfand. Verblüffung? Bewunderung? Wo hörte Toleranz auf und fing Selbstverleugnung an? Wie viel Ego war gesund? Wo war die Grenze zwischen Konfuzius und totaler Konfusion? Was war der Unterschied zwischen Weisheit und Wahnsinn, Blödheit und praktiziertem Buddhismus?

Wie war das? »Die Welt der Frau ist die Liebe – und die Liebe des Mannes ist die Welt.«

Damit abfinden? Schwanger?

Zum Abschied reichte ihr Oma Rosi neben Hansens Wohnungsschlüssel noch ein Buch mit den Worten:

»Hier, lies das mal. Das dürfte dich interessieren. Passt perfekt zu eurem Thema.«

»Danke, was ist das?« Meine Mutter warf einen gekräuselten, fast ablehnenden Blick auf den Titel.

»Könnte man fast als eine Art Gebrauchsanweisung für Jerk bezeichnen. Darin hat er einer Frau, einer Kollegin, glaube ich, Rede und Antwort gestanden. Aber lass dich vom Titel nicht irritieren.«

Aber genau das tat meine Mutter. Und zwar nicht zu knapp. Da stand: *Der Zeugungsstreik*. Untertitel: *Warum die Kinderfrage Männersache ist.*

Mit anderen Worten: Das Wundern ging weiter. Doch was das betraf, nahmen sich meine Eltern nicht viel.

21.

Position: 54° 30,9'S; 158° 56.8'E
Luft: 15° C / 59° F
Wasser: 12° C / 24° F
Wind: West 35 Knoten
Wetter: Cloudy
Macquarie Island – World Heritage Area

Zurück an Bord, war die Stimmung auf der *Kapitan Khlebnikov* ziemlich ausgelassen. Ein regelrechter Macquarie-Après-Landgang-Betrieb. In der Lounge wurden erste Emotionen und Eindrücke ausgetauscht. Kameras und iPads rumgereicht, Brillen aufgesetzt, Beutezüge ausgewertet. Tee und Ingwerplätzchen schmeckten doppelt so gut. Ein geglückter Tag so weit, fast schon ein siegreicher Feldzug. War man sich einig. Plötzlich wussten wieder alle, warum sie die Strapazen – dieses ganze Geschunkel – auf sich nahmen (und dafür eine fünfstellige Summe hingeblättert hatten). Die Insel war ein erstes, echtes Highlight dieser Expedition gewesen und die Moral wiederhergestellt. Weniger kommunikative und anschlussfreudige Passagiere führten schriftliche Selbstgespräche in Form von Tagebüchern, mit einer Emsigkeit, die Hansen zuletzt während der Abiklausuren gesehen hatte. Das ging schon fast in Richtung Onanie, fand er.

Mit Abstand am beliebtesten aber war die digitale Nachlese. Eine wahre Bilderflut. Ganz schlimm. Der totale Tier-Tsunami, der da durchs Boot schwappte. Obwohl die Bilder einander erschreckend ähnelten, wäre ein Wettbewerb – *The photographer of the day* – keine schlechte Idee gewesen. Und sei es, dachte Hansen, um so die besten Wildlife-Fotos anstelle der unsäglichen Aquarelle des Polar-Arts-Workshops auszustellen, die laut Ansicht meines Vaters nur knapp über Behindertenwerkstattniveau lagen.

Die besten Chancen auf den Award hatten Mister und Misses Cheng. Eindeutig. Ganz nach dem Gesetz der großen Zahl hatten die beiden auf Macquarie Island 1236 Bilder gemacht (normalerweise Hansens Ausbeute einer ganzen Produktion). Zurück an Bord, wurde das Material unselektiert auf den Laptop geladen und jeder, der ihnen zu nahe kam, mittels comic-hafter Freundlichkeit dazu ermuntert, sich ihre Diashow anzugucken. Als handele es sich dabei um eine Art Veredelung des eben erst Erlebten. Frustrierend, fand Hansen. In Wahrheit hatte das was von Leichenschau. Die echten Eindrücke noch nicht verarbeitet, sah man plötzlich die ganze Insel fotografisch fragmentiert. Ein gigantisches Pinguin-Puzzle. Auf diverse Monitore und iPads verteilt.

Ähnlich monoton auch die Kommentare: *cute, really cute!* Oder: *I wish I could take one for my grandchildren.*

Oh, yes, indeed, really putzig, sagte Hansen. Eine Hommage an Professor Grzimek. Er hatte sich vorgenommen, dieses Wort als kleinen teutonischen Trojaner in den englischen Wortschatz einzuschmuggeln. Zwischen Bratwurst, Kindergarten, Blitzkrieg, Fräuleinwunder, Doppelgänger, Angst und sogar *to abseil* durfte *putzig* nicht fehlen, fand Hansen. Seines Erachtens hatte das Wort Potenzial für eine großartige, internationale Karriere:

Oh my god, it's pretty putzig! Passte immer.

Bei Lisanne jedenfalls kam die neue Vokabel gut an. *Sorry, pötzig? What does that mean, Häns?* Aber das hatte nix zu sagen – bei einem deutschaffinen Dornröschen aus Down Under, auf der Suche nach ihren *german roots*, wie Hansen schrieb, ihrem *inner* und offenbar auch *outer German*. Letzterer war dann ausgerechnet mein Vater. Größter Günstling ihrer Ger-Mania.

An Bord befanden sich exakt 89 Passagiere aus zwölf unterschiedlichen Nationen. Laut Passagierliste gab es noch eine Deutsche an Bord. Frau Erdmute Munk aus Paderborn. Das Phantom, wie Hansen sie nannte. Bisher waren sie sich noch nicht begegnet. Und das, obwohl Hansen behauptete, in weniger als einer Minute aus hundert Menschen jeden gebürtigen Deutschen allein an dessen Physiognomie auszumachen (wäre vielleicht was für

Wetten, dass ...?). Und jetzt scheiterte er schon an einer einzigen. Einerseits wurmte und wunderte ihn das, anderseits konnte es ruhig so bleiben. Er hatte wenig bis überhaupt keine Lust auf eine deutsche Fraktion an Bord. Im Gegenteil, er war heilfroh, seine Muttersprache weder reden noch hören zu müssen. Denken und schreiben war okay. Hieß ja auch Dichter und Denker. War schließlich sein Beruf. Aber mehr musste nicht sein. Im Vergleich mit Deutsch kam ihm Englisch immer wie eine Art Wellness der Worte vor. Gut für die Gesamtbefindlichkeit (Englisch wohlgemerkt, nicht Amerikanisch). Eine Kur für Kehlkopf und Stimmbänder. Allein die Modulation im Englischen – viel lebendiger und affirmativer, lebensbejahender. Wie gemacht für Wein, Weib und Gesang. Als sei das mentale und verbale Schlingern integriert, damit das Lallen hinterher nicht so auffiel. Als würde sich die Trink- und Feierfreudigkeit, die ganze Pubkultur der Angelsachsen phonetisch in ihrer Sprache manifestieren. Englisch klang immer leicht beschwipst. Wohingegen Deutsch an Grölen und Nölen erinnerte, fand Hansen (und zwar nicht nur bei Herbert Nöle- und Grölemeyer).

Real-ly? zum Beispiel hörte sich mit mindestens einer Quinte zwischen den Silben fast so lustig an wie Schluckauf, während man auf Deutsch noch so erstaunt *wirk-lich?* fragen konnte und es weniger interessiert als nach einem begriffsstutzigen Bauern klang. *Mein Gott!* fiel akustisch um wie ein Sack Brechbohnen, *Oh my god* aber animierte sofort zum Tanzen, wirkte wie der Auftakt einer Arie oder erinnerte wenigstens an Whitney Houston.

Insofern, dachte Hansen, konnte Frau Erdmute Munk gern ein Phantom bleiben. Nichts auf Reisen war unerfreulicher als der Satz: *Ah, you are from Germany ... dann können wir ja auch auf Deutsch weiterreden.*

Wie Hansen das hasste. Diese verbale Behinderung. Als würde man mitten im Gespräch plötzlich in eine Folge von *Derrick* gebeamt. Als steige man mitten in der Fahrt von einem Austin Martin auf einen Trecker um.

Gegen 16:30 Uhr fand die offizielle Nachbesprechung statt. Das sogenannte *Recap & Briefing* bei Kaffee und Plätzchen. Die Expeditionsleitung fasste wie bei einer Alzheimer-Übung noch einmal die Ereignisse des Tages zusammen: die Walknochen am Strand (*the bone beach at the west side, at Hasselborough Bay*), *the massiv elephant seals* (an dieser Stelle warf Lisanne einen spöttischen Blick zu Hansen, nach dem Motto: *Oh yeah, they were exciting!*), Sturmvögel (*stormpetrols*), Raubmöwen (*skuas*), jede Menge Königspinguine und eine der größten Goldschopfpinguinkolonien der Welt. *Ah, and not to forget*, die leckeren selbst gemachten Muffins, die anschließend in der Hütte des tasmanischen Wildlife- und Parkpersonals gereicht worden waren. Hansen hatte sie verpasst. Weil er lieber allein und in Ruhe seine Fotos gemacht hatte, mit mehr Pinguinen als Passagieren im Bild.

So that was good for a start. Don't you think?!

Zustimmendes Gemurmel und Genicke in der Runde.

And yes, griff Diane die Bemerkung eines Passagiers auf, *even the sun showed up occasionally, which is very rare down here.*

Es folgte der Ausblick für die nächsten Tage.

Listen ... our next stop is Cape Adare, almost 700 nautical miles away from here, sagte Diane, und mit gespielter Begeisterung: *Our entree into Antarctica*. Im Rahmen der britischen *Southern Cross Expedition* hätten hier zwischen 1898 und 1900 die ersten Menschen versucht zu überwintern. *Bad idea, didn't work out for everyone*, meinte Diane trocken. Im Rahmen dieses Landgangs würden sie auch ein Grab besuchen. Nicht das einzige auf dieser Tour.

Bei der Gelegenheit: Wer sei denn alles schon mal in der Antarktis gewesen? Mehr als die Hälfte aller Passagiere meldete sich. Und wer sei schon mal mit Quark Expeditions im ewigen Eis unterwegs gewesen? Lediglich drei oder vier Arme gingen daraufhin runter.

Then most of you may already know my colleague ... Nigel, also known as our bird-nerd.

Diane deutete auf den schmächtigen, etwas verhuschten Leptosomen neben ihr. Sie kündigte seinen Vortrag für morgen früh im *Lecture Room* an. *Birds of Antartica*. Wer eine ornithologische Frage stelle, die Nigel nicht beantworten könne, bekäme ein Bier an der Bar.

Seriously, I mean it.

Mit den Worten *Thanks, Diane* und hinter dem Rücken verschränkten Händen übernahm der *Bird-Nerd*. Man merkte sofort, dass er nicht gern vor einer großen Gruppe sprach und sich am liebsten hinter seinem Zeiss-Fernglas versteckte:

Yes, tomorrow, 9.30 a.m., shortly after breakfast, we will talk about the albatross and learn something about the skuas, one of the big hunters down here in Antarctica.

Fertig, das war's schon. Kein Wort zu viel.

Diane sah mit hochgezogenen Augenbrauen in die Runde:

Alright then, that's it. Any questions? No?!

Doch. Für wann denn eigentlich das *Captain's Dinner* angesetzt sei?

Soon, sobald sich die See etwas beruhigt hätte. *Maybe tomorrow night, when we are trespassing the Antarctic Convergence.* Das sei überhaupt ein schöner Anlass dafür. Bei der Gelegenheit würde sie gern noch mal an das *iceberg spotting* erinnern. Zumal das Passieren der Konvergenzzone die Chancen erheblich steigern würde. Denn hier vermischten sich die kalten Wassermassen der Antarktis mit den wärmeren Strömungen des Nordens. Sprich, sie konvergierten. Aufgrund des dramatischen Temperatursturzes zeichne sich diese Region oft durch dichten Nebel aus. Wer mehr wissen wolle ..., das stünde alles in dem Buch, das mit dem Infopaket am Anfang der Reise ausgeteilt worden sei. Wer als Erster einen Eisberg sehe, bekomme eine Flasche Champagner aufs Haus. Aber bevor jetzt alle auf die Brücke rennen und sich vor das Radargerät stellen würden – tatsächlich Hansens erster Gedanke –, wolle sie daran erinnern, dass lediglich Ferngläser erlaubt seien. Ferngläser, Brillen, Hellsichtigkeit ... *whatever*, sagte

Diane. Nicht das Radargerät. *That's cheating and the champagne will stay with me.*

An dieser Stelle versuchte Hansen kurz Blickkontakt mit Lisanne aufzunehmen. Bot sich an. Sein zweiter Gedanke zum Thema *iceberg spotting* war die Frage, ob sie eventuell Lust hätte, später mit ihm an Deck zu gehen. Von wegen vier Augen sehen mehr als zwei. Zumal seine schon seit Tagen gewissermaßen von ihren beiden Bergen okkupiert waren.

Aber: erst die Arbeit, dann ..., dachte Hansen. Unmittelbar nach dem *Recap* hieß es Anker hoch, die *Khlebnikov* nahm wieder Fahrt auf. Und er musste endlich seinen zweiten Bericht schreiben. Längst überfällig. War ja eine Dienst- und keine Lustreise, dachte er. Vergaß man schnell. Nachdem sich das Gros der Passagiere zwecks Nickerchen in die Kabinen verzogen hatte, setzte er sich mit seinem Rechner in einen der Clubsessel nahe der Bibliothek (eine Büchervitrine). Doch kaum hatten sie die Abdeckung der Insel verlassen, verwandelte sich sein Laptop unter seinen Händen in eine Art Schifferklavier. Bitte nicht, dachte Hansen. Ging das wieder los. Der alte Schlingerkurs. Zum Kotzen. Als sei nie was gewesen und man selbst schuld, dass man den Sturm nicht einfach vor Anker abwetterte und währenddessen von Ententeichen oder spiegelglatten Bergseen träumte.

Erst in ungefähr zwei bis drei Tagen, an der Packeisgrenze, war frühestens mit Besserung zu rechnen. Wenn Neptun, wie Hansen schrieb, der See eine gigantische Zwangsjacke in reinstem Anstaltsweiß verpasste. Das Einzige, was Meer und Wellen hier draußen zu besänftigen vermochte, war eine geschlossene Eisdecke. Dann konnte der verdammte Eisbrecher endlich seiner Bestimmung nachkommen und das Geschwanke und Geschaukel an Bord in ein erdbebenartiges Geratter übergehen. Ein Gefühl, wie Hansen später schrieb, als säße man in einem entgleisten Güterzug, der von den Schienen gesprungen war und vollkommen unbeirrt, stoisch daneben weiterfuhr.

Kurz darauf entgleisten dann erst mal die Gedanken meines Vaters.

Man ahnt es schon: Unmittelbar auf Augenhöhe in der Posttasche seiner Kabine, hatte plötzlich ein Umschlag gesteckt. *To Mr. Hansen. Cabin 721* stand drauf. Kein Absender. Lediglich das Logo von Quark Expeditions vorne auf dem Kuvert: zwei brütende Kaiserpinguine. Aber das war Zufall, nehme ich an. Im Sinne von »jemanden zu Fall bringen«, bildlich, also ultraschallbildlich gesprochen.

Ich stell mir das so vor: Mein Vater steht schwankend, Tendenz steigend, in seiner Kabine und öffnet mit einer Hand den Umschlag. Mit der anderen sucht er Halt an einem Stuhl, der mit einer Kette am Kabinenboden fixiert ist. Er entnimmt den Inhalt und denkt: Was, bitte, Scheiße ... ist das denn Kryptisches? Wieso schickt mir die Schiffsführung in einem gefütterten Kuvert ein Röntgen- oder Radarbild in die Kabine? Oder was war das? Eine Unwetterwarnung? Das Satellitenbild eines Tiefdruckgebiets? Eine Isobarenkarte? Ein Nacktmull? Ein Beluga ... bei Nacht?

Wobei, Blödsinn. Gab es die überhaupt in der Antarktis?

Mein Vater hält das Ultraschallbild wie bei einer Tintenkleckstherapie in der Hand, zuckt mit den Schultern und denkt: *What the f'k ...?!*

Man sieht: Angeblich hatte er keine Ahnung, sondern eine »aquatische Amnesie«, wie er das hinterher nannte.

Der Bildausschnitt ist trichterförmig aufgefächert wie eine aus der Form geratene Schultüte. Darauf abgebildet – in Gradationen von Grau – etwas Amorphes, Grobkörniges. Keine besonders gute Qualität. Stimmt schon. Könnte man ihm zugutehalten, wenn man unbedingt wollte (wollte meine Mutter aber nicht). Eine Einladung zum Polar-Arts-Workshop vielleicht? Nein, nicht bunt genug. Ergibt keinen Sinn. Und Gummibärchen kamen ihm selbst absurd vor.

Für einen kurzen, aber köstlichen Moment vergaß er sogar den schweren Seegang um sich herum. Und nicht nur den. An dieser Stelle befindet sich ein schwarzes Loch im Protokoll. So groß und gähnend wie ein klaffender Krater. Die Realität in seiner Kabine verschwindet hier unter unserem Radar und lässt Raum für Mutmaßungen aller Art bzw. Unart.

Ich mach mal einen Vorschlag – meine Version (die er später bestätigte bzw. beichtete):

Aus einer Laune heraus dreht mein Vater den Ultraschall wie ein Vexierbild um hundertachtzig Grad. Und siehe da, das brachte was – Erkenntnis. Endlich. Er glaubt, plötzlich Ansätze von Armen, Beinen, Kopf zu erkennen. Und erschrickt. Ordentlich. Eine Art Hochspannungsschreck. Fast schon elektrischer Stuhl.

Sag bloß, das ist ... das wird ein, nein ... mein Kind?! denkt er und muss kurz darauf eine Träne verdrücken.

Übrigens mit einem ähnlichen Salzgehalt wie das Meer um ihn herum. Nur ungleich stiller.

PS.: So Auge des Orkans, stell ich mir vor.

22.

Spätestens seit dem vierten oder fünften Tag auf See, Hochsee, schwappte Hansens Hirn wie lose unter der Schädeldecke, *eine Qualle in der Brandung*, wie er mehrfach betonte. Klare Konturen lösten sich auf. Erinnerungen entschwanden, Gedanken verloren an Schärfe. Und mit ihnen angeblich die Deutungshoheit über jenes obskure Bild, das er in der Posttasche an seiner Kabinentür vorgefunden bzw. erkannt haben will oder auch nicht.

Kann sein.

Es gilt auch hier die Unschuldsvermutung. Ich meine, ist es nicht denkbar, dass ein (qualitativ schlechtes) Ultraschallbild in den Händen eines (nämlich qualitativ sonst gar nicht so schlechten) Mannes, immerhin mein Vater, möglicherweise tatsächlich nicht gleich als solches erkannt wird? Unterwegs in die Antarktis – noch dazu auf amourösen Abwegen? Und wenn man bedenkt, dass unser Gehirn ein Weltmeister in Sachen Verdrängung ist, selbst wenn es vorher nicht in Oxytocin eingelegt wurde. Weil ganz oft einfach nicht sein kann oder sein soll, was nicht sein darf (z. B. Atomwaffen im Irak oder ein Ultraschall zur Unzeit). Eine klassische Notlüge war dann unabdinglich, quasi erste Bürgerpflicht. Insbesondere wenn es um so was Existenzielles geht wie Leben oder Tod.

Ich nenne es mal die normative Kraft des Taktischen.

Jetzt kann man sich natürlich fragen, ob neun Wochen viel oder wenig Leben ist – und ein Tod daher mehr oder weniger schlimm. Halte ich mich mal vornehm zurück – wegen Befangenheit. Haben sich außerdem schon ganz andere Hirn und Herz drüber zerbrochen. Ganze ethische Kommissionen. Das muss und sollte jetzt jeder für sich selbst entscheiden. Irgendwo zwischen hopp oder top, sprich Papst oder Paragraf 218. Viel mehr Möglichkeiten gibt es ja nicht.

Genau das dürfte es meinem Vater so immens schwer gemacht haben an Bord der *Khlebnikov*. Für einen »Profi-Prokrastinator mit Aszendent Waage, einen Entscheidungsspasti vor dem Herrn«, wie meine Mutter ihn mal etwas flapsig nannte, muss so ein Ultraschallbild wie eine Streckbank gewesen sein. Weil hopp oder top praktisch eine Bauchentscheidung ohne dazugehörigen Bauch bzw. entsprechende Hilfshormone. Und weit und breit kein Kompromiss in Sicht. Denn als halbwegs normaler und reflektierter Mensch konnte er später schlecht sagen: »Okay, Fritzi, weißt' was, Vorschlag zur Güte, wir kriegen das Kind – aber nur bis die Milchzähne ausfallen oder maximal bis zur Pubertät.« Das konnte er höchstens denken, am besten heimlich. Und ich kann mir gut vorstellen, genau das hat mein Vater damals in seiner Kabine gemacht, auf den fehlenden Seiten – ellenlang reflektiert. Schriftlich. So, wie er es immer auf Reisen tat. Einfach von der Seele alles. Und je mehr er das getan hat, desto deutlicher wird er gemerkt haben, wie schlecht meine dabei abschneidet, könnte ich mir vorstellen. Auf der linken Seite stand oben vielleicht »Kontra Kind«, auf der rechten »Pro«. Im Stil platonischer Dialektik, also These, Antithese, Synthese bzw. Sorgerecht und Aufsichtspflicht in diesem Fall. Die erste Seite war dann ruck, zuck voll, die andere blieb weiß wie ein Leichentuch. Und weil ihn das selbst so erschrocken hat, diese Begegnung mit der eigenen Bestie, riss er die Seiten vorsichtshalber aus dem Protokoll. Und übrig blieb dieser klaffende Krater. Denn lieber den als ein hässliches Gedankengeschwür, das möglicherweise eines Tages mal meiner Mutter und mir in die Hände fällt. Und genau so oder so ähnlich ist es ja auch gekommen.

Da war die Kacke dann richtig am Dampfen bzw. ganz dicke Luft zu Hause. Kann man sich vorstellen. Als hätte mein Vater persönlich irgendwelche Tiefausläufer aus der Antarktis mitgebracht.

Äußerst unwahrscheinlich, dass er die fehlenden Seiten im Protokoll vor Freude bis zur Unleserlichkeit vollgeheult und sich infolgedessen das Papier aufgelöst hat. Ich vermute mal Schlimmeres – eine Art Selbstzensur, fast schon eine symbolische Kastration: zack, einfach rausgerissen. Aber, wie gesagt, an dieser Stelle großes Dunkeltuten. Mit Sicherheit lässt sich nur sagen, dass die Wahrheit nicht nur in Kriegen zuerst stirbt, sondern offenbar auch an der Liebesfront. Ich würde sogar behaupten, dass die Liebe selbst eine der schönsten und größten Lügen überhaupt ist. Aber was weiß ich. Außer, dass ich jetzt schon fast wie mein Vater klinge.

Laut seiner »Märchenversion« (meine Mutter) will er den Ultraschall nach Erhalt achselzuckend, sprich ahnungslos zurück in den Umschlag gesteckt haben. Also *business* bzw. Biologin *as usual*. Das sagte er so natürlich nicht. Er war ja nicht doof – deswegen. Oder komplett skrupellos. Er erzählte nur, dass er das Bild als solches nicht gleich erkannt und es deshalb – statt es über seine Koje zu hängen, die Wunschvorstellung meiner Mutter – eben wieder weggelegt habe. Erst mal. Als unbekanntes Objekt wohlgemerkt und nicht als süßes Subjekt, wie er nicht müde wurde zu betonen.

Aber das ist – buchstäblich – nicht verbrieft. Sondern seine Version, die laut meiner Mutter natürlich kompletter Blödsinn ist bzw. *bullshit at it's best!* Sie konnte und mochte einfach nicht glauben, dass mein Vater den Ultraschall wie ein Scheißstrafmandat fürs Falschparken behandelt und einfach ad acta gelegt hatte. Da konnte er noch so viel schwören und sich an seiner Version festhalten wie ein Ersaufender an einer Planke. Und ich muss sagen, da kann ich beide ein bisschen verstehen. Klammernden und Klagende. Da drängten sich gewisse Fragen förmlich auf. Zum Beispiel: »Ach, komm. Was dachtest du denn bitte, Hansen, was das ist?! Ein Nacktmull? Nicht dein Ernst, Hansen, oder?!«

Jetzt fängt der auch noch damit an, dachte meine Mutter. Sind denn eigentlich alle total plemplem? Nacktmull ... Hamster ... Ich krieg ein Kind, keine Zoohandlung.

»Doch. Ich schwör's. Guck dir das Bild doch mal an, Fritzi!«

Das sehe ja wohl nicht gerade nach einem Vermeer oder Rembrandt aus, sagte mein Vater und hielt meiner Mutter den Ultraschall wie einen Kino- oder McDonald's-Gutschein hin, den er nicht bereit war einzulösen. Das sehe bestenfalls aus wie ... – er dachte nach, aber nicht besonders gründlich – ... ein Kartoffeldruck.

Ganz groß. Wirklich. Meine Mutter war natürlich begeistert. Beim eigenen Fötus hört bei jeder Frau der Spaß auf. Viel zu heikel und verwundbar alles. Wenn der Körper der Tempel der Seele ist, wie es immer heißt, dann ist der Bauch während der Schwangerschaft eine Art Schrein. Und ganz sicher kein Kartoffelkeller. Sah selbst Hansen ein und relativierte. Er entschuldigte sich. Versuchte es zumindest. Tatsächlich ritt er sich nur noch weiter rein. Sorry, hätte er so nicht gemeint und so. Er behauptete, er hätte zunächst gar nicht gewusst, ob das Bild, also der Ultraschall, überhaupt für ihn bestimmt gewesen sei. Was meiner Meinung nach eine weniger entlastende als entlarvende Aussage war. Die unbewusste Botschaft lautete: Schau, Schatz, in der Antarktis gibt es gar keine Störche. Ergo muss sich das Vieh total verflogen haben. Sprich, falscher Adressat und alles. Subtext: Dort gibt es nur Pinguine und entsprechende Forscherinnen ... Und überhaupt: So'n bisschen Sex ... *come on?!*

»Okay, geschenkt, Hansen, kann ja sein, aber was mich interessieren würde«, fragte meine Mutter verhörtechnisch vorbildlich, nachdem sie sich wieder halbwegs im Griff hatte und zu glauben bereit war, sich regelrecht dazu zwang, »wieso hast du das Bild nicht gleich weggeschmissen, wenn du es nicht erkannt hast?«

»›Wieso‹?«, wiederholte mein Vater mit übertriebenem Gestus. Allein die Frage war ein eindeutiges Indiz dafür, dass er Zeit schinden wollte, um seine Gedanken zurechtzubiegen. Was denn sonst? »Ich hab's ja irgendwann gecheckt. Nur nicht ... sofort!«

»Sondern wann?«

So. Jetzt. Ganz große Gretchenfrage. Fast schon *High Noon*. Entsprechend angespannte Stille. Pistole praktisch auf Hansens

Brust und trotzdem gucken wie für ein Familienfoto. Keine leichte Übung, sondern Lügen deluxe, wenn man mich fragt. Schon ein falsches Wort konnte in dieser delikaten Situation zu jenem berühmten Schmetterlingsflügel am anderen Ende der Welt werden, der ganze Orkane auslöste. Bei falscher Antwort musste mein Vater mit *zero tolerance* rechnen. Denn ob er den Ultraschall sofort oder etwas später erkannt hatte, war im Prinzip *peanuts*. bzw. post- oder präkoital.

Immerhin hat er ihn aufbewahrt, dachte meine Mutter, bereit sich an alles zu klammern, was da war und beinahe bereit, seine Affäre zu schlucken – trotz übler Schluckbeschwerden. Ist ja klar. Notgedrungen bzw. babybedingt, nehme ich an. Not macht bekanntermaßen erfinderisch. Not und Liebe. Beides zusammen mobilisiert ungemein, lässt den Menschen zu Höchstleistungen auflaufen und manche, Männer meistens, selbst vor Morden nicht zurückschrecken.

Im Fall meiner Mutter war es wohl so, dass ungewöhnliche, sprich andere Umstände auch andere, außergewöhnliche Maßnahmen erforderten. Totale Toleranz. Oder Ignoranz, dachte sie. Eine gesunde Mischung. Die für sie alles entscheidende Frage hatte ab einem gewissen Punkt gelautet: Wann hatte Hansen von dem Ultraschall als solchem gewusst – davor oder danach? Alles, was zählte in dem Moment. Ein Unterschied wie Tag und Nacht, größer noch, eher wie Diesseits und Jenseits – Sein oder Nichtsein (vor allem für mich). Das war die verdammte Deadline. Aus Fritzis Sicht verlief genau da unverrückbar die Front. Der »Hallodrihorizont«, wie meine Oma es vielleicht verharmlosend genannt hätte.

Für ihre Urteilsfindung war es gleichbedeutend mit der Suche nach einem angemessenen Strafmaß zwischen »fahrlässig« und »vorsätzlich« oder »stocknüchtern« und »sternhagelvoll«. Hatte Hansen vor der Ultraschallerleuchtung was mit der blöden Biologin angefangen (= grob fahrlässig) oder erst hinterher (= vorsätzlich)? An diesem Punkt wurde darüber entschieden, ob ein kommoder Mutterschoß plötzlich zum Schleudersitz wurde und ich als Bums- bzw. Bauernopfer meines Vaters büßen musste.

Es darf gewettet werden.

Die Antwort meines Vaters, sag ich lieber gleich, half da nur bedingt weiter. Sie fiel so absurd aus, dass man beinah annehmen musste, er sagte die Wahrheit. Die war ja in den allermeisten Fällen oft noch bekloppter als alle kranken Fantasien zusammen: Angeblich will er mit dem Ultraschall zu dem Funker gegangen sein, IM Oleg, um abzuklären, ob die E-Mail wirklich für ihn gewesen sei. Und wann will er das gemacht haben? Laut seinen Angaben ausgerechnet nachdem ihm Lisanne gesteckt hatte, was es mit dem Ultraschall auf sich habe.

Das heißt: Mein Vater will ihr den komischen Kartoffeldruck in seiner ganzen vor- und vergeblichen Ahnungslosigkeit irgendwann gezeigt haben. Lisanne – als Wissenschaftlerin und Biologin schwer überqualifiziert – wusste natürlich sofort, wer oder was da an Bord gebeamt worden war. Obgleich ihm jede x-beliebige Frau und Mutter an Bord der *Khlebnikov* ebenfalls eine Expertise hätte ausstellen können. Nämlich: *Bingo, Baby, Congratulations Mister Daddy Hansen*. Letztes großes Abenteuer im Leben eines Mannes. Größer als die Antarktis und alle Lisannes zusammen.

»Okay«, sagte meine Mutter und sondierte die Lage bzw. Schieflage. Wie wahrscheinlich oder unwahrscheinlich seine Version war. Das ist so bekloppt, dachte sie. Das kann sich einfach niemand ausdenken, selbst Hansen nicht. Aber da irrte sie (Lisanne hatte den Ultraschall zufällig zu Gesicht bekommen, dazu später).

»Was ich trotzdem nicht ganz kapiere: Wieso rennst du damit zu dieser Pinguinpussy, wenn du dachtest, das Foto sei ein Satellitenbild oder Wetterbericht und die Angabe SSW 9 die Windstärke? Wieso geht man da nicht auf die Brücke und fragt gleich den Käpten – zum Beispiel?«

Hansen zuckte mit den Schultern.

»Den Käpten? Fritzi, ich schwör dir, guck im Logbuch nach, an dem Tag hatten wir Süd-Süd-Westwind, mit einer Stärke von 9, in Böen sogar 10.«

Das tat meine Mutter dann auch. Später. Mit detektivischer Akribie. In dem Moment aber nickte sie nur und schwieg. Sie sagte gar nichts, sah meinen Vater lange an, um herauszufinden, ob er ihrem Röntgenblick standhielt und seine Nase noch ein Stück weiter wuchs.

»Gut, wir können ja wetten«, meinte sie, sicher nicht ernsthaft, sondern mehr um ihm zu zeigen, wie absurd sein Märchen war, »wenn das stimmt und es ein Junge wird, dann sollten wir ihn vielleicht Böen nennen, Böen Hansen!«

Albern oder nicht, so schlecht fand ich den Namen gar nicht. Passte irgendwie. Denn indirekt gab mein Vater dem Wetter die Schuld. Seiner aquatischen Amnesie.

23.

Position: 58°24,5'S; 160°56.4'E
Luft: 6° C / 41°F
Wasser: 5° C / 24°F
Wind: West 45 Knoten
Wetter: Cloudy
Gereiste Distanz in den letzten 24 Stunden:
251,8 nautische Meilen

Plötzlich Sturm – drinnen wie draußen. Kann man sich vorstellen. Ein Tiefausläufer in Hansens Hirn. Rollte und schlingerte das Schiff nach Backbord, befand sich der Horizont für ein paar Sekunden im Souterrain. Gleich darauf, wenn das Schiff mit der Verlässlichkeit eines Metronoms nach Steuerbord schwankte, war er im Obergeschoss. Jenseits des Bildausschnitts, es sei denn, man drückte seine Nase ans schwer verschraubte Fenster und verdrehte die Augen himmelwärts.

Machte man natürlich nicht.

Der Blick meines Vaters haftete noch immer an dem, was ihm meine Mutter quer durchs All geschickt hatte. Innenansichten aus ihrem Bauch. Was sollte er auch sonst tun? Weggucken oder -denken ging ja schlecht. Er hielt den Ultraschall in der Hand, als handele es sich dabei um ein rechtsgültiges, verbindliches Dokument. Eine Art Knebelvertrag, den er in einer Nacht-und-Nebel-Aktion mit noch viel verbindlicherem Saft als seinem eigenen Blut unterzeichnet hatte. Er hatte das Gefühl, in zweiter Instanz soeben zu achtzehn Jahren Hausarrest auf Bewährung verknackt worden zu sein.

Warum so wortlos? Verdammt! Warum hatte Fritzi nicht wenigstens ein paar Zeilen dazu verfasst? Der übliche Scherz: ganz der Vater! Oder wenigstens etwas wie: Baby an Bord. Dieses kommentarlose Bild war gar nicht ihre Art. Sie war doch sonst so eloquent und mitteilsam. Oder dachte sie, ein Bild sagt mehr als tausend Worte? Und wenn ja, welche? Mein Vater hätte gern gewusst, ob es ihr vor Glück oder eher vor Schreck die Sprache verschlagen hatte. Verschwieg sie was? War er überhaupt der Vater? War irgendwas mit dem Zwerg nicht in Ordnung? Hatte Fritzi einen Fruchtwasser- oder Trisomie-Test machen lassen und Dinge erfahren, die er nicht wissen sollte, weil er sie ohnehin nicht ändern könnte, schon gar nicht so weit weg, auf hoher, bis sehr hoher See?

Gott! Alles, bloß das nicht, dachte Hansen. Ein gesundes Kind war so gesehen schon Behinderung genug.

War ihm vielleicht deshalb so übel?

Im selben Moment machte die *Kapitan Khlebnikov* eine Bewegung, als wollte sie bestätigend nicken. Sie erklomm drei große Wellen in Folge. Erst dann setzte das normale Gewiege und Gegeige wieder ein. Hört das denn nie auf, dieses manische Hin- und Hergewälze? Diese Monotonie des Meeres, diese Wiege des Wahnsinns?! Diese fahrende Folter? Ach, scheiße alles, dachte Hansen.

»Weiß man eigentlich schon, was du wirst?«, fragte er plötzlich und versuchte, auf dem Bild etwas zu erkennen. Vergeblich. Wenn ich ein Junge würde, sollte man mich vielleicht Sindbad nennen oder so, überlegte er. Zumal es bei mir zu Hause, also in Mamas Bauch, dachte er nur eine Welle später, wahrscheinlich auch nicht viel besser wäre. So gern wie Mama clubben ging.

Er musste beinahe lachen. Die Analogie war wirklich verblüffend. Mein Vater kam sich in seiner kleinen Kabine zunehmend wie im Uterus einer grobmotorischen, schwangeren Frau vor (am ehesten einer burschikosen russischen Matrone). Selbst die Geräusche schienen plötzlich vergleichbar: das ewige Gegurgel an der Bordwand – wie in einer Fruchtblase. Leichtes Quietschen des Mobiliars (die Gelenke), dann die Vakuumspülung des häufig benutzten Klos nebenan. Und hin und wieder gedämpfte Stimmen im Flur. Meistens Englisch oder Russisch, nur manchmal auch leises, fast konspiratives Italienisch aus der Kabine nebenan. Dazu das leichte Wummern des Motors, durchaus vergleichbar mit einem Kreislauf. Alles wie in Watte gepackt. Obendrein wurde man rund um die Uhr lückenlos versorgt. Das exquisite Buffet – eine nie enden wollende Nabelschnur. Ein schaukelndes Schlaraffenland.

Lediglich die Ansagen der Expeditionsleitung, die in regelmäßigen Abständen via Fernsprechanlage und Lautsprecher in seine Kabine drangen, passten nicht ganz ins Bild.

Hi everybody ... it's 15.30. Cakes and coffee will be served ... Das Buffet sei soeben eröffnet worden.

Und immer wieder die Erinnerung an diesen verdammten *iceberg-spotting*-Wettbewerb und die dafür ausgelobte Flasche russischen Champagner. Hansen bekam allmählich den Eindruck, das Radargerät sei womöglich defekt. So oder so, ob Animation oder billiger Behelfsausguck, als einer der Jüngsten an Bord rechnete er sich wenig bis keine Siegchancen aus – ganz ohne Altersweitsichtigkeit. Und davon mal abgesehen, was sollte er mit Champagner? So richtig nach Feiern war ihm nicht zumute. Wenn überhaupt, dann sedieren.

Zum ersten Mal sah er sich nach einer Minibar in seiner Kabine um. Gab's nicht. Und das auf einem russischen Dampfer. Komisch. War wahrscheinlich dem Chartervertrag mit den blöden, bigotten Amis zum Opfer gefallen. Und die Bordbar machte erst später, gegen Abend auf. Langte wohl schon, dass man sich die ganze Zeit wie besoffen an Bord bewegte.

Egal. Dann eben reden, dachte Hansen. Reden war immer gut. Vielleicht sogar besser. Fragte sich bloß, mit wem? Lisanne? Ihr hätte sich mein Vater am liebsten anvertraut. Einerseits. Andererseits suboptimal. Sie war vielleicht nicht gerade die ideale Ansprechpartnerin, dachte er. Und zu den Italienern nebenan mochte Hansen auch nicht gehen. So Süditaliener, sonnenbebrillt bis in den Schlaf – bestimmt die billige Camouflage der Camorra, dachte er. Und Krise (Christian, sein bester Freund) war weit weg, und ein Ferngespräch über Satellit zu teuer.

Was war mit Skypen? Sollte er Fritzi selbst anrufen? Ging das überhaupt? Erstens rein technisch, zweitens inhaltlich? Letzteres war das größere Problem. Was sollte er ihr sagen?

Baby, weißte, kommt gerade nicht so gut ... Hab hier ein anderes Projekt am Start. Kann sein, dass ich bald nach Australien gehe. Ja, für immer. Mein Vater brauchte erst mal einen Plan, eine Strategie, wie er meiner Mutter einigermaßen schonend beibringen konnte, dass er (doch) nicht willens war, den Papi- bzw. Pampers-Parcours zu beschreiten. Er wollte nicht lebenslänglich Vater werden. Auch wenn er das einer Bekannten gegenüber, für ein Buchprojekt, ganz anders formuliert hatte. Fatalistischer.

Doch Krise befragen. Was der meint. Der war für Hansen wie ein Mentor, fast schon ein Guru in allen Geschlechterfragen. Vielleicht hatte der einen Tipp parat. Egal, was das kostete. Konnte er später als Spesen abrechnen.

Mein Vater ging in den Radio Room. Deck 8. Schon das kostete ihn Überwindung. Allein der Geruch. Bisschen nach Pumakäfig. Elektrosmog, gepaart mit den Ausdünstungen des Funkoffiziers und zu lange getragenen Acryl-Oberhemden – das Oleg-Odeur. Als versuchte er, sich mit diesem Stinktiergehabe die plaudernden Passagiere vom Leib zu halten und hier oben eine ruhige Kugel zu schieben.

Als er meinen Vater sah, sagte Oleg mit breitem Grinsen: *Ah, Mister Hansen, I was expecting you already.*

Why?

Man mochte kaum atmen. Oleg zuckte mit den Schultern.

You want to call home? Your wife?

No. A friend.

Natürlich wusste der Mann Bescheid. IM Oleg. Big Brother an Bord. Sein Radio Room war die Schnittstelle, da lief alles zusammen. Als Funker war er der bestinformierteste Mann auf der *Khlebnikov*. Er las die eintreffenden E-Mails als Erster und wusste natürlich, dass Hansen aus der Heimat ein Baby zugebeamt worden war. Er druckte alle E-Mails (und so gesehen auch alle potenziellen Emils) aus, steckte sie in Umschläge und verteilte sie als Ersatzstorch an die jeweiligen Adressaten.

Yes, no problem, you're welcome, sagte Oleg, aber es klang nicht so. Er schob meinem Vater Zettel und Stift hin, um die Nummer aufzuschreiben.

How much is it?

What? The price for a satellite call?

Offenbar sprach man hier an Bord nicht über Geld.

Twelve dollar per minute.

Hansen nickte und dachte, dass er wohl besser nicht ins Plaudern kommen sollte. Kurz darauf stand die Verbindung. Es klingelte. Der Funkoffizier deutete auf ein Telefon in der Ecke. Hansen nahm ab und hörte tatsächlich Krises leicht kratzige Stimme.

»Hallo?«

»Aye, ich bin's.«

»Wer ist ›Aye‹? Hansen?! Bist du nicht gerade ...«?

»Ja.«

»... in der Antarktis?«

»Deswegen müssen wir uns auch kurz fassen, Krise, okay? Das Gespräch geht über Satellit ...«

»Verstehe. Schieß los, was willst du wissen? Sag nicht die Bundesliga-Ergebnisse ... wie dein Scheiß-HSV, diese Gurkentruppe, gespielt hat. Habt ihr kein Internet an Bord?«

»Doch, klar!«

»Mensch, erzähl mal, wie ist es ...«

»Kompliziert, Krise.«

Stöhnen am anderen Ende – wie schwer verwundet.

»Wie ›kompliziert‹? Hast du dich verknallt, oder was?«

»Das auch.«

»Erzähl. Was ist passiert?«

»Fritzi ist schwanger.«

Kurze Pause.

»Was sagst du? Wer ist ...? Fritzi? Warte mal – kenn ich die?!«

»Weiß ich nicht. Nee«, wiederholte mein Vater, »eine Freundin aus Berlin ...«

»Egal, lern ich dann sicher bald kennen. Und die ist mit an Bord?«

»Nein, die hat mir ein Ultraschallbild geschickt. Also gemailt ...«

Hansen warf einen Blick zu Oleg.

»Oh, verstehe. Und jetzt?«

»Das wollte ich eigentlich von dir hören!«

»Tja, Digger, passiert. So was kommt von so was! Aber warte mal: Hast du gerade eine oder meine Freundin gesagt?«

»›Meine‹, wieso?!«

»Gut. Sehr gut, Hansen. Welche?«

Meinem Vater war nicht nach Scherzen.

»Witzig!«

»Ich meine, wo kommt die schon wieder her?«

»Sie ist Studentin, schwangere Studentin«, korrigierte er, als sei das allein Fritzis Schuld.

»Welcher Monat?«

Sein Freund klang plötzlich wie ein Anwalt. Allein das hatte was Beruhigendes. Schade, dass er nicht mit Fritzi reden und alles regeln konnte.

»Was weiß ich denn? Zweiter, maximal dritter«, meinte Hansen wie in Blei gegossen. So wahnsinnig viel länger würden sie sich ja noch gar nicht kennen.

»Tja, Hansen. Treffer versenkt – beziehungsweise umgekehrt«, korrigierte Krise. »Kein Wunder, so, wie du untenrum immer unterwegs bist. Und jetzt?«

»Und jetzt! Keine Ahnung! Das wollte ich eigentlich von dir hören! Was soll ich machen?«

»Erst mal locker bleiben.« Das Kind könne immer noch abgehen. Erstens. Und zweitens: »Was ist denn eigentlich mit ihr, deiner Freundin, wie heißt sie noch mal?«

»Fritzi, Mann, wie diese Schauspielerin, Fritzi Haberland!«

»Und die studiert noch, sagst du?«

»Ja, an der TU.«

»Na dann. Studium mit Kind ist doch eher suboptimal. Will sie es denn überhaupt?«

»Weiß ich nicht. Klar. Bestimmt«, stöhnte mein Vater. »Früher oder später wollen doch alle. Ich sag nur Nietzsche: ›Alles am Weibe ist ein Rätsel und alles am Weibe hat eine Lösung: Sie heißt Schwangerschaft. Der Mann ist für das Weib ein Mittel: Der Zweck ist immer das Kind.‹ Oder so ähnlich.«

»Ach komm, Hansen. Ein bisschen biologistisch, findste nicht?!«

»Klar, Biologie, was denn sonst?«

»Schon mal was von Verhütung gehört?«

Keine Reaktion. Hansen dachte nach. Hatte Fritzi es möglicherweise darauf angelegt, so schnell wie das alles gegangen war? Die abgesetzte Pille ... angeblich wegen Unverträglichkeit.

»Scheiße, was mach ich denn jetzt?«

»Pass auf, Hansen. Ganz einfach: Liebst du sie?«

Kurze Pause. An dieser Stelle entstand ein Vakuum. Ein willkommenes Funkloch vielleicht. Mein Vater dachte nach und warf derweil einen Blick auf Olegs Monitor. Das Hintergrundbild war eine Fotomontage. Die *Kapitan Khlebnikov* fuhr durch eine verschneite Waldlandschaft. Die Tundra wahrscheinlich. Und wahrscheinlich Olegs heimlicher Wunsch nach ruhigerem Fahrwasser.

...

»Hansen?! Ja oder nein?«

»Ja, hier.« Er wollte Zeit schinden.

»Sag mal, bist du in sie verliebt, oder wenigstens verknallt? Was gibt's denn da groß zu überlegen?«

Masterfrage. Hansens erste Reaktion: massives Stöhnen, wie ein Sumoringer.

»Jede Menge, Liebe, Krise – meine Güte. Großes Wort. Keine Ahnung. Bin ich süße siebzehn, oder was? Außerdem, was heißt hier ›wenigstens‹? Ich mag Fritzi, auf jeden Fall. Fragt sich nur, wie lange. Das Übliche halt, kennst du doch! *Trial and Eros*. Stammt das nicht sogar von dir?«

»Mann, Mann! *Hopeless* Hansen«, meinte Krise plötzlich. »Immer dasselbe mit dir!« Seine Beziehungsunfähigkeit würde mittlerweile an Schwerbehinderung grenzen. Dafür bekomme man schon einen Ausweis. An Hansens Stelle würde er allmählich mal 'ne Therapie machen.

»Meinetwegen. Aber der Fehler liegt ja wohl nicht allein bei mir. Der ist systemimmanent. Ver-liebt, Krise! Genau dasselbe wie ver-laufen, ver-boten, ver-irrt, ver-blödet, ver-korkst. Das sagt doch schon alles. Deshalb hab ich auch noch nie verstanden, warum dieses Harakiri der Hormone am Anfang immer das Maß aller Dinge sein muss.«

Er überlegte kurz, ob er an dieser Stelle noch mal Lisanne erwähnen sollte. Aber hatte sie wirklich etwas damit zu tun? Außerdem wurde er das Gefühl nicht los, dass Oleg, obwohl mit dem Rücken zu ihm gewandt, jedes Wort verstand. Wahrscheinlich war er einer dieser russischen Ingenieure, die damals in der DDR studiert hatten.

»Wie romantisch, Hansen! Ein Wunder, dass dich überhaupt noch eine ranlässt!« Wenn es ans Kinderkriegen, also ans Eingemachte gehe, gebe es doch irgendeinen Selektionsmechanismus. Frauen wollten nämlich nicht von einem x-beliebigen Hiwi ein Blag. »Jedenfalls nicht die Guten«, fügte Krise hinzu. Und sagte dann ungewohnt aggressiv: »Pass auf, Kollege, ich sag dir was. Und du schreibst mit – am besten gleich auf deinen Schwanz.«

Kurz darauf hörte Hansen das, was er später als »Krises Ruckrede« bezeichnen sollte. »Erstens habe ich dir schon tausendmal gesagt, die Traumfrau gibt es nicht, Hansen, die macht man sich. Liebe ist nämlich auch eine Entscheidung. Zweitens, wir sind bald vierzig, Mann! Ein paar Jahre weiter und das Leben wird eine ganz, ganz miese Show. Ohne Kinder. Spätestens wenn die Midlife-Crisis kommt. Versprech ich dir. Willst du etwa so ein sentimentaler Knacker oder einer von diesen bescheuerten Berufsjugendlichen werden? Eine von diesen Koksnasen, die mit irgendwelchen anorektischen Next-Topmodel-Tussis Cabrio fahren, Aperol Sprizz saufen und einen auf *Sugar-Daddy* machen? So ein Lothar Matthäus für ganz, ganz Arme? Ich kotz jetzt schon!«

Und ich, dachte mein Vater, kann mir gerade nichts Schlimmeres vorstellen, als ständig Bananen zu zerquetschen, Schnuller abzukochen und *La-Le-Lu* zu singen.

»Guck dich doch um, Hansen, überall diese ganzen Narzissten, Profilneurotiker, Egomanen und hedonistischen Heiopeis. Nichts anderes als eine Puparsch-Knallgesellschaft. Von wegen Selbstverwirklichung. Ich sag dir was: Zu viel Freiheit ist auf Dauer ungesund. Denk mal drüber nach. Der Übergang zwischen Selbstbestimmung und Selbstverlorenheit ist nämlich fließend. Worum geht es denn am Ende? Um Kunst, Geld, Frauen, Reisen, Erfolg, Schreiben, Freiheit, Spaß haben, Unabhängigkeit? Alle quatschen immer bloß von Glück und Gesundheit, wissen aber überhaupt nicht, wie sie dieser Einzelzelle namens Ego entkommen können!«

»Jetzt mach mal halblang, Krise! Willst du mich hier tatsächlich gerade zum Papi und in die Ehe quatschen, während du munter querbeet vögelst?«

Man konnte das Achselzucken förmlich hören.

Das sei doch so gesehen nur eine Trockenübung, Eskapismus, eine Art Sisyphos-Sex.

»Jedenfalls verglichen mit einer Vaterschaft«, meinte Krise plötzlich. »Hast du schon mal darüber nachgedacht, langsam erwachsen zu werden und Verantwortung zu übernehmen, sprich, eine Haltung zu entwickeln, und zwar nicht nur untenrum? Sei doch froh, Hansen! Ein Kind«, sagte Krise und bekam endlich die Kurve, »ist wahrscheinlich das Beste, was dir passieren kann. Weil ...«, er dachte nach, »... das erdet einen, Hansen, das ist wie, was weiß ich, ein Trabant, der dich in der Umlaufbahn hält. Okay, kitschig, geschenkt. Kann sein. Aber am Ende ist so ein Zwerg der Einzige, der dir die Frage nach dem Sinn des Lebens in nur einem Wort mit vier Buchstaben beantworten kann!« An dieser Stelle unterbrach sich Krise, ähnlich einem Lehrer, der sich vergewissern wollte, ob ihm auch zugehört wurde. Mein Vater fühlte sich prompt ertappt und überlegte, welches ominöse Wort das sein sollte: Gott, Geld, Fick, Frau, Kind ...

Als Krise dann »Papi!« sagte und: »Denk mal darüber nach, Hansen.«

Tat mein Vater dann. Allerdings nicht besonders lange. In erster Linie überlegte er, ob er vielleicht falsch verbunden worden war und zufällig bei profamilia angerufen hatte. Für die meisten Eltern, die er so kannte, waren Kinder nur eine andere Form der Selbstverwirklichung, fast schon -befriedigung. Außenposten des Egos, ihr Mini-me, wie die Briten sagten, mit dessen Wohl oder Weh man auf Gedeih und Verderb verbandelt war. Lebenslänglich. Weniger Trabant als eine dieser Fußfesseln mit Eisenkugel am Bein.

Davon mal abgesehen: War es nicht wahnsinnig egoistisch, fast schon kriminell, guten Gewissens und sehenden Auges ein Kind auf diesen vertrottelten und hoffnungslos überfüllten Planeten loszulassen bzw. umgekehrt? Oder war das eines der ältesten und bescheuertsten Argumente überhaupt?

Zurück in seiner Kabine, fiel der Blick meines Vaters sofort wieder auf das Ultraschallbild. Und jetzt? Wohin damit? Mit dem kleinen Racker, dachte er. In die Schublade? Nein, nicht doch, das hatte was von einem Sarg. Das brachte er nicht übers Herz. Aber wie ein Götzenbild aufhängen ging auch nicht. Wäre eine eher unpassende Deko, falls Lisanne später mit in seine Konvergenz-Kabine kam. So zumindest sein Plan. Schön selbst zu konvergieren. Im Einklang mit den Elementen draußen. Was so viel wie »sich hinneigen« bzw. »einander näherkommen« bedeutete. Dafür konnte er alles Mögliche gebrauchen (Schnaps, Mut, Glück, die Gunst der Stunde und vor allem der Frau, einen guten Anlass, wie beispielsweise das *Captain's Dinner* am Abend), aber ganz sicher kein Ultraschallbild über dem Bett.

Am besten, dachte Hansen dann, gleich zurück in den Umschlag packen, zukleben und mit der Bemerkung »Empfänger unbekannt verzogen« oder »vorübergehend auf amourösen Abwegen« zurück an den Absender.

24.

Der Absender verbrachte die Nacht in Hansens Wohnung. Komisches Gefühl, fand Fritzi, zum ersten Mal allein in seiner Junggesellenbude mit Elbblick zu sein. Hinter den Vorgärten der ehemaligen Lotsensiedlung war gleich das Tor zur Welt, durch das all die Schiffe und Kümos geräuschlos den Fluss hoch- oder runterfuhren. Auf der einen Elbseite Puppenstube, auf der anderen Science-Fiction, in Echtzeit. *Brave* bzw. *Brutal New World*, hatte Hansen mal gemeint.

Und es stimmte, dachte meine Mutter. Allemal eine unwirkliche, lebensfeindliche Kulisse. Der Containerterminal, völlig entseelt. Nicht mal Menschen sah man da. Nur hochbeinige Gefährte, die computergesteuert verplombte Waren aus der ganzen Welt hin und her transportierten. Früher war da mal eine Kleingartenkolonie gewesen. Gar nicht so lange her. Als mein Vater Huckleberry Finn (sein größtes Idol damals) am Strand gespielt hatte, und die Elbe noch ein echter Fluss sein durfte. Und keine »Scheißwasserstraße, vertieft, begradigt, befestigt, zubetoniert, kastriert, den Gesetzen des Geldes und der Prosperität (der Hamburger Pfeffersäcke hauptsächlich) schonungslos ausgesetzt«. Eine seiner Wutreden.

Kein Wunder, dachte meine Mutter. Wenn man hier, bei diesem Anblick, seine Kindheit verbrachte, wurde einem das Fernweh regelrecht eingeimpft (und vielleicht auch die Probleme mit Berlin und Prenzlauer Berg). Jedes Schiff, das elbabwärts und damit quer durch Hansens Bewusstsein fuhr, war die Verheißung auf ein fernes Land. Vor allem die schneeweißen Bananendampfer der *Horn*-Linie hatten es ihm angetan.

Bis er es irgendwann nicht mehr aushielt und mitfuhr. Als Passagier. Im Winter. Über den großen Teich. In die Karibik. Ein Traum, meinte er. Entschleunigung total (lange bevor die Welt solche Vokabeln brauchte). Die einzig stilvolle Art zu reisen sei das. Mit dem Schiff. In Anlehnung an eine alte Indianerweisheit, nach der die Seele nicht schneller fliegen als ein Pferd galoppieren kann.

Seele baumeln lassen *at it's best*. Und nirgends schaukele die Seele besser als auf Schiffen. Alle zwei Tage drehe man die Uhr gemütlich um eine Stunde zurück und lasse eine Kleidungsschicht weg. Jetlag entfalle. Bestbedingungen fürs Lesen (*Das Totenschiff* von B. Traven damals). Und Tagebuch schreiben. Zwischendurch aufschauen, die Augen auf unendlich stellen und spätestens ab den Azoren unter, über und um einen herum das große Blau sehen. Das Meer wie von Yves Klein ausgegossen, monochrom, ultramarin, der Himmel etwas heller, mehr metallic. Die Weite, die Wale, das nasse Nichts und ein paar fliegende Fische. Könne einen härter treffen.

Nach knapp zehn Tagen dann, als Begrüßungskomitee, die ersten kreisenden Fregattvögel. Und man selbst wie geläutert. Die Sinne, das Selbst ... als entdecke man die Welt zum ersten Mal. Katharsis total.

Fritzi erinnerte sich an jedes Wort. Und auch an ihre Reaktion damals. Reichlich barsch, wie sie selbst im Nachhinein fand. War das Neid gewesen, auf seine ganzen Erfahrungen und Erlebnisse?

»Ach, Hansen, du alter Hippie«, meinte sie bloß.

Er nahm das als Kompliment.

»Stimmt. Hippie im Herzen. Na und? Sind nicht die schlechtesten Menschen. Hätten die sich damals durchgesetzt, gäbe es dort drüben weniger von diesen Dingern«, konterte er und deutete verächtlich auf die Container, die der Seefahrt die Seele, jegliche Romantik geraubt hätten. Für ihn waren sie der Inbegriff des »karzinogenen Kommerzes« – quadratisch, praktisch, tot.

»Ich bin nur froh, dass du nicht so aussiehst, wie du denkst, Hansen. Heißt doch immer, der Geist formt sich den Körper.«

Als Nachthemd schnappte sich meine Mutter ein T-Shirt von Hansen. Allerdings kein frisches aus dem Schrank. Das war sozusagen die Hippiebraut in ihr. Sie nahm eines aus dem Wäschepuff im Badezimmer, in der Hoffnung, es roch nach ihm. Für sie war das eine Art Pheromondusche. Wirkte wie das Androstenon, der Duftstoff des Ebers, auf rauschige Säue.

Meine Mutter entschied sich für ein Polohemd und roch daran. Und tatsächlich. Funktionierte noch immer, trotz Schwangerschaft. Schlagartig hätte sie viel lieber ihren hanseatischen Lacoste-Hippie als ausgerechnet ein Buch namens *Der Zeugungsstreik* neben sich im Bett gehabt.

Das Cover zeigte einen Torso mit Feigenblatt vor dem Gemächt. Fast etwas zu dezent. Ein Knoten im Schwanz – wie die *knotted gun* vor dem UN-Gebäude in New York – wäre für echte Zeugungsverweigerer vielleicht angebrachter gewesen, fand Fritzi, vor allem aber schriller und verkaufsfördernder.

Mit spitzen Fingern und mulmigem Gefühl schlug sie das Buch auf. Stopp. Wollte oder sollte sie das überhaupt lesen? Hansens »Gebrauchsanleitung«, wie Muma Ischia gemeint hatte. Bei dem Titel. Hätte da doch bloß »Rein, raus, fertig ist der kleine Klaus, und wir freuen uns drauf« gestanden. Oder »Fortpflanzung folgt – Von der Lust junger Eltern«. Irgendwas Affirmatives, Freundliches und nicht das versammelte Gestöhne irgendwelcher Hedonisten. Muttersöhnchen mit ausgewachsenem Peter-Pan-Komplex. Scheißselbstverwirklicher. Und noch schlimmer: metrosexuelle Befindlichkeits-Bubis, die sich lieber epilierten statt reproduzierten. Die neuen »Schmerzensmänner«, wie es neulich irgendwo geheißen hatte.

Was zur Hölle hatte Hansen mit denen zu tun?

Aber tatsächlich, da stand's, Seite 201: Jerk Hansen. Das Kapitel des Kurzporträts hieß: »Die Schicksalsfrage«.

Ihr erster Impuls: Scheint beantwortet, die Schicksalsfrage. Ihr zweiter: Zumindest steht da nichts wie »Jerk Hansen – Eine Krankheit namens Kind«, oder so. Ermutigt rutschte meine Mutter etwas höher und schob sich das Kissen in den Nacken, um besser lesen zu können. Mit der einen Hand hielt sie das Buch, mit der anderen ihren noch flachen Bauch.

Im Vorwort wurde schnell klar, worum es der Autorin, einer kinderlosen *Brigitte*-Redakteurin in Hansens Alter, ging. Das Buch war der Versuch einer Frau, einen Teil der Schuld für ein schrumpfendes Deutschland an die defensiven, selbstbezogenen Männer abzutreten, die sich bewusst gegen Kinder entschieden und in den Zeugungsstreik getreten waren. Gewissermaßen eine Replik auf die Debatte über die Gebärverweigerinnen. Wer die Gebärmutter hat – hat die Verantwortung, stand da. Keine Kinder kriegen können war okay, keine wollen ein Stigma.

Der Text über meinen Vater begann mit einer Typbeschreibung. Alter und Aussehen. Wie er lebte, was er trieb, womit er sein Geld verdiente und welche Pläne er hatte. Dann natürlich der Familienstand: Junggeselle. Mal mehr, mal weniger überzeugt, meinte er. Er sei ein typischer Vertreter serieller Monogamie, wie es heute hieß. Wechselnde Beziehungen. Ja, nacheinander. Meistens. Zuletzt sei er vier Jahre als Abstauber mit einer Frau, die bereits ein Kind hatte, liiert gewesen. Diese Inken, dachte meine Mutter.

Auf die Frage, ob es ihn gestört habe, dass seine letzte Freundin bereits ein Kind gehabt habe, antwortete er mit einem kristallklaren Nein. Das habe er keinesfalls als störend, sondern eher als Bereicherung empfunden. Als sei man mit eineinhalb Frauen zusammen, meinte Hansen.

Ja, ja, Lolita lässt grüßen, dachte Fritzi.

Dann die zentrale Frage: Wie stehe er zu eigenen Kindern? Was würde er davon halten, nicht nur ein Hobbypapi, sondern ein ganz und gar leibhaftiger Vater zu sein? Wolle er sich reproduzieren? Könne er sich das vorstellen? Zeugungsstreik – ja oder nein?

Die etwas überraschende Antwort: Er persönlich habe nichts gegen Kinder, im Gegenteil, solange es nur nicht die eigenen seien.

Wie bitte, das hatte er gesagt? Nicht wirklich, oder? Witz komm raus, dachte meine Mutter. Wie bescheuert ist das denn?

Passte aber zu ihm, wenn sie darüber nachdachte. Konnte sie sich gut vorstellen. Auch, wie mein Vater dabei geguckt hatte. Typisch Hansen, dachte sie. Immer schön Chamäleon und Gag-Tourette. Sich nie festlegen, sich alles ironisch vom Leib halten. Bloß nicht erwachsen werden und Verantwortung übernehmen. Lieber mit prächtigem Peter-Pan- bzw. Huck-Finn-Freiheitskomplex, ihre Erfindung, durchs Leben laufen. Konnte sie sich echt drüber aufregen. Hatte sie schon gar keine Lust mehr weiterzulesen. Aber, andererseits, war der Text wie für sie gemacht. Weniger eine Gebrauchsanweisung als eine Art Hansen-Beipackzettel für ihre Schwangerschaft. Eine Auflistung aller Risiken und möglichen Nebenwirkungen.

Ihre emotionale Synopsis der knapp zwanzig Seiten: gar nicht so hoffnungslos, der Herr Hansen. Außer, dass er keinen Plan hatte. Ob Kinder, ja oder nein? Hansen Guck-in-die-Luft-und-in-die-Gegend, wie meine Mutter das mal genannt hatte. Ein Kind am Reißbrett planen, generalstabsmäßig angesetzt, nach Kalender und Temperatur – das sei mit ihm nicht machbar, hieß es im Text. Wenn, dann müsse es (das Kind, ich) passieren – zufällig passieren. Ein Fickfehler sein, gab er zu Protokoll. Sinngemäß, nicht wörtlich. So eine Entscheidung bei vollem Bewusstsein zu fällen sei ganz, ganz schwierig und würde in seinem Fall wahrscheinlich schon an dem Schritt davor scheitern.

»Nämlich?«, fragte die Autorin knallhart nach.

»Der Partnerwahl«, erwiderte Hansen angeblich nachdenklich und sich dabei etwas klischiert am Kopf kratzend.

Was meine er damit?

Na, was wohl, dachte meine Mutter, die meinen Vater natürlich besser kannte. Ein Wunder, dass er es nicht die Miss-Mutti-Wahl nannte. Er drückte es umständlicher aus. Sprach von erschwerten Bedingungen, wenn man sich für die künftige Mutter seiner Kinder (Plural) bzw. für die Frau in seinem Leben entscheiden solle. Keine leichte Übung, meinte er. Drum prüfe, wer sich ewig bindet. Eine Mindesthaltbarkeit der Beziehung wäre schließlich ganz vorteilhaft. Für alle Beteiligten.

Da bekomme man schon ein bisschen Schiss. Oder nicht?

Dann am knallhärtesten nachgefragt, Suggestivfrage praktisch:

Sei das wirklich seine Erfahrung oder auch ein bisschen seine Einstellung?! Es gäbe doch auch genügend Familien, die funktionierten ...

Genau, grätschte er dazwischen, schönes Stichwort: funktionieren. Wolle man das? Sei das genug? Wenn das Leben funktioniere und Liebe und Leidenschaft gegen Logistik und Alltagsakrobatik ausgetauscht würden? Vielleicht sei die Familie heute ein überkommenes, also anachronistisches Modell. Und Patchwork noch nicht ganz ausgereift. Herdprämie hin oder her. Seines Erachtens komme das eher einer Art Schmerzensgeld gleich, für denjenigen, der zu Hause redlich versuche, in Nestpflege und Brutaufzucht seine Erfüllung zu finden. Wenn sich aber heute beide Elternteile verwirklichen wollten – und sollten! –, gehe das ganze Gegeneinanderaufgerechne los, wer, wann, was, wie viel und wie oft machen oder sein lassen müsse. Der ganze Alltagsabrieb. Denn zweimal hundert Prozent – Kind und Karriere – gehe nicht. Nie. Und schon beginne der Murks, so zerpflückten sich alle gegenseitig.

Keine Widerrede seitens der Autorin. Das fiel schon auf, dachte Fritzi. Wahrscheinlich war es genau das Zeug, was sie hören wollte. Weniger, weil es ihre These vom Zeugungsstreik stützte, als dass es möglicherweise ihre biologische Uhr ein bisschen leiser ticken ließ. Was wiederum der Grund dafür sein könnte, warum sie überhaupt ein Sachbuch zu diesem Thema schrieb. Ein persönliches Motiv. Die Rückversicherung, dass es richtig war, sich sozusagen für die gedruckte statt die geborene Brigitte zu entscheiden. Kind versus Karriere. Und Karriere gewinnt. Irgendwie traurig, dachte Fritzi und war sich plötzlich sicher, was ihre eigene Schwangerschaft betraf.

Anschließend wurde der Text ziemlich allgemein. Beschreibung seiner Wohnung und seines speziellen Verhältnisses zum Müßiggang, den er fast dandyhaft kultivierte. Der sei wichtig für die Schreiberei und Nährboden für Kreativität. Bla, bla, bla. Aber dann ging doch noch ein Ruck durch Fritzi. Und zwar, als mein Vater zu Protokoll gab, eine Ex habe ihn deshalb mal als Hansen-Guck-in-die-Luft-und-in-die-Gegend bezeichnet. Was er ganz schön finde, weil es irgendwie zutreffe. Und für ihn keinesfalls despektierlich sei oder so. Im Gegenteil. Für seinen Job sei es essenziell.

Ob sich denn noch nie eine Freundin ein Kind von ihm gewünscht habe?

Die etwas lapidare Antwort: Nö, nicht dass er wüsste.

Und wenn das Thema aufkomme?

Hansens ausweichende und etwas ernüchternde Antwort: Keine Ahnung, wie gesagt, großes Geplane mache ihm Angst. Einmal Sponti, immer Sponti. Müsse man dann entscheiden. Eigentlich sei er ein Nomade. Eine Art Neuzeit-Nomade. Das Reisen habe er nicht von ungefähr zu seinem Beruf gemacht. Mit Stift und Kamera. Er liebe seinen Job, die Freiheit unterwegs, und er habe das Glück, beides miteinander verbinden zu können. Die Einsamkeit sei eine willkommene Begleiterin. Bla, bla, bla.

Im Fall der Fälle aber habe er schon den Anspruch ein guter Vater, sogar ein Prachtpapi zu sein. Nicht so wie sein Alter, dessen größtes Engagement wahrscheinlich beim Zeugungsakt stattgefunden habe.

Das seien früher keine Papis, sondern Paschas gewesen. In Puschen. So etwas funktioniere heute nicht mehr. Gott sei Dank.

Das Wort Papi-Paradigmenwechsel fiel. Einerseits fand er es gut, dass sich die Väter heute mehr einbrachten, andererseits sei das Teil des Problems. Und er glaube nicht, dass er in der Praxis die Lösung parat hätte.

Wobei: die Liebe natürlich. Die könne die Einschränkungen durch das Kind mehr als wettmachen. Diese Äußerung las meine

Mutter zweimal: mehr als wettmachen. Weil man es mit einem Menschen zu tun bekomme, den man bedingungslos liebe. Sprich selbstlos. Laut Fromm die einzig wahre, also die reinste und edelste Form der Liebe. Eine Erfahrung oder Lehre des Lebens, die man vielleicht nicht missen sollte, wenn er sich's recht überlege.

An dieser Stelle gingen meiner Mutter die Augen über. Der Text verschwamm und wurde kurzzeitig zu einer Buchstabensuppe. Selbst wenn sie seinem Rührstück nicht ganz traute und kurz über die Formulierung »der lügt wie gedruckt« nachdachte. Ihr kam das fast wie der Text für eine alternative Kontaktanzeige vor. Als wolle Hansen zum Abschluss einen guten Eindruck hinterlassen und sich bei all den potenziellen Leserinnen anbiedern. Denn Männer lasen das bestimmt nicht. Außerdem – das durfte man nicht vergessen – arbeitete er hin und wieder für die *Brigitte*.

Am Ende klappte meine Mutter das Buch trotzdem mit einem ganz guten Gefühl zu und dachte: Hat gar nicht so wehgetan. Alles in allem gut gebrüllt bzw. geheuchelt, Hansen. Wir werden ja sehen. *Action speaks louder than words.* Schließlich konnte er sich schlecht hinstellen und sagen: »Kinder? *Are you kidding?* Ein Terrorist mit Schnuller? Ohne mich, Freunde.«

Obwohl: War es wirklich bloß wieder einer dieser Zufälle, dass der Text, »Die Schicksalsfrage«, ausgerechnet auf Seite 218 endete?

25.

Position: 60°16,5'S; 164°35.8'E
Luft: 5° C / 41°F
Wasser: 1° C / 34°F
Wind: WNW 8 Knoten
Wetter: Cloudy
Southern Ocean – gereiste Distanz in den letzten 14 Stunden: 187,8 nautische Meilen

Dann der Abend der Anbahnung – das *Captain's Dinner*. Schon länger geplant (beides), aber wetterbedingt mehrfach verschoben. Zum ersten Mal seit Tagen ließ der Seegang tatsächlich nach. Kaum zu glauben. Ausgerechnet in der Nacht der großen Konvergenz. Als seien die Götter plötzlich gnädig geworden. Und wie hätte es sonst gewirkt, wenn das Schiff Bockssprünge machte und der Käpten und zwei seiner Offiziere hielten sich vor aller Augen an leckeren Langusten fest. Nicht gut. Angenommen, es wäre was passiert. Hinterher dann jede Menge aussagefreudige Zeugen: »Ja-ah, der Herr Käpten! Hat ja lieber an seinen Langusten gelutscht, statt die Wellen anständig auszusteuern.« Hieße es dann – wenn auch eher vorm Jüngsten als vorm internationalen Seegericht.

So gesehen dann auch egal, dachte Hansen.

Als einziger Journalist an Bord hatte er einen Platz am Tisch mit Käpten Wladimir Akudinov, Pavel Brezinsky, dem Ersten Offizier, und Chief Radio Officer Oleg Mikithilin, kurz IM Oleg. Hansens Ersatzstorch. Des Weiteren durfte noch ein Paar aus Neuseeland an der handverlesenen Runde teilnehmen: Mister und Misses Stackpole aus Auckland, die schon zum vierten oder fünften Mal auf der *Khlebnikov* mitreisten und quasi als Treuebonus bzw. Payback-Präsent der Schiffsführung zum ersten Mal beim Essen zugucken durften. Motto: »Mampfen and more mit den Mächtigen.« Schon seit jeher ein Privileg. Tolle Sache.

Hansen hätte nur zu gern drauf verzichtet und seinen Platz jemandem überlassen, dem es was bedeutete, dem Führer, also Schiffsführer, mal nah zu sein und ihm ein paar Fragen zu stellen. Erstens, ihm war das irgendwie unangenehm. Zweitens, sogenannte Autoritätspersonen interessierten ihn nicht. Schon gar nicht aus Russland. Und nur weil der Mann Käpitän geworden war und ein Schiff steuern konnte, rutschte er vor ihm nicht gleich auf den Knien. Drittens, der Mann war ja nicht ohne Grund Kapitän eines Eisbrechers und nicht Talkmaster oder Animateur geworden. Glasnost und Perestroika waren im Prinzip schuld, dass der arme Kerl laut Chartervertrag neuerdings so tun musste, als könne er sich verdammt noch mal nichts Schöneres vorstellen, als sich einmal pro Reise grinsend zwischen wildfremden Ehepaaren ablichten zu lassen und den Kuschelkäpten zu geben.

Jetzt gehören die russischen Seeleute im Allgemeinen nicht zu den besten Schauspielern. Aber mit zu den besten Säufern auf der Welt. Vielleicht weil in die tiefe russische Seele ordentlich was reinpasst, mutmaßte Hansen. Schickte sich aber nicht. So öffentlich. Hätte wenig souverän gewirkt, wenn sich die Schiffsführung nach Herzenslust einen gezwitschert hätte. Folglich blieb die Stimmung zunächst reichlich reserviert.

Die Russen machten überhaupt keine Anstalten, irgendwen irgendwas zu fragen, und ließen das *Captain's Dinner* so stoisch über sich ergehen wie sonst Windstärke zehn. Sie saßen nur ein bisschen aufrechter am Tisch – in ihren schmucken weißen Hemden mit den goldenen Epauletten – und warteten auf die üblichen Fragen: Wie viel PS, wie viel Liter Schweröl so ein Kahn brauche, wie groß die Reichweite sei, wo das Schiff denn früher alles eingesetzt worden sei, ob man schon mal im Eis stecken geblieben sei usw. All das ganze technische Zeug, das Hansen schon unter normalen Umständen weniger als jede Frau interessierte. Null. Nicht mal beruflich. Fakten, Fakten, Fakten – fürchterlich, fand er, nur was für *Focus*-Leser, *Geo*- oder *PM*-Abonnenten. Öde. In diesem Punkt war mein Vater ziemlich weiblich und interessierte sich mehr für Gefühle. Subjekte statt Objekte. Und für die einzige halbwegs technische Frage, die ihm einfiel, hätte er erst mal selbst zum Eisbrecher werden müssen: Ob das Schiff, also die *Kapitan Khlebnikov*, eigentlich dem Namen nach ... nun ja, nichts für ungut ... eine Tucke, sprich ein klitzekleines bisschen schwul sei? Denn Schiffe seien doch traditionell immer weiblich, oder nicht? Die *Gorch Fock*, die *Titanic*, die *Achille Lauro*, die *Deutschland*, die *Hanseat* und die ganzen albernen AIDAs – besonders feminin mit Knutsch- bzw. Botoxmaul am Bug. Wie die Herzogin von Alba. Ob es so gesehen nicht eigentlich *Kapitana Khlebnikov* heißen müsste?

Konnte man schlecht bringen. Bei höchstwahrscheinlich höchst homophoben Exangehörigen der russischen Marine bzw. Macho-Marine, dachte mein Vater.

Ansonsten fielen ihm an diesem Abend überhaupt keine brauchbaren Themen ein. Obgleich man fairerweise sagen muss, dass das nicht allein seine Schuld war. Das lag vor allem an Russland selbst. Weltweit größte, korrupteste Bananenrepublik im Duell mit China, seit Ra-Ra-Ras-Putin der Terminator das Sagen hatte. Der hatte laut Hansen das ganze Land zu einem gigantischen Fettnäpfchen gemacht. Was sollte man denn da ansprechen? Pressefreiheit? Tschetschenien? Anna Politkowskaja?

Schade eigentlich, dachte mein Vater. Hätte unter anderen Umständen ein angeregter und inspirierender Abend werden können. Statt möglicherweise sein letzter. Ein Anruf im Kreml – und zack, kurzer Prozess. Ein komischer, kritischer Journalist auf russischem Hoheitsgebiet weniger. Weiß man's? Eben noch lustlos Langusten gemampft und schwupps, genau umgekehrt alles. Schloss sich der Kreislauf des Lebens. Stand man plötzlich nicht mehr am Ende der Nahrungskette, lag man modernd am Grund des Ozeans, dachte Hansen. Was er halt immer so dachte. Mein komischer Vater.

Die Langusten waren an diesem Abend so etwas wie eine lebensverlängernde Maßnahme. Ein Essen, das extrem viel Aufmerksamkeit erforderte und diesbezüglich nur durch selbst gepulte Nordseekrabben zu übertreffen gewesen wäre – wie gemacht also für fehlende Themen und unkommunikative Zusammenkünfte aller Art. Besser mit den Fingern schweigend Langusten auseinandernehmen, als mit den falschen Fragen ganz Russland. Selbst wenn die Beklemmung am Tisch zwischenzeitlich kaum auszuhalten war. Wie sich alle an ihre Scheißschalentiere klammerten und das letzte Fitzelchen Fleisch aus den Ecken lutschten. Und zwischendurch immer wieder: »Nastrovje«, hoch die Tassen, fehlende Geselligkeit generierend. Kurzes Nicken, Lefzen hochziehen, Zähne zeigen in alle Richtungen und dabei höllisch aufpassen, dass es nicht aus Versehen nach Fletschen oder Blecken aussah.

Erst nach der dritten Flasche Schampus lösten sich langsam die Zungen. Gesegnet sei der Alkohol, seit jeher gesellschaftliches Gleitmittel. Der Käpten fand allmählich Gefallen daran, als Dirigent den Takt für das sinfonische Gesaufe vorzugeben, sodass sich das dauernde Zugeproste im Laufe des Abends fast schon im Stil einer La-Ola-Welle über immer mehr Tische ausbreitete und langsam Schwung in die Bude brachte. Das blieb nicht ohne Wirkung. Irgendwann glomm auch Hansen gemütlich vor sich hin und hatte endlich eine erste, fast ernst gemeinte Frage. Mehr, weil er sich als Journalist dazu verpflichtet fühlte. Und ein Journalist, der keine Fragen stellte – verdächtig, oder nicht?

Excuse me ... Ob man eigentlich an Seekrankheit sterben könne, wollte er wissen. Interessierte ihn wirklich. Als potenzieller Kandidat.

Erste Reaktion der Schiffsführung: ein mitleidiges Lächeln.

Oh, yes, yes!, hieß es dann. *Oh, yes. But only because of suicide.* Früher seien manche Seeleute davon so verrückt geworden, dass man sie am Mast festgebunden habe, damit sie nicht über Bord sprangen.

Ach echt? Guck an.

Warum denn nur früher?, hakte Misses Stackpole nach.

No, today, too, mischte sich Pavel Brezinsky, der Erste Offizier, ein: *Now you know why we lock the doors to the decks, when it's too rough outside.*

Ah! I see.

Das kam schon fast in die Nähe eines Gesprächs.

And not only that they lock the decks for our safety, bemerkte Mister Stackpole in Hansens Richtung. Das sei auch der Grund für die Gurte unter dem Bett, damit würden Schlafwandler und suizidal gefährdete Passagiere fixiert.

Immerhin ein Witzversuch. Musste man wohl goutieren und mildtätig schmunzeln.

Yes, our belts, that's correct ... to keep everybody in bed healthy and ... Der Käpten wollte gerade *alive* sagen, als sich IM Oleg plötzlich einmischte. Als hätte er nur auf seinen Auftritt gewartet, nickte er plötzlich zum Franzosentisch hinüber, an dem Lisanne saß, und sagte dann:

But the belts, you know, are also to protect our beautiful biologist during the night. To make sure some men stay away from her ... cheers! It's better, believe me.

Was sollte das denn? Hansen verstand nur Bahnhof, Hauptbahnhof. Er hasste es, nicht im Bilde zu sein. Lasen die sein Protokoll? Wurde er abgehört? War seine Kabine verwanzt? Sprach oder stöhnte er im Schlaf? Was wussten die, was er nicht wusste? Hatte dieser Oleg tatsächlich was von dem Telefonat aufgeschnappt? Oder war sein Faible für Lisanne wirklich so auffällig, fragte sich Hansen gerade, als dieser Observations-Oleg sein Glas erhob und geradezu gemeingefährlich grinste. Anschließend ging er nahtlos dazu über, mit seinen Kollegen russisch zu sprechen, was mein Vater nicht nur unhöflich, sondern konspirativ fand. Vor allem, als die schallend anfingen zu lachen. Ein Gedröhne, als würde Dschingis Khan mit seinen Männern durch die Mongolei reiten.

Ja, ja, wahnsinnig lustig, Freunde, dachte mein Vater. Aber

kann mich vielleicht mal einer aufklären?! Was sollte das? War das etwa eine Mischung aus Drohung und Projektion, weil dieser Oleg auch scharf war auf *our beautiful biologist* und das Personal natürlich nichts mit Passagieren anfangen durfte?

Cheers – to the belts under the bed, erhob der Käpten sein Glas. *To the bloody belts.* Und die Konvergenz, ergänzte er, offenbar um Seriosität und Haltung bemüht. Noch heute Nacht würde die *Khlebnikov* die Stelle passieren und in ruhigere Gewässer eintreten, meinte er, nachdem er selbst schon geistig etwas schwankte. Er dirigierte sein Glas ein letztes Mal in alle Richtungen. Und so kam es, dass fast alle Tische offiziell auf die Anschnallgurte unter den Betten anstießen und nur die drei eingeweihten Russen sozusagen wissentlich auf meinen Vater. Und mich.

Im Anschluss an das *Captain's Dinner* bestellte sich Hansen, eigentlich als Absacker nach dem ganzen Schampus-Geschlabber, einen ehrlichen Gin Tonic an der Bordbar. Er setzte gerade zum ersten Schluck an, als Lisanne an die Bar gestürmt kam. Zur Begrüßung ließ sie ihre Augen in den Höhlen rollen und sagte bloß *Gosh!*, als hätte sie es nur knapp bis zur rettenden Insel geschafft.

What? Too much food?, fragte mein Vater.

Noch mal Augenrollen.

No, too much bullshit. An ihrem Tisch mit den Franzosen sei kaum kommuniziert worden. *Since the Frenchmen ... well, I can't blame them ... but their English is so limited*, sagte sie. Ungefähr so wie ihr Französisch. Und dann bestellte sie den ersten Pimm's an diesem Abend. Diese perversen Pimm's. Mit Gurke drin. Eigentlich ein Sommerdrink. Und viel zu britisch für eine Australierin.

Anyway, good to see you, Häns! So how was it at the Captain's table?, fragte sie und sah meinen Vater an. Er zuckte mit den Schultern.

Pretty boring.

Die Russen seien auch nicht viel gesprächiger gewesen. Was bestimmt anders gewesen wäre, wenn sie da gesessen hätte, sagte bzw. schäkerte er zaghaft los. Das war typisch für meinen Vater – ein Indirekt-Kompliment, über Bande. Sofort kleine Solidargemeinschaft und Anstoßen auf Sartres »Die Hölle, das sind die anderen«. Mein Vater dachte es, Lisanne sprach es in ihrer Verzweiflung sogar aus.

Honestly, Häns! I am sooo glad (mindestens mit drei o's), *I've met you on this trip.* Sie wüsste sonst nicht, mit wem sie hier reden solle. *Must be my inner German seeking the outer German*, sagte sie.

Klar, welchen Deutschen sie damit meinte.

Denselben, der nicht sofort reagierte und etwas sagte wie: *same here.* Hansen war so perplex, ihm fiel nichts anderes ein, als stumpf zu nicken. Was anders gewesen wäre, wenn ihm Lisanne nicht zeitgleich mit ihrem Bekenntnis etwas *touchy* die rechte Hand aufs Bein gelegt hätte. Wohl, um dem noch einen gewissen Nachdruck zu verleihen. Ihre Hand fand sich da plötzlich fast schon auf Höhe seines Oberschenkels wieder, sprich nur ein paar Penislängen von einer sich rapide anbahnenden Erektion entfernt.

Heikles Terrain. Hotspot praktisch. Da legte keine Frau – und schon gar nicht eine Wissenschaftlerin, dachte Hansen – einfach mal eben so ihre Hand hin, als sei das nix oder nur Niemandsland oder bloß die Bestätigung einer platonischen Freundschaft. Scheinbar ohne jeden Hintergedanken (die waren plötzlich alle bei meinem Vater). Da konnte Lisanne noch so sehr wie die Unschuld aus Australien gucken, als käme sie aus einer komplett keuschen Kolonie, wo die Hände ausschließlich für Arbeiten und Beten benutzt wurden. Meinem Vater drängten sich ganz andere Fragen auf, nämlich, ab welcher Höhe genau eine weibliche Hand auf einem männlichen Bein eindeutig zweideutig war. Sprich, wie viel Wink mit dem Zaunpfahl auf der einen Seite gleich berechtigte Latte auf der anderen Seite war. Um im Bild zu bleiben.

Ihr nächster Satz war dann fast schon eine schriftlich Einladung. Sie sagte: *You know what, Häns? I think, I need to get pissed tonight.*

Im Austausch für ihr Geständnis nahm sie allerdings ihre Hand wieder weg (wie Hansen ganz genau registrierte, als sein eigener Sex-Seismograf). Sein Oberschenkel glühte daraufhin noch eine ganze Weile nach. Eine Art Phantomverlangen.

Hallo Hintergedanken, aufgepasst und mitgemacht, dachte Hansen. Was war denn bloß in die gefahren?! Die Spanische Fliege? Diesen Satz verstand sogar der Neandertaler in ihm. Um den wir ja alle nur drumherum gebaut sind, dachte Hansen. Frauen auch. Vergaß er immer. Alkoholabusus mit Ansage. Aus dem Munde einer Frau. Das spricht Bände, dachte Hansen. Kamasutra 1 + 2 im Prinzip.

Yeah, why not?, sagte er, *good idea.*

Damit es plötzlich nicht ganz so plump zuging, meinte er noch, irgendwie müsse man den fehlenden Seegang ja kompensieren. *Cheers.* Im Übrigen sei er jetzt schon ganz schön ... angetütert.

Änge... what?, wiederholte Lisanne.

... tütert! It's slang ... for a little bit drunk.

Ah, yes ..., sie hielt ihm ihr Glas hin und meinte, *same here, me too ... gänz schün angätütert. Cheers!*

Sie stießen an. Konspiratives Klötern der Eiswürfel. Blick in die Augen. Tiefer als sonst. Und statisch aufgeladen. Oha. Fast schon Gefahr von Funkenflug. Oder was funkelte da auf einmal in ihrem Blick? Ihr *inner Italian*, das sizilianische Sexversprechen? Die Glut des Ätnas am Grunde eines nach etlichen Ehejahren erloschenen Vulkans, dachte oder hoffte Hansen. Was sich Männer halt in solchen Momenten zurechtdenken und fantasieren.

Fakt war, dass er sich schwertat, ihrem Blick überhaupt standzuhalten.

Doch es kam noch besser. Oder wie man's nimmt.

Maybe we should grab our drinks, Häns, and go out on deck –

chase some auroras. Chances to see them are pretty good down here. Have you ever seen any?

What?

Polar lights! Auroras!

Ach so. Nee. Blut und Gedanken waren noch immer woanders. Mein Vater schüttelte den Kopf.

Come on, let's go then. They're magic.

Dann drehte sie sich noch mal zu ihm um, senkte ihre Stimme und meinte: *And ... apart from that, some privacy would be good, too, don't you think?*

Some privacy, hallo?! Ist der Papst katholisch? Hansen nickte. *Yeah. Of course.* Spätestens damit war es amtlich. Das war schon kein Wink mit dem Zaunpfahl mehr, sondern fast angedrohte Prügel, falls er nicht mitzog. Mit diesem Satz war quasi alles auf den Kopf gestellt und umgekehrt – Down Under auf der Südhalbkugel. Nicht nur Corioliskraft, Strömungen, Windrichtungen und Sternbilder. Größter Unterschied überhaupt: Sonst immer eine helle Freude für meinen Vater, ein wahres Glücksglühen, sich in Anbahnung eines GV auszuziehen oder ausziehen zu lassen, verhielt es sich plötzlich genau umgekehrt. Zum ersten Mal in seinem Leben war er wahnsinnig aufgeregt, als er sich in seiner Kabine für eine Frau selten dick einpackte. Schal, Fellmütze, Fleece, Funktionsunterwäsche, Daunenjacke. Idealaufmachung für Strip-Poker, dachte er. Als sein Blick abermals auf den Umschlag fiel. Mit mir drin. Schutzbefohlenen und Schutzpatron in einem praktisch. Klar, dass er das gerade nicht gebrauchen konnte. Ganz schlechtes Timing. Alles. Und dass er meiner Mutter hinterher sagte, er wolle das Bild als solches nicht gleich erkannt haben. Sondern gar nicht. Alles in allem kein ganz neues, sondern uraltes, biblisches Problem. Markus 14, Vers 38: »Der Geist ist willig; aber das Fleisch ist schwach!«

Erst mal abwarten, wie sich die Dinge gleich da draußen an Deck entwickelten?

Stimmt's, Papa?!

Ganz schwere Entscheidung. Über-Ich versus Untenrum. Also Moral gegen oral.

Und oral gewinnt.

Was denn sonst?

26.

Position: 60°28,5'S; 164°37.9'E
Luft: 5° C / 41°F
Wasser: 1° C / 34°F
Wind: WNW 8 Knoten
Wetter: Clear sky
Southern Ocean – gereiste Distanz in der letzten Stunde: 12 nautische Meilen

Stopp. Bis hierhin erst mal. Zeit für eine kurze Zäsur bzw. Zwischenbilanz. Frauen werden sich wahrscheinlich längst ein Bild gemacht (rechte Gehirnhälfte) und meinem Vater vielleicht keine Bestnoten ausgestellt haben, nehme ich an. Ich kann die Empörung fast hören: »Sorry, aber dein Vater, dieser Hansen, ist, ehrlich gesagt, das Allerletzte. Ein Arschloch vor dem Herrn, typisch Mann. Und Hallodri höchstens ein Hilfsausdruck, kriminelle Verharmlosung.« Ich nehme das niemandem übel. Ein paar Details fehlen ja noch.

Für Männer sieht die Sache gleich ganz anders aus. Besser, nehme ich an. Für meinen Vater. Für sie ist er eher so etwas wie ein »Brüderle im Geiste« (linke Gehirnhälfte): »Dein Alter, Respekt, dieser Hansen ... ein toller Hecht. Bezahlte Traumreise und dann noch diese Miss Scientist am Start. Schwanz, was willst du mehr?« Feine Sache. Und Vater eines plietschen Sohnes wird er auch noch nebenbei. Alles richtig gemacht – bisher. Ganz im Sinne der Schöpfung. Fazit: Neid pur im Prinzip.

Ein Kind denkt am besten ... gar nichts, weil es das hier hoffentlich nicht liest. Ich weiß, wovon ich rede.

Gegen 22:47 Uhr Bordzeit schickte sich mein Vater an – dick eingepackt und mit Drink in der Hand –, Lisanne an Deck zu treffen. Allerdings nicht ohne einen jähen Anflug von Panik. Oder was war das? Lustangst vielleicht? Skrupel? Restregungen seines sublimierten, schlechten Gewissens. Kann sein. Oder möglicherweise berechtigte Bedenken: Was, dachte er auf einmal, wenn Lisanne nun doch keine Wissenschaftlerin, sondern eine Schwarze bzw. scharfe Witwe war? Ganz im Sinne dieser männermordenden Spinne? Eine weibliche Serienmörderin oder so? Er kam drauf wegen eines Artikels, den er kürzlich als Vorbereitung in *Mare* gelesen hatte (und da sag noch mal einer, Lesen sei gut). Die Reportage handelte von Passagieren, die auf Kreuzfahrtschiffen jährlich spurlos verschwanden. Dutzende. Einfach weg. Und bestimmt nicht von Aliens entführt. Musste man sich nur mal die Internetseite der International Cruise Victims Association angucken, was Hansen natürlich gemacht hatte. Ein Banner zeigte all die Verschwundenen. Eine einzige Opfergalerie. Ein Todesreigen als Endlos-Loop. Auf manchen Bildern waren gleich zwei Menschen abgebildet, glücklich lächelnde Paare, am Tag ihrer Hochzeit. Grässlich. Durfte man sich gar nicht genauer vorstellen. Aber genau das tat mein Vater natürlich, just während des einsamen Gangs durchs kalte Neonlicht, nach draußen in die *polar privacy*, wie Lisanne frohlockt hatte.

Trau, schau, wem, dachte er und hatte ernsthaft überlegt, ob er sich vorsichtshalber eine Schwimmweste unterziehen sollte. Keine Ahnung, was das war. Irgendwas Kryptosexuelles. Er kam nicht runter davon. Er stellte sich jedenfalls vor, wie (beschissen) es wäre, knutschend an die Reling gedrückt zu werden, Hosenstall vielleicht sogar offen, dann noch kurz der Gedanke: Hossa, die geht aber ran – und zack, ein heißer Schmerz in der Bauch- oder Lendengegend. Aber keine Leidenschaft, versteht sich. Nur Leid. Weil plötzlich dickes australisches Buschmesser im Bauch. Mit gezackter Klinge, scharf wie Krokodilzähne. Kurz darauf wird er über die Reling gewuchtet. Und alles, was von ihm bleibt, ist ein dünner roter Faden im Fahrwasser, der sich in die Länge zieht. Und bestimmt kein Ariadnefaden. Denn schwimm mal mit Messer in Bauch oder Brustkorb bei einer Wassertemperatur knapp über null. Keine Chance. Ähnlich aussichtslos wie hinterher die Aufklärungswahrscheinlichkeit, dachte Hansen. Weil natürlich weit und breit kein Sheriff an Bord. Das war's. Hinterher kein Sterbenswörtchen zum Thema »Vermisst auf See«. Schon gar nicht auf der Kreuzfahrtmesse Seatrade in Hamburg. Um geschäftsschädigende Schlagzeilen zu vermeiden, verzichteten Reedereien oft sogar auf die Vermisstenmeldung.

Das Einzige, woran es nicht mangelte, waren Mordmotive. Die gab es en masse. Sei es, dass es sich einer der Honeymooner nun anders bzw. besser überlegte, sei es eine lang geplante und beschleunigte Erbtanten- oder Ehegattenentsorgung. Oder aus Versehen, sprich selbstverschuldet, weil die Reling besoffen mit der Poolabsperrung verwechselt wurde und der Köpper dann direkt ins Nirwana ging (bzw. auf die Internetseite www.darwinaward.com, für die dümmsten Todesarten). Oder alles war ganz genau geplant und freiwillig, sprich Selbstentleibung. Wie gesagt, Mord- oder Selbstmordmotive gab es reichlich, fast so viele wie Menschen an Bord. Da wäre eine Schwarze Witwe auch nur eine dieser endlosen Möglichkeiten, dachte Hansen, und versuchte, sich an den Gedanken zu gewöhnen. Allerdings auf seine Art. Solange Lisanne wenigstens bis zum Ende des Aktes wartete und der *petit mort* quasi nahtlos in den großen Tod überging. So fair waren die Scheißspinnen ja schließlich auch. Mal ehrlich, wie viele Männer träumten von so einem Abgang.

Hansen trat nach draußen. Ohne Schwimmweste. Kein Mond an diesem Abend und trotzdem, wow, der helle Wahnsinn. Ein einziges stellares Spektakel. Der Himmel war perforiert von Sternen, so klar und funkelnd, dass es schon fast an ein keckes, ermutigendes Zugezwinkere erinnerte. Selbst die See hatte sich wie durch ein Wunder noch weiter beruhigt und zeigte sich von ihrer lieblichsten Seite. Das Rollen der *Khlebnikov* reduzierte sich auf ein Minimum. Weniger Wildwasserrafting als Wiegenlied. Meeresatmen, wie Hansen das nannte. Ein gleichmäßiges Auf und Ab der Meeresdecke, als bewegte sich irgendwo der Brustkorb von Mutter Erde.

Schon mal gut, dachte Hansen. Konvergenzkonform. Riskierte man beim Knutschen an Deck wenigstens keine Schneidezähne. Ob die *Khlebnikov* einen auf Rock 'n' Roll oder Bewegungen im Stile eines Engtanzes machte, »Je t'aime« am liebsten – Riesenunterschied. Logisch.

Look at this ... breathtaking, flüsterte Lisanne, die schon oben an Deck war und wie Sterntaler den Himmel fixierte.

Hansen nickte nur. *Indeed. Really breathtaking.* Vor allem du, dachte er. Wie sie da mit ihrem Drink an der Reling lehnte und Hansen ihren Hals anbot. Die Sünde schlechthin.

Trotz des fehlenden Mondlichts glänzten Lisannes Lippen. Dazu die Reflexion in ihren Augen. Bisschen dämonisch fast. Das war aber keine Einbildung oder Hansens Fantasie, sondern eindeutig der Widerschein der Backbord-Positionsleuchte. So bordeaux- bzw. bordellrot – was ungleich vorteilhafter und ergo verführerischer wirkte, als wenn es das seekrankfarbene Grün der Steuerbordseite gewesen wäre. Der Abend hätte möglicherweise einen anderen Verlauf genommen. Aber Rot war immer schmeichelhaft und hautbereinigend. Hieß ja nicht zufällig Rotstatt geschäftsschädigend Grünlichtmillieu, dachte Hansen.

Am liebsten hätte er eine Anspielung gemacht. Sie lag ihm lose auf der Zunge:

Sorry, Miss ... is this the Khlebnikovs *red light district?!*

Nicht doof. So als Vorchecking. Eine Art erotisches Echolot. An ihrer Reaktion hätte man ablesen können, worauf das alles hinauslief. Und ob überhaupt. Oder ob er diese Eskapade (er sprach später von »Eiskapade«) bloß als *cockteasing* zu verbuchen war. Sprich Maulhure und Trockenflirten. Von wegen *some privacy* und so. Gab ja genügend Frauen, die gern in Galanterien und Komplimenten badeten. So als Dünger fürs Selbstbewusstsein. Alles schon erlebt, dachte Hansen.

It's the perfect night for auroras! I have a good feeling, wisperte Lisanne plötzlich.

Mein Vater nickte nur.

Großer Gott. Allein ihr Gänsehautgeflüster. Machte ihm ein gutes Gefühl. Ihr schlangenartiges Sündenfallgezischel. Wie ihre Zunge beim »th« immer ein winziges Stück zwischen ihren makellosen Zahnreihen neckisch hervorlinste. Sünde. Vielleicht konnte sie ihm als Vorspiel ein paar englische Zungenbrecher aufsagen, möglichst nah an seinem Ohr. Mal was anderes. Kannte sie doch bestimmt: *The sixth sick sheikh's sixth sheep's sick* (das Schaf des sechsten kranken Scheichs ist krank).

Er tat, als hätte er nicht verstanden.

Sorry? What?

I think, it's a really good night for auroras ... tonight.

Hansen nickte nur. *Yes, for example*, dachte er. War es eigentlich Zufall oder Absicht, dass Auroras in seinen Ohren so vielversprechend nach Amore klang?

But, Häns!, sagte sie und hob den Zeigefinger. *You must be careful.* Wenn man mit einem weißen Tuch winke, würden sie böse und über einen herfallen.

Who? The Russians? Mein Vater war unkonzentriert. Wobei, stimmt nicht, er war extrem konzentriert, aber nicht unbedingt auf Konversation. Eher auf Kopulation. Ist so.

Kurzes, fast kathartisches Kichern, das Lisannes ganze Anspannung erahnen ließ. Sie sah meinen Vater an und fragte sich wohl, ob er das ernst meinte.

No! The auroras.

Interesting!

Um nicht ganz so bescheuert dazustehen, meinte er noch: und das aus dem Munde einer Wissenschaftlerin. Aber schöne Vorstellung, ein Taschentuchtorero mit den Polarlichtern als Stier ...

Come on, Häns! You must'nt be so sceptical always, like a ... bloody German journalist, wehrte sie sich und knuffte ihn in die Flanke.

Obacht. Nächste Berührung. War das eine Aufforderung? Schwang da schon ein bisschen Frust mit? Hieß das, er solle allmählich mal zur Sache kommen, oder wie? Tauschte man das

Wort *sceptical* gegen »schüchtern« aus, schien es so. Aber war sie denn schon *pissed*, also betrunken genug? Oder brauchte es dafür noch einen Drink? Kate Winslet, dachte Hansen plötzlich, war ja in *Titanic* auch nicht ganz nüchtern gewesen nach dem irischen Gelage in der dritten Klasse. Oder erst noch reden?

Etwas entfernt das Rauschen am Bug vorne, das Wummern des Motors, der Wind in Kapuze und Ohrmuscheln, das Rattern in Hansens Gehirn. Mit Abstand am lautesten für ihn. Passend zum Himmelsgewölbe suchte er ein geeignetes Gesprächsthema, so, wie man zu verschiedenen Anlässen auch unterschiedliche Musik auflegte. Oder gar nicht mehr reden? Aber war das nicht ein bisschen plump? Erstbeste Gelegenheit (von den Temperaturen mal abgesehen) und schon fiel man über sie her. Schande.

Fakt war, irgendwas musste geschehen. Und zwar schnell. Denn wie lange konnten Mann und Frau im Gefunkel der Sterne nebeneinander an der Reling stehen, ohne sich angesichts dieser so betörenden wie verstörenden Ewigkeit trostspendend aneinanderzuklammern? Praktisch Hänsel und Gretel allein im All. Immer wieder gängiges Problem unter freiem Himmel: sternklare Nacht, Kopf bis zum Anschlag im Nacken, Augen auf unendlich gestellt, Mund geöffnet – als reichte einem gleich der Herrgott selbst die Hostie – und sofort schwerstes Gestaune und anfallartige Demut. Und dabei immer das Gefühl, als gähnte einen das Universum an.

Das warf für gewöhnlich selbst im dumpfsten Hirn ein paar Fragen auf. Groß wie Schwarze Löcher. Krumm wie Planetenbahnen, um sich selbst kreisend: Wieso, weshalb, warum. Sesamstraße XXL. Und Gott – womöglich nur eine Art Grobi in groß? Oder wie soll man sich den vorstellen? Irgendwer muss sich das schließlich ausgedacht haben. Den ganzen Budenzauber. All und alles. Ein paar Fragen hätte Hansen schon gehabt: Ob's nicht auch 'ne Nummer kleiner getan hätte? Schon aus Rücksicht gegenüber der vermeintlichen Krönung der Schöpfung. Ein Sonnensystem hätte doch – weiß Gott – erst mal gereicht. Statt – wie viele,

Milliarden? Wie sollte man denn da mit so einem funzelnden Bewusstsein hinterherkommen? Das war, als versuchte man mit einer Kerze das Universum auszuleuchten.

Zu wenig Geist, um wirklich zu wissen, zu viel Geist, um nur zu glauben, meinte Hansen mal. In Anbetracht der ganzen Ewigkeit, von Glanz und Gloria da oben, und des schmerzlichen Bewusstseins, dass diese Ewigkeit in einem selbst völlig fehlte.

Kurzum, die ganze Situation schrie im Prinzip danach, sich zu vereinigen und gegenseitig Trost zu spenden. Bisschen Kuscheln im Kosmos. Na und? Das Normalste auf der Welt. Bisschen Liebe machen. Liebe hielt doch angeblich das ganze Universum zusammen. Oder nicht? Was sollte daran verkehrt sein?

Mein Vater blickte noch immer steil nach oben, während seine Konzentration genau in die andere Richtung ging – innerer Kosmos. Vielleicht konnte er einer Wissenschaftlerin am besten mit seiner Version der Schöpfungsgeschichte kommen. Bisschen Gott- und Bibel-Bashing. Denn so stumm nebeneinander zu stehen, als hätte man Schweigegelübde abgelegt, war auch nicht ideal auf Dauer. Das war ja das Schwierigste überhaupt, dachte Hansen. Gemeinsam einsam. Dafür fehlte es noch an Vertrautheit bzw. dreißig Ehejahren zwischen Lisanne und ihm.

Vielleicht sollte er am besten auf die evolutionäre Erkenntnistheorie zu sprechen kommen. Bot sich ja an. Praktisch eine Steilvorlage für eine Biologin, wenn das nicht so unromantisch gewesen wäre. Einfach erzählen, dass ihn die Beschränktheit in der Birne schon als Schüler so beschäftigt hatte, dass er mal in der Pause, zwischen zwei Philosophiestunden, aus *cogito ergo sum* an der Tafel *cogito ergo dumm* gemacht hatte, was dann sein progressiver Philosophielehrer, Herr Pröbst (ein Sannyasin mit Mandala um den Hals, damals ging das noch), fast besser als das Descartes'sche Original gefunden hatte. Weil es angeblich die Aussage eines anderen Philosophen bündig zusammenfasste. Nämlich: »Ich weiß, dass ich nichts weiß – und kaum das.« – Karl Popper. Wie die gleichnamige Disko-Droge damals, Poppers –

zum Schnüffeln. Die kannte Hansen, diesen Karl Popper zum Lesen natürlich nicht.

Aber Gott, nee, jetzt bloß nicht philosophisch oder pseudoreligiös werden und mit Unendlichkeit im Universum anfangen. Außerdem: »Wovon man nicht sprechen kann, darüber muss man schweigen.« Wittgenstein. War sowieso ungut, sich in unangemessenen Momenten um Kopf und Kragen zu sabbeln, als wollte man das eigene Wurmloch damit stopfen.

Häns?

Yes, here!

Lisanne sah ihn an.

What are you thinking?

Me?

Er zuckte mit den Schultern. Jetzt bloß nicht »nichts« sagen. Dümmste Lüge überhaupt. Denn nichts zu denken hieße ja, er würde meditieren. Und das tat er nicht. Ganz im Gegenteil.

I don't know.

You don't know or you don't want to tell me?

Both!

Noch blöder. Und Widerspruch.

Do you believe in god?

Scheiße. Was kam denn jetzt?

Äh, sort of, why?

Sort of? How do you mean?

Dann sagte er, dass er so was wie ein optimistischer Agnostiker sei. Schon deshalb, weil es *kind of frustrating* wäre, wenn der Mensch das intelligenteste Wesen im All sei. Außerdem: *Someone must have made this up, this freakshow* ... Und dann der Blick zur Seite. Ein Anblick, der alles Hadern mit der Schöpfung, jeden Skeptizismus schlagartig ad absurdum führte und meinen Vater augenblicklich lammfromm werden ließ. Wie sie da stand. An der Reling. Nur noch eine Armlänge entfernt. Allemal anbetungswürdig. Größte Gravitation weit und breit. Fast schon so eine Art Gottesbeweis, dachte Hansen.

Scheiße. Sollte er das jetzt einfach mal sagen? Wie unerhört gut – und vor allem, unangestrengt gut – sie aussah? So uneitel und null neurotisch. Wieso tat er sich so schwer mit Komplimenten? Wieso klemmten die immer? Und wo genau? Lag es daran, dass die nie komplett selbstlos waren und immer einen leicht ranzigen Beigeschmack von Mäusespeck hatten? Oder besser gar nichts mehr sagen, langsam mal zur Tat übergehen? Wie damals bei diesem Spiel: Tat oder Wahrheit. Da wusste Klein Hansen wenigstens immer gleich, woran er war, wenn die Frau »Tat« sagte. Kopf und Körper gehörten zusammen und wollten dasselbe. Vielleicht sollte er Lisanne seinen Arm allmählich mal um die Schulter legen? Und dann mal gucken, wie sie reagierte, ob der Kopf angelehnt oder der Hals so starr wie bei einem Halswirbelvorfall wurde, und je nachdem spontan entscheiden, wie weiter und ob überhaupt?

Am Ende übernahm Lisanne – wie Frauen so oft – die Initiative: *Häns?!* Ernster Tonfall plötzlich. Das Lächeln war aus ihrem Gesicht verschwunden. Er nickte. Was kam denn jetzt? Fror sie schon? Hatte sie kalte Füße bekommen. Skrupel?

You know ..., I am actually married.

...

Äh, yes?! You told me. Why?

Klar. Hatte sie ihm doch schon alles erzählt, gefühlt fast gebeichtet. Leider. Beim Landgang auf Macquarie Island neulich. Machte die Sache nicht leichter. Einerseits. Dass sie nicht nur Biologin, sondern Mutter zweier Kindern sei. Ihre *two gorgeous boys*! Dreizehn und sechzehn schon. Als seien die damals mittels unbefleckter Empfängnis entstanden. Die entscheidende Message in dem Moment. Denn den dritten *boy* im Bunde ließ sie unerwähnt, wie Hansen genau registrierte. Und wie immer ganz entscheidend, was nicht gesagt wurde. An dieser Stelle hatte mein Vater die Lauscher besonders groß gemacht und meinte, doch ziemlich deutlich rausgehört zu haben, dass weniger Information logischerweise mehr Affäre bedeutete. Was denn sonst?

Der Alltagsabrieb – die Socken im Bad, die vergessenen Fußnägel am Badewannenrand, die Unterhosen, die Flatulenzen, das ewige Fußballgeglotze vielleicht, Restgerüche im Bad morgens und, und, und. Die nie geschenkten Blumen. Die fehlenden Zärtlichkeiten. Die ganzen Defizite. Kurzum, all das arbeitete Hansen zu. Die ganze, beschissene Normalität – beste Voraussetzung für außereheliche Eskapaden. Und vor allem, das sich wie ein Ozonloch ausdehnende Libidoleck – ein idealer Nährboden für außereheliche Umtriebigkeit.

Look, Häns. I just want to make sure ... no matter what is going to happen here ... tonight ... I have a family ... we won't see each other again after this trip, okay?!

Scheiße. Ja, aber! Er nickte, notgedrungen. Was sollte das denn? Jetzt! Ganz neue Gesprächsebene plötzlich. Als hätte man da irgendwas übersprungen bzw. ausgelassen. Wie unromantisch. Konnte man sich den Problemtalk nicht für später aufbewahren, für danach? Wie es sich gehörte? Schon wieder so ein dämliches Down-Under-Ding, das Pferd von hinten aufzuzäumen und schon vorher ein schlechtes Gewissen zu haben. Fehlte nur noch, dass sie gleich erzählte, wie ihr netter, aber langweiliger Ehemann gerade die beiden Söhne ins Bett brachte, ihnen eine Geschichte vorlas, die Schulbrote für morgen schmierte und sich überhaupt sehr, sehr wacker schlug als Daddy, zum ersten Mal allein daheim mit den *two gorgeous boys*.

Hallo? Soll ich Mitleid bekommen? Kapiere ich nicht, dachte »Hier-und-Jetzt-Hansen« (O-Ton meine Mutter). Was hat das gerade mit uns zu tun? Ich und du, schubidu. War doch schon alles abgemacht. Nur ein bisschen konvergieren. *Tonight. Titanic* spielen – ohne unterzugehen am Ende. *Let's get pissed tonight.* Ihre Worte. In uns die Sintflut – seine. Das war der Deal!

Okay! I got it, Lisanne, but ..., I don't know ..., here and now ...

Wenn er darüber nachdachte, wurde er fast wütend. *No risk, no fuck*, dachte er. Scheißsoftiesozialisation. Sonst gar nicht seine Art, eine Frau ins Bett zu quatschen. Hatte außerdem nicht den allerhöchsten Flirtfaktor und bedurfte am Ende den entscheidenden skrupellösenden Schnaps über den Durst und das Denken hinaus. Erfahrungsgemäß ertränkte der nicht nur sämtliche Hemmungen und ein schlechtes Gewissen, sondern auch gleich den Neandertaler und eine gewisse Feinmotorik. *Rien ne va plus. You know?* Hatte Hansen schon ein, zwei Mal erlebt. Hydraulikprobleme.

How shall I put it, Lisanne. I mean, it's a perfect night so far. Stars all over the place. Most likely, soon we will have half the planet between us, sagte er und dachte: streng genommen sogar den ganzen. *And unfortunately not only* ... Stopp. Er unterbrach sich. Konnte man das so sagen? Nein, Scheiße, konnte man eigentlich nicht, aber egal, er tat es trotzdem: ... *a bloody condom!*

Das war das Gute, wenn man eine andere Sprache sprach, dachte Hansen hinterher.

Man war mutiger, irgendwie enthemmter. Nicht so schnöde und stoffelig man selbst. Das hatte ein bisschen was von Sprachfasching, verbaler Verkleidung. Das half.

27.

Position: 60°30,7'S; 164°38.00'E
Luft: 5° C / 41°F
Wasser: 1° C / 34°F
Wind: WNW 8 Knoten
Wetter: Clear sky
Southern Ocean – gereiste Distanz in den letzten zehn Minuten: 2,2 nautische Meilen

Stopp. Abermals kurze Unterbrechung hier. Eine Werbepause für meinen Vater. Bevor jetzt wieder voreilig und tendenziell auf ihm rumgehackt wird, und es gleich zum Äußersten kommt (sieht ja fast so aus). Ausnahmsweise ein anwaltsmäßiger Kommentar zu seiner Ehrenrettung an dieser Stelle. Das bin ich ihm schuldig: *Titanic*. Kennt man. »Die größte Turteltragödie« überhaupt, laut Hansen. Die Szene am Bug mit DiCaprio, alias Jack Dawson, und Kate Winslet als Rose DeWitt Bukater. Sie halb Galionsfigur, halb Vogelscheuche oder Ikarus meinetwegen, DiCaprio hinter ihr eher eine Mischung aus Tanz- und Fluglotse. Frischer Fahrtwind von vorne. Geflatter wie im GARD-Haarstudio. Arme gespreizt, bereit zum Abheben, Kurs siebter Himmel, dazu die Dion als singende Sirene. Was ich sagen will, man hätte diese Szene fast eins zu eins mit meinem Vater und seiner Biologin nachstellen können.

Deshalb meine Frage: Wie viele Zuschauer haben in diesem Moment moralinsauer gedacht: Pfui, schämt euch, Freunde. Unding, gehört sich einfach nicht. Oder: Seht ihr, Freunde, selbst schuld. Kleine Sünden bestraft der liebe Gott sofort. Bei großen schickt er Eisberge. Was muss die *Titanic*-Tussi auch ihren Verlobten betrügen? Niemand, nicht mal der Papst hat das gedacht. Würde ich wetten. Insofern sollte man vielleicht etwas nachsichtiger mit Hansen sein und am besten gleich beiden Absolution erteilen.

Am schwersten tat sich offenbar Lisanne damit.

Auf den Kondomkommentar ging sie nur indirekt ein, vielleicht weil ihr das zu explizit war.

I see, sagte sie, *so it'll be safe ... anyhow!*

Mein Vater nickte nur. Offenbar verfehlte dieser Satz seine Wirkung nicht und arbeitete ihm zu.

Yes, maybe you're right, Häns ... just us, here and now on the Kapitan Khlebnikov ... *all that matters in this moment.*

Lisanne schien das wie ein Koan oder Mantra ein paar Mal zu wiederholen, bis sie schließlich ein Stück näher an ihn heranrückte, eine unmittelbare und unmissverständliche Aufforderung, sie endlich in den Arm zu nehmen. Was mein Vater dann auch tat, dass das Goretex nur so raschelte (weil die Filmmusik fehlte). Der Nachteil an Reisen in polare Regionen. Und der Realität. Eindeutig.

Mein Vater vergrub sein Gesicht an ihrem Hals, der sich unter einem Schal verbarg, nahm einen tiefen Atemzug, als wolle er Lisanne am liebsten inhalieren, stieß ihn seufzend wieder aus, und ließ – fast filmreif – sein halb volles Gin-Tonic-Glas à la James Bond hinter ihrem Rücken einfach über die Reling fallen. Sternstunde des Mannseins. Ganz großer Glücksmoment. Erfolgreiche Eroberung. Gibt nichts Schöneres. Oberstes biologisches Gebot. So eine Art, wie soll man sagen, Sieg-Geil-Gefühl vielleicht. Oder vielleicht auch nicht. Jedenfalls großes Halali der Hormone. Dopamindusche total. Kann man bescheuert finden, kann man aber auch Biologie nennen. Ist so. Hat sich irgendwer was bei gedacht.

Anschließend erhöhte mein Vater mit beiden Händen den Druck auf ihre Hüfte. Sie umarmte obenrum – er eher untenrum. Das sagte im Prinzip schon alles. Sehr bezeichnend. So standen sie bestimmt zwei oder drei Minuten da, bis es meinem Vater zu langweilig bzw. geschwisterlich wurde. Dasselbe Gesetz wie im Weltall, dachte er: von nichts kommt nichts. Als unbeteiligter Beobachter wäre die Deutung dieser Umarmung reichlich schwer gewesen. Das sah wirklich etwas passiv aus. Fast schon hölzern, was sicher an all den Kleidungsschichten lag. Wäre das Ganze in der Karibik, Lisanne im Sommerkleid, Hansen in dünner Gabardinehose, hätte es gleich eine ganz andere Dynamik. Wetten? So aber hätte kein Mensch sagen können, ob es sich um ein frisches Liebespaar am Anfang einer rasanten Nacht handelte, quasi vor Glück erstarrt, oder ob es eher die letzte, tröstende Umarmung zweier Menschen war, bevor sie gleich gemeinsam à la Romeo und Julia über die Brüstung kletterten. Weil sie nicht zueinanderfanden.

Gern hätte Hansen das alles etwas forciert. Bloß wie? Tücken der Technik. Erstens wollte er nicht so ungestüm wirken. Gierig. Zweitens Handschuhe ausziehen, dann mühselig Gott weiß wie viele Schichten aus dem Hosenbund zupfen (Frauen waren ja noch kälteempfindlicher), um schließlich seine nicht wirklich warme Hand Richtung Rücken schieben zu können? Entfiel. Blieb also nur die klassischste aller Möglichkeiten. Der Kuss. Kleine Bewegung für den Kopf – große Sache fürs Gesamtgefühl. Völlig unterschätzt. Für meinen Vater jedenfalls kam der Kuss in der Choreografie menschlichen Paarungsverhaltens oft viel zu früh. Das war dramaturgisch unstimmig, fand er. Weil Küssen, also Zungenkuss, ohne echte Hingabe und ernst gemeinte Absichten letztlich viel intimer und verbindlicher war als Geschlechts- und Oralverkehr zusammen.

Fand jedenfalls mein Vater.

Und nicht nur der. Musste man sich doch nur mal ein paar Pornofilme angucken, in denen (addiert) kilometerweise Schwänze bis zu den Mandeln verschwanden, Zungen im Rektum und sonst wo rumrührten, bettelnde Frauen ihre Münder für den fraglichen sexuellen Showdown wie bei einer Vögelchenfütterung aufrissen und stundenlang Sperma ins Gesicht gekleckert bekamen. Aber – jetzt kommt's – so gut wie nie geküsst wurde. Nicht mal zärtlich auf die Wange. Oder Handkuss zu Beginn.

Oder genauso gut hätte man mal Prostituierte fragen müssen: Ohne Kondom war für die fast einfacher als mit Kuss. Selbst für Aufpreis kaum zu haben.

Was Fahrtwind und Kälte bei Lisanne nicht schafften, bekam mein Vater offenbar in kürzester Zeit mit seinen Lippen hin: Gänsehaut. Denn er wollte küssen. Ausnahmsweise. Und wie. In Maß- und Millimeterarbeit arbeitete er sich von Lisannes Hals über den Unterkiefer, knapp unterhalb des Ohres (wo es am stärksten nach ihrem Parfüm roch), die Wange entlang. Woraufhin Lisanne vor Wonne leicht zusammenzuckte und ein Stöhnen von sich gab, das Hansen ermutigte, unbedingt weiterzumachen. Und ihn quasi als Rückkoppelung wahnsinnig erregte. Er stand auf schönes Stöhnen. Als Soundtrack zum Sex. Ganz wichtig.

Lisannes Kopf klappte daraufhin regelrecht in den Nacken, ein Zeichen ihrer Hingabe, als wollte sie ihm auch noch Kehlkopf und Hals als erogene Zone anbieten. Allemal eine vielversprechende, weil einladende Geste. Aber Hansen wartete erst mal ab. Er hatte sich mit dem Mund ungefähr bis zu Lisannes Grübchenstelle vorgearbeitet. Bis zur Parkbucht praktisch. Dort verharrte er – schwer atmend, in Lippenlauerstellung, denn ein bisschen, dachte er, musste sie ihm schon entgegenkommen. Taten statt Worte bzw. Trockenflirten, dachte er. Beweise, bitte. *It takes two to tango.* Von wegen *some privacy* wäre schön und so. Falls es Widerstände und moralische Bedenken gab, dann musste und sollte Lisanne diese letzten Zentimeter schon selbst überwinden. Nicht einfach nur stillhalten. Dornröschen aus Down Under hin oder her, dachte er, was natürlich seinen Reiz hatte, zumal sich Hansen in der Rolle des Erlösers ganz gut gefiel.

Aber so tief und fest konnte selbst ein ehelicher Tiefschlaf bzw. ihr sexuelles Wachkoma nicht sein, als dass sie Kopf und Mund nicht ein wenig nach rechts bewegen und in Kussstellung bringen konnte. Wenn sie schon jetzt Skrupel hatte oder gerade welche bekam, war das ein bisschen früh, fand Hansen. Zumal der Kuss im Kontext des Fremdgehens sträflich vernachlässigt wurde und absurderweise in der moralischen Bewertung der allermeisten »Betrogenen« nur knapp vor Händchenhalten rangierte. Quasi eine Art Kavaliersdelikt. Für Hansen unverständlich (alles andere auch, aber das erst recht). Irgendwie inkonsistent. Zumal doch einzig und allein der Kuss darüber entschied, ob man sich zum Fressen oder nur zum Ficken gernhatte. Eine Art Elchtest für Familientauglichkeit.

Es kam dann natürlich, wie es kommen musste. Der Ruf der Natur war so laut und fordernd, dass er alle Ehemänner und Bedenken locker übertönte. Das Großhirn wurde aus, alle Instinkte angeknipst. Lisannes Kopf neigte sich zur Seite. Und sie küssten sich. Sehr zögerlich und verhalten. Fast schon verklemmt, fand Hansen. Ein zartes, behutsames Berühren der Lippen, als hätten sie Angst, durch zu viel Feuchtigkeit auf der Stelle festzufrieren. Da war noch reichlich Luft nach oben.

Rückwirkend betrachtet war dieser erste Kuss fast ein bisschen zu viel *Titanic* als zu wenig – für Hansens Geschmack. Sprich, gefühlter Filmkuss, dachte er, enttäuschend, am liebsten hätte er mittendrin *Cut!* gerufen. Als habe da jemand, räsonierte mein Vater, schon lange keinen Mann mehr, sondern ausschließlich die beiden *gorgeous boys* vorm Zubettgehen geküsst. Klar, im Kino hätte dieser erste Kuss ganze Streichorchester ausgelöst, Sternschnuppen kreuz und quer vom Himmel stürzen lassen und diesseits der Leinwand Endorphineruptionen und regelrechte Tränentsunamis hervorgerufen. In echt aber war es wie verhext, fühlte sich alles viel zu filmisch und deshalb falsch an. Nicht annähernd so, wie die Nacht es verlangte, wollte man ihrer Makellosigkeit auch nur annähernd gerecht werden.

Das kriegen wir besser hin, dachte mein Vater. Komm her, du ... du ... Dornröschen aus Down Under, dachte er, testosterongetrieben, das üben wir gleich noch mal. Mit diesem Gedanken zog er Lisanne an sich, kurz vor grob, und schickte sich an, sie aus ihrem ehelichen Wachkoma zu küssen. Und zwar ziemlich lange. In der Zwischenzeit hätte man das Zehnte Gebot umschreiben können, statt »Du sollst nicht begehren deines Nächsten Weib« – »Liebe deine Nächste, denn sie will's wie du« oder: »... wenn sie's will wie du«. Jedenfalls kam sich mein Vater hinterher weniger wie ein Ehebrecher, sondern vielmehr wie eine Art erotischer Entwicklungshelfer und barmherziger Sexsamariter vor.

Wie praktisch. Weil ein schlechtes Gewissen langte. Sozusagen.

Als die beiden dann nach geraumer Zeit voneinander abließen und mein Vater die Augen aufmachte, meinte er etwas missverständlich: Wow! Wie in einer Teenagerkomödie. Als sei das sein Kusskommentar. Tatsächlich bezog sich sein Erstaunen auf ein Déjà-vu-Erlebnis. Erstens dieses ewige Geknutsche, dick eingepackt in der Kälte (in Norwegen seinerzeit) und zweitens die Birne dabei offenbar voller Drogen.

Der ganze Himmel ein Ausnahmezustand. Genau wie damals auf der Studienreise, dachte Hansen.

Look at this! Holy shit ... Amore Australis, dachte oder sagte er, ohne zu wissen, ob das, was er sah, gerade im oder außerhalb von seinem Kopf passierte. Mein Vater lockerte seine Umarmung, sodass Lisanne sich in Position bringen konnte und deutete mit seinem Kinn Richtung Firmament.

Oaaah god ..., see, I told you, Häns. It's a sign.

Das war wieder besser als im Film. Im wahrsten Sinne ein Highlight. Sehr hoch. Ungefähr hundert Kilometer. Keine Halluzination und trotzdem irgendwie hochgradig psychedelisch. Ein Tanz der Farben. Changierend und pulsierend. Viel Neongrün, ein Hauch Apricot, Pink und Purpur. Ein himmlisches Hämatom, schrieb Hansen hinterher. Oder eine ganz große Lavalampe – das Original. Ausgelaufen.

Kurz darauf war es um die Romantik geschehen. Und alle *privacy* passé. Weil die Polarlichter von der Brücke über Bordfunk kundgetan wurden. Gegen 23:35 Uhr stürmten alle – bis aufs Personal – an Deck. Wie bei einer Seenotrettungsübung. Das Naturschauspiel verkam in kürzester Zeit zu einer Touristenattraktion. Als sei es eine Inszenierung von Quark Expeditions. Bisschen Bayreuther Festspiele, bisschen Seebühne in Bregenz, dachte

Hansen mit Blick ins Publikum. Und ganz viel: *Einer flog über das Kuckucksnest.*

Aus manchen Jacken guckten bereits Pyjamahosen und Nachthemden hervor, sodass ihn der Chor der ganzen Ah's und Oh's auf den zweiten Blick schwer an einen Anstaltsausflug erinnerte. Statt weißer Tücher zuckten immer wieder die Blitze der Automatikkameras durch die Nacht. Als könnten diese ein Himmelsphänomen bzw. -hämatom in hundert Kilometer Höhe ausleuchten (und nicht bloß die Hinterköpfe der Vordermänner und -frauen).

Hansen fragte vorsichtshalber noch mal nach: Und die fielen über einen her, wenn man mit einem weißen Tuch winke?

I wish, yes, sagte Lisanne. *So they say* ..., und sah Hansen an, der natürlich auch lieber mit ihr allein gewesen wäre.

Strange, sagte er, so ein Blitzlichtgewitter sei doch viel schlimmer. Aber offenbar hätten sich die Polarlichter daran schon gewöhnt.

Yes! Kind of pity, sagte sie und hatte es plötzlich eilig. *Let's move.* Lisanne lotste meinen Vater durch die staunenden Passagiere. Wohin, war ja wohl klar. In Hansens Konvergenzkabine. Mit anderen Worten, wenn in dieser Nacht noch irgendwer über irgendwen herfiel, dann diese Konstellation. Und das zufällig in jener Nacht, in der die *Khlebnikov* auf ungefähr 50 Grad südlicher Breite die unsichtbare Linie der antarktischen Konvergenz überschritt. Sich also nicht nur die kalten Wassermassen der Antarktis mit den wärmeren Gewässern des Pazifiks, sondern auch jede Menge Körpersäfte in der Kabine 721 vermischt hatten ...

Mehr möchte ich dazu gar nicht sagen.

Am liebsten nie mehr.

Das übernahm dann meine Mutter.

Stimmt's, Mama?!

Notgedrungen.

28.

Position: 63°16,4'S; 165°32,70'E
Luft: 5° C / 41°F
Wasser: 1° C / 34°F
Wind: WNW 8 Knoten
Wetter: Clear sky
Southern Ocean – gereiste Distanz in den letzten zehn Stunden: 182 nautische Meilen

Am Morgen danach hatte Lisanne Hansens Kabine schon früh verlassen. Sehr früh und sehr paranoid, wie mein Vater hinterher neckte. Vier oder fünf Uhr morgens mochte das gewesen sein. Er war sich nicht sicher, ob sie bis dahin überhaupt schon geschlafen oder nur nonstop miteinander geschlafen hatten. Wobei dieser Terminus ähnlich dämlich war wie all die anderen unschönen Synonyme, die es dafür gab (hacken, bumsen, poppen, knallen, bürsten, knattern, pimpern, tackern, ficken, vögeln, stöpseln, schnackseln, hmhmhm usw.). Das zur Ehrenrettung der Sache selbst. Weil, wenn auch nur einer von beiden Beteiligten dabei einschlief, lief meines Wissens nach irgendwas gehörig falsch oder war eindeutig zu viel Alkohol im Spiel.

Aber so schlimm wie der allererste, noch etwas verkrampfte Kuss an der Reling vermuten ließ, kann es nicht gewesen sein. Egal, was mein Vater hinterher meiner Mutter zu erzählen versuchte (die offizielle, zensierte Fritzi-Fassung). Dafür sprach schon die Tatsache, dass Lisanne gern liegen geblieben wäre. Unter, über, neben ihm – egal. Hauptsache Nähe. Doch genau damit tat sie sich am nächsten Tag extrem schwer. Bisschen Pandora-Büchsen-Problem, nehme ich an. Anders als in jener Whisky-Reklame (der Tag geht und Johnny Walker kommt), verhielt es sich bei Lisanne umgekehrt. Als der Alkohol wich, kamen bei ihr fast alle Bedenken zurück und fielen wie Hyänen über sie her. Je größer Hansens Nachwirkungen, desto größer ihre Panik und ihr

Bedürfnis zu verhindern, dass irgendwer irgendwas von ihren erotischen Eskapaden mitbekam.

Gott bewahre! Oder wer auch immer dafür zuständig war. Abteilung Ehebruch.

Das musste *top, top secret* bleiben. Schließlich war die *Khlebnikov* kein *loveboat* und Australien nicht Poona oder Berlin. Sondern ziemlich provinziell. Bei dem Gedanken wurde Lisanne schlagartig übel.

I have to go ..., sagte sie bloß.

Why?, murmelte Hansen, angenehm erschlafft und entspannt, *it's still the middle of the night ... kind of.*

Because ... it's better, sie sei eigentlich eine verheiratete Frau. *You know?!*

Klang das schnippisch? Und wenn: War das vielleicht seine Schuld? Mein Vater versucht die Augen aufzumachen.

Yes, I know. Und deshalb erwachsen, sagte er. Womit er nichts ahnend ins Schwarze traf. Ihre Schwachstelle.

An Bord gäbe es jedenfalls keine Sittenpolizei, versetzte er, *thank God*, wobei er das englische Wort für Sittenpolizei nicht kannte, den Gag deshalb umständlich umschreiben musste, und Gags, die man erst erklären musste, noch dazu am frühen Morgen – nie gut. Rohrkrepierer. Sprich für'n Arsch.

But there is Miss Milford, my cabinmate, erwiderte Lisanne, als sei das ihre Gouvernante.

And?

And so far I am known to her as a biologist ... and not as the bloody bordbitch, sagte sie aufreizend und drückte Hansen zum Abschied einen mehrsekündigen und ziemlich zärtlichen Kuss auf die Stirn. Genau auf die Stelle, wo bei anderen das dritte Auge, also das Stirnchakra saß. Oha. Fast beängstigend viel Gefühl, dachte Hansen. Halb Entschuldigung, halb Dankeschön für alles.

I better go ... believe me.

Okay, what a pity, sagte Hansen und meinte das auch so, was längst nicht immer der Fall war.

What? That I am not the bordbitch?, kokettierte Lisanne und lächelte, zum ersten Mal fast verwegen. Man merkte, dass sie Spaß an der Vorstellung hatte.

Yes, and that you have to leave, sagte er entsprechend.

Als Beweis hielt er Lisanne am Armgelenk fest und versuchte sie noch einmal mit einem undefinierbaren Laut, einer Art gebrummten Bitte, ins Bett zu zerren. Erst recht, nachdem er die Augen geöffnet hatte und unmittelbar vor ihm zwei wahnsinnig wohlgeformte Brüste prangten, vollkommen symmetrisch. Gottes Werk am achten Tag, sodass Hansen am liebsten, ich weiß nicht, »Der Mond ist aufgegangen« gesummt hätte. Eher Voll- als Halbmonde mit entsprechender Gravitation, sprich Anziehungskraft. Wie er sie so mustergültig vielleicht noch nie erlebt hatte. Oder doch, das vielleicht schon. Aber meistens an der falschen Frau. Weil, irgendwas war ja immer. Und das war auch gut so. Nichts ist langweiliger als Perfektion.

No, no, Mister Germany! I got to go. Es reichte gerade noch für einen zweiten Kuss. Diesmal auf den Mund.

Okay, send my Hello to Misses Milford, sagte er und ließ ihr Handgelenk los, als er merkte, dass Lisanne bereits im Betriebsmodus einer funktionierenden Bordbiologin und nicht einer *bordbitch* war. Dann sah er zu, wie Lisanne sich anzog.

Bye, bye, Häns, I am off, sagte sie, und wenig später schnappte die Tür ins Schloss.

So! Jetzt. Kurz innehalten hier. Ganz entscheidender Moment. Moment der Wahrheit praktisch. Und gute Gelegenheit, um mal in Hansen hineinzuhorchen, auch für ihn selbst: Fühlte es sich gut an, dass sie weg war – quasi Erleichterung nach der Erleichterung? Oder fehlte ihm Lisanne schon ab dem Moment, da sie die Tür von außen zuzog? Die Antwort auf diese Frage gab in der Regel untrüglich über den weiteren Verlauf einer Affäre Auskunft. Sprich hopp oder top? Handelte es sich um ein ONS – One-Night-Stand – und ergo um gar keinen weiteren Verlauf, oder hatte er es möglicherweise mit dem Auftakt eines MNSs zu tun – Multiple-Night-Stands? Simple Fragestellung und wirklich immer sofort im Selbstschnelltest zu beantworten. Sogar für meinen Vater, den Entscheidungsspasti: Ja oder nein? Seufzen oder Stöhnen? Sehnsucht oder drei Kreuze?

Was die Sache nicht besser machte, war, dass Hansen zu seiner eigenen Überraschung eindeutig seufzte, sagen wir, gemäßigtes Seufzen war das. Zumal der Sex mit ihr, nun ja ... Das erste Mal war oft ein Flop, laut meinem Vater. Da fehlte es noch an der letzten Lockerheit. Sozusagen der richtigen Balance zwischen Auf- und Erregung. Weiter traute er sich gerade nicht, in sich hineinzuhorchen. Denn ob das jetzt ein gutes oder schlechtes Zeichen war, sein symbolisches Seufzen, war ihm potenziell schon viel zu kompliziert. Im Gesamtkontext. Wenn er als Hier-und-Jetzt-Hansen mal kurz ans Dort und Später dachte.

Außerdem, überlegte er ganz pragmatisch, langte doch, wenn Lisanne Panik schob. Im Prinzip für zwei. Was sollte er da ins gleiche Horn blasen bzw. eine Art Bedenken-Battle aufmachen und noch einen drauf setzen? Von wegen wer der größere Sünder sei: Sie (Ehemann) oder er (schwangere Freundin)? Hansen verdrängte das Thema komplett. Momentan fühlte er sich einfach nur entspannt und glücklich, dopamindösig, exakt so, wie sich Männer nach einem vollzogenen und einigermaßen geglückten GV bzw. Duell fühlten – immer bisschen *Billy the Kid*, Revolverheld, nachdem er einen plattgemacht hatte. Diesen äußerst angenehmen Zustand wollte er sich nicht durch lästige Gedanken versauen. Und das können Gedanken ja sehr gut – einem Dinge versauen und Angst machen. Sie sind wie gemacht dafür. Lästig wie Schmeißfliegen. Ganz gleich, ob diese Gedanken nun richtig oder falsch sind. Sah man ja ganz deutlich an Lisanne. Und das war erst der Auftakt.

Mein Vater war gerade auf der Schwelle zum Schlaf, als die Kabinentür plötzlich mit der Dringlichkeit einer Seenotrettungsübung wieder aufging. Lisanne trat ohne zu klopfen ein, mit einer Stimme, die vor lauter wiederentdeckter Lebenslust nur so strotzte und sich in ihrer Dynamik ungefähr diametral zu Hansens Dämmerzustand verhielt. Fast schon ein Singsang. Wie verwandelt. Das wach geküsste und geliebte Dornröschen aus Down Under, dachte mein Vater noch, in egozentrischer Fehleinschätzung des wahren Grundes ihrer Euphorie. Hoffentlich blieb das jetzt nicht den Rest der Reise so.

Häns, get up. You want to see this. Sorry. Come on! Great photo opportunity.

Sicher, nett gemeint. Offenbar eine Frau, die für ihre Partner mitdachte, was, bis zu einem gewissen, gesunden Grad, einen guten Partner ja ausmachte. Ein schlechter grummelte irgendwas, zog sich die Decke über den Kopf. Doch Lisanne ließ nicht locker. Fast schon etwas übermütig. Sie stand aufgeregt wie ein junges Mädchen an seiner Koje und hielt ihm seine Klamotten hin. Schließlich riss sie sogar die Gardine vor dem schwer verschraubten Fenster auf.

You don't want to miss that, meinte sie, sich ihrer Sache offenbar sehr, sehr sicher. *Get up, Häns. Come on. It's magic ... a perfect morning.*

Stimmte sogar. Im Nachhinein war ihr mein Vater äußerst dankbar. Sie hatte recht. Schlafen war Sünde angesichts der Pracht. Wirklich ein perfekter Morgen. Allein das Licht draußen an Deck. *Magic, indeed.* Lohnte sich allemal. Die Polarlichter der letzten Nacht waren einer lachsfarbenen Sonne gewichen. Altherrenrosa in etwa. Die See lag da wie eine schillernde Blutlache, ohne dass einen das groß beunruhigt hätte. Helles, junges Blut, ganz frisch, wie nach einer Opferzeremonie. Schneller konnte man nicht wach werden. Als hätte jemand die Kühltruhe aufgelassen. Das Aspirin der Antarktis, dachte Hansen. Mittendrin trieben Eisberge. Die Vorboten und -posten der Terra Australis oder des South Land, wie das damals noch hieß. Wohin man auch guckte. Jeder

Eisberg ein Unikat. Und alle zusammen ein Gesamtkunstwerk, Land-Art vom Feinsten, dachte Hansen. Lauter *ready mades*. Schwimmende weiße Skulpturen, von denen die größte an den von Christo verpackten Reichstag erinnerte. Nur viel, viel besser, dachte Hansen. Weil unangestrengter. Erhabener. Vom größten und ältesten aller großen und alten Meister, an dem sich alle nur abarbeiten konnten.

Folglich schon wieder: Wow! Was anderes fiel meinem Vater gerade nicht ein. Ein fulminantes, ganz tiefes Wow. Quasi die Wurzel all seiner Empfindungen in dem Moment. Sein Sprachzentrum war noch auf stumm gestellt. Außerdem fühlte er sich schlagartig wieder wie damals auf Drogen. Und Lisanne wie *Alice in Wonderland* – ihr Lieblingsbuch früher, meinte sie. Und kein Mensch weit und breit an Deck. Nur Lisanne und Hansen auf ihrer gigantischen Gondoliere (des Glücks) in einer Szenerie wie animiert.

It's ... shit, flabbergasting, meinte Hansen. *I have to get my camera.*

Lisanne nickte nur, lächelnd, vielleicht auch wegen seines britischen und etwas altmodischen *flabbergasting*.

Me too, sagte sie. *And maybe a bottle of champagne.*

Ach ja, stimmt. Sah so aus, als seien sie die Ersten, die einen Eisberg größer als die *Khlebnikov* erblickten. Dass sie sich die dafür ausgelobte Flasche Champagner nicht abholten, hatte zwei Gründe: Lisanne meinte, wäre vielleicht verdächtig, um die Uhrzeit zu zweit an Deck. Während Hansen, sowieso schon bester Dinge, den Gönner gab und meinte: vielleicht netter, wenn man das einem zahlenden Gast überließe. Und überhaupt, der Anblick sei Belohnung genug. Glück ließe sich nicht beliebig steigern.

Thanks very much, you've got me up, sagte Hansen, *it's definitely worth it*, und gab Lisanne wie selbstverständlich einen Kuss auf die Wange, weil er sich erst mal die Zähne putzen wollte und plötzlich im Dienstmodus war. Fast so, als wollte er sich verabschieden, weil er jetzt zur Arbeit musste. Und so ähnlich war es ja auch. Während er seine Kameras holte, ertappte sich mein Vater bei der reichlich albernen, aber diebischen Freude, die *early bird pictures* hinterher Mr. Cheng-macht-gerade-nix-Peng zu zeigen. Der macht gerade höchstens Bubu und verpasst das Beste, dachte Hansen im Zuge seiner Gesamteuphorie. Beim Frühstück würde er ihm schön erzählen, er hätte die ganze Nacht auf diesen Moment gewartet. *This very special moment, you know.* So wie Ansel Adams. Nur in Farbe. Gewissermaßen als Lektion und Denkzettel für dessen Macquarie-Materialschlacht: *Early to bed and early to rise, makes a man healthy, wealthy and wise*. Benjamin Franklin.

Kurz darauf standen sie wieder an Deck, fotografierten in unterschiedlichen Richtungen unterschiedliche Eisberge. Und manchmal zur selben Zeit auch denselben. Egal, wohin das Auge guckte. Man kam kaum hinterher. Die Eisberge allein auf dem Meer treibend sahen, wie gesagt, wow, fantastisch aus, aber auf den Fotos kam das nicht rüber. Irgendwas fehlte. Die Komposition eines guten Bildes brauchte mindestens drei Komponenten. Und außerdem: Vordergrund macht Bild gesund, dachte Hansen.

Can you do me a favour, Lisanne?

Yes, like ... what?

Das war dann der Moment, als er Lisanne bat, sich mal bitte kurz umzudrehen, und Hansen das erste Bild von ihr schoss, gewissermaßen als Auftakt für all die anderen. Halbprofil, an der Reling lehnend, die Eisberge betrachtend. Klassisches Prospektbild, nur bessere Farben, dachte Hansen und besseres Model. Die australische Antwort auf Penélope Cruz. Selbst um diese Uhrzeit. Lisanne ließ das zwar nur äußerst unwillig über sich ergehen, nicht weil man ihr die letzte Nacht angesehen hätte, sondern weil sie sich einfach nicht gern exponierte und glücklicherweise das Gegenteil von einer Sängerin oder Schauspielerin war. Hansen fragte sich immer öfter, ob das die Souveränität einer Frau war, die Manierismen nicht nötig hatte. Am Ende musste er für zwei oder drei weitere Fotos sogar betteln.

Tue auch nicht weh, sagte er und holte dafür extra die kleine Kamera aus seinem Fotorucksack. Sein Spielzeug, die Scheiß-»Schatzschusskamera«, wie meine Mutter das Teil später benannte. Und so kam das dann. Alles. Auch raus.

Come on ... please. Just one shot.

Mein Vater merkte, dass Lisanne sich trotzdem unwohl fühlte, sich zierte, nicht wusste, wo sie hingucken sollte. Dabei machte die kleine Kamera scheueren Menschen normalerweise weniger Angst. Und genauso gute, wenn nicht deswegen bessere Bilder, als seine monströse Spiegelreflex, die ihn sofort in einen Zyklopen verwandelte. Besonders bedrohlich mit dem Weitwinkelglupschauge drauf. Dann erinnerte das Teil sogar an das Auge von HAL, des Bordcomputers in Kubricks *Odyssee im Weltraum*.

Lisanne guckte unglücklich, verlegen. Null selbstverliebt oder Poser-Attitüde, wie gesagt. Ihr war das sichtlich unangenehm, die Twiggy zu geben.

Doch dann brauchte es genau diesen einen Satz:

Okay, perfect, please, try to look really as shitty and miserable as you can, okay?! According to the f'k'n circumstances ..., meinte »Helmut-Hansen-Newton« (meine Mutter).

Wie gewünscht, passierte dann genau das Gegenteil. Lisanne übertraf gewissermaßen die Umstände bzw. veredelte sie durch ihr Lächeln. Als wollte sie der Sonne kurz den Rang ablaufen, dachte mein Vater. *Holy moly.* Wie sie da an der Reling lehnte, ihr eine Haarsträhne vom Fahrtwind gestylt ins Gesicht flatterte. Er drückte genau in dem Moment ab, als Lisanne lächelte, dass einem fast mulmig wurde.

Heartbreaking, dachte mein Vater. Das ja. Nur, wessen Herz das dann zerriss ... ahnte er damals nicht.

29.

Von ihrem schlechten Gewissen getrieben, fast schon ausgepeitscht, schlich Lisanne in ihre Kabine. Sie wollte artig in ihrem seidenen Pyjama in der Koje liegen, bevor die entzückende ältere Dame aus Melbourne, Miss Milford, wach wurde und wie jeden Morgen fragte:

Good morning, Lissy, how are you, my dear? Did you sleep well? Allemal besser, als wenn die ihre Augen aufschlug und gleich das große Wundern anfing. Von wegen leere Koje und gemachtes Bett.

Die war ja auch nicht doof.

Nach Tagen des gemeinsamen Reisens auf so engem Raum wusste Miss Milford natürlich bestens über Lisannes Familiensituation Bescheid. Dass sie verheiratet war, sah man schon am Ehering. Das war kein Geheimnis. Ob glücklich oder nicht, darüber gab so ein Ring in der Regel keine Auskunft. Wäre vielleicht ein Thema für die lange Rückfahrt gewesen. Stoff gab's jedenfalls genug. Warum Lisanne regelmäßig zum Yoga ging und sich trotzdem fast jeden Abend zu Hause eine Flasche Chianti reinzog. Bestimmt nicht nur, weil Maurice, ihr Mann, lieber Bier trank. Da hätte man theoretisch auch zusammen trinken können (und nicht jeder für sich allein vor seinem Computer).

Die Einsamkeit der Ehe.

Es gab jedenfalls mehr Gründe für als gegen eine Affäre mit Hansen.

Lisanne öffnete die Tür zu ihrer Kabine. Zu ihrem großen Entsetzen war Misses Milford schon wach.

Oh there she is. Good morning, Lis. Where have you been, Darling?

I took some pictures outside. It's a gorgeous morning, Martha.

Lisanne wurde rot. Regelrechte Puffleuchte. Zumindest fühlte es sich so an. Aber wenn man von draußen, vom Deck kam, hatte man eh immer rote Wangen. Wie zum Beweis hielt sie ihre Kamera hoch. Als kleines Mädchen wäre sie jetzt schnurstracks an

Misses Milford vorbeigegangen, Kopf gesenkt, und hätte sich von ganz allein in ihr Zimmer eingesperrt.

Lissy, you wicked, wicked girl!

Dummerweise erinnerte sie Miss Milford schon die ganze Zeit irgendwie an ihre Mutter, dachte Lisanne. Woher sonst kamen diese überfallartigen Schuldgefühle? Dieser Terrortusch. Den Schrecken danach hatte sie völlig unterschätzt. Ihr war noch immer ganz schwindelig. Davon. Restalkohol und Rausch und Kopfkarussell. Und Hormon-Harakiri. Ihr Herz eine Buschtrommel. Irgendwie auf der Flucht. Ein Medley aus SOS und »Love is in the Air« klopfend. Aber vor wem oder was genau flüchtend?

Gefühle, große, gute Gefühle – *made in Germany*. Kann sein. Die hätte sie gern geheim gehalten, erst mal, vielleicht auch vor sich selbst. Aber wie sollte das gehen? So, wie Hansen sie letzte Nacht angefasst, berührt und geküsst und was nicht alles hatte. Madonna!

Ich will hier keine Werbung für meinen Vater machen. Bestimmt nicht. Aber hatte sie das überhaupt schon mal erlebt? Oder wann zuletzt? Solche Hände, die ihr das Gefühl vermittelten, sie berührten etwas ganz Besonderes, Kostbares, einen Rohdiamanten, selbst dann noch, wenn sie etwas fester zupackten. Was ja in der Natur der Sache lag. Insbesondere wenn man im Outback zwischen lauter Farmern sozialisiert worden war, auch sexuell. Letzte Nacht aber war nichts Grobes, Plumpes oder Falsches zu spüren gewesen. Keine Sekunde das Gefühl, als wuchtete ein Bauer ... Schweinehälften. Da hatte sie sich eher wie eine Stradivari gefühlt, aus der ein Maestro völlig neue Töne hervorlockte (ihr Bild dafür).

Was war das? Schon Jazz? Noch Klassik. Wagner für Weichteile? Dabei dachte sie immer, dafür seien die Franzosen bekannt, oder die Italiener ... die Deutsche bauten eher tolle Autos, Küchen, Panzer, Kühlschränke.

Eins steht fest: Wenn sie nur einen Tick lockerer und nicht jahrelang so verstimmt und unbespielt in der Ecke gelegen hätte – um in ihrem Bild zu bleiben –, dann wäre sie sicher, ganz sicher auch gekommen. Nicht, dass er sich wunderte, ob sie frigide war, oder so was. Oder es womöglich auf sich bezog. Sie war einfach bloß zu aufgekratzt gewesen. Ist doch klar. Das war schon eine große Nummer. Alles in allem. Jetzt gar nicht unbedingt der GV. Oder doch, der auch. Aber mehr die Tatsache als solche, nach etlichen Jahren mit einem anderen Mann im Bett bzw. in der Koje zu landen.

Jesus, Lis! Did I really do this? Ein anderer, fremder Mann. *Bloody hell!* Bei dem Gedanken musste sie fast schmunzeln. Hatte sie das wirklich wahr gemacht? Die Käfigtür einen Spalt geöffnet. Fast schon aus den Angeln gehoben. Nach wie vielen Jahren? Sich endlich mal wieder als Frau und nicht nur als Ehefrau gefühlt, begehrt, nicht nur gebraucht zu werden. Aktion statt Reaktion, nicht immer nur das tun, was andere von ihr verlangten. Allen voran ihr Mann, Maurice, die Kinder, die Eltern, die Schwester, die Schwiegermutter, der Chef, der Hund, die Kollegen ... ziemlich genau in dieser Reihenfolge.

Lis, Lis, Lis! Do you mind, could you, please ...!

Und jetzt das bzw. der *Häns from Germany*. Ihr persönlicher Mauerfall. Das war alles in allem mehr Aufregung als in den letzten acht oder neun Jahren – Ehejahren – zusammen. Und so fremd hatte sich Hansen überhaupt nicht angefühlt. Im Gegenteil. Das machte ihr mit am meisten Angst. Wie gesagt, als kleines Mädchen hätte sie sich früher selbst eingesperrt, wie sie Hansen später beim Lunch gestand. Diese Schuldgefühle sei sie bis heute leider, leider nicht ganz losgeworden.

Wieso leider, meinte der ganz weltmännisch und hätte ihr fast die Wange gestreichelt. Was natürlich nicht drin war, wie gesagt, absolut tabu. Keine Intimitäten *in public*, meinte Lisanne. Allein darüber zu sprechen fiel ihr schon schwer. Ohne Geheimhaltung ginge das nicht an Bord der *Khlebnikov. It has to be our little secret*.

Hansen nickte, schmunzelnd, und kam sich vor wie ein Teenager. Als sei er in ein Remake von *Eis am Stiel* oder *Heimliche Liebschaften* geschlüpft. Gefiel ihm ganz gut alles:

I think, the little hidden seventeen year old girl inside is quite cute.

Allemal angenehmer als diese »Alphaweibchen« und »Powerfrauen«, die neuerdings durch die Medien geisterten und auf dicke Hose machten. Lauter unangenehme, maskuline Eigenschaften imitierten und die ganze Dröhnigkeit adaptierten, die Hansen schon an Männern nicht ausstehen konnte.

Just tell her?, meinte er, bisschen als Provokation gemeint. Als Coming-out-Übung und mögliche Voraussetzung für eine Komplizenschaft mit kostbaren Tipps.

Whom? What?!

Miss Milford, meinte er. *Everything!*

What? You're kidding me? Man konnte förmlich sehen, wie sie bei dem Gedanken innerlich zusammenzuckte.

No, I am serious.

Ältere Frauen seien diesbezüglich, in Lebens- und Liebeskunde, oft viel ... versierter und überraschend verständnisvoll, sogar durchtriebener als man selbst, meinte er, oder zumindest mehr, als man vermutete. Erstens kannten ältere Damen das Leben, nichts Menschliches war ihnen fremd (und Fremdgehen – allzu menschlich, seine Meinung). Und zweitens, das sagte Hansen so natürlich nicht, das dachte er bloß, wussten die oft am besten, wie rasant und rücksichtslos das Leben voranschritt, und eh man sich versah – zack –, hing das Fleisch und alles in Falten, und der Mensch, selber welk, erfreute sich an blühenden Rosen. Suchte die Schönheit sonst wo. Nur nicht mehr im eigenen Spiegelbild.

Well, forget it. Bad idea! She's Australian, meinte Lisanne, als lebe man da noch im Kreidezeitalter. Oder bereits unter Taliban-Herrschaft. *Sorry, Häns, I must insist. Please! Will you promise me?*

Selbst wenn Miss Milford dichthielte oder wie eine Kammerzofe mitfiebere, Australien sei ein Dorf, es gebe drei Paare aus Sydney an Bord. Eins davon in unmittelbarer Nachbarschaft, meinte Lisanne.

And on top of that ... almost everybody here knows I am married. And, apart from that, if this comes out, my husband will probably kill you! Was natürlich den Reiz nur noch erhöhte. Ist klar. Vielleicht sogar mit das Beste war, dachte Hansen. Nicht unbedingt ihr letzter Satz, schon gar nicht jene Vorstellung, aber das Versteckspiel. Ihr *sweet little secret*. Nachts, wie in einem Internat auf See, aus der Kabine zu schleichen und *Heimliche Liebschaften* nachzuspielen. Oder her mit den ... australischen Ehefrauen. Und sich trotzdem wie ein liebestoller Teenager zu fühlen. Vom Mädchen- in den Jungstrakt zu schleichen, mit viel Geflüster, Getuschel und Gekicher in der Kabine. Und beim Sex den Mund zuhalten, nachdem Lisanne immer lockerer geworden war, und die Italiener nebenan die Ohren und sonst was spitzten (denn mit Stradivaris kannten die sich aus).

Bisher wusste Miss Milford nur, dass sie *two gorgeous boys* hatte und einen Ingenieur in irgendwas als Mann (hatte Hansen wieder vergessen). Und dass sie alle zusammen ein viel zu großes, quasi nicht standesgemäßes Haus am Bondi Beach bewohnten, noch nicht ganz fertiggestellt, weil erstens beruflich genügend andere Baustellen und zweitens finanziell bös verhoben. Mister Engineer, meinte Lisanne, hatte im Alleingang einfach alles über ihren Kopf hinweg unterzeichnet.

That pisses me off, sagte sie mit Restgift in der Stimme. *Big time. Major mistake.*

Lisanne wurde immer vertrauensseliger, und Hansen hörte aufmerksam zu. Er nickte nur, halb Pastor, halb Therapeut und bisschen beste Freundin, verkniff sich allerdings irgendwelche Fragen und nahm es, wie es kam – in erster Line als Vertrauensbeweis und als dezent abgesetzten SOS-Ruf: *Help me out here*, Mister Löwenherz. In mir schlummert eine viel zu früh verheiratete Studentin, ihrer besten Jahre beraubt. Wie sonst hätte er es deuten sollen?

Schon nach kürzester Zeit hatte Lisanne überhaupt kein gutes

Haar mehr an ihrem Mann gelassen, mit dem Hansen fast Mitleid bekommen und sich solidarisch erklären wollte. Was sie am meisten störte: Sie konnte nicht mit ihm reden. Zu viel Mann, zu viel Ingenieur, sagte sie. Emotionale Themen ein *nightmare*. Wann immer sie das Thema Trennung ansprach, machte er zu. Oder wurde *really grumpy and shitty*, meinte Lisanne und gestand, dass sie ihren Mann schon lange nicht mehr liebte. Morgens, wenn er mit der Zeitung in die Küche schlurfte und das Maul kaum für ein *Good Morning* aufbekam, ertappte sie sich immer öfter bei dem Gedanken: Was will dieser Fremde in meiner Küche? Warum soll ich dem das Frühstück machen und Kaffee servieren? Nur, weil ich es schon jahrelang so mache? Und abends ewig den Scheißgrill anschmeißen, massenhaft Leichenteile marinieren, obwohl sie selbst Vegetarierin war.

Ah, really, I've thought so, grätschte Hansen dazwischen, in erster Linie, weil er sich ihren Ehemann nicht so genau vorstellen wollte. Und *Desperate Housewives* ... noch nie sein Ding gewesen. Schon gar nicht live.

Manchmal warf sie sich vor, dass er ihr Produkt sei, und war sich nicht sicher, ob er sich wirklich so verändert hatte oder sie bloß diejenige war, die ihn mit anderen Augen sah. Was im Endeffekt auf dasselbe hinauslief – emotionale Distanz. Mehr Rotwein, weniger Gespräche, null Sex.

I am tired. I've tried for so many years ...

Kurz darauf holte Lisanne ihr Handy aus der Kabine und hielt es meinem Vater vors Gesicht. Sozusagen der Grund für ihre Entbehrungen. Was ihm überhaupt nicht recht war. Da so tief einzusteigen. Denn zu viel Mutter, ganz allgemein – selten erotisch. Erstens. Und zweitens, stolz präsentierte Fotos von Familienangehörigen – nicht minder heikel. Hansen überlegte, ob er kurz daran erinnern sollte, dass er nicht Miss Milford war. Als Außenstehender ließ sich die Euphorie über das Gezeigte selten komplett oder auch nur annähernd nachvollziehen. Vielleicht wäre das anders gewesen, wenn es Fotos von zwei Töchtern gewesen wären.

Mein Vater nahm das Handy entgegen. Ein Bild vom Strand war das. Die Brüder, lässig Arm in Arm, mit nassen Haaren, die aussahen wie zurückgegelt, italienisch, zwei makellose weiße Zahnreihen, jeder ein Surfbrett neben sich. Schmelz der Jugend.

Ah, nice, really ... und das seien die Freundinnen?, fragte Hansen. Quasi Übersprungsfrage. Seine Art, sich vor Kommentaren zu drücken. Wobei er Glück hatte. Lisanne lächelte. Hansens Humor traf, meistens, besser als Amor.

Yes, they're twins actually. Bisschen flachbrüstig, meinte Lisanne (nicht Hansen).

Klar sahen die schmuck aus, die Jungs. Aber wer sah das nicht in dem Alter? Ganzen Tag am Strand und in der Sonne. Von den Eltern gut versorgt. Bondi-Beach-Boys halt. Von den Differenzen ihrer Eltern verschont, weil Lisanne abends lieber einen Rotwein als – sinngemäß – mit ihrem Mann ein Fass nach dem anderen aufmachte. *(I gave up, I've tried for so many years.)*

Could be easily your brothers, meinte Hansen.

Pfff, I wish, Mister Nice Guy. War natürlich reichlich plump. Aber Komplimente, egal wie plump, fanden immer irgendwie ins Ziel. Jedenfalls strich sich Lisanne kurz darauf einmal, fast verlegen, mit der rechten Hand durchs Haar, was sie sonst nie machte. Als sei das heute ihr *bad hair day*.

Hansen setzte nach:

Honestly, I am serious. Especially this one here, the younger one.

Er zeigte auf Floyd, der demnächst 14 wurde. Der Musische, der eher nach der Mutter kam, Gitarre spielte, in Deutsch ziemlich gut war, die Bundesliga aufmerksam verfolgte, St-Pauli-Fan war (wegen des Totenkopfs) und nächstes Jahr als Austauschschüler nach Stuttgart gehen und ein Praktikum bei Porsche machen würde.

What? Wait a minute! St-Pauli-Fan und Porsche? Hansen sah entsetzt auf. Das ginge nicht. *And Stuttgart?*, fragte er, als läge das im Kongo. Er sprach es englisch aus bzw. wie Helmut Schmidt (»spitze Steine«). Also eigentlich korrekt.

Yes, what's wrong with it?, fragte Lisanne sofort ganz Mutter. Ob das keine gute Gegend sei. Im Sinne von gefährlich. Hansen musste lachen und überlegte kurz, ob er erzählen sollte, dass Stuttgart bekannt für marodierende Gangs war, die für iPods und Cheeseburger töteten. Deutschlands Banlieue, falls ihr das was sage. Aber letztlich war sie ja schon besorgt genug.

Well, Stuttgart is not Berlin or Hamburg. Our outback, if you like, bit like Munich ... pretty boring.

Ah, I see, that's okay, probably not as many drugs then ... I've heard Berlin ...

Yes, true.

Dabei beließ er es. Alles andere wäre zu kompliziert und blöde gewesen. Einer Australierin irgendwelche spießigen Provinz-Fehden bzw. -Possen vom Schwaben-Bashing in Prenzlauer Berg zu erzählen (unser Dorf ist schöner/cooler/geiler/cosmopolitischer. Diese ganze Kinderkacke). Dann nahm das Gespräch eine ungeahnte Wendung.

Actually, I am planning to visit him.

Really?

Lisanne nickte.

So if you will be around, Häns. Next year ... I could possibly pop up, meet you in Hamburg. And you show me the Ripperbahn?

Great, sagte Hansen, mit verhaltener Freude, die irgendwelche Bedenken im Schlepptau hatte. An seiner Reaktion konnte selbst eine Frau mit nur mäßigem psychologischen Gespür einiges ablesen.

Next year, sure, why not, dachte er, dann können wir uns beim Kinderwagenschieben mal abwechseln. Prima. Womöglich trug er das frisch Geschlüpfte aber auch wie ein Koalabärchen in der Baby-Björn-Bauchtrage rum (eine Vorstellung, die noch einiges an Fantasie bedurfte. Oder diese enthemmenden »Go-Pillen«, Dexedrin, das Zeug, was man Soldaten im Kampfeinsatz gab).

Dann die nächste Frage, als hätte sie diesen Gedanken telepathisch empfangen. Das kam schon nach kürzester Zeit merkwürdig oft vor, wie bei einem alten Paar.

But what about you, Häns? Bisher habe sie immer nur über sich geredet, sagte Lisanne. *What about your situation ... Are you engaged with someone?*

Keine Ahnung. Engagiert? Am liebsten hätte er *vergessen* gesagt. Hansen zuckte mit den Schultern.

Well, yes, sort of, sagte er.

Lisanne nickte, wartete, ob da noch was kam. Dann hakte sie nach: *Have you got any children?*

No, no, not as I know ... eine stressgeborene, nicht besonders gelungene Antwort. Tendenziell sogar richtig bescheuert. Übersetzt, in den Ohren einer Frau, klang das in etwa so, als hätte er: Hey, Lady, ich bin zwar Sportficker und alles – aber meistens nie länger als ein paar Wochen mit derselben am Start. Um Schadensbegrenzung zu betreiben, überlegte Hansen kurz, ob er vom Ultraschall erzählen sollte. Und dass da gerade, *you know, funny you're asking*, ganz aktuell ein Kind in der Pipeline bzw. zu Hause, in Fritzi, also seiner deutschen Freundin sei, mit der er nachher mal genau deswegen telefonieren müsse.

Schande. Stimmt überhaupt. Das war ja wohl das Mindeste. Wollte er gleich im Anschluss machen. Durfte er nicht vergessen. Knoten im Gewissen hatte er ja schon.

30.

Doppelt doof alles bzw. Ironie des Schicksal, wie es immer heißt, zumal meine Mutter nicht zuletzt wegen des Zeugungsstreiks in Sachen Schwangerschaft voll auf Kurs war. Kurs »Muttertier«, meinte sie selbst. Sie hatte gerade begonnen, sich in der Rolle der »brütenden Seemannsbraut« zu gefallen, deren Kerl irgendwo auf Eisbrecherexpedition war (konnte sie ja nicht wissen, dass mein Vater nebenbei einen Abstecher in eine australische Frau machte – Expedition in die Eingeweide quasi). Auch wenn sich das dann schneller erledigte, als er »Auf Wiedersehen« sagen konnte.

Wenn schon schwanger, dachte sie, dann nicht so 08/15. Erinnerte entfernt ein bisschen an Lars von Triers *Breaking the Waves*. (Bloß dass der Mann in dem Film auf einer Bohrinsel unterwegs war und richtig verunglückte, nicht nur amourös.) Die exotischen Umstände – und die Reaktionen darauf – färbten auch auf sie ab. Irgendwie gefielen ihr die Kommentare in ihrem Freundeskreis: »Wo ist der? Ach was, echt? Auf einem Eisbrecher? Wirklich? Und was macht der da? Und der weiß noch gar nicht, dass du schwanger ...? Ist ja abgefahren!« Usw.

Zum ersten Mal keine Missgunst mehr. Alles schick. Eigentlich. Hansen machte seinen Job – Globetrotter in der großen, weiten Welt – und sie ihren: vorübergehende Glucke. Ganz klassisch. Na und? Heimchen hier, Jäger und Sammler (und leider, leider auch Rammler) da, wie sich dann herausstellte.

Sie war ganz zuversichtlich. Mit ihren hausgemachten Hilfshormonen. Sie war noch ganze drei Tage in Hamburg geblieben, stieg dann in Altona in den Zug Richtung Berlin und sah aus dem Fenster. Versuchte es zumindest. Aber die Reise mit dem ICE war definitiv keine Frachterfahrt, sondern ein Tiefflug. Ihre Pupillen sprangen wie bei dieser Augenkrankheit, diesem Rucknystagmus, nervös hin und her. Die Welt hinter der Scheibe verschwamm zu einem graugrünen Schleim. Wahrscheinlich das Beste, was dem Deutschland da draußen passieren konnte, dachte sie. Diese ganzen komischen Unorte, in denen man »echt nicht tot über dem Zaun hängen wollte« und noch Jahre nach der Vereinigung das Gefühl hatte, auf einem »Zombie-Set« gelandet zu sein, wie Hansen mal bei einem Ausflug durch Brandenburg gemeint hatte.

Was der wohl gerade sah? Mister Honey-Hansen, dachte meine Mutter. Eine Mitternachtssonne? Gleißendes Eis, ein tobendes Meer? Tafel-Eisberge? Die Hütten der Polpioniere? Walfontänen? Polarlichter? Frisch geschlüpfte, plüschige kleine Pinguine in der Mauser? Bestimmt irgendwelche tollen Naturschauspiele, dachte sie (und wenn man Lisannes Brüste dazuzählen wollte, kam das ungefähr hin).

Allmählich könnte er echt mal reagieren, dachte sie. Wenigstens einen Trend verlautbaren lassen, wie es sich für ihn anfühlte, dass sie sozusagen die Antwort auf die Schicksalsfrage im Bauch trug. Schon allein weil »Schicksalsfrage« letztlich so negativ konnotiert war. Ein Schicksal schlug in der Regel zu und brachte selten Erfreuliches.

Vorsichtshalber holte sie den *Zeugungsstreik* aus ihrer Tasche und las das Kapitel, Hansen Gebrauchsanleitung bzw. Beipackzettel, ein zweites Mal. Die Stellen mit möglichen Nebenwirkungen. Falls ihr irgendwas entgangen war (nicht dass man ihn dafür bezahlt hatte). Ob das bloß gefälliges Gewäsch oder wirklich halbwegs ernst gemeint war? Und wenn ja – ihr Kinderlein kommet –, ob er, Hansen, dann auch blieb oder die Frau einfach sitzen ließ? Aber selbst beim zweiten Mal konnte sie keinen Kuhfuß entdecken. Die Synopsis lautete: *Go with the flow*, wie Hansen an einer Stelle sagte, was meine Mutter im Übrigen für eine bessere Überschrift gehalten hätte.

Die dachte sich natürlich ihren Teil.

Zu Hause angekommen – in ihrer Antarktis für Arme –, schnappte sie sich ihren Rechner und verkroch sich damit im Bett, noch bevor sie in der Küche den Ofen einheizte. Die *Spiegel-Online-*Seite baute sich gerade vor ihr auf, als das Telefon klingelte:

»Hallo?«

»Schönen guten Tag, Hansen mein Name.«

...

»Was?! Nee, echt, du, Hansen?«

»Klar, wer denn sonst, mein Anwalt?«

Damit hatte meine Mutter überhaupt nicht gerechnet. Ein Anruf aus der Antarktis. Wie abgefahren.

»Mir langt's schon, wenn ich dich höre, Hansen! Ich glaub's nicht. Wahnsinn. Wo bist du?«

»Sag ich doch, im Südpolarmeer. Kurz vor der Antarktis. Soll ich die Koordinaten durchgeben? Nicht weit von diesem Eisberg, der so aussieht wie diese Kathedrale von Gaudí.«

Erste Erkenntnis: Er klang locker, nicht schockiert, irgendwie gut gelaunt. Wie beschwingt. Entweder, weil das alles für ihn noch so weit weg und abstrakt war, oder weil er das, was im Buch stand, ernst gemeint hatte.

»Vom Schiff?«

»Jupp, Deck 9. Radio Room. Melde Eisberge voraus. Jede Menge ... das müsstest du sehen.«

»Und da hast du Handynetz?«

»Wie? Nee, quatsch, nix Handy. Satellitentelefon. Kostet, keine Ahnung, ein Vermögen«, sagte er. »Zwölf Dollar die Minute. Aber ich dachte, bei dem Anlass ...«

»Allerdings, Hansen! Ich sag's dir. Und ich dachte, wieso hört, sieht, liest man von dem Stoffel eigentlich nichts? Hast du das Bild bekommen? Den Ultraschall? Jetzt sag doch mal!«

»Hat er, der Stoffel. Im edlen Kuvert ...«

»Und?«

Mein Vater schnalzte mit der Zunge.

»Was und? Kaum ist man mal weg, wirst du gleich schwanger. Du machst Sachen!«

Er dachte, es sei das Beste, das Thema offensiv anzugehen.

Kein Trübsal blasen oder Problemtalk über Satellit. Das Einzige, was ihn irritierte: Oleg, IM Oleg, der Funkoffizier. Hansen wurde das Gefühl nicht los, dass der Typ alles mithörte. Oder warum trug der jetzt Kopfhörer? Der hatte ganz bestimmt damals in Ostberlin studiert, und so selten unbeteiligt, wie er tat, bekam er wahrscheinlich jedes Wort mit. Wie Ulrich Mühe in *Das Leben der Anderen*. So saß der da. Das machte die Sache nicht leichter. Wenn gleich zwei dachten, man sei bescheuert. Fehlte nur noch, dass der den Kopf schüttelte.

»Genau, Hansen, dachtest wohl, du lässt mir ein Andenken da. Das ist dir jedenfalls geglückt. Wie findste 'n das?«

Alles andere war zweitrangig, dachte meine Mutter.

»Na ja ...!«

»Wie na ja?«

»›Treffer versenkt‹ bzw. ›umgekehrt‹, wie Krise so schön gemeint hat!«

»Krise, wieso Krise? Der Freund von dir? Fährt der etwa mit? Was weiß der denn davon?«

»Ich hab ihn angerufen.«

»Aha, verstehe.« Kurzes Stimmungstief. »Du rufst erst den an ...« Egal. Nicht wieder gleich rumstänkern, dachte meine Mutter. Solange ihm die Freunde das Richtige rieten. »Und hat er dich gecoacht?«

»›Gecoacht‹? Wieso denn gecoacht?«

»Oder geschimpft, dass wir nicht aufgepasst haben? Was weiß ich.«

»Nee, nix geschimpft. Im Gegenteil. Er meint, was Besseres könne mir gar nicht passieren.«

»Ach, echt? Schön! Und was meinst du? Das würde mich mehr interessieren.«

»Ich?! Schande über mein Haupt, Fritzi. Ich hab das erst gar nicht erkannt ... das Bild, also den Ultraschall. Kein Scheiß!« Allerdings auch, weil der Ausdruck, also die Bildqualität so schlecht sei, fügte er hinzu.

»Wie ›nicht erkannt‹? Was dachtest du denn, was ...?«

Mein Vater zählte auf, was er in den Ultraschall alles reinorakelt haben wollte. Teilweise echt absurde Sachen, dachte meine Mutter, aber ganz originell. Von Nacktmull bis Beluga alles dabei, Letzteres gefiel ihr am besten, wobei Nacktmull auch nicht schlecht war.

»Aber sag mal, Fritzi, wie geht's dir denn damit? Ich meine, das kam hier so kommentarlos an ...«

»Mir? Bestens mittlerweile! Ich habe mich daran gewöhnt. Die ersten beiden Tage war das schon ein Klops. Hauptsächlich wegen der Uni. Das grätscht ja massiv dazwischen. Aber mittlerweile freu ich mich sogar – gigantisch!«

Hansen nickte wohl.

»Verstehe, aber ... langt Gewöhnung, Fritzi? Ich meine, muss man das nicht wollen? So richtig, also total?«

»Hallo?! Ich will das, Hansen, total! Und deshalb würde ich mich wahnsinnig freuen, wenn du das auch willst.« Und nicht nur das, sie wolle auch, dass er der Vater sei. Er, Hansen, und kein anderer. Das sei überhaupt der Grund, warum sie bereit sei, ihr Studium zu stornieren. Sie habe auch schon ihren wenig begeisterten Eltern Bescheid gesagt und, ach so, komme übrigens gerade aus Hamburg zurück.

»Ich war nämlich bei deiner Mutter.«

»Und hast es ihr erzählt?«

»Klar, wieso auch nicht?«

»Ist sie ausgeflippt?«

»Na ja, so würde ich es nicht nennen. Oder doch, kann sein, für ihre Verhältnisse vielleicht schon. Wie alte Damen halt ausflippen ... ›deine guten Gene‹, du weißt schon.«

»Aber wartet man nicht erst die zwölfte Woche ab, normalerweise?«

»Erstens beginnt die demnächst und zweitens weiß ich, dass alles seine Richtigkeit hat. Ich weiß sogar, was es wird, Hansen.«

»Wie, was es wird? Ein Kind hoffentlich.«

»Ja, aber was für eins. Junge oder Mädchen.«

»Ach komm, Quatsch. Kann man das sehen? Auf dem Ultraschall?«

»Nein. Das kann man spüren. Wir kriegen einen Jungen. Ich weiß das einfach. Ganz komisch. Würd ich wetten.«

»Verstehe«, womit Hansen eigentlich das Gegenteil meinte. Aber er traute sich nicht nachzufragen.

»Du klingst ja begeistert!«

»Na ja, Fritzi, was soll ich sagen, ich schipper hier durch die Antarktis. Für mich ist das noch so ... abstrakt alles.«

»Abstrakt? Was ist denn daran abstrakt? Kinderkriegen ist so ziemlich das Konkreteste überhaupt.«

War ja klar, dass mein Vater nicht gleich »Supi, erste Sahne« oder so was sagte, ohne Wenn und Aber. Das konnte man nicht erwarten. Von Hansen. Das war auch okay. So kannte man ihn. Als Zweifler und Zweckpessimisten. Hatte sich Fritzi längst mit abgefunden bzw. ein gutes Argument überlegt: Was nützte ihr ein Typ, der Purzelbäume schlug, das Blaue vom Himmel versprach, gleich ein Haus bauen wollte und bei der ersten vollgeschissenen Windel das Weite suchte – so wie gerade bei einer Freundin geschehen. Torschlusspanik. Dann lieber umgekehrt, dachte meine Mutter. Gesundes Wachstum. Gemeinsam. Mit der neuen Aufgabe. So in der Art.

»Ist okay, Hansen. Dass du nicht gleich ausflippst deswegen. Würde auch gar nicht zu dir passen ...«

»Sorry, kommt vielleicht noch.«

»Oder hättest du lieber eine Tochter?«

»Nee, keine Ahnung, hab ich mir ehrlich gesagt noch keinen Kopp drum gemacht. Junge oder Mädchen. Beides gut.«

Das war gelogen.

»Jedenfalls, damit wäre die ›Schicksalsfrage‹«, betonte meine Mutter etwas übertrieben, »wohl beantwortet.«

»Welche Schicksals...?«

»Deine Mutter hat mir dieses Buch mitgegeben.«

»Welches Buch?«

»Na, dieser komische *Zeugungsstreik*. Deine Gebrauchsanweisung, hat sie gemeint.«

»Ach das. O Gott, Scheiße, stimmt.«

»Wieso ›o Gott‹?«

»Ach, nur so ... hatte ich nur völlig vergessen. Das war mehr ein Gefallen, damit sie unterschiedliche, wie sagt man, Fälle oder Fallbeispiele hat.«

»Das klang aber gar nicht nach Gefallen, Hansen, sondern ziemlich original nach dir. ›*Go with the flow*‹ und so. Da gab es echt schlimmere Statements. Dieser Typ zum Beispiel, der meinte, dass Kinder eine Krankheit seien, bei der der Mann die Frau mit seinem Samen infiziere ... so'n Arsch.«

Keine Reaktion. Meine Mutter setzte nach.

»Egal, was mich viel mehr interessieren würde, da war ich mir nämlich nicht so sicher: Meinst du das auch alles so?«

»Na ja, im Prinzip schon. Doch. Achtzig Prozent Authentizität.«

Hansen sah zu Oleg. Der notierte was auf Papier.

»Welches Prinzip, Hansen? Seit wann hast du Prinzipien?«

Guter Punkt.

Wenn man hörte, wie sich die beiden gegenseitig die Bälle zuwarfen, passten sie doch ganz schön gut zueinander. Das Gleiche ging auch Hansen durch den Kopf, denn so was funktionierte nur mit Frauen gleicher Provenienz, oder wie das hieß. Selber Kulturkreis, selber Humor. Geistig ähnlich getaktet. Humor, überhaupt ganz wichtig, wichtiger als Sex. Laut Hansen. Und das sollte was heißen, nämlich: dauerhafter, weniger erlahmungsanfällig. Humor funktioniert auch ohne Hormone. Praktisch die Königsdisziplin gelungener Zweisamkeit. Allemal eine gute Grundierung.

»Und welche zwanzig Prozent stimmen nicht?«

Es stimme, dass er auf keinen Fall so ein alter Vater sein wolle wie sein eigener. Vierzig sei ja schon grenzwertig. Wenn er schon Vater werde, dann sei es ihm logischerweise lieber, sich noch nach dem Ball bücken zu können und beim Fußball nicht mit einem Rollator und einer Blindenbinde im Tor zu stehen. Oder wie Harald Schmidt neulich anlässlich einer Frau meinte, die noch sehr spät Mutter wurde: damit das Kind statt einer Schultüte nicht eine Urne in die Hand gedrückt bekomme.

»Spinner, du bist im besten Alter. Und hör mir auf mit Harald Schmidt, du weißt, was ich von dem halte.«

»Ja: ›ein Spießer, der in jeder Sendung lediglich den katholischen Kleinbürger in sich exorziert‹. Hab ich mir gemerkt.«

»Exakt. Du bist nicht zu alt. ›Alter ist ein Geisteszustand‹ – deine Worte. Hab ich mir gemerkt. Das ist doch nur eine Ausrede, oder?«

Na ja, schon. Was sollte er auch sonst sagen? Dass es vielleicht nicht der weltbeste Moment war, zu erfahren, dass er Vater wurde? Dass er den Ultraschall lieber nicht zu Gesicht oder erst nach der Reise bekommen hätte? Dass der jetzt in seiner Kabine wie so ein Spielverderber, eine Art Anstandsdame rumlag? Und dass das alles aber nicht hieß, man würde zwangsläufig ein schlechter Vater sein?

»Oder liegt's an mir? Hättest du gern von einer anderen ein Kind?«

»Quatsch, wieso denn nicht mit dir?«

»Das war meine Frage, Hansen!«

»Ach, komm. Du und dein negatives Selbstkonzept immer.«

»Jetzt sag halt. Weil, ganz ehrlich ... ein bisschen Euphorie wäre schon schön. Sagen wir so, es wäre gerade ganz hilfreich, in diesem Teil der Welt. Ich fühle mich nämlich ein bisschen allein damit. Ist doch klar.«

»Verstehe ich. Kommt schon noch. Du hast auch zwei Tage gebraucht. Ich hab's ja eben erst geblickt. Die heb ich mir für später auf, für den Kleinen oder die Kleine«, sagte Hansen, gerade noch rechtzeitig, denn damit konnte er punkten. Er steuerte auf ein versöhnliches Ende zu, alles andere brachte nichts. »Und hey, ich freu mich auch, dass du die Mutter meines Kindes wirst. Wer denn sonst?«

In dem Moment meinte er es auch so.

»Das wird bestimmt das niedlichste Baby *ever* ... kannst dir schon mal Gedanken über Namen machen.«

»Wieso? Weißt du wirklich schon, was ...?«

»Nein, nur so. Kannst dir beides überlegen. Mädchen- und Jungsnamen.«

»Heinz oder Inge! Eindeutig.«

»Du weißt, dass es in Kreuzberg 'ne Kneipe gibt, die so heißt, Hansen? ›Heinz und Inge‹.«

»Klasse. Da feiern wir später immer Geburtstag«, falls ich dann noch eingeladen werde, dachte er. »Aber ... bist du dir denn sicher, ich meine, bin ich der Vater? Müssen wir noch 'nen Test machen, oder?«

»Spinnst du, Hansen? Wer soll denn ... Du musst nicht immer von dir auf andere schließen.«

»Ja, ja! Wie gut, dass wir keinen Vertrag gemacht haben.«

»Jetzt schon!«, sagte Fritzi. »Oder willst du, dass dein Kind so einen Hurenbock als Vater bekommt, wie du ihn hattest?«

An dieser Stelle rutschte Oleg so seltsam auf seinem Stuhl herum. Auch egal, solange der nicht plötzlich aus dem Gespräch eine Konferenzschaltung machte.

»Mein Vater, was weißt du denn von meinem Vater?«, sagte er. »Aber stimmt, der war nicht gerade zimperlich, mein Alter. Lass uns darüber später sprechen«, meinte Hansen, »und jetzt Schluss machen. Ich melde mich noch mal von Bord, nächste Woche. Ich freu mich auf dich, auf euch«, korrigierte Hansen.

»Wir uns auch auf dich, Hansen. Kuss und was du willst.«

Hansen nickte nur.

IM Oleg dachte wahrscheinlich, dass Hansen gerade genau das hatte, so wie der grinste. Was sich irgendwie auch beim Preis fürs Telefonat bemerkbar machte. Fast dreistellig. Für knapp zehn

Minuten. Absurd viel. Als enthielte die Summe einen Solidaritätsbeitrag fürs Müttergenesungswerk, dachte Hansen hinterher auf dem Weg zurück in seine Konvergenz-Kabine.

Ob er das als Spesen absetzen konnte?

31.

Die Gespräche wurden immer vertrauter. Es ging um Gott und die Welt. Man hatte viel Zeit zum Reden. Doch, das auch. Allein die ganzen gemeinsamen Mahlzeiten. Lisanne fragte meinen Vater über Deutschland aus. Schon deshalb, weil sie keine Lust hatte, über ihre Situation zu Hause zu sprechen.

Just puts me off, meinte Lisanne mal. Sie hätte nicht mal eine E-Mail zu ihrem Geburtstag bekommen.

Your birthday, when was that?, fragte Hansen.

Two nights ago, sagte sie und grinste.

What, really? Come on. You should have told me ...

And then ... what? They've even set up a huge dinner for me. All good.

Das *Captain's Dinner*, meinte sie. Sie hätte sich selbst beschenkt, *sort of.*

Trotzdem, Hansen tat das irgendwie leid. Was für ein Arsch, dieser Maurice. Er nickte nur, peinlich berührt. Aber irgendwie auf dem groß rumzuhacken stand ihm nicht wirklich zu.

Wenn es nach ihr gegangen wäre, wäre das allerdings ein ganz vegetarisches Menü geworden. Und kein Langusten-Massaker. Dann erzählte sie kurz, warum sie Vegetarierin geworden sei. Allerdings keine dogmatische. Ohne jeden missionarischen Eifer. Wer selbst jage oder angele, für den Hausgebrauch, die Tiere hinterher töte und verzehre ... völlig okay. Habe sie kein Problem mit. *It's not perfect, but part of the game.* Was ihr als Biologin massiv gegen den Strich gehe, seien *the cruel conditions of captivity*. Sprich Massentierhaltung. Sie hatte hierzu mal eine Studie über die Hirschzuchtfarmen in Neuseeland gemacht. *Horrible*. Wildtiere so zu halten. Hansen hatte nur genickt, ohne nachzufragen. Weil er sich damals sofort gefragt hatte, ob das eine Art Ersatzkampf für die eigene »Käfighaltung« und Gefangenschaft ihrer Ehe war. Quasi sublimiertes Scheingefecht. Stellvertreterkrieg. Dann ging sie nahtlos dazu über, meinem Vater zu erzählen, dass sie an der Uni in Sydney jahrelang dafür zuständig gewesen sei, Tierversuche zu überwachen, zu überprüfen, dass die möglichst human – falsches Wort, möglichst wenig bestialisch – verliefen. Im Zuge dessen habe sie ihren ehemaligen Professor dazu gebracht, sich einmal anzugucken, wie genau die nicht mehr benötigten Versuchstiere, also die Ratten, Mäuse, Kaninchen, Schlangen, Opossums und sogar Koalabären, in der primitiven, selbst gebastelten Gaskammer hinter dem Tuch aufs Grausamste krepierten.

Let's have a look!

Der Mann, ihr ehemaliger Professor, der das jahrelang ohne mit der Wimper zu zucken gemacht und Tausende von Tieren getötet hatte, sei daraufhin in Tränen ausgebrochen. Als er zum ersten Mal miterlebte, wie lange und logischerweise qualvoll die Agonie der Tiere verlief, hätte er fast seine Professur niedergelegt.

I see, sagte Hansen, selbst erschüttert, allerdings ob der Wirkung Lisannes auf ihn in diesem Moment. Sie punktete bei meinem Vater dadurch auch aktiv. Denn gut aussehende selbstbewusste Frauen bzw. Selbstdarstellerinnen mit Hang zur Egozentrik kannte man, gab es genug. Zu Hause. Vor allem, wenn man sich wie Hansen eher in der Medienlandschaft bewegte. Gut aussehende Wissenschaftlerinnen, die unprätentiös eine Arbeit verrichteten, die irgendwie Sinn ergab und nicht der Unterhaltung oder Marktwirtschaft diente (Verkauf oder Verdummung), kannte Hansen nicht. Deswegen dieses ganze Geschwärme. Solche Geschichten waren ihm allemal lieber als die, die dann folgten. Heldin im Haushalt. Das ganze Eheelend.

Was Lisanne an Hansen ausgesprochen gut gefiel, war, dass er alles in allem mehr Interesse an ihrem Job an den Tag legte als ihr Mann in den letzten sechzehn Jahren, meinte sie. Unnötig, da auch noch nachzutreten. Mein Vater meinte bloß:

But ... it's really interesting.

Well, not for erveryone. He is an engineer!, sagte sie, als sei das ein Schimpfwort, und Hansen wusste, was sie meinte.

Wie um zu rechtfertigen, dass nicht alles schlecht war, was mit ihrem Mann, mit Maurice, zu tun hatte, kam sie immer wieder auf ihre Kinder zu sprechen. Als seien die Entschädigung für alles.

Anyhow, but our kids are great, meinte Lisanne.

Hansen nickte nur.

Fast wäre sie noch mal auf das Thema zu sprechen gekommen. Warum er keine Kinder hätte. Er konnte das spüren. Als wollte sie ihn erstens erlösen und zweitens gar nicht so genau über seine Situation Bescheid wissen, quasi auch ein bisschen Selbstschutz, verkniff sie sich die Frage. Vielleicht wollte sie auch Raum für ihre Siegfried-Erlöser-Fantasien lassen und lieber nichts hören, was ihr Gewissen noch weiter hätte anschwellen lassen können. Oder Schatten auf ihr *little secret* warf. Sie hatte ihren moralischen Ballast, Hansen seinen. Wie auch immer der aussah. *Fair enough!* Nicht schon wieder Übermutter und anfangen, sich für alles und jeden verantwortlich zu fühlen. Das Wissen um eine schwangere Freundin bzw. Fritzi hätte bei all den eigenen Skrupeln und Bedenken garantiert keinen Platz mehr in ihrem Gewissen gehabt und alles zum Bersten gebracht. Und so ähnlich sah Hansen das auch. Stilles Einvernehmen. Der Ultraschall lag unter dem täglich wachsenden Stapel Bord-Newsletter auf seinem Schreibtisch. Und gut. Außerdem, noch war da gar nichts entschieden, die zwölfte SSW nicht rum. Das konnte man jetzt auch durchziehen. Bis zum Ende – der Reise. Eine einmalige, temporäre Liaison. Er und sie. Hier und Jetzt. *Australia – Germany.* Mit eingebautem Verfallsdatum. Danach lag der ganze Planet zwischen ihnen. Danach würde man wieder getrennte Wege gehen. Alles besprochen.

Was weder besprochen noch geplant oder absehbar war – die Situation, die schließlich dazu führte, dass sich die Wege schon an Bord wieder trennen sollten. Meine Schuld, wenn man so will. In Kooperation mit dem Seegang. Es war ungefähr das fünfte oder sechste Rendezvous in Hansens Kabine. Man lag in seiner Koje und unterhielt sich über Treue. Unter anderem im Tierreich (da hatten sich zwei gefunden). Als Biologin war sie bestens informiert und wusste natürlich, dass es unter Primaten ein Privileg war in der »Hack- und Fickordnung«, wie Hansen es nannte, hochzurutschen und mehrere Weibchen zu begatten. Ganz normal. Beschwerte sich niemand. Außer die Mitbewerber. Sie wusste sogar, dass sich Schimpansenweibchen, mit ihrem fast identischen Erbgut des Menschen, regelmäßig aus ihren Gemeinschaften fortschlichen, um sich von einem Alphatier einer anderen Affengemeinschaft freien und schwängern zu lassen. Und dass Frauen zyklusbedingt exakt genau dasselbe machten, sich in der Phase ihres Eisprungs mit attraktiven, hochrangigen Männchen einließen, als Ehemann aber einen anderen, treuen, weniger attraktiven und trotteligen Mann bevorzugten usw. Alles Absicht. Im Dienste der Arterhaltung. Gottes großer Plan. War man sich einig.

Und trotzdem, auch alles graue Triebtheorie. In der Praxis, auf die Probe gestellt, war Lisanne alles andere als begeistert, als sich schon fast eine angenehme Rein-Raus-Routine eingestellt hatte (nicht nur in Hansens Kabine) und sie unmittelbar nach einem GV, auf dem Weg zur Dusche, den Ultraschall zu Gesicht bekam. Plötzlich lag er da – mitten auf dem Kabinenboden. Hansen hatte überhaupt nicht mitbekommen, wie das passiert war. Als sei da der Klabautermann, Murphy's Law (»Was schiefgehen kann, geht schief«) oder eine unbewusste, telekinetische Kraft meiner Mutter im Spiel gewesen. Wie sonst war der Ultraschall mit all den Newslettern plötzlich zu Boden geflattert? Und hob sich deutlich davon ab. Richtige Seite natürlich oben, also anders als bei Murphy, laut dem Butterbrote immer mit der belegten Seite nach unten fielen.

War das nun Zufall? Ein schlechter Spuk? Sabotage? Oder womöglich tatsächlich irgendeine telekinetische Manifestation meiner Mutter? Müsste man vielleicht mal Professor Walter von

Lucadou am Institut für Parapsychologie in Freiburg fragen. Der füllte ganze Bücher mit ähnlichen Phänomenen.

What is it?, fragte Lisanne mit einem Tonfall, der weniger Neugier oder Ahnungslosigkeit kundtat, sondern eine Erklärung verlangte. Oder auch nicht. Was gab's da schon groß zu erklären? Als Mutter und Biologin wusste sie sofort Bescheid.

Kurz darauf konnte man den unbegabten Laiendarsteller Hansen in seiner schlechtesten Rolle als Mein-Name-ist-Hase-ich-weiß-von-nichts erleben. Gewissermaßen als Generalprobe für den Auftritt bei meiner Mutter. Er blickte über die Bettkante auf den Boden und sagte dann äußert unglaubwürdig: *Ah, well, this picture ... I don't know. You tell me.*

I tell you? Come on! Is that yours?

Yes, it was in an envelope, few days before, but what is it exactly?

Peinlich ist gar kein Ausdruck.

Man konnte Lisannes Transformation förmlich spüren. Innerlich komplett anderer Aggregatzustand plötzlich. Eine Art Vereisung. Irgendwas passierte da.

Shit, Häns! I think, it's better I am leaving now, meinte sie. Das war alles. Sie zog sich an, verpackte ihre Brüste wieder im BH und meinte noch: *You should have told me, you know!*

Wait. Why? What's the problem? I really ...!

No, stop it, safe that bullshit for your ... wife or girlfriend back home, meinte sie bloß. *It's okay.* Er sei ihr keine Erklärung oder Rechenschaft schuldig. *Of course not. But ... this*, sie blickte auf den Ultraschall am Boden, auf mich, *is totally different from my situation.*

Kurz fehlten ihr die Worte. Oder musste sie erst schlucken?

You know what, in a way I can't believe you did that. Now I feel really shitty, Häns! An dieser Stelle überschlug sich ihre Stimme. *I do not care about my f'k'n husband, you know ...*

Hey, Lis ... wait.

Tat sie nicht. Im Gegenteil. Sie hatte es plötzlich extrem eilig

Hansens kleine Konvergenz-Kabine zu verlassen. Sie meinte nur, ihren Mann zu betrügen, mache ihr nichts aus, aber ... *ah, fuck you, Häns!* Ende der Durchsage. Teil zwei ihres Satzes musste sich mein Vater hinterher selbst zusammenreimen. Was nicht so schwer war.

32.

Position: 71°18,9'S; 170°10.9'E
Luft: 10° C / 50°F
Wasser: 0° C / 32°F
Wind: Calm
Wetter: Fine and sunny!
Southern Ocean – gereiste Distanz in den letzten zwei Tagen: 486 nautische Meilen

Dann Ankunft Antarktis. 4:45 Uhr. Wahnsinn. Sehen und sterben, dachte Hansen. Wenn es geht, nicht ganz so allein. Ausgerechnet am *Valentine's Day*. Er stand oben an Deck. Über der Brücke. Extra nicht an der Stelle, wo er erst kürzlich mit Lisanne angebandelt hatte, sondern ein paar Meter weiter Backbord. Und stellte fest, dass es auf einem Schiff extrem schwer war, Erinnerungen aus dem Weg zu gehen. Quasi unmöglich. Vor allem, wenn sie noch so frisch waren, dass es nur so tropfte.

Da Hansen eh weder sensationell aufgelegt noch wahnsinnig ausgeschlafen war, fröstelte er. Ob die Tränen in seinen Augen vom Fahrtwind kamen, war ihm selbst nicht ganz klar. Dafür fühlten sie sich irgendwie zu warm an. Passend zu diesem Gedanken blies ihm ein eisiger, katabatischer Wind ins Gesicht. Hoher Chillfaktor, wie das heute hieß. Gefühlte zwanzig bis dreißig Grad minus. Die Sonne stand tief, zu tief, als dass ihre Strahlen dagegen eine Chance gehabt hätten.

Vor dem rundlichen Bug der *Khlebnikov* war Land in Sicht. Besser gesagt eine Landmasse. South Land. Keusch vor Kälte. Über den Horizont erstreckte sich ein Relief weißer, vereister Berge, als hätte man die Alpen bis kurz über die Baumgrenze geflutet. So sah das aus. Hochalpin. Fehlten nur die Sessellifte. Hotels. Parkplätze. Heizpilze. Und quietschbunte Wintersportler. War bestimmt schon in Planung alles. Der letzte wirklich weiße Fleck war immer Herausforderung für irgendwelche nassgekämmten

Spinner, deren Lieblingsvokabel »Event« lautete, dachte Hansen. Golfturnier und Marathonlauf gab es ja schon. In Wahrheit fehlte natürlich überhaupt gar nichts in der Antarktis (höchstens die Frau an seiner Seite).

Mein Vater hatte sich extra den Wecker gestellt. Dienst ist Dienst, dachte er. Das durfte er natürlich nicht verpassen. Er wollte der Terra incognita, der Antarktis, »dem letzten Paradies auf Erden«, nicht das erste Mal mit dem Geruch von Frühstückseiern begegnen. Sondern würdig oder wenigstens würdiger. Alles andere schickte sich nicht. Mampfend was wie *marvellous* zu sagen, wunderbar sehe das alles aus, und sich dabei eine Scheibe Lachs aufs Brötchen oder Tatarreste zwischen den Zähnen hervorzufummeln.

Mindestens genauso störend und unpassend wollte ihm Lisanne nicht aus der Birne. Ihr unerwarteter Abgang aus der schönen Konvergenz-Kabine vorletzte Nacht. Zumal Erinnerungen mitunter noch viel intensiver und penetranter waren als üble Gerüche, denen man immerhin aus dem Weg gehen oder mit frischer Luft beikommen konnte. Erinnerungen aber war man schonungslos ausgesetzt. Die konnte man nur von innen bekämpfen, schluckweise, vorübergehend. So einer war Hansen natürlich nicht (und schon gar nicht um 4:45 Uhr). Der Antarktis alkoholisiert zu begegnen. Dieser weißen Majestät, deren Vorboten jetzt überall zu sehen waren.

Mittlerweile war mehr Eis um das Schiff als Wasser. Ungefähr Stracciatella-Verhältnis, wie Hansen notierte. Und entsprechend hell alles. Während das Meer in Verbindung mit den schwimmenden Eisfeldern, der tiefgefrorenen, verschneiten Antarktis, brutal blau, fast schwarz wirkte.

Und plötzlich war ihm auch klar, was es mit der Farbgebung von Orcas auf sich hatte. Ihre Art der Mimikry, dachte er, bisschen Böser-Wolf-Taktik. Auf einer Wiese wären Orcas so auffällig wie die klassische Kuh, aber hier? Dunkles Wasser, weißes Eis – Eins-a-Mördermimikry, die perfekte Tarnfarbe, um ahnungslose

Robben zu reißen. Die Biester waren praktisch unsichtbar im Wasser.

Beeindruckend, mit welcher Unerschrockenheit die *Khlebnikov* auf größere Eisflächen zuhielt. Kurz darauf schossen krachend schwarze Blitze durch das Weiß. Als würde einem Riesen die Schädeldecke gespalten. Schönes Gleichnis seiner eigenen Zerrissenheit an diesem Morgen. Meterdickes Eis – kein Problem. Als sei es eine Oblate. Brachial. Und so hörte es sich auch an. Das tat irgendwie gut, fand Hansen. Der Sound. Die *Khlebnikov* pflügte durch die Antarktis, als wollte sie daraus ein einziges Sorbet machen (höchstwahrscheinlich mit Robbengeschmack). Nach wie vor ein Rätsel, die Dummheit der Biester. Weddellrobben oder so. Lagen mitten auf der Fahrbahn und dösten.

Die waren doch nicht im Winterschlaf? War das ein Streik? Eine Protestaktion? Selbstmord? Oder was glaubten die? Da kommt der liebe Gott? Mit Schornstein? Und 24 000 PS? Oder kannten die einfach keine Schiffe? Hätte man mal eine Biologin fragen müssen ...

Ach, Scheiße. Hansen seufzte. So ging das ständig. Irgendwie doch schöner, wenn man seine Gedanken teilen konnte. Auf Reisen. Eigentlich immer und überall. Aber nicht sentimental werden jetzt. Stopp, Hansen. Nicht schon wieder, dachte er.

Außerdem – die Sonne schien. Sagte ich ja schon. Aber nicht, wie sie das tat. Obwohl noch tiefstehend, war sie nicht annähernd so rot wie im Ruhrpott oder auf der japanischen Nationalflagge. Weil rote Sonne immer Sonne hinter dreckiger Luft bedeutete. Hat was mit der Wellenlänge zu tun, wie mir mein Vater später mal erklärte. Langwellige Strahlen (rotes Licht) kommen besser an den ganzen Dreckpartikeln vorbei. Und deshalb an Bord der *Khlebnikov* dieses Lichtbad am frühen Morgen. Die Antarktis – praktisch ein großer weißer Riese. Das Original. Noch.

Ohne Sonnenbrille tat man sich schwer mit den ganzen Reflexionen. Wahnsinnskontraste, wirklich. Vor allem für einen wie meinen Vater, der eher hellhäutig war und ein paar Pigmente zu wenig als zu viel hatte. Seine Augen mühten sich selbst mit Sonnenbrille ab, um da mitzukommen. Aber halb so wild. Schlimmer waren die Kontraste in seinem Hirn. Hansen konnte selbst kaum glauben, wie beschissen es mit Lisanne gelaufen war, wie sich alles so rigoros ins Gegenteil verkehren konnte. Im Prinzip schneller als man »Scheiße« oder »'tschuldigung« oder »Sorry« sagen konnte. Zack. Eine Erinnerung mehr in der Abteilung Frauen.

Hansen versuchte noch mal zu rekapitulieren. In dem Zusammenhang lagen Ultraschall und Überschall dicht beieinander. Hatte er so was überhaupt schon mal erlebt? So schnell von Plus zu Minus oder von Dur zu Moll bzw. Blues – quasi noch bevor eine Sache vom Kurz- ins Langzeitgedächtnis gesickert war?

Die Antarktis kam näher. Die Berge wuchsen ganz langsam aus dem Meer. Ein Anblick, den auch die ersten Entdecker so oder zumindest so ähnlich erlebt hatten. Allerdings hatten die nicht so komfortabel an Deck eines Eisbrechers gestanden. Dafür aber auch keinen Frauenkummer gehabt, dachte Hansen. Frauen waren vor hundert Jahren gar nicht erst an Bord gelassen worden. Schlau. Präventiv. Vor allem aber hatten die nicht über Satellit irgendwelche Nachrichten in eine Welt und Wirklichkeit geschickt, in die sie vielleicht gar nicht gehörten.

Äußerlich wehte ihm der Fahrwind ins Gesicht, innerlich die Sehnsucht, dass die Seele schrumpeln wollte. Wurde mit den Jahren immer schlimmer. Statt mehr eher weniger Hornhaut ums Herz. Ganz komisch.

Das ging ihm schon nah. Alles. Logisch. Und nicht nur weil zufällig Valentinstag war. *Fuck it*, dachte er. Eher weil sein Inneres natürlich keine Entsprechung der Antarktis, sprich vereist und kalt, also gefühlskalt war. Ein abgezockter Rasta hätte an Hansens Stelle vielleicht *Easy come, easy go* gesagt oder ganz laut »No woman, no cry« gesungen und sich eine dicke Tüte angesteckt. *Next, please!* Was wahrscheinlich, wenn man ehrlich war, das Beste gewesen wäre. Nichts und niemanden je festzuhalten. Alles geschehen zu lassen, sich öfter als Beobachter, denn als Teilnehmer und schon gar nicht als Opfer zu fühlen. Machte alles nur schlimmer. Einfach loslassen! Und bloß nicht sentimental werden. Da waren Männer ja Weltmeister drin. Allen voran mein Vater. Statt No woman, no cry war da oft nur cry. Schlimm. Ewig wiederkehrendes Motiv, dieser Phantomschmerz. Eigentlich wurde er immer erst, wenn es zu spät war, wahnsinnig gefühlig. Kam erst dann aus der Deckung. Glaubte erst, wenn es zu spät (und ungefährlich) war, verliebt zu sein. Inthronisierte die Frauen quasi immer erst postum. Begehrte sie, wie er es in ihrer unmittelbaren Gegenwart nie oder nur in den allerseltensten Fällen tat, geschweige denn zum Ausdruck brachte. Außer im Bett natürlich.

In Bezug auf seine Briefe meinte eine frühere Freundin mal, damals, als er noch Briefe schrieb: Ich wünschte, du wärest so, wie du schreibst. Und da war wahrscheinlich was dran. Auf einer simplen Postkarte brachte Hansen aus sicherer Entfernung mehr Gefühl unter als in zwei Wochen Seychellen, Honeymoon-Suite. Ganz komisch. Und vielleicht noch komischer: Immer wenn er mal aufgemacht hatte – ein, zwei Mal bestimmt – und sein Herz übergequollen war, er alle Symptome eines Verliebten gezeigt und zum »unzurechnungsfähigen Liebeskasper« bzw. Oxytocinopfer mutiert war, bekam er von der Angebeteten bös einen auf den Deckel. Betrog die ihn mit einem Freund, hatte plötzlich irgendeinen anderen, wollte sich doch lieber nicht gleich neu binden. War es genauso, wie es auch meine Mutter formuliert hatte: »Wo die Liebe hinfällt – fällt sie auf die Fresse.«

Was meinen Vater mit am meisten irritierte: wie ruhig, aber resolut Lisanne reagiert hatte. Mit welch wissenschaftlicher Akkuratesse. Als würde sie eine Versuchsanordnung abbrechen, nachdem klar geworden war, dass das Ergebnis nicht in die gewünschte Richtung ging. Als sei sie insgeheim ganz froh über die Entdeckung. Eins-a-Notausstieg. Gut möglich, dachte Hansen, dass sie nur nach der nächstbesten Gelegenheit gesucht hatte, um meinem Vater den Laufpass zu geben (und die war ja wirklich wie maßgeschneidert gewesen). Bevor ihr die Affäre über Kopf und Herz wuchs und ihr Gewissen proportional zu einem Geschwür anschwoll.

I think, it's better I am leaving now! Ein Satz, nicht eine Frage. Mit Konsequenzen. Und kurz darauf eine Kabinentür, die sich von außen schloss. Noch nicht mal scheppernd. Das war ja das, was mein Vater nicht kapierte (bei Fritzi undenkbar). Höchstwahrscheinlich hatte Lisanne tatsächlich Schiss vor ihren Gefühlen bekommen, dachte er (war schließlich immer angenehmer, die Schuld beim anderen zu suchen). Und falls sie bloß Bedenken hatte, die Liaison mit ihm könnte auffliegen, war der verfluchte Ultraschall doch geradezu ein Garant dafür, dass ihr mein Vater hinterher nicht verliebt am Arsch hing.

Witzig. Was glaubt die denn? dachte Hansen, dessen Gedanken plötzlich eine andere Gangart einlegten. Angriffslustiger, wütender, weil Wut immer erst mal gutes Gegengift ist. Geistiger Eiter. Dachte die ernsthaft, dass ausgerechnet er, Jerk Hansen, Hardcore-Hanse(n)at mit hundertprozentiger Beziehungsbehinderung, bei dem bisher noch fast jedes Liebeslasso ins Leere geschleudert worden war, eines Tages vor ihrem Haus in Sydney auf den Knien rumrutschen und womöglich »You're the First, the Last, my Everything« von Barry White intonieren würde?!

Und wovon träumt die nachts?

Sah man ihm doch an, dass er über genügend Selbstwertgefühl/Eigenliebe verfügte, um allein zu bestehen und nicht gleich jämmerlich zugrunde zu gehen, wenn welche Hälfte auch immer fehlte. Oder nicht? Das machte ihn doch erst so anziehend. Auch für Lisanne. Wenn sie ehrlich war. Dieses Libertinöse, seine Outlaw-Aura als Rückversicherung. Sonst hätte sie sich doch nie auf ihn eingelassen. Denn ein verliebter Gockel, der eines Tages verheult bei ihr auftauchte, Maurice, ihren Mann, womöglich zum Duell herausforderte und ihm damit den Grund schlechthin lieferte, schlagartig scheißwütend auf seine Frau zu sein. Schönen Dank auch! Konnte sie gar nicht gebrauchen. Das Schlampenimage, im spießigen Sydney. Ihr Seitensprung womöglich als lupenreines Eins-a(wie Arschloch)-Alibi für Maurice, den Gehörnten. Denn hinterher würde natürlich niemand mehr ein Wort über Ursache und Wirkung und all die Verfehlungen und ehelichen Nachlässigkeiten bzw. Unterlassungen verlieren. Dass ihre Affäre nur eine logische Konsequenz eines langen Leidensweges und etlicher gescheiterter Annäherungsversuche war. Plötzlich würde es nur noch heißen, überall, Dolby Surround: »Eure Mutti, die Schlampe, die vögelt einen Deutschen.«

Hansens Bemühungen, Kontakt mit Lisanne aufzunehmen, waren ziemlich kläglich gescheitert. Sie behandelte ihn, als sei er, na ja, ein Stück Scheiße, jemand, der seine schwangere Freundin betrog. Was sie offenbar zu Recht schlimmer fand, als dem eigenen Ehemann Hörner aufzusetzen – *made in Germany*, wie sie es nannte. Sie schnitt meinen Vater am Buffet, drehte sich weg, suchte den Schutz im Schwarm. Setzte sich nie allein irgendwohin, sondern an Tische mit möglichst vielen Leuten, die ihr Schutz vor Fragen, Hansens Erklärungs- oder Annäherungsversuchen gewährten. Selbst vor diesem San-Diego-Dick machte sie nicht halt. Und der freute sich natürlich einen Ast ab (bzw. an) über Lisannes plötzliche Zutraulichkeit.

Hansen fragte sich, ob sie das wirklich ernst meinte und bis zum Schluss der (Klassen-)Reise durchhalten würde, so albern war das. Und kränkend. Irgendwie. Dieses Teenager-Getue, wie immer, wenn Gefühle im Spiel waren. Mehr Affekt als Intellekt. Das hätte er sich bei einer Wissenschaftlerin anders vorgestellt. Aber konnte man überhaupt souverän bleiben? In solchen Momenten? Hansen musste selbst höllisch aufpassen, dass er sich von ihrem Trotz nicht anstecken ließ und eine spöttische Anspielung machte. In etwa: Wie alt genau denn das kleine Mädchen in ihr sei, das sich selber einsperrte. Drei? Und dass er gleich zur Expeditionsleitung ginge und sie verpetze. Damit es dann über

Bordfunk kundgetan wurde. So alberne Gedanken kamen ihm. Ihr Verhalten verführte ihn regelrecht dazu. Im Schmerz regressierte jeder wieder ein Stück weit zum Kleinkind.

33.

Nach dem Frühstück erster Landfall Antarktis. Cape Adare. Borchgrevink's Huts. Sah ein bisschen aus wie ein vergessenes Western-Set. Eine Goldwäscherhütte am Klondike River, dachte Hansen. Hier hatten damals die ersten Männer versucht im Eis zu überwintern, was, wie gesagt, nicht bei allen geklappt hatte. Die *Khlebnikov*-Passagiere durften in kleinen Gruppen die stockfinstere, fensterlose Hütte betreten, die mit schräg gestellten Balken gegen die Stürme abgestützt war. Das Holz glatt geschliffen, von Wind und Wetter seit hundert Jahren bearbeitet. Neben der Hütte Reste eines umgekippten Ruderboots. Mit Loch im Boden. Darunter ein paar brütende Adeliepinguine, die mit der Punkfrisur. Wie aufgezogenes Spielzeug sahen die aus. Putzig, klar. Aber plötzlich negativ besetzt. Nur gut, dass er in Deutschland lebte. Wie sollte Hansen jetzt den Rest seines Lebens Pinguinen begegnen, ohne an Lisanne zu denken (deswegen auch das Schnabeltier als Mitbringsel).

Etwas abseits der Hütte ein Grab – eins der einsamsten auf der Welt, hieß es. Wie wahr. Am Arsch der Antarktis. Tot sein war schon traurig genug. Aber auch noch hier? Mein Gott. Nicht lustig, dachte Hansen. Und mit am schlimmsten: um ihn herum trotzdem alle bester Laune. Nur Hansen hätte sich gern spontan dazugelegt. Seine Augen tränten noch immer, was, wie gesagt, ob des eisigen Windes nicht weiter schlimm war oder groß auffiel. Schon gar nicht hinter seiner Ray-Ban. Die konnte zwar Gefühle verbergen, das schon, aber nicht verhindern. Vor allem als er dann sah, wie Lisanne, begleitet von den drei Italienern (ihrer neuen Leibgarde, der sie angeblich Englisch beibrachte als Gegenleistung für echten Parmesan), Fotos machte. Auch vom Grab.

Von Totenruhe keine Spur. Die Italiener machten irgendwelche Witze. Bei denen wunderte man sich eh über gar nichts. Auch nicht, wenn einer nebenbei die *Gazzetta dello Sport* gelesen oder nach der nächste Pizzeria gefragt hätte. Die waren alle irgendwie angenehm verrückt. Anarchos. Jeder machte bei denen, was er wollte. Und Bunga-Bunga-Berlusconi, dachte Hansen, machte es allen Italienern vor.

Die drei waren eh nur wegen der beiden Helikopter an Bord. Deswegen hatten sie sich für die Reise mit der *Khlebnikov* entschieden. Was anderes interessierte sie nicht. Außer Lisanne natürlich. Als nettes Extra. Jedenfalls gaben sie sich allergrößte Mühe, sie zum Lachen zu bringen, was ihnen trotz sehr begrenztem Englisch-Vokabular halbwegs gelang. Vor allem durch ihre chronisch gute Laune (außer Berlusconi und Benigni kannte Hansen überhaupt keine freiwilligen italienischen Komiker). Beneidenswert. Die drei Signori aus Padua waren wirklich die ganze Reise gut drauf. So gut drauf, dachte Hansen, wie man nur drauf sein konnte, wenn man mit Freunden unterwegs war. Sowieso das höchste der Gefühle, dachte Hansen. Mehr geht nicht. Im Leben. Als mit Freunden zu reisen. Einen Moment war mein Vater fast neidisch. Nicht, weil die jetzt Lisanne bespaßen durften, nein, scheiß drauf, blöde Aussie-Uschi, dachte er, sondern weil die so einen Trip gemeinsam machten. Während er sich in der Mitte von vielen nur umso einsamer fühlte. Das war überhaupt das Schlimmste.

Je fröhlicher die anderen, desto deprimierter mein Vater. Ganz oft. Mit Fasching oder Oktoberfest oder Loveparades oder Public Viewing hätte man ihn foltern können. Er zuckte schon zusammen, wenn er das Ganze in der Glotze betrachtete (und sich ein bisschen in Scheiße suhlte, wie er das nannte). Sprich, wenn er hinter seinem alten Röhrenfernseher wie hinter Panzerglas in Deckung ging. Anders war das ja nicht auszuhalten, diese ganze Geselligkeit überall.

Ganz anders inmitten seiner Kumpels. Bollwerk gegen Blödsinn aller Art. Immer und überall. Nonstop gute Laune. Und garantiert kein Trübsal – schon gar nicht wegen einer Frau. Stattdessen irgendwelche Running Gags, die im Laufe so einer Reise aufs Virtuoseste durchdekliniert wurden. Ein ganzer Komikkosmos und -kodex entstand so. Für Außenstehende schwer zu durchdringen. Was brauchte man da Frauen? Die störten bloß. Einerseits.

Andererseits, ihr Lachen, die Grübchen. Wie ein Geschenk. Wie etwas, für das es sich lohnte, irgendwelche Scherze zu machen. Sich anzustrengen. Zusammenzureißen, sich nicht gehen zu lassen und Trübsal zu blasen und in Melancholie zu baden.

In einer fremden Sprache hatte es etwas gehapert mit Lisannes Lachen. Vielleicht auch, weil Wissenschaftler nur selten verhinderte Humoristen sind. Umso schöner, wenn sie dann hin und wieder geschmunzelt und – noch schöner – über sich selbst gelacht hatte. So was fand Hansen sexy. Allemal eine Sache, die er an ihr, überhaupt an einem Menschen, schätzte. Selbstironie. Und wenn jemand zuhören, Fragen stellen und, wie gesagt, über sich selbst lachen konnte. Das waren nie die Schlechtesten.

Als Lisanne aus Borchgrevinks Hütte kam, hörte er dieses Lachen inmitten von italienischem Gebrabbel, das immer danach klang, als würde man sich permanent widersprechen und ins Wort fallen. Ewiger Debattierclub, große Aufregung, kleine Wirkung. Hansen hörte nur: *Che cazzo fai?* – Was zum Schwanz machst du? Worum es ging, wusste er nicht. Nur, dass ihm Lisannes Lachen plötzlich wie ein Affront vorkam. Wie gegen ihn gerichtet. Ein Stich ins Herz. Was war die denn so blendend aufgelegt? Die Trulla. Eben noch die Deutsche in sich reanimiert und jetzt auf italienische Abstammung machen. Dolce Vita oder was. Die hatte ja echt was nachzuholen.

Und wer das wohl mit dem vermeintlich schwachen Geschlecht aufgebracht hatte? Größter Schwachsinn überhaupt.

Immer, wirklich immer waren es die Männer, die hinterher wie ein Schluck Wasser in der Kurve hingen. Bis über den Jordan wehleidig. Während Frauen fast immer – zack – wahnsinnig pragmatisch – zack – zur Tagesordnung übergingen und sofort survivalmäßig viel besser funktionierten.

Dann trafen sich ihre Blicke kurz. Eine kleine Kollision. Ein

Gefühl, als hätte man sich geschrammt. Mein Vater kam kaum dazu, die Augenbrauen hochzuziehen, da wich Lisanne dem Blick schon aus, drehte sich um und stellte dem Italiener auf Englisch eine Frage, die der natürlich nicht verstand.

Luigi, che ha dice, la nostra ragazza pinguini?

Nix nostra, dachte Hansen. Träum weiter. Die ist verheiratet. *Married with Maurice.* Und das bleibt die auch. Ich würde mal tippen, bis die Kinder aus dem Haus sind, dachte Hansen. So vier bis fünf Jahre noch. Wetten? Frauen sind da viel selbstloser. Wetten, dass es dafür auf dem zweiten X-Chromosom ein Gen gibt.

Anschließend ging mein Vater mit seiner Gruppe in die Hütte. Immer vier Personen gleichzeitig. Plus zwei Aufpasser vom National Trust, die hatten die Schlüssel. Für mehr war kein Platz. Mister und Misses Cheng waren dabei. Leider, dachte mein Vater. Kaum dass sie in der engen, dunklen Hütte waren, wurde ein gigantisches Stativ aufgebaut, das ständig im Weg war. Und ständig musste Hansen warten, bis es Klick machte und der Spiegel wieder runterklappte, da er während der langen Belichtungszeiten natürlich nicht durchs Bild zur nächsten Ecke gehen konnte. Sonst hätten die Chengs Gespensterschlieren auf dem Foto gehabt, was vielleicht gar nicht so schlecht gewesen wäre. In dieser Hütte waren schließlich einige gestorben.

Mister und Misses Cheng nickten und grinsten um die Wette, als Dankeschön dafür, dass immer irgendwer irgendwo ihretwegen dämlich in einer Ecke verharren und warten musste. Dieses grausame, wie festgewachsene, falsche Gegrinse als Allzweckwaffe. Ging einem langsam auf den Keks. Diese Diaspora-Chinesen. Wahrscheinlich hatte man so grinsend auch Tibet besetzt und damals Pol Pot unterstützt. Es nervte, insbesondere wenn man ohnehin schon schlecht gelaunt war und selbst immer weniger Lust zu fotografieren hatte.

Dem Referat von Loarne, dem Pseudo-Historiker, über die Expedition und die harten, äußerst unwirtlichen Bedingungen im Winter, konnte und wollte Hansen kaum folgen. Immer diese *fucking* Fakten, dachte er. Hatte man ihm in der Schule verleidet. Außerdem wollte er sich lieber in seinem eigenen Elend suhlen, und da war gerade kein Platz für die Frostbeulen, den Skorbut, die Amputationen, den winterbedingten Wahnsinn der anderen. Deren Elend, dachte mein Vater, war schließlich selbst gewählt. Am Ende verließ er die Hütte, noch bevor die nächste Gruppe dran und Loarne mit seinem Referat fertig war und fragte sich, ob sich die anderen langsam fragten, was er eigentlich für ein komischer Reporter war, der sich nie Notizen machte, nicht bis zu Ende zuhörte, höchst sparsam fotografierte und nicht jeden Abend besoffen an der Bar rumhing und dröhnend eine Räuberpistole nach der anderen zum Besten gab.

Hansen trat aus der Hütte hinaus ins grelle Licht. Die ersten Passagiere wurden schon wieder mit den Zodiacs zurück zur *Khlebnikov* gefahren. 12 Uhr. Essenfassen. War natürlich wichtiger. Klar. Konnte man nicht ausfallen lassen. Nein, auch nicht in der Antarktis. Lieber schön Happa-Happa machen. Die Fotos zum Rumzeigen waren ja im Kasten bzw. auf Chip. Genug Belegmaterial für die Nachwelt. Man war da gewesen. Oft das Einzige, was zu zählen schien.

Einen Moment überlegte Hansen, ob er sich einfach absetzen sollte. Einfach losmarschieren in eine Richtung und dann mal sehen, was passierte. Ob man ihn fand oder ohne ihn losfuhr. Auch egal. Angeblich soll Erfrieren ja eine der schönsten Todesarten sein, dachte er, das Lebenslämpchen wird einem so ganz, ganz langsam ausgedimmt. Aber irgendwie fand er die Vorstellung kitschig. Und außerdem, dachte er, ebenfalls nicht ernst gemeint, geht das nicht. Selbstmord ist egoistisch. Kann ich nicht bringen. Ich werde doch demnächst Vater. Ich werde noch gebraucht.

Kurz darauf wurde Hansen etwas abseits der Hütte Zeuge, wie ein paar Skuas, Raubmöwen, sich über einen verletzten Pinguin hermachten, den seine Eltern offenbar aufgegeben hatten. Solche Szenen waren im Fernsehen schon hart und wurden einem ja oft erspart oder nur angedeutet zugemutet. Agonie light sozusagen.

Das mal live, in freier Wildbahn und in ohnehin angeschlagener Verfassung mitzuerleben ... Die wunderbare Welt der Tiere. Der kleine plüschige Pinguin ohne jede Chance. Immer mehr hellrotes Blut auf weißen Daunen. Die ganze Agonie in voller Länge. Jede Schnabelattacke ein Schmerz am eigenen Leib, so wund, wie Hansen sich eh schon fühlte. Gotterbärmliches Gequietsche, das unbedingt Rückschlüsse auf eine Pinguinseele zuließ. Und niemand griff ein. Alle anderen Artgenossen schienen froh, dass es nicht sie erwischt hatte. Das ging so lange, bis sich die Skuas endlich selbst bekämpften, wer zuerst zu Tisch und das Filetstück haben durfte.

Gruselig. Eine Sache, die Hansen noch nie verstanden hatte – die Scheißnahrungskette. Einer frisst den anderen? Wer, bitte, dachte sich so was denn aus? Ein gerechter Gott? Von den vielen Verbesserungsvorschlägen, die Hansen gehabt hätte, stand der ganz oben auf der Liste. Gleich danach das Thema Mann und Frau. Was da eigentlich schiefgelaufen war.

Nur einen Gedanken später war er schon wieder bei Lisanne. Die Assoziation lag nahe. Sie hatte ihm doch erzählt, dass sie Vegetarierin sei. Ja, auch, weil sie Biologin war. *Of course.* Sie könne sich nicht einerseits für die Tiere einsetzen und sie anderseits abends essen.

Doesn't make sense. Would drive me schizo.

Die Reise mit der *Khlebnikov* bekam sie von der Uni finanziert – ein Forschungsauftrag. Umsonst hatte man sie nicht mitnehmen wollen. Denn was auch immer sie herausfand, war vielleicht nicht die beste Werbung für Eissafaris. Möglicherweise waren die Trampeltouristen für die Pinguinpopulationen an den unterschiedlichen Landungspunkten nicht viel besser als die spanischen Eroberer, die Konquistadoren, damals für die Inkas. Wahre Keimschleudern.

Nachvollziehbar oder nicht, dass Hansen ihrer Arbeit einen eigenen Bericht widmen wollte, den meine Mutter später besonders gründlich las.

Eine einzige Eloge zwischen den Zeilen, dachte sie. Hymnisch fast. Und, wie gesagt, spätestens bei der Lektüre wurde sie instinktiv etwas stutzig.

Stimmt's, Mama?!

34.

Ab einem gewissen Zeitpunkt erschienen Hansens Berichte regelmäßig. Alle zwei bis drei Tage. Zack, zack, zack ging das. Schlag auf Schlag. Als hätte ihn die Muse geküsst (Pferdekuss – konnte meine Mutter nicht wissen). Und immer mit Bild. Ein Foto zeigte Hansen selbst, vom Ende eines lang gestreckten Arms aufgenommen. Etwas angeschnitten. Fellmütze und Spiegelbrille. Bildunterschrift: Jerk Hansen berichtet für *Spiegel Online* über (s)eine exklusive Eiszeit. Im Hintergrund sah man die *Khlebnikov*, geparkt im Eis, als sei der Kahn in einer Schneeverwehung stecken geblieben. Von oben, Vogelperspektive, wirkte das Schiff wie eine Dekoration auf einer gigantischen Herrentorte, schrieb mein Vater. Ob das nun die weltbeste Metapher war oder er nach seinem ersten Helikopterflug über das Eis nur durcheinander, sei mal dahingestellt. Man wusste ungefähr, was er meinte.

Ansonsten, doch, sehr süffig seine Schreibe, flutschte. Ohne dass man beim Lesen dauernd mit den Augen gestolpert wäre. Einigermaßen geschmeidig, fand jedenfalls meine Mutter. Und nicht nur die. Selbst ihr dauerkritischer Vater, mein Opa, gestand: »Doch, das muss man ihm lassen, das kann er …« (implizierte allerdings, dass der ganze Rest ein Unding war – seine Tochter so mir nichts, dir nichts mitten im Studium zu schwängern).

Auf jeden Fall bemerkte man den Spaß, den Hansen beim Schreiben hatte. Das war das Gute an so einer Reisekolumne, seinem (Eis-)Blog, wie er schon vorher meinte: Bei diesem Format könne er die Zwangsjacke mal ablegen und müsse nicht »den üblichen, gefälligen Schmock« schreiben. Immer alles dufte, nur Schokoladenseite und -schreibe. Redaktionell getarnte Anzeigen. PR-Prosa. *Spiegel Online* war angeblich unabhängig genug, um in der Berichterstattung keine Rücksicht auf irgendwelche Interessen von Reiseveranstaltern oder Agenten zu nehmen.

Einziger Schönheitsfehler, meinte Hansen: dass die Texte nicht nur frei von irgendwelchen Vorgaben, sondern auch von einem ernst zu nehmenden Honorar waren (er bezeichnete es eher als homöopathisch). Da lasse man sich natürlich nicht den Stift bzw. Stil verbiegen. Und das merkte man.

Tatsächlich schlug mein Vater in seinem Eis-Blog einen Ton an, der alles andere als PR-tauglich war. Im Gegenteil. Er wurde immer radikaler, als wollte er sehen, wie weit er gehen konnte. Sprich sehr subjektiv alles. Weniger Helmut Markwort als Hunter S. Thompson, sein großes, unerreichtes Vorbild – *Godfather of Gonzo-Journalism*. Und der frühe Helge Timmerberg vielleicht. Damals, als der noch für *Tempo* geschrieben hatte und Hansen ihm als Praktikant (Ressort Kaffee kochen, Küche putzen und die anderen toll finden) in der Redaktionsvilla an der Alster begegnet war. Das Tollfinden, meinte er, habe mit Abstand am besten bei diesem Timmerberg geklappt, quasi als role model für seine eigene journalistische Laufbahn. Erstens schrieb der damals am besten von allen, zweitens kam der als »Freier« nur dann in die Redaktion, wenn ihm danach war (nachts, zum Schreiben), und nicht, wenn irgendein Chef das wollte. Riesenunterschied, fast schon wie Himmel und Hölle. Vielleicht das Wichtigste, was mein Vater damals während seines Praktikums lernte und konsequent umsetzte.

Mit am besten gefiel meiner Mutter Hansens siebter oder achter Eis-Blog, die Anekdote von der Kursleiterin des Polar-Arts-Workshops. Misses Coral Fussell, oder wie die hieß. Vielleicht auch, weil es was mit dem Thema »Muttersein« zu tun hatte.

Jedenfalls klang die ganze Geschichte so seltsam bescheuert bzw. tragikomisch, dass sie sich hinterher nicht sicher war, ob Hansen sie sich nicht einfach ausgedacht hatte (nachdem er mal Tom Kummer über den grünen Klee gelobt hatte. Der mit den komplett gefakten Hollywood-Interviews, was mein Vater überhaupt nicht schlimm fand. Mit der Begründung: »Ob die Hollywoodstars sich nun selbst inszenieren oder es macht ein anderer, nur besser – eh alles bloß Show- und Bescheißbusiness.«).

Bei einem Landgang, in der Ross Sea an Scotts Hütte, hatte Miss Fussell eine Puppe oder Stoffmaus ihrer Tochter Fanny im ewigen Eis vergessen. Natürlich das Lieblingsstück. Geplant war eigentlich ein Reisetagebuch mit Fotos und Berichten, wie es der Puppe oder Maus im Eis erging. Auf den Spuren der großen Entdecker. Nett gemeint, klar, kreativ und alles, im Prinzip genau das, was mein Vater auch machte, aber selten, fast schon sensationell dumm gelaufen, weil die Berichterstattung der Puppe so jäh zu enden drohte wie damals Scotts Tagebuch. Das Original. Und so authentisch sollten die Erlebnisse natürlich nicht werden, dass die Puppe irgendwo in der Nähe der Hütte auf einem Fels ein qualvoller Tod bevorstand und einer ihrer letzten Einträge im Tagebuch hätte lauten müssen: »Grüßt mir die Heimat, Freunde, und alle Hinterbliebenen und vor allem, ich flehe euch an, kümmert euch um Gottes Willen um Fanny, meine allerbeste Freundin ...«

Kann man sich vorstellen.

Misses Carol oder Coral Fussell bemerkte den Verlust der Puppe oder Stoffmaus erst an Bord, sprich zu spät, viel zu spät, nachdem sich die *Khlebnikov* bereits in Bewegung gesetzt hatte. Das Schiff dampfte mit 15 oder 16 Knoten davon, war bereits gut 1 1/2 Stunden von Scotts Hütte entfernt und Frau Fussell schon jetzt am Rande eines Nervenzusammenbruchs. Sie machte alle auf der Brücke verrückt und rutschte vor der Schiffsführung quasi auf den Knien rum. Zu allem entschlossen. Fast so, als verwechselte sie die Puppe mit ihrer Tochter.

Einem hartherzigen, russischen und offenbar kinderlosen Kapitän ging das natürlich komplett am Arsch vorbei.

Was sollen wir? Umkehren? Weswegen noch mal? dachte er. Hier! Künstler haben ja alle einen kleinen Haschmich, ist ja bekannt und wichtig, aber gleich so groß? Merkt die noch was? Mit einem stolzen russischen Eisbrecher eine Puppe retten? Und wie erkläre ich das der Reederei?

Ob sie wisse oder wissen wolle, fragte er Miss Fussell, was das kosten würde, eine Stunde Sprit bzw. hin und zurück fast drei

Stunden mit der *Khlebnikov*, die Zodiacs wieder zu Wasser bringen, und, und, und. Der Käpten versuchte dem Problem rational wie rationell beizukommen – statt beizudrehen.

Achselzucken als Antwort. Egal.

Nee, nicht egal. Da sei es allemal billiger, einen der beiden Helikopter zu chartern oder tausend neue Puppen zu kaufen (russische Preise). Das hatte er natürlich nur so gesagt und nicht gedacht, dass eine Künstlerin verrückt genug war, das als ernst gemeintes Angebot zu betrachten.

Okay, how much? 100 Dollar, 500 ... 1000 Dollar?

Was? Der Helikopter?, fragte der Käpten. 1000 Dollar ... die Stunde und fügte fast ein bisschen schadenfroh hinzu, dass der Flug natürlich mit jeder Minute teurer wurde, je weiter man sich von Scotts Hütte entferne. Quasi sehr konkretes Beispiel für Zeit ist Geld. Aber auch dafür, dass Geld allein nicht glücklich macht.

Hansen hatte diese Episode mit der Stoffpuppe natürlich lakonisch runtergeschrieben. Ging ja gar nicht anders. Aber Fritzi, selbst fast schon Mutter, war extrem gerührt, dass dann eine Art Charityaktion gestartet wurde: *Dolly in danger*. Weil: Künstlerin ja chronisch klamm. Kennt man. Und Künstlerin wahrscheinlich gar keine richtige Künstlerin, kennt man erst recht, weil sonst sicher nicht als Leiterin des Polar-Arts-Workshops unterwegs, in dem lauter Senioren mit Pinsel und Tuschkasten Pinguine auf Papier tupften (obwohl die benutzten Servietten nach den üppigen Buffets künstlerisch oft wertvoller waren, wie Hansen ketzerisch bemerkte).

Jedenfalls wurde die Benefizaktion an Bord organisiert und – sein Vorschlag, bei aller Bescheidenheit – *Dolly in danger* getauft. Geniales Marketing (meine Meinung). Miss Fussell brachte Diane, die Expeditionsleiterin, dazu, über Bordfunk einen Notruf in alle Kabinen absetzen zu dürfen: *Mayday, Mayday* ... Puppe vergessen usw. Obwohl sich ihre Geschichte auch so in kürzester Zeit rumgesprochen hatte und äußerst kontrovers aufgenommen worden war. Die Meinungen über Sinn und Unsinn dieses Manövers klafften weit auseinander. Im Wesentlichen gab es zwei Lager. Linke oder rechte Gehirnhälfte, Mann oder Frau, Mutti oder Papi. Emos oder Egos, wenn man so will.

Eine Puppe? *What? Come on!* Deswegen mache die so ein Geschiss?, fragten die Männer. *This ought to be a joke.*

Oh really, sagten die Frauen und zückten ihre Portemonnaies. Ohne Wenn und Aber. Einmal Mutti, immer Mutti. Also viel empathischer. Sprich, bessere Menschen.

Hansen hingegen entzog sich einer Beurteilung und abstrahierte. Er glaubte, die Aktion sei irgendwie bizarr, wenn man an die Pioniere dachte, die damals ihr Leben im Eis gelassen hätten. Wie verarscht fühlten die sich wohl? Fiel das schon unter Grab- und Totenschändung? Dann musste mein Vater an all die (noch) lebenden Schiffbrüchigen in spe, also die ganzen Afrikaner denken, deren Schicksal den meisten doch am Arsch vorbeiging. Und an Bord der *Khlebnikov* wurde eine Blitz-Benefizveranstaltung für eine Stoffpuppe initiiert.

Wer wollte, konnte in der Lounge hektisch hochgehaltene Bilder ersteigern oder einfach spenden, ohne eines nehmen zu müssen. Was Hansen dann tat. Dasselbe Prinzip wie bei den Obdachlosenblättern. Er stiftete zwanzig Dollar (in erster Linie, weil er eine lustige Geschichte witterte, nehme ich an).

Miss Fussell schaffte es tatsächlich, die Summe zusammenzukriegen, dennoch blieb der Hubschrauber an Deck, weil der Käpten plötzlich meinte, dass die noch gar nicht betankt und startklar und die Rotoren noch nicht montiert seien. Miss Fussell wäre daraufhin am liebsten über Bord gesprungen und zurückgeschwommen. Die war echt irre und so gesehen doch Künstlerin. Aber keine Survivalkünstlerin. Das Geld wurde dann als Grundstock gespart, weil Miss Fussell nächstes Jahr mit ihrer Tochter wiederkommen und die Puppe holen wollte, und die würde solange jede Woche einen Brief schreiben, was sie mit den vier toten Helden im ewigen Eis für Abenteuer erlebte. Hansens Vorschlag. Danach war er kurz Coral Fussells Held, weil sie meinte, Superidee. bzw. *Brillant, thanks man*! Das könnte klappen. Sogar für ein Kinderbuch, um denen geschickt verpackt die Geschichte der Antarktispioniere nahezubringen. Ihre Tochter sei sehr sozial und ... sie mache die Illustrationen und ob er, *hey, of course*, nicht den Text schreiben wolle. Er sei doch Schreiber. *Dolly in danger* war schon mal ein Supertitel. Sie unterbrach sich, sah Hansen an und fragte, ob er auch ein Kind hätte?

Well. Yes, no. Sort of ...

Sort of?

Soon, so gut wie, sagte er. Zögerlich. In der Art eines Outings. Aber immerhin.

Damit war Coral Fussell der erste Mensch in Hansens Leben, der ihn zu seiner So-gut-wie- bzw. *Sort-of*-Vaterschaft umarmte und ihm gratulierte.

Meine Mutter hatte alle seine Berichte damals ausgedruckt, zweifach, um sie Oma Rosi per Post und später mir zu schenken. Falls ich mich mal für die frühen Umstände meiner Ontogenese interessieren würde. Und obwohl sie mir Papas Eis-Blog schon gleich nach Erscheinen laut vorlas. Manche Schwangerschaftsratgeber rieten das ja regelrecht an – nicht unbedingt die Texte meines Vaters, aber mit dem Ungeborenen laut zu reden. Selbst wenn das im Falle meiner Mutter nicht als Frühförderung oder so'n Mist gedacht war. Sondern einfach so, weil sie sich jedes Mal freute und ein großes Mitteilungsbedürfnis hatte:

»Dein Herr Vater hat wieder geschrieben«, so fing das dann immer an, als seien das offene Briefe an uns. Dann las sie vor. Ich würde allerdings lügen, wenn ich behauptete, dass außer der Stimme meiner Mutter und einer gewissen Aufregung irgendwas bei mir ankam. Ihr erhöhter Blutdruck vielleicht. Und auch der nicht, weil sein Eis-Blog jetzt so unerträglich spannend gewesen wäre. Sondern weil meine Mutter Hansen in seinen Texten ganz gut wiedererkannte und dann seine Stimme zu hören glaubte. Deswegen. Er schrieb, wie er sprach. Frei Schnauze.

Jeder Bericht begann mit einem Zitat, das er einfach vom täglichen Newsletter übernahm. Das machte er immer, als Einstieg und Einstimmung. Zum Beispiel:

»Ich entdecke, weil es mein Job ist und weil ich es mag.« Sir Ernest Shackleton.

Dann kamen immer die Positionskoordinaten, weil schön schiffig insgesamt. Bisschen wie bei *Raumschiff Enterprise*, meinte er später. Also: »Position 72° Süd und 170° Ost. 5:30 Uhr Bordzeit. Siebter Tag auf See.« So was. Dann erst folgte der eigentliche Bericht. Und bevor ich jetzt ellenlang referiere, was genau darin stand, lasse ich meinen Vater besser selbst zu Wort kommen. Dann lernt man ihn bei der Gelegenheit vielleicht noch von einer anderen, besseren Seite kennen. In Form seiner Texte. Sonst wäre es ein bisschen so, als würde man die ganze Zeit mit nacktem Finger auf einen weitgehend Angezogenen zeigen. Soll man ja auch nicht machen.

Außerdem kann man bei der Gelegenheit vergleichen. Von wegen Dichtung und Wahrheit. Falls irgendwer denkt, ich hätte mir den ganzen Kram ausgedacht.

Schön wär's.

Hier sein fünfter Bericht im Orginalwortlaut (also die offizielle, zensierte Version, ohne Insiderwissen aus dem Backstagebereich, versteht sich):

35.

»Achtung, Achtung. Aus aktuellem Anlass folgt eine Programmänderung. Eigentlich war an dieser Stelle ein Artikel über Scotts und Shackletons Hütte auf Ross Island geplant. Der entfällt bis auf Weiteres. Aufgrund der vorherrschenden Wetterlage machen wir mit einer Schwerwetterbeschreibung weiter, und selbst das ist riskant. Das Problem: Mein sonst so solider Schreibtischstuhl in meiner Kabine macht Anstalten, sich in einen Schleudersitz zu verwandeln. Es könnte also sein, dass einer der folgenden Sätze abrupt endet. Nicht wundern. Keine ganz leichte Übung, gleichzeitig am Laptop zu schreiben und Rodeo zu reiten (und beides mit einer Hand, die andere brauche ich zum Festhalten).

Das ist übrigens kein Witz oder Seemannsgarn. Sondern Windstärke 12 da draußen und somit ein ausgewachsener Sturm. Oder nennt man das schon Orkan?

Laut Wetterbericht sollte dieses Tief eigentlich nördlich an uns vorbeiziehen. Aber dann hat es sich das offenbar anders überlegt und es für besser befunden, über uns herzufallen. Dass selbst die erfahrene russische Schiffsführung kalt erwischt wurde, zeigt sich an den Helikoptern, die sich, mehrfach festgelascht, noch immer draußen an Deck befinden. Desgleichen die Beiboote auf dem Vorschiff, die langsam unter einem Eispanzer verschwinden. Während man hier an Bord sonst sehr umfangreich informiert wird, wurden bezüglich eines Wetterumschwungs keine Warnungen ausgesprochen. Das hatte zur Folge, dass es im Bordshop heute Morgen aussah wie nach einer Plünderung oder wie in irgendeiner dieser zahllosen Messie-Sendungen auf diesen zahllosen Messie-Sendern.

Am schlimmsten aber traf es Debby, die Barkeeperin, sie hatte im Laderaum ihre Inventur erst zur Hälfte gemacht. Jetzt kann sie noch mal anfangen. Die Arme.

Der Spuk begann heute Nacht, so gegen 3:30 Uhr Bordzeit. Ich wurde jäh aus dem Schlaf gerissen und praktisch im selben Moment Zeuge einer Levitation meines Laptops, die ich mit einem Becker-Hechtsprung gerade noch verhindern konnte. Seitdem sind ungefähr zwölf Stunden vergangen. Und von Besserung keine Spur. Im Gegenteil. Wenn mein Kabinenfenster nicht rechteckig, sondern ein klassisches Bullauge wäre, könnte man den Anblick (von Ausblick kann gerade nicht die Rede sein) mit einer laufenden Waschmaschine vergleichen. Schleudergang. Hinter meinem Fenster vermischen sich die Elemente zu einer Art aufgeschäumten Melange, wobei, Frappé trifft es vielleicht am ehesten.

Infolgedessen sind die Außendecks mal wieder gesperrt, da die Nässe an Bord sofort trotz des hohen Salzgehalts überfriert. Dazu die bockigen Bewegungen der *Kapitan Khlebnikov* und die fehlenden Seebeine der meisten Passagiere ... tückisch. So als Zweibeiner und ohne Saugnäpfe an den Pfoten. Der aufrechte Gang stellt in diesen Stunden ein beträchtliches Risiko dar. Nachvollziehbar, dass Chris, alias Doc Holiday, der Bordarzt, bös besorgt ist. Er hat heute Morgen so eine Art Präventivmedizin betrieben, indem er der ältesten Passagierin an Bord (86!) den Kaffee auf ihre Kabine brachte. Die Expeditionsleitung erinnert nicht von ungefähr bei jeder Durchsage daran, dass man sich unter den vorherrschenden Bedingungen nicht freihändig auf dem Schiff bewegen soll. Selbst liegen ist riskant. Herr Mehandru wurde von einer Welle aus seiner Koje gekegelt. Er hat jetzt eine Platzwunde am Kopf und musste behandelt werden. Seitdem sieht er aus wie ein Sikh, meint er selbst.

Natürlich gibt es auch ein paar Actionfreunde an Bord. Die Adrenalinjunkies unter den Senioren. Die stehen mit Camcordern am Fenster in der Lounge und bejubeln jede Welle, die sich geifernd über das Schiff hermacht (ab März bestimmt auf *Youtube* zu bestaunen). Anschließend schwenken sie auf die russischen Kellnerinnen, die heute Morgen sämtliche Tischdecken befeuchtet haben, damit das Geschirr nicht ins Glitschen kommt, und seitdem mal bergauf, mal bergab servieren. Wie bei *Spiele ohne Grenzen*, falls das noch jemand kennt, oder *Wetten, dass ...?*

Zweitbeliebtestes Motiv sind die Bücher, die in der Bibliothek telekinetischen Kräften ausgesetzt sind, als sei Uri Geller an Bord. Noch finden das einige witzig. Aber sollte der Sturm nicht binnen vierundzwanzig Stunden abgezogen sein – da wette ich –, fangen die Kellnerinnen an zu kichern, weil sie sturmfrei kriegen und alle anderen lautstark nach diesem ominösen ›Ralph‹ rufen werden, der sich bevorzugt in Toiletten versteckt.

Schade. Dabei war für heute eigentlich der Helikopterausflug zum Mars geplant – zu den Dry Valleys (es heißt, landschaftlich kämen diese Trockentäler dem Mars am nächsten). Entfällt bis auf Weiteres, hieß es. Eine Reise in diesen Teil der Antarktis funktioniert nicht nach Fahrplan. Alle geplanten Landgänge sind äußerst wetterfühlige Vorschläge, die jederzeit von Wind und Eis zunichtegemacht werden können. Denn ›Eis kann man nicht besiegen‹, steht irgendwo in *Fräulein Smillas Gespür für Schnee.* Vor uns hat es schon eine vierwöchige Expedition mit der *Khlebnikov* in die Ross-See gegeben, auf der man nur wenige Stunden an Land verbracht und weder Shackletons noch Scotts Hütte zu Gesicht bekommen hat. Ein, zwei Meilen vom Ziel entfernt. Da muss man entweder Fatalist vom Feinsten sein oder ganz schnell Baldrian nehmen. Das muss ziemlich frustrierend sein. Nachdem man knapp zweitausend Seemeilen wütendes Wasser hinter sich hat. Vielleicht ansatzweise mit dem Gefühl Scotts vergleichbar, als er 1907 zum Südpol kam und entdeckte, dass Amundsen und seine Leute vor ihm da gewesen waren. Eine Frustration, die seiner Crew, wie er selbst schrieb, das Durchhaltevermögen und damit auf dem Rückweg das Leben gekostet habe. Gerade bei Entdeckern gilt: *The winner takes it all.*

So gesehen hatten wir die letzten zwei Tage wahnsinniges Glück mit dem Wetter. Eine Art Altweibersommer in der Antarktis. Tagsüber Temperaturen um die null Grad und Sonnenbrandgefahr. Äußerst ungewöhnlich, sagte selbst die Crew und munkelte, dass wir auf der Heimreise dafür büßen müssten. Und momentan sieht es ganz danach aus.

Übrigens absolut kein Fotowetter.

Das Fotografieren und Filmen ist überhaupt so ein Thema auf dieser Reise. Nicht das Schönste. Es gibt einige Passagiere, die sehen ungefähr die Hälfte der Reise durch den Sucher. Mister Cheng aus Hongkong sogar die ganze. Schwer behangen mit optischen Geräten aller Art, erinnert er an einen Kriegsreporter. Selbst in den zahllosen Vorlesungen richtet er sein Videogerät auf die Leinwand und filmt Dias und Grafiken und alles ab, was nicht niet- und nagelfest ist.

Eine Dame aus Belgien erzählte mir, sie habe beobachtet, wie Mister Cheng filmenderweise über eine Robbe gestolpert sei. Das Vieh habe ihn dann vor Schreck oder zur Strafe dafür, den Mindestabstand eindeutig unterschritten zu haben, in den Oberschenkel gebissen. Die Wunde sei später von Doc Holiday desinfiziert und mit zwei Stichen genäht worden. Seitdem humpele Mister Cheng. Jetzt kann man nur hoffen, dass Robben durch einen derartigen Zwischenfall nicht auf den Geschmack von Menschenfleisch kommen. Aus irgendeinem Grund nennt man die Biester ja auch Seelöwen. Jedenfalls, sollte mir jemals so was Beklopptes passieren – und das gebe ich hiermit schriftlich –, stifte ich meine gesamte Ausrüstung dem Tierschutzverein.

Andererseits, was soll man machen? Zwei Augen reichen kaum aus für diese Pracht. Überall sieht man junge Adeliepinguine, die sich gerade in der Mauser befinden, etwas desorientiert herumlaufen oder bereits, nicht so schön, tot rumliegen. Man sieht auch etliche Riesensturmvögel, Räuber, Aas- und Allesfresser, die als Geier der Antarktis bezeichnet werden und dem Brutzyklus der verschiedenen Pinguinarten folgen. Als hätten sie sich das in der Serengeti abgeguckt. Für sie ist das hier eine Art Schlaraffenland. Die Vögel brauchen nur den Schnabel aufzumachen. Entsprechend träge, fast flugunfähig fett vor lauter Lebendfutter, scheinen sie die jungen *Pinguini*, wie die italienischen Kabinennachbarn sagen, nur aus Spaß hin und her zu scheuchen.

Nach dem Landgang wurden dann auch die Passagiere an Bord

zurückgescheucht. Zwecks Lunch und Weiterfahrt nach Süden. Von Cape Adare nahmen wir gestern Kurs auf Süd, mit einem kurzen Zwischenstopp in der Forschungsstation der Italiener. Im antarktischen Sommer sind hier achtzig Leute beschäftigt. Wir wurden ein bisschen über das Gelände geführt und erfuhren ein paar Details in Sachen Fischforschung. Unter anderem werden hier Tiere untersucht, die kein Hämoglobin im Blut haben und somit eigentlich keine Sauerstoffversorgung haben dürften. Zudem verfügen die Fische über ein Antifrostschutzmittel, sodass sie in Gewässern leben können, deren Temperaturen teilweise unter dem Gefrierpunkt liegen. Und das, wie gesagt, frostbeulenfrei und ohne natürlichen Neoprenanzug von Robben oder Walen, die es sich in ihren Fettschichten gemütlich machen.

Gegen Nachmittag nahmen wir wieder Kurs auf die Ross-See. Die Luft wurde merklich kühler und das Wasser fing an zu dampfen. Als ich aus meiner molligen Kabine einen Blick nach draußen warf, war es plötzlich ganz verschwunden – das Wasser. Stattdessen sah es so aus, als würden wir über einen Kachelboden fahren: In Fachkreisen auch ›Pfannenkucheneis‹ genannt, die Vorstufe zum Meereis, und somit – leicht nachvollziehbar – erstes Anzeichen für den nahenden Winter. Unterwegs passierten wir jenen gigantischen Eisberg mit dem poetischen Namen B 15, der erst kürzlich weltweit durch die Presse ging, weil er den Pinguinen einen Umweg ins Wasser von satten siebzig Kilometern bescherte. Aus der Ferne liest man das und denkt: O Gott, Scheiße, Weltuntergang, es geht zu Ende. Alles. Ozonloch, Polarschmelze, der ganze Menschenmurks. Vor Ort sieht die Sache dann (wie so oft) wesentlich entspannter aus. Erstens treiben hier etliche Eisgiganten rum – schon immer. Zweitens, so ist das nun mal mit Gletschern: Sie kalben. Drittens ist das Ross-Schelfeis, dem der B 15 entspringt, ungefähr anderthalb mal so groß wie die Bundesrepublik Deutschland. Kein Grund zur Aufregung also, denkt man. Oder doch?

Inwiefern das Eis oder der Mensch mit seinen blähenden Kühen, Flugzeugen, Autos, Schiffen usw. daran Schuld hat, ist hier an Bord noch nicht hundertprozentig entschieden. Ich habe mich diesbezüglich mit einem Amerikaner unterhalten – ein Fehler. Der behauptet nämlich, der Begriff *greenhouse effect* sei in den Staaten beinah illegal. Man spreche dort noch immer von *natural climate change*. Kein Kommentar. In den täglich ausgedruckten Satellitennachrichten an Bord war kürzlich zu lesen, dass Trittin die Amerikaner mehr in die Pflicht nehmen will. Stichwort Kyoto-Protokoll. *Good luck,* altes Greenhorn.

Gegen Abend erreichten wir dann die Drygalski-Eiszunge, die Scott 1902 entdeckte und nach seinem deutschen Entdeckerkollegen Erich von Drygalski benannte. Gigantisches Ding. Diese Eiszunge ragt fünfzig Kilometer ins Meer, ist bis zu vierundzwanzig Kilometer breit und sieht aus wie eine weiße Wand aus Alabaster. Absolut unwirklich. Auf der anderen Seite des Schiffs, Backbord, tat sich eine zweite, massive Wand auf, das nördliche Ende von B (wie böse) 15, wie gesagt, jener gigantischen Eisinsel, die einigen Pinguinkolonien den Weg zum Wasser versperrte.

Wir fuhren dann gute sechs Stunden (!!!) an der messerscharfen Eiskante dieses Giganten entlang. Und jetzt wird es dekadent: Zwecks Sundowner kamen erstmals die Helikopter zum Einsatz. Als Shuttleservice für die Passagiere zum B 15 a. Ein Eisplateau – ca. fünfundsechzig Seemeilen lang, zwanzig Meilen breit, ungefähr siebenhundert Meter dick und so plan wie ein gigantischer Flugzeugträger und somit das größte treibende Objekt der Welt. Über den Rand betrachtet sah unser Schiff dagegen wie ein Stück Lego aus. So groß etwa wie später die Eiswürfelchen, die abends in den Gin Tonics einiger Passagiere verschwanden. B 15-Babys. Mir kam das vor wie Blas- bzw. Glasphemie. Würde man zu Verschwörungstheorien oder Aberglauben neigen, könnte man behaupten: ›Kein Wunder, dass die Antarktis heute richtig wütend ist.‹«

36.

Und? Ganz okay, oder nicht? Sah man mal davon ab, dass es wirklich unglaublich dekadent war, sich die Antarktis in die Drinks zu stopfen, dachte meine Mutter. Das hagelte bestimmt Leserbriefe.

Je länger die Reise in die Antarktis dauerte, desto deutlicher und radikaler Hansens Fazits und Statements: Das Beste, was der Mensch der Antarktis antun könne, schrieb er an einer Stelle, als dächte er dabei an Lisanne, *wäre, sie in ihrem eisigen Dornröschenschlaf komplett in Ruhe zu lassen.* Also ganz im Sinne des Enzensberger-Zitats: *Indem wir finden, was wir suchen, zerstören wir es.* Was man im Prinzip auch auf die meisten Pärchen übertragen konnte.

Schon erstaunlich.

Normalerweise war kritische Reiseberichterstattung im Land der Reiseweltmeister und Eskapisten nicht erwünscht und grenzte an Hochverrat. Die Reise war heilig. Ein Kleinod. Ein Versprechen auf Erlösung. Den Leuten würde medial und real schon so viel Scheiße aufgebrummt, meinte Hansen mal, da wollten sie sich nicht die Vorfreude auf »die schönste Zeit im Jahr« von einem schnöseligen Schreiber verhageln lassen und was über Staus in der Serengeti lesen.

Wenigstens dort, wo man Urlaub machen wollte, hatte die Welt noch in Ordnung zu sein. Da wollte man jede Menge Adjektive im Text haben und all das pralle Leben spüren, das zu Hause im Alltag komplett fehlte oder nur in der Glotze stattfand. Da wollte man Poesie und Pilcher, bunt und blumig was von Pedro, Pablo, Giovanni oder Ioannis, dem Fischer, hören. Der seine Lieblingstaverne verriet, in der es karierte Tischdecken gab und keine Touristen mit Camcorder auf Plastikstühlen. Und Ouzo aufs Haus. Da durften keine Teerklümpchen am Strand und Wassermangel im Sommer vorkommen, sodass man nicht mehr duschen oder in den Hotelpool springen mochte. Da wäre was los gewesen, wenn Hansen geschrieben hätte, dass auf Kreuzfahrtschiffen so und so viele Menschen jährlich spurlos verschwanden. Nur mal so als Beispiel. Flugs hätte die Redaktion irgendeinen gegelten PR-Fuzzi oder Marketingmenschen an der Strippe, hyperventilierend: »Hallo, Sportsfreunde?! Haben sie euch eigentlich ins Gehirn geschissen, sofort Anzeigenstopp!« Was in der Art. Außerdem luden die Fremdenverkehrsämter und Reiseveranstalter einen doch nie mehr ein, wenn man behauptete, dass Touristen im Prinzip das Schlimmste wären, was einer Gegend passieren konnte. Die Pest auf Beinen. Kommerzkuriere. Missionare der freien Marktwirtschaft, die den Aberglauben an die Allmacht des Konsums und Kapitalismus bis in die letzten halbwegs friedlichen Ecken transportierten.

Von allen Landgängen muss wohl der vierte oder fünfte besonders schlimm gewesen sein, der Besuch der amerikanischen Forschungsstation McMurdo, die Hansen hinterher in McMoloch taufte. Er sprach von einem Kulturschock erster Güte. Die ganze Anlage ein Alb. Ein heimliches Labor, in dem mit Biowaffen experimentiert wurde. So kam ihm das vor. Zitat:

»1200 Leute im Sommer, fünfhundert Fahrzeuge, schwerste Geräte, riesige Treibstofftanks, keine Begrüßung und keine Führung, mit der relativ bekloppten Begründung, Touristen seien schädlich für die Antarktis.

Sorry, but fxxx, you too!

Der Einfluss, den die drei bis vier Khlebnikov-*Fuhren, die es überhaupt bis in die Ross-See schaffen, im Jahr haben, ist marginal – verglichen mit den Folgen einer wuchernden Station wie McMoloch. Jährlich landen hier hundert Flüge und versorgen das expansive Camp mit allem, was man so braucht, um über das Turtel- und Tauchverhalten von Weddellrobben zu forschen. Angeblich. Einblicke blieben uns, wie gesagt, verwehrt. Ich weiß nur, dass eine Passagierin aus Neuseeland eine Art Ami-go-home-Protest-T-Shirt trug und der einzige offizielle Programmpunkt das Scheißshoppingzentrum der Station war. Wohlgemerkt, ich gebe hier nur das kollektive* Khlebnikov-*Empfinden wieder. Ein paar Schritte langten den meisten, um auf der Hacke kehrtmachen zu wollen. Man hatte weniger den Eindruck, es mit einem Forschungszentrum zu tun zu haben, als in einem Militärcamp im winterlichen Oderbruch oder Ruhrpott gelandet zu sein. Motto:* Big is better.

Im Abgasgeruch der Generatoren, Bulldozer und Pick-ups schlenderten wir zu Scotts Discovery-*Hütte von 1902, die allerdings am Rande einer Abraumhalde noch verlorener wirkte, als sie es jemals getan haben mochte. Anschließend konnten wir uns in einer Turnhalle aufwärmen und unsere Lunchpakete mit Brötchen und Capri-Sonne entgegennehmen. Einige ältere Passagiere taten sich schwer, die Strohhalme richtig zu platzieren. Das war dann meine Aufgabe, da mir das Anpiksen dieses urdeutschen Erfrischungsgetränks aus Schulhofzeiten in Fleisch und Blut übergegangen ist. Womit ich dann richtig punkten konnte (buchstäblich). Anschließend suchten die meisten an Bord möglichst schnell das weiße Weite oder weite Weiße. Egal. Das Erfreuliche an der Antarktis: Wenn man nicht gerade McMoloch besucht, ist sie praktisch überall.«*

Mein Vater mochte anschließend kaum mehr seinen North-Face-Daunenparka anziehen, der nach der Station benannt war: McMurdo. Dagegen sei Ground Zero fast schön, schrieb er, politisch höchst unkorrekt. Nicht mal das wurde redigiert.

Gut, online war ja alles ein bisschen hingerotzter, oft mit sehr krummer, heißer Nadel gestrickt. Da erschienen die Texte ja praktisch in Echtzeit. Kam ein überforderter Redakteur mit dem Redigieren kaum hinterher zwischen all den E-Mails, Anrufen, und was da noch so alles anfiel. Geschweige denn, dass es in den Online-Redaktionen noch einen Textchef gegeben hätte. Eine Art Fleischinspekteur, der sämtliche Texte auf faule Stellen untersuchte, bevor sie abgenickt wurden. In Hansens Fall übernahm das meine Mutter. Auf ihre Art.

Das Einzige, was sie an seiner Berichterstattung auf Anhieb zu monieren hatte, war, wie gesagt, das Porträt über diese Pinguinforscherin. Immerhin ein eigener, ganzer Beitrag. Gefühlte Sondersendung. Themenschwerpunkt. Zu viel für ihren Geschmack. Mit auch nicht ganz nachvollziehbarem Titel: *Schutzpatronin der Pinguine – Porträt einer Wissenschaftlerin*. Meine Mutter las diesen Text fast so aufmerksam wie das Hansen-Kapitel im *Zeugungsstreik*. Zumal sie da einen unmittelbaren Zusammenhang vermutete. Schließlich konnte eine Schicksalsfrage ja öfter als einmal beantwortet werden.

Was meine Mutter stutzig machte, und die Frage aufwarf, warum Hansen sich, ganz anders als sonst, in dem »Wissenschafts-Text« ziemlich bedeckt hielt. So auffällig sachlich alles. Fast frei von Lakonie. Und null Gonzo. Überhaupt keine Scherze, obwohl die Lady da anscheinend nur mitfuhr, um hauptberuflich in Pinguinscheiße rumzupulen. Hallo?! So eine Steilvorlage und keine launigen Sprüche? Da musste man doch stutzig werden. Zwangsläufig. So, wie sich wahrscheinlich auch jede Lebensgefährtin eines Malers die Aktbilder irgendwelcher Models nie ganz unvoreingenommen angucken konnte und immer überlegte, ob der Meister diesen verzückten Gesichtsausdruck nicht vorher mit dem eigenen, quasi angewachsenen Pinsel ins hübsche Gesicht gezaubert hatte.

Zwei Fakten hätten sie schon noch interessiert: Warum zum Kuckuck er gerade die als *Mitarbeiter des Monats* aus dem ganzen Expeditionsteam hervorhob?! Und was leistete die wohl in ihrer Bordfreizeit, wenn sie keine Pinguinscheiße in Reagenzgläser stopfte oder eindoste?

Warum hatte sich Hansen nicht zum Beispiel den Käpten oder diese Orcaexpertin für sein Porträt rausgepickt? Das war doch viel aufregender. Und außerdem war die eine international anerkannte Koryphäe in Sachen Killerwale, selbst bei BBC-Dokumentationen beratend dabei, wie im Prospekt stand. Aber nein, die wurde nur kurz gestreift. Als sei sie irgendeine x-beliebige Zoowärterin.

Warum?

The answer, my friend, is blowing in the wind.

Meine Mutter hatte damals immerhin schon eine erste Ahnung. Quasi Fräulein Fritzis Gespür für mehr. Allerdings war sie selbstkritisch genug einzuräumen, dass sie schwangerschaftsbedingt – wie sagt man – Flöhe pupsen oder husten hörte. Also einfach nur ein bisschen hellhörig war. Oder geworden war. Weil Verlustängste in der Schwangerschaft besonders hoch waren, hoch zwei im Prinzip, auch ohne Zwillinge im Bauch, meinte sie selbst. Ein ganzer Strauß neuer Ängste und Sorgen, der da plötzlich in ihr blühte und auf den sie gern verzichtet hätte. Vor allem nachdem meine Mutter ein bisschen im Netz gefischt und recherchiert und einen Text gelesen hatte mit der Überschrift: *Was erlebt ein Kind im Mutterleib? – Positive und negative Erfahrungen während der Schwangerschaft und die Folgen für das Kind.* Das war dann übrigens einer der Gründe, weshalb sie sich (und mich) nicht länger mit irgendwelchen diffusen Eifersüchten verrückt machen wollte. Konnte man offenbar gar nicht früh genug mit anfangen. Pränataler Welpenschutz. Denn: »Ab dem Augenblick unserer Zeugung werden alle positiven, aber auch traumatischen Ereignisse in irgendeiner Weise gespeichert und sind später abrufbar.« Vivaldi beruhige, Beethoven beunruhige, mache den Fötus ganz wuschig. Übrigens genau wie etwas ruppiger bis sportlicher Sex, stand da, selbst wenn es bloß der Vater, also der Richtige war. Kann man sich ja vorstellen. Auch wenn es dafür sicher keine Richterskala gab.

Meine Mutter hatte das Hansen gleich nach seiner Rückkehr brühwarm vorgelesen. Vor der Kamerakrise. Gedacht als eine Art Crash- und Nachhilfekurs über die bis dato verpasste Schwangerschaft, ca. zwei Wochen bevor sie die Bilder entdeckte. Seine erste Reaktion: »Wirklich? Na super. Wie soll ich denn jetzt noch mit dir schlafen?«, fragte er. Einigermaßen typisch, dass er zunächst an sich dachte.

»Na ja, *gentlemanlike*, softer halt ... behutsam!«

»Damit es nicht aufwacht, oder wie?«

Meine Mutter las einfach weiter: »Hier steht's, Hansen, ›mit der Befruchtung sind in der Zygote bereits alle Anlagen enthalten, die sich im späteren Leben ausbilden werden. Von jetzt an kommt es zu einer kontinuierlichen Interaktion zwischen dem Kind und seiner Umwelt, vor allem mit seiner Mutter ...‹«

»Zygote?! Warte mal. Das ist doch der ... genau, der Zweizeller.«

»Korrekt, kurz nach der Befruchtung.«

Mein Vater verdrehte die Augen. Zygoten, die sich alles merkten. Wer hat denn das geschrieben, Nina Hagen? Penny McLean? Erich von Däniken? Esogeschwurbel. Da empfahl es sich, die eigenen drei Gehirnzellen mal zu benutzen.

»Also ich weiß nicht mehr so genau, wie das bei mir war, aber ich glaube, ich kann mich erst ab dem Zeitpunkt an alles erinnern, als ich schon vier oder sogar acht Zellen alt war«, unkte meine Vater.

»Hör doch erst mal zu Ende zu, du Experte. Davon abgesehen, hast du sowieso ein schlechtes Gedächtnis«, erwiderte meine Mutter, und Hansen kam sich vor wie in einem Loriot-Sketch. »Hier: ›Wohnt zum Beispiel eine deutschsprachige Mutter während ihrer Schwangerschaft lange Zeit im Ausland und spricht viel Englisch, wird das Kind wesentlich einfacher Englisch lernen als Deutsch.‹« Meine Mutter blickte kurz auf, sah Hansen an und meinte: »Klingt doch plausibel. Ich finde, das ergibt Sinn!«

Den darauf folgenden unqualifizierten bzw. böswilligen Kommentar meines Vater nahm sie fast persönlich. »Und was spricht das Kind, wenn die Frau in der Schwangerschaft viel bläht? Nur mal so als Beispiel. Wird es dann später gern Tuba spielen? Oder zur Kavallerie gehen? Das würde mich mal interessieren!«

»Idiot«, sagte meine Mutter. Das Thema war ihr zu heilig, als dass sie Blähungen und Baby miteinander verknüpfen wollte. Da war sie empfindlich. Vor allem bei dieser Kombination. Sonst ziemlich offenherzig und -hirnig, war sie diesbezüglich maximal schambesetzt und hätte sich sonst nicht mehr aufs Klo getraut, ohne hinterher jedes Mal »Entschuldigung, Kleines« zu sagen.

»Das findest du lustig, was?! Hansen, Godfather of Gags bzw. der Puparsch-Knallwitze.«

Stimmte. Hansen freute sich diebisch und ritt erst recht darauf rum, als er merkte, wie Fritzi abging, und steigerte sich in die Materie, nicht zuletzt, um seine kritische Haltung gegenüber solchen Aus-dem-Bauch-heraus-Behauptungen kundzutun: »Wieso, kann doch sein – eine Art musikalische Frühförderung, oder, wie heißt noch mal die Sendung, ach ja: *Erkennen Sie die Melodie?* Was steht denn da noch alles ... Schönes?«

Hatte ja einen gewissen Unterhaltungswert.

»Zum Beispiel das hier: ›Beziehung zwischen den Eheleuten‹.« Meine Mutter fing an zu lesen, und Hansen lernte: Eine Liebesbeziehung zwischen den Eltern sei die beste Voraussetzung für die Entstehung eines gesunden Kindes. Da zuckte mein Vater praktisch schon vorher zusammen, wie ein Fötus angeblich bei Iron Maiden oder Papis ... Penis.

»Ach was!«

»Wie, ›ach was‹?« Meine Mutter sah ihn erwartungsvoll an.

»Klar, kann ich nachvollziehen. Das Sein bestimmt das Bewusstsein. Binsenweisheit«, meinte Hansen. Warum solle das im Bauch anders sein? Und außerdem, die Abwesenheit von Liebe sei immer Nährboden für Hass. »Weiter!«

»›Viele Beziehungen, aus denen ein Kind entsteht, sind oberflächlich oder kurzweiliger Natur. Fatal wirken sich ablehnende Gefühle gegen den Partner auf das Ungeborene aus. Gefühle der Verachtung, Angst, Ablehnung, Missbilligung ... haben bei der Zeugung und während der Schwangerschaft für das Kind enorme Folgen.‹«

»Hä?! Wer hat denn das eigentlich geschrieben?«

Hansen stellte sich als Verfasserin eine katholische Öko-Hebamme (Hausgeburten) im Wollkleid vor. Klang jedenfalls alles ziemlich selbst- und grobgestrickt. Gefühltes Wissen. Von Engeln diktiert.

»Keine Ahnung, hab ich im Netz gefunden«, meinte meine Mutter.

»Da steht halt viel Scheiße ... im Netz.«

Spätestens der nächste Satz, den Fritzi vorlas, gab ihm recht. Was auch meine Mutter einsehen musste, aber nicht gleich wollte:

»›Wenn der Partner gewalttätig ist: Ob die Zeugung harmonisch, indifferent, angstbesetzt oder gewalttätig stattgefunden hat, ist eine ebenso entscheidende Frage ...‹«

Mein Vater meldete sich, schnippte mit den Fingern, stöhnte dabei wie ein Streber und meinte, mittlerweile wild entschlossen, den Text boykottieren zu müssen: »Warte mal! Verstehe ich nicht. Was heißt denn bitte ›indifferent‹ in diesem Kontext? Wie geht denn – indifferenter GV?«, fragte er. »Meinen die vielleicht, ach so, Oral- oder Analverkehr? Ist das indifferent? Soixante-neuf? Oder, nee, ich weiß, Sandwich-, Gruppensex wahrscheinlich! Falls man im Swingerclub schwanger wird. Das wird es sein.«

Fritzi las trotzdem weiter und verkniff sich ein Schmunzeln.

»›Ein brutaler Geschlechtsverkehr während der Schwangerschaft wird vom Kind voll und differenziert wahrgenommen. Es prägt sich tief in sein Bewusstsein ein und bestimmt den Verlauf seines weiteren Lebens.‹«

»Ach, echt? Guck an. Und ... Kopfsteinpflaster? Was ist damit?«, unkte Hansen. »Schreit das Baby da auch um Hilfe? Was heißt denn das genau, Fritzi? Hat das Kind später ein Leben lang Schluckauf? Wird es später mal wahnsinnig gut Rodeo reiten, wenn der Partner seine Partnerin heftig und indifferent von hinten nimmt? Oder wie? Ich kapier ...«

»Ist ja gut, Hansen. Das klingt nicht gerade seriös«, räumte Fritzi endlich ein, wenn auch trotzig. Weil sie Hansen nicht recht geben wollte, dass da vermutlich wirklich gefühliger und gequollener Hebammenhumbug stand. Wieso war sie darauf nicht gleich beim ersten Lesen gekommen? Sondern hatte offenbar alles durch die große hormonelle Babybrille wahrgenommen?

»Außerdem, Fritzi, wie will man das denn untersuchen?«

»Was?«

»The making of!«, sagte er.

Er stellte sich das kurz vor. Etwas albern, ein Anruf vom Forsa-Fickforschungsinstitut oder was: »Entschuldigung, wir machen eine Umfrage in Hinsicht auf die Optimierung der Reproduktionsnacht und würden Ihnen hierzu gern ein paar Fragen stellen. Erstens: Hatten Sie differenten oder indifferenten Sex damals? Zweitens: Mit oder ohne Socken? Beschwipst oder nüchtern? Missionarsstellung oder, oder, oder? Lief Musik? Wenn ja, welche? Klassik, Kuschelrock oder, oder, oder?« Und vor allem, sehr wichtig: »Hatte Ihre Partnerin während der Zeugung einen Orgasmus?« Weil nämlich: Riesenunterschied für die spätere Entwicklung laut neuesten Erkenntnissen. Unterschied wie Erste und Dritte Welt praktisch: Orgasmuskinder, hat man herausgefunden, sind fröhlicher, optimistischer, aufgeweckter, sehen besser aus, verdienen später mehr usw. All die anderen kommen schon mit Disposition für Depressionen und Autismus zur Welt, neigen zu Pessimismus und Adipositas, denn der Frust der Mutter überträgt sich bereits im Moment der Zeugung.

»Ja, ja, ist ja gut, Hansen. Komm mal klar. Was ist damit, ich hör auch gleich auf: ›Außereheliche Beziehungen‹?!«

Meine Mutter wartete.

»Was soll damit sein?«

»Wie, mehr nicht? Kein doofer Spruch, Hansen?«

»Nö! Bin ganz Ohr!«

»Ach, wie kommt's?«

»Keine Ahnung. Bin gespannt, was die mit einem Ungeborenen machen ...«

»Ach, das interessiert dich plötzlich? Warum das denn?«

»Sicher. Ich muss doch wissen, wie es dem Nachwuchs geht,

falls du eine Affäre hast«, meinte er nach dem Motto: Angriff ist die beste Verteidigung.

»Wieso gerade ich?«

»Wer denn sonst? Das bezieht sich doch hoffentlich auf die Mütter, sonst wird es ja komplett ... kryptisch und esoterisch. Aber lies mal, ist ja ganz satirisch dein Text.«

»›Auch außereheliche Beziehungen der Mutter ...‹«

»Siehste!«

»... ›während der Schwangerschaft schaffen Irritationen, die voll wahrgenommen werden. Ob der biologische Vater und der später erziehende Vater ein und dieselbe Person sind – der innere Konflikt der Mutter überträgt sich auf das Kind, welches später unter schwersten Traumata leidet.‹«

Hansen zog die Augenbrauen hoch.

»Amen! Fritzi, im Ernst: Copyright Vatikan, oder was? Lass dich von so was nicht verrückt machen. Ganz ehrlich.« Das sei ja kriminell. Demzufolge müsste jedes Baby gleich nach der Krippe auf die Couch! Jedes zehnte Kind in Deutschland sei ein Kuckuckskind und ergo schwer traumatisiert, oder wie?! Dass man nicht rauche oder sich besaufe, okay, nachvollziehbar, meinte Hansen, aber der ganze Scheiß?

»Außerdem: Was soll *ich* denn dann sagen?«

»Wieso du?«, fragte meine Mutter.

»Hat dir doch alles meine Mutter erzählt: erstens Kaiserschnitt. Zweitens fast hopsgegangen, Mutter und Kind. Drittens unmittelbar nach der Geburt durchgereicht und von mehreren Hebammen gestillt worden. Und dazu ein Vater, der schon fremdging, als meine Mutter noch im Wochenbett lag. Da kann doch nur Murks rauskommen.«

»Na ja«, sagte meine Mutter.

37.

Noch lieber als irgendwelchen Babykram las sie Hansens Berichte. Vor allem diesen hier, mit Widmung praktisch:

Position: 77° 33' 10 Süd, 166° 10' 6,5 Ost

›Ich dachte, du hast lieber einen lebenden Esel als einen toten Löwen.‹ (Sir Ernest Shackleton zu seiner Frau Emily nach dem gescheiterten Versuch, den Südpol als Erster zu erreichen)

Vorab eine Entschuldigung. Ich muss mich sputen und etwas schneller schreiben als sonst. Ich hinke mit meinem Logbuch hinterher. Das Problem generell: Man muss an den Exkursionen teilnehmen, um sie praktisch in Echtzeit zu protokollieren. In Konkurrenz dazu stehen vier Mahlzeiten, ein Mittagsschlaf, diverse Vorträge, Recaps (von Rekapitulationen) oder Briefings für die Programmpläne und den Ablauf des folgenden Tages. Diese Briefings enden immer mit dem Satz: ›… sofern das Wetter mitspielt.‹ Danach dürfen wir dann Fragen stellen. Das ist der schlimmste Teil. Häufig wird sich um das richtige Schuhwerk Sorgen gemacht. Ob man Gummi- (*wet landing*) oder Wanderstiefel (*dry landing*) braucht. Ich kann mir das Stöhnen kaum verkneifen und leide innerlich, weil ich als Passagier praktisch meine Individualität verliere und Teil einer Gruppe bin, die mich an Grundschulausflüge erinnert. Kindergartenexpedition.

Mittlerweile stecken wir in einer Eiswüste in unmittelbarer Nähe des 3794 Meter hohen Mount Erebus, dem südlichsten aktiven Vulkan der Erde. Vor uns, auf Ross Island, liegt Cape Royds. Gerade wurde die Gangway heruntergelassen, damit die Expeditionsleitung den Weg zur Hütte des Helden abstecken kann. Wenn Eis jemals trägt, dann ja wohl hier, denkt der Laie. Trotzdem sollen wir unsere Schwimmwesten tragen, dem Parcours übers Packeis folgen und immer dran denken: Pinguine haben Vortritt. Egal, ob von links oder rechts.

Eine gewisse Aufregung hat sich an Bord breitgemacht. Was

Wunder. Man ist wirklich da. Unglaublich. An einem der entlegensten Winkel der Welt, bei den Basiscamps der wahren Eisheiligen. Ich komme mir plötzlich vor wie ein Pilger. Nur noch ein Kilometer übers Eis bis zu Shackletons Hütte. Halleluja. Jetzt kann nur noch ein Blizzard dazwischenkommen. Aber danach sieht es absolut nicht aus. Eher so, als hätte man mal wieder ein Fleece zu viel angezogen, um noch dazu im Schweinsgalopp einer der Ersten zu sein. Strebermäßig, stimmt. Gerade so, als ginge es darum, den geografischen Südpol ein zweites Mal zu erobern.

Aber das ist es nicht. Es ist vielmehr der vergebliche Versuch, einen Hauch der Einsamkeit zu erahnen, der die Männer hier monatelang ausgesetzt waren. Von Cape Royds ist Shackleton seinerzeit zu seinem Rekordmarsch zum Südpol aufgebrochen.

Seine Hütte liegt versteckt in einer Lavasenke, am Rande einer Pinguinkolonie. Eine von Wind und Wetter gräulich gebeizte Holzhütte, die perfekte Eremitage im ewigen Eis. Einzig bewacht von ein paar Pinguinen, die mit ihrem Brutzyklus ein wenig gebummelt haben. Die Hütte wurde seinerzeit in London aus Pinienholz vorgefertigt und in nur zehn Tagen am Cape Royds aufgestellt. Von 1907 bis 1909 hausten hier fünfzehn Männer. Am Kopfende einer Schlafpritsche ist noch Shackletons Unterschrift zu lesen.

Bevor man zur Hütte kommt, passiert man die kleine Mülldeponie. Reste von Rost, zerbrochene Flaschen, ausgeblichene Knochen. Alles ungetrennt. An der Südflanke der Hütte befinden sich eine offene Stallung, ein Autorad aus Holz, ein Hundeskelett und die ehemalige Latrine. Auf der anderen Seite des Hauses stapeln sich ungeöffnete Dosen, deren Labels nicht mehr zu erkennen sind. Aus einer Holzkiste sind Bohnen in den schwarzen Sand gerieselt.

Harry und J.R., die beiden Neuseeländer vom Antarctic Heritage Trust, haben das Heiligtum aufgeschlossen. Sie achten darauf, dass sich die ca. vierhundert handverlesenen Besucher, die es im Jahr hierherschaffen, die Füße abtreten und keine Rucksäcke mit ins Innere nehmen. Man fürchtet weniger den Devotionalien-Diebstahl als eine unbedachte Bewegung, die auf so engem und vor allem historisch bedeutungsvollem Raum reichlich Schaden anrichten könnte. Denn es dauert eine Weile, bis der Besucher begreift, dass man sich nicht in einem Nachbau oder an einem Filmset befindet. Dass die Laborinstrumente, Medizinfläschchen, Kakaodosen, Schlafsäcke, Kochtöpfe, Wäscheleinen, Socken keine Duplikate sind. Einen Moment lang überlegt man, wieso das nicht alles längst geplündert worden ist. Auf einer Londoner Sotheby's-Auktion wären die Sachen eines Nationalhelden sicher Millionen wert. Dann überlegt man weiter und denkt, es liegt wohl daran, dass nur sehr wenige Schiffe auf der Welt relativ risikolos jenseits des 77° südlicher Breite navigieren können. Jegliche Piraterie in dieser Gegend hätte wahrscheinlich einen zu hohen Preis: das Leben der potenziellen Langfinger.

Shackletons Expeditionsmitglieder verließen Cape Royds alle lebend und offenbar sehr fluchtartig. Als zwei Jahre später Mitglieder von Scotts Terra-Nova-Expedition die Hütte aufsuchten, fanden sie volle Teller auf dem Tisch und Socken, die zum Trocknen aufgehängt waren. Der Tisch fehlt inzwischen, wahrscheinlich wurde er verbrannt, als die Brennstoffvorräte zur Neige gingen. Die tapferen Socken hängen allerdings noch immer da. Ganz besondere Socken: Shackletons. Wahrscheinlich die ersten und letzten in meinem Leben, die ich (ohne jeden Zweifel) fotografieren werde.

Der letzte schöne Tag beschert uns dann einen Besuch in Scotts Terra-Nova-Hütte. Ausgangsort der wohl tragischsten Episode im Wettlauf um die Eroberung des Südpols. Von hier brach Sir Robert Falcon Scott zu seiner letzten Expedition auf. Nach einer der bittersten Erfahrungen seines Lebens, schrieb Scott am 16. Januar 1912 in sein Tagebuch:

Lager 68. Höhe 2970 Meter. Das Furchtbare ist eingetreten. Das Schlimmste, was uns widerfahren konnte ... Die Norweger sind uns zuvorgekommen – Amundsen ist der Erste am Pol! Eine furchtbare Enttäuschung! Aber nichts tut mir dabei so weh, als der Anblick meiner armen, treuen Gefährten! All die Mühsal, all die Entbehrung, all die Qual – wofür? Schrecklich genug, dass wir uns hierhergequält haben ohne den Lohn, die Ersten zu sein ... Das wird ein zermürbender Rückmarsch werden ... Vor uns liegt eine Strecke von 1500 Kilometern mühsamer Wanderung – 1500 Kilometer trostlosen Schlittenziehens – 1500 Kilometer Entbehrung, Hunger und Kälte! Wohlan. Traum meiner Tage – leb wohl!

Von Hunger und Entbehrung kann an Bord der *Kapitan Khlebnikov* keine Rede sein. Einzige Entbehrung momentan ist das schöne Wetter. Heute ist mal wieder ein bisschen Rock 'n' Roll angesagt. So nennt man das, wenn die *Kapitan Khlebnikov* einmal mehr die etwas andere Berg-und-Talfahrt macht. An Schlafen ist nicht zu denken. Es sei denn, man macht es wie Fabrice, mein französischer Tischtennispartner, der heute Nacht aus seiner Kabine von Deck 8 nach Deck 3 gezogen ist, um unter unserem Sportgerät zu schlafen. Im Gym sind die Schiffsbewegungen nicht ganz so wild und schlingernd. Er meint, das sei ein bisschen hart gewesen, aber lieber hart schlafen als gar nicht.

Heute Morgen sah man dann etliche zerknirschte, zombieske Gestalten. Eine Frau erschien sogar barfuß zum Frühstück, weil sie sich nicht auf ihre Schnürsenkel konzentrieren konnte. Das Narrenschiff. Sie wurde dann aber schnell des Frühstück-Feldes verwiesen, weil kurz zuvor auch ein Großteil des Buffets Anstalten gemacht hatte, sich ins Deck 3 zu verkrümeln und noch nicht alle Splitter beseitigt waren. Schiffsführung und Expeditionsleitung sind in einem solchen Fall sehr besorgt. In der Regel wird der Kurs zwecks Nahrungsaufnahme kurzzeitig geändert und die *Kapitan Khlebnikov* in eine günstigere Position zu Wind und Welle gebracht. Sonst kann es passieren, dass man aus Versehen seinen Sitznachbarn füttert und nicht sich selbst.

Nur mal so: Heute Nacht wurden Schiffsbewegungen bis zu

zweiundvierzig Grad gemessen. Pro Richtung und Rock-'n'-Roll-Faktor. Soweit ich weiß, spricht man bei Schiffen offiziell von Rollbewegungen, die in Sekunden gemessen werden. Gemeint ist die Dauer, in der sich ein Schiff durch den Wellengang von der Backbordseite auf die Steuerbordseite wälzt. Oder umgekehrt. Da die *Kapitan Khlebnikov* hauptsächlich für die härtere Variante von H_2O konzipiert wurde und weniger für die hohe See, schafft sie das in Rekordzeit. Allemal schneller, als man im Bett dagegenhalten kann. Man wird ganz *malade* im Hirn. Und deshalb ausfallend.

Heute Nacht habe ich in meiner durchwachten Verzweiflung mehrfach ›Mutter, nimm mich von der Zeche‹ und sogar ›Scheiße, das soll jetzt endlich sofort aufhören‹ gerufen. Tat es natürlich nicht. Immerhin kann ich jetzt besser nachvollziehen, weshalb man früher lebensmüde Matrosen am Mast festgebunden hat.

Andererseits wäre die Antarktis nicht das, was sie ist, wenn man sich nur Moonboots und Ohrenwärmer anziehen müsste, um hierherzukommen: eine unzugängliche Majestät. Sie tut, was sie kann, um sich die Leute vom Leib zu halten. Sie hüllt sich in Kälte und widriges Wetter. So mussten wir beispielsweise einen Tag aussetzen, um die Dry Valleys zu besuchen – für viele Passagiere eins der Highlights dieser Reise. Die Dry Valleys wiederum gehören zu den trockensten Gebieten der Erde und sind – im Gegensatz zum Rest der Antarktis – vollkommen eisfrei. Es gibt dort sogar Gewässer, die aufgrund ihres hohen Salzgehaltes selbst bei extremen Temperaturen nicht zufrieren. Die Vorfreude war also groß. Doch die Sicht zwang uns einen Tag mit der Operation zu warten, was mir nur recht war, um halbwegs meine Hausaufgaben machen zu können.

Am Tag drauf wurden dann nach dem Rotationsprinzip für jeweils acht Passagiere die Helikopter gestartet. Der Flug dauerte ungefähr fünfzehn Minuten. Kaum gelandet, wurden wir instruiert, uns zu beeilen, weil wir mit dem nächsten Hubschrauber wieder zurück müssten. Uns blieben im Schnitt ca. fünfzehn Minuten, um ein abgestecktes Dreieck abzugehen bzw. im Dauerlauf hinter uns zu bringen. Das Wetter drohte zu kippen. Dennoch war es etwas fraglich, im Angesicht der Ewigkeit an toten Robben vorbeizuhetzen, die hier mal eben seit siebenhundert Jahren konserviert liegen. Oder noch länger. Es heißt, man wisse nicht genau, was sie hier überhaupt zu suchen hätten. Das ging mir nicht anders ...

Als wir zur *Kapitan Khlebnikov* zurückkamen, wurde die Aufmerksamkeit sofort von ein paar Orcas okkupiert, die in der Nähe des Schiffes gesichtet worden waren. Hin und wieder entdeckte man zwischen den aufgebrochenen Eisplatten beeindruckende Rückenflossen. Die Walexpertin meinte, mit etwas Glück machten die Tiere *spyhopping*, was in etwa bedeutet, dass die Orcas aus dem Wasser schnellen und schauen, wo auf dem Eis ein paar lebende Leckerbissen dösen. Die meisten Whale-Watcher zogen dann aber das persönliche *spyhopping* am Buffet vor. Die *Kapitan Khlebnikov* parkte rückwärts aus dem Packeis aus und bahnte sich ihren Weg – grobe Richtung: Nord. Das lässt sich so nah am Südpol kaum vermeiden. Noch gröber: Kurs Heimat. Zumindest den Nachtisch (Wildbeeren-Sorbet) ließ ich sausen zugunsten des gigantischen Wassereises draußen. Es ist immer wieder faszinierend, wie sich die *Kapitan Khlebnikov* durch geschlossene Eisdecken ihren Weg bricht. Wenn auch mir nie so ganz geheuer. Man wartet nur darauf, dass das Eis zupackt. Vor allem, wenn man einen Tag zuvor filmisches Originalmaterial über Shackletons *Endurance*-Expedition gesehen hat. Das Schiff wurde vor den Augen der Mannschaft langsam zerquetscht und auf den Eisplatten, wenn ich mich recht erinnere, das *Camp Patience* errichtet.

Unser letzter Ausflug nach Cape Hallett, der *scenic flight* entlang des Gletschers, fiel dem schlechten Wetter zum Opfer. Domenico aus der italienischen Nachbarkabine ist etwas geknickt deswegen. Er hat mir mal spaßeshalber unsere Brutto-Hubschrauberzeit vorgerechnet. Die genaue Minutenzahl habe ich vergessen. Irgendwas mit zwanzig. Zu wenig, findet er. Auch hätte er sich gern – alles in allem – ein paar *Pinguini* mehr gewünscht.

Im Prospekt wird ihre Zahl mit Millionen angegeben. Aber das könne man niemandem vorwerfen, habe ich beschwichtigt. Das gehöre in die Abteilung ›eigenes Versagen‹. Wenn man wegen der possierlichen Tiere die Antarktis besuche, müsse man sich schon an deren Brutgewohnheiten halten. Gegen Ende des Sommers seien die meisten wieder im Wasser. Domenico hat nur *Dio Carne* – Schweinegott – gemeint. Nächstes Jahr fahre er wieder nach Botswana. Und vorher unbedingt nach Hause. Sein letztes Stück Parmesan gehe langsam zur Neige.«

»Apropos zu Hause« ..., schrieb mein Vater, eine Meldung in eigener Sache!

Es folgte die Passage, die meiner Mutter damals mit Abstand am besten gefiel und ihr wieder das Venedig-Gefühl bescherte. Regelrecht einen kleinen Schock bescherte, als sie sich beim Lesen plötzlich so persönlich angesprochen fühlte:

»Mich hat kürzlich eine erfreuliche Mail aus der Heimat erreicht«, schrieb mein Vater. »Vielmehr gesagt, ein ominöses Bild, das in einem Umschlag in meiner Posttasche steckte. Als ich den Umschlag öffnete, dachte ich, zu meiner Schande: Was ist das denn? Kunst? Ein Satellitenbild, die Wetterkarte, ein Nacktmull oder Beluga? Erst auf den zweiten Blick erkannte ich, dass es sich um ein Ultraschallbild und die Innenansicht einer neu bezogenen Bauchhöhle handelte.

Nichts gegen Pinguine. Ich habe dieser Tage wirklich viel Prächtiges gesehen. Doch ich muss aufpassen, dass es mir nicht wie unserem Freund Domenico ergeht. Wird wohl Zeit, dass ich mich langsam auf den Heimweg mache, um den Brutzyklus meiner Freundin nicht komplett zu verpassen, und ...«

Und der letzte Satz löste sich dann in den Tränen meiner Mutter auf.

So verliebt wie in diesem Moment war sie noch nie zuvor gewesen – und danach erst recht nicht.

Stimmt's, Mama?!

38.

Sie war extra nach Frankfurt gereist. Hansen am Flughafen abholen. Klar! Überraschung. Ihr Freund und Geliebter, der künftige Vater ihres Kindes, Schirmherr ihrer Schwangerschaft. Hansen des Herzens, wie sie ihn mal genannt hatte.

Eigentlich rechnete er erst in Hamburg mit ihr. Aber das dauerte ihr viel zu lang. Die Zeit konnte man sinnvoller nutzen. Sie wollte ihn auf der gemeinsamen Rückfahrt nach Hamburg – gute Gelegenheit – auf den aktuellen Stand ihrer Schwangerschaft bringen, ihn praktisch initiieren. Erzählen, was sie so in der Zwischenzeit gemacht hatte: mich hauptsächlich. Ihr ambitioniertestes Projekt gerade. Und deshalb großes Mitteilungsbedürfnis. Anfang sechzehnte SSW – »Einnistungsphase« längst erfolgreich abgeschlossen. Knapp zehn Zentimeter, vom Scheitel bis zum Steiß, und ca. achtzig bis neunzig Gramm. Kurzum, alles schick und sattelfest sozusagen.

Fritzi hatte sogar Blümchen gekauft und einen kleinen Willkommenskorb zusammengestellt, mit all den Dingen, die Hansen an der Heimat am meisten schätzte (so viele waren das nicht): zweihundert Gramm Nordseekrabbensalat, einen Frankenlaib (Sauerteig) von der Bio Company, zwei Avocados, eine Flasche Crémant, Ingwerstäbchen, eine Tüte holländisches Salzlakritz, ein großes Stück Stilton, Blümchen und als Joker – mit königsblauer Schleife drum – ein zusammengerollter, aktueller 3-D-Ultraschall. Ein Versprechen auf das Kostbarste, was sie ihm (außer sich selbst) überhaupt anzubieten hatte.

Nur ein Idiot und mein Vater würden ihr da vielleicht widersprechen.

»Eine ›außerordentliche Schallung‹ für Ihren Freund«, hatte der Herr Doktor gemeint, als er meiner Mutter den Ultraschall mit ein wenig Tamtam mitgab. Das klang zwar nach Strafe – »außerordentliche Schallung« –, war aber als kleine Anerkennungsgeste gedacht. Denn einmal drauf aufmerksam gemacht, hatte der Herr Doktor Hansens Eis-Blog »mit regem Interesse verfolgt« und sich sogar als Fan geoutet, was reichlich albern und übertrieben war, fand meine Mutter. So weltklasse und Pulitzerpreisverdächtig waren Hansens Berichte nun auch nicht.

Er freue sich jedenfalls schon, meinte der Doktor, ihren Freund, den Herrn Autor aus der Antarktis (klang wie *Urmel aus dem Eis*) demnächst mal persönlich kennenzulernen. Der wäre ja sicher bei der nächsten Hauptuntersuchung dabei. Wenn er ihren, also Fritzis »Brutzyklus begleiten« wolle, zitierte er textsicher aus Hansens letztem Text.

»Wann kommt er denn zurück, Ihr Antarktis-Reisender?«

»Freitag ... von Tasmanien über Melbourne nach Frankfurt!«, sagte meine Mutter.

»Na, wie schön! Da kenne ich aber eine, die sich sicher richtig freut!«

»Zwei!«, sagte meine Mutter bloß, »Sie kennen zwei!« und – zack, Augen-Pawlow – musste sie sofort aufpassen, dass sie nicht losheulte. Wobei das in der Regel überhaupt nichts brachte. Aufpassen. War gerade wieder ganz schlimm, ihr Venedig-Ding. Also nicht wirklich schlimm, aber auch nicht besser geworden. Peinlich, ewig diese emotionalen Deichbrüche und »Land unter« wegen kleinster Rührseligkeiten. Ob jetzt glücksgeneriert oder nicht.

Deshalb Verlegenheitsfrage, notgeboren: »Stimmt es eigentlich, Herr Doktor ...?« Neulich habe sie gelesen, dass der kleine Mensch sich in der sechzehnten SSW immer mehr strecke, um seine Nacken- und Rückenmuskeln für den aufrechten Gang zu trainieren, »lustige Grimassen« schneide und seinen Eltern schon »zuwinke«?

»Na ja, winken würde ich es vielleicht nicht nennen«, meinte der Doktor quasi natal-nachsichtig. In der sechzehnten SSW seien die motorischen Fähigkeiten schon ziemlich ausgeprägt. Manche Kinder nuckelten bereits am Daumen oder spielten mit der Nabelschnur. Das schon. Sie bewegten die Arme und Finger. Ja, stimmt. Aber winken? Das sei vielleicht etwas euphemistisch.

Allerdings seien der Interpretationsfreiheit mancher Eltern in der Regel keine Grenzen gesetzt.

»Verstehe.«

Nächste Frage, aus aktuellem Anlass. Thema: Sexualität in der Schwangerschaft. Etwas peinlich, aber ... andererseits auch egal, was jemand von ihr dachte, der sie breitbeinig entblößt gesehen und mit einer Sonde in ihrem Innersten auf Käpten Nemo gemacht hatte (normalerweise Grund genug, sich das Du anzubieten), dachte meine Mutter. Nach der Lektüre von *Was erlebt ein Kind im Mutterleib* machte sie sich ernsthaft Sorgen.

»Also meine Libido ...«, fing sie an.

»Ja, was ist damit?«

»Es heißt doch, dass die im Laufe der Schwangerschaft nachlässt ...«

»Und?«

Und in ihrem Fall verhielte es sich eher so, dass sie hoffe, es werde nicht noch schlimmer, wie sie es formulierte. Ob das ein Problem sei?

»Nö, wieso denn? Im Gegenteil«, meinte der Doktor fast wie ein Animateur. »Da wird sich Ihr Heimkehrer höchstwahrscheinlich freuen, nach so einer langen Reise.« Sprich Win-win-Situation. *Tu ihn rein is Cha-Cha-Cha*. So sagte er das natürlich nicht. Nur sinngemäß. Nahm ihm meine Mutter nicht übel.

Schlimmer für meine Mutter in dem Moment: Der Doktor begriff die eigentliche Frage nicht. Die musste sie buchstäblich noch vertiefen. Mir zuliebe. Was tut man nicht alles. Die Eltern beim Sex zu erwischen war ja immer so eine Sache. Sehr speziell. Konnte sie sich selbst noch gut dran erinnern. War zwar nicht als Fötus passiert, aber danach. Wie ihr Vater auf ihrer Mutter »Liegestütze« gemacht hatte und aus beiden währenddessen ungute und ungekannte Töne gekommen waren, als täte dieses Trimm-Dich-Dings schrecklich weh.

»Aber dem Kind macht das also nichts aus?«

»Was? Die Beiwohnung?«

Sie nickte nur, erschrak aber über das Wort. Ging es noch bekloppter?

»Die Beiwohnung«. Du liebe Güte.

Meine Mutter musste fast zwangsläufig an das Kinderbuch *Der Maulwurf Grabowski* denken. Wegen Wohnung. Die Stelle, als die Bauarbeiter mit Bagger und Presslufthammer kommen und der kleine Maulwurf Grabowski das Weite sucht. Fritzi kam das plötzlich eher wie eine Fabel vor. Das Bild eines flüchtigen Grabowskis beschrieb in diesem Zusammenhang ganz treffend ihre Angst vor einer Fehlgeburt (vielleicht wegen Gang und Abgang, keine Ahnung, weshalb sie sonst draufkam).

»Ja, genau, ›die Beiwohnung‹«, sagte sie und ließ sich das auf der Zunge zergehen, so gut es ging.

Der Doktor schüttelte nur den Kopf. Da könne er sie beruhigen. Auch kein Problem. Solange bei ihrem Partner keine anatomischen Abnormitäten vorlägen (sprich ein Rohr wie Rübezahl), werde der Geschlechtsakt vom Fötus nicht anders wahrgenommen als ...

Galopp, dachte Fritzi.

»... Gymnastik«, sagte der Doktor.

Meine Mutter nickte.

Im letzten Drittel der Schwangerschaft allerdings, fuhr er fort, wenn der Muttermund möglicherweise vorzeitig geöffnet sei, müsse man bedenken, dass im männlichen Sperma Hormone enthalten seien, Prostaglandine, die wehenfördernd wirken und eine Frühgeburt auslösen können. Gesetzt den Fall, es würden dann beim Koitus Schmerzen, leichte Blutungen oder vorzeitige Wehen auftreten, solle sie noch mal Rücksprache halten. Ansonsten aber, wie gesagt: viel Spaß. Wenn die Mutter entspannt sei, freue sich das Kind. Von den ausgeschütteten Endorphinen profitiere das Ungeborene sogar.

Nach dem Gespräch war Fritzi allerdings erst mal ziemlich angespannt. Kann man sich vorstellen.

Sie war extra beim Frisör gewesen und sah, ehrlich gesagt, entzückend aus. Besser denn je, fand sie selbst. So, wie man sonst eigentlich nur frisch verliebt aussieht, dachte sie. Wie aus der Rotkäppchen-Reklame geklaut. Nur ohne Kopftuch (dafür mit Korb). Figur, bis auf die Brüste, unverändert. Hüfte, Gott sei Dank, noch komplett vorhanden. Ganz, ganz kleiner Bauchansatz. Minimal. Sah man aber nur nackt.

Was man dagegen sofort sah: Sie ging nicht mehr clubben, hatte aufgehört zu rauchen (für immer), trank weder Wodka, noch nahm sie Beschleuniger, bekam genügend Schlaf, ernährte sich gesund und hatte keinen nennenswerten Stress. Null Aufregung. Im Guten wie im Schlechten. Bis dahin.

Selbst ihre Eltern hatten inzwischen eingelenkt und waren einigermaßen »kindkonform und supportive«, wie Fritzi es nannte. Sie hatten beschlossen, ihre monatliche Unterstützung nicht zu stornieren, sondern als eine Art private Wickelprämie weiterlaufen zu lassen (immerhin sechshundert Euro). Damit sich meine Mutter voll auf den Nachwuchs konzentrieren könne. Mich gründlich und nicht so husch, husch nebenbei mache. Sprich Brutpflege statt Baustoffkunde, stressfreies Stillen statt Statikseminare, PEKiP statt TWL (und nicht etwa alles zusammen, dass die Muttermilch flockte). Weil, wie gesagt: Kind – kein Hamster. Sondern Fulltime-Job. Fast schon Lebenswerk. Wurde so explizit und bevormundend nicht gesagt, aber garantiert gedacht.

Nicht dass meine Mutter womöglich hohläugig mit Wickeltuch in die Uni rannte und mir abwechselnd Brustwarze oder Schnuller in den Mund stopfte – nur damit ich endlich still war. Und immer dann schön schlief, wenn es ihr passte. Womöglich wie bei dieser Mutter aus der Zeitung, die ihrem Blag den Daumen immer in die noch offene Fontanelle gedrückt hatte. Mit der brutalen Begründung, das Baby sei danach immer »so schön still« gewesen – dafür heute leider schwerbehindert.

Hansens Qantas-Flug aus Melbourne über Hongkong kam zehn Minuten früher an, als geplant. Zu früh für meine Mutter. Das waren genau die zehn Minuten, die ihr fehlten, um noch mal entspannt auf die Toilette zu gehen. Zu dem schwangerschaftsbedingten Dauergepinkel kam die ganze aberwitzige Aufregung. Insgesamt ein Gefühl, als befände sie sich auf dem Standesamt und nicht im schnöden Ankunftsterminal des Frankfurter Flughafens.

Aber was tun, außer unauffällig von einem Bein aufs andere trippeln und die Lippen zusammenzupressen, wenn jeden Moment der gefühlte »Bräutigam« kam? Auf keinen Fall – wirklich, auf gar keinen Fall – wollte sie den Moment verpassen, da Hansen die Halle betrat, und sich stattdessen auf dem Flughafenklo noch was einfangen. Herpes genitalis womöglich. So oder so nicht schön, aber für den Fötus in der Schwangerschaft oft fatal. Musste nicht sein. Vorsicht ist die Mutter der öffentlich-sanitären Porzellanabteilung. Ihr langte schon die ganz akute Sorge, dass meine Herzfrequenz genauso in die Höhe schnellte wie ihre eigene.

Ruhig Blut, Blonde, dachte meine Mutter und atmete vorsichtshalber ein paarmal tief ein und mit einem gedachten »Om« wieder aus. Half gar nichts. Mit jeder Person, die da durch die Schiebetür kam und nicht mein Vater war, erhöhte sich ihr Puls.

Fritzi hatte sich extra nach vorn gestellt, in die erste Reihe, neben die zwei oder drei Fahrer, die vergleichsweise emotionslos irgendwelche Namensschilder oder Firmenlogos vor ihre Brust hielten. Das poppige, handgemachte Empfangsschild meiner Mutter, das sie extra für den Anlass angefertigt hatte, sah fast aus wie ein Fanplakat. Sie hatte bestimmt eine halbe Stunde darüber gebrütet, was sie schreiben könnte. Am Ende hatte sie sich für »Honey-Hansen – lost and found!« entschieden und sich sozusagen zu seinem persönlichen Fundbüro gemacht. Süß oder nicht? Meine Mutter!

In der nüchternen Frankfurter Flughafenhalle kamen ihr plötzlich Zweifel. War es doch albern? Zu teeniemäßig? Sollte sie das vielleicht weglassen? Zumal Hanseaten ja von Haus aus etwas reservierter waren. Die liebten es ja für gewöhnlich diskret und blieben lieber unauffällig im Hintergrund, als plötzlich von allen begafft zu werden wie ein angeschwemmter Riesenkalmar, der noch dazu ausnahmsweise mal selbst umklammert wurde. Egal. Da musste er durch. Und möglichst bald!

Unglaublich, wie viele Menschen in eine Boeing 747 reinpassten. Halb Australien. Lauter Leguane mit ledriger Haut. Viele davon ungesund braun. Zwei goldbehangene High-Heels-Uschis mit glühenden Sommersprossen. Die Dekolletés farblich ungefähr Regenbogen- oder Lachsforelle. Aua! Dann die üblichen »Beigen« – eine rüstige Rentnerkombo in Safariwesten, Hochseeangler oder Kängurukiller (schwer zu sagen, was die da geschultert hatten). Schließlich ein ganz süßer Typ mit Surfboard und Locken, die üblichen Business-Androiden mit Handy am Ohr, etliche Asiaten und ein Paar, das nach Hochzeitsreise aussah. Natürlich kein einziger Aborigine.

Und noch schlimmer, kein Hansen weit und breit, dachte meine Mutter, sodass ihr genügend Zeit blieb, verschiedene Szenarien durchzuspielen. Dass er z. B. den Flug verpasst oder sie sich im Ankunftstag geirrt hatte. Weit unangenehmere Vorstellung: Es war der richtige Flug, aber gewissermaßen der falsche Hansen, der Hallodri-Hansen, der da gleich Hand in Hand mit einer Reisebegleiterin am Zoll vorbeigeschlendert kommen würde. Seiner *Khlebnikov*-Konkubine. Russisches Kabinenpersonal. Wie sie dann wohl abgehen würde? Und auf wen sie sich zuerst stürzte? Blieb man da cool? Lief man Amok? Bewies man Humor, wie Oma Rosi? Fiel man in Ohnmacht? Was dann? Allein die Vorstellung machte was mit ihr. Ganz, ganz ungutes Gefühl. Bestimmt erst mal Sturzgeburt, dachte meine Mutter. Sie sah die BLÖD-Headline praktisch schon vor sich: *Überdosis Glück. Mutter verliert vor Aufregung ihr Ungeborenes am Flughafen! Es sollte eine Überraschung werden ... aber gleich so gründlich?!*

Wegen so was sein Kind zu verlieren – gab's das etwa? Bestimmt, gab ja alles, der liebe Gott ließ ja in der Regel keine Grausamkeit aus.

Dann aber – endlich – die Erlösung, mein Vater, Honey-Hansen. Und zwar allein. Schon an seiner dotterfarbenen Jacke, die sie auf Fotos gesehen hatte, bestens auszumachen. Hochgestellter Kragen mit der Aufschrift: Quark Expeditions. Blonde, strähnige Haare, als hätte er viel Zeit an Deck verbracht. Hinten bisschen plattgelegen. Dreitagebart.

Der Rest war Reflex. Mit der Dynamik einer Cheerleaderin riss meine Mutter Pappschild und Mundwinkel hoch (als wollte sie ihm Luft zufächeln).

Stimmt.

Er sah ziemlich blass aus zwischen all den anderen, die nicht wie er aus der Antarktis kamen. Blass und ein bisschen betrübt. Oder einfach bloß müde? Wahrscheinlich. Er sah jedenfalls nicht aus wie jemand, dachte meine Mutter kurz, der gerade gegen ein hohes Lösegeld aus dem Jemen freigekauft worden war und vor lauter erlittenem Heimweh dankbar die zubetonierte Heimaterde küssen wollte. Über- und überglücklich, dass man kaum zugucken konnte. Ganz und gar nicht. Mein Vater sah eher so aus wie jemand, der sich in seinem persönlichen Inferno erst mal orientieren musste. Typischer Frankfurt-Flughafen-Ankunft-Albtraum-Blick.

Konnte man nur hoffen, dass er nicht gleich wieder zu nölen anfing, dachte meine Mutter. Und zwar völlig zu Recht. Denn missliebige Marotten und Charaktereigenschaften, sprich all die Macken des Partners blendet man in über vier Wochen allzu gern und großzügig aus. Amouröse Amnesie. Da funktioniert die Sehnsucht wie ein Filter. Weichzeichner am ehesten.

Und was klemmte da unter seinem Arm? Schreck lass nach. Die nächste Irritation. Ein Stofftier. Hoffentlich nicht für mich, dachte meine Mutter, und ihr Lächeln setzte kurz aus. Hansen sah damit ähnlich bizarr und befremdlich aus wie jemand, der auf dem Dom per Los den Hauptgewinn gezogen hatte. Passte das nicht ins Gepäck? Oder hatte er das noch schnell am Flughafen in Melbourne geshoppt? Was war das überhaupt? Eine Ente, gekreuzt mit Fischotter und Kanalratte? Groteskes Vieh.

Es dauerte einen Moment, bis sie kapierte. Und sich dann, umso gerührter, den kleinen, höchstwahrscheinlich blonden Jungen dazu an seiner Hand vorstellte.

Mich nämlich. Nickel Hansen. Wen sonst? Derjenige, der demnächst aus einem Paar eine glückliche Familie machen sollte. Keine ganz leichte Aufgabe in meinem Fall.

Erste, spontane Reaktion: Tränen. Der Vorfreude, klar. Unmittelbar gefolgt von der Erkenntnis, dass meinem Vater ein Kind erstens extrem gut stehen und ihn zweitens irgendwie männlicher machen würde. Männlicher und komplett. Typen ab einem gewissen Alter ohne Kinder – Scheißzeugungsverweigerer und -selbstverwirklicher mit ihren erigierten Egos, dachte Fritzi – waren ihr eher suspekt, so schön schwanger, wie sie gerade war. Und dann die wichtigste Erkenntnis überhaupt in dem Moment, fast schon eine Art Offenbarung: Wetten, dass Hansen mit Kindchen an der Hand nicht halb so trübselig aus seiner komischen Quarks-&-Co-Jacke geguckt hätte? Mit diesem Gedanken wedelte sie abermals mit dem Schild »Honey-Hansen – lost and found!«. Und – zugebenermaßen – passte es plötzlich besser als gedacht: so verloren, wie mein Vater da in Frankfurt ankam.

Das Schild fiel ihm sofort ins Auge. Allein die Farben und Typografie. Talentiert, verhinderte Grafikerin, meinte er später im Zug. Mehr als über das Kompliment allerdings freute sich meine Mutter über die Wirkung. Weil: *Action speaks louder than words.* Schneller konnte sich ein Gesichtsausdruck nicht in sein Gegenteil verkehren bzw. sich ihrem angleichen. Schon gar nicht bei einem Hanseaten, dachte sie. Die Freude meines Vaters in dem Moment – absolut echt. Er sah das Schild, wechselte schlagartig die Richtung, ging beschleunigt auf meine Mutter zu, ungefähr

Nordic-Walking-Tempo (albernes Loslaufen wäre nicht sein Stil und so gesehen völlig unglaubwürdig gewesen). Was zählte, war sein Gesichtsausdruck in dem Moment, das Stofftier und das, was dann geschah. Es folgte eine dieser fast kitschigen Szenen, bei denen nicht nur ältere Damen gerührt stehen bleiben und solidarisch seufzen. Ein eng umschlungenes Paar. Enger, länger und inniger als alle anderen, die sich da sonst noch an diesem Tag am Flughafen umarmten, dass es schon fast an eine Art Flashmob grenzte.

Kurz bevor Hansen meine Mutter erreichte, ließ er alles Gepäck los (aber nicht fallen wie im Film oder in der Werbung), blieb kurz vor ihr stehen, sah noch mal auf das Schild, nahm sie dann erst in den Arm und flüsterte:

»Oder muss ich mich erst ausweisen?!«

Mein Vater! Cool! »Muss ich mich erst ausweisen?!« Gute Reaktion oder nicht? Endlässig. Da meine Mutter ohnehin schon maximal lächelte, sah man keine Veränderung. An seiner Umarmung spürte sie sofort, dass er unsicher war, wie doll er zudrücken durfte.

Schon mal gut, er hat es nicht vergessen, dachte sie.

So umschlungen vergingen bestimmt zehn, zwanzig, dreißig stumme Sekunden, in denen erst mal gar nichts geschah. Äußerlich. Innerlich Silvester für alle Synapsen. Vor allem bei meiner Mutter. Sie brachte in dem Moment gar nichts raus. Außer ein paar extra dicken und warmen Willkommenstränen.

»Das Fräulein Fritzi ... in Frankfurt. Das ist aber mal ein schöner Zufall!«

Meine Mutter nickte. Herz und Kehlkopf hatten die Position vertauscht. Als Antwort gab sie meinem Vater einen ersten Kuss auf den Mund ... Völlig unangebrachter Vergleich, ich weiß, ganz anders als Lisanne. Meine Mutter küsste viel vitaler, offensiver auch, immer gleich erotische Einladung. Bis in die Schwellkörper. Praktisch nie mit Gute-Nacht- oder nur Bussi-Bussi-Geschmack, dachte Hansen.

Dann ließ sie von ihm ab, deutete mit dem Kinn auf das schräge Stofftier am Boden und meinte:

»Du meinst, *wir* sind hier, Hansen. Oder ist das für mich?«

Er blickte ebenfalls auf sein Mitbringsel. Das Schnabeltier.

»Ach so, nee, stimmt. Natürlich. Lass sehen. Sieht man denn überhaupt schon was?«, sagte mein Vater, schob sie sanft auf Armlänge von sich und sah ihr als Erstes auf die Brüste. Angenehm überrascht meinte er: »Oh, Zwillinge?!« und blickte dann erst auf den Bauch.

»Blödmann«, sagte meine Mutter, da noch äußerst zärtlich. »Nee, so sieht man nichts. Aber nackt!«

Und so, wie er guckte, dachten sie dann dasselbe.

Obwohl meiner Mutter dieser Blick damals etwas wackelig vorkam (Schüchternheit, dachte sie), hätte sie vorerst ewig so stehenbleiben mögen. In seinen Armen. Bis zur Niederkunft am besten. Dies war vielleicht einer der schönsten und innigsten Momente in der gemeinsamen Historie meiner Eltern. Schon deshalb hätte man ihn am besten von Damien Hirst in Formaldehyd gießen lassen sollen. Auch als Denkmal oder eine Art Glücksversprechen. Dieser goldene *Hansen-is-coming-home*-Moment, der alle Erwartungen fast noch übertraf und meiner Mutter ziemlich gut rein-, also unter die Haut ging, den sie bis in den letzten kleinen Gänsehauthöcker speicherte. Seine Worte, die Umarmung, sein Geruch, der etwas schüchterne Blick danach, das ganze Gefühl in dem Moment. Quasi als Blaupause für eine Zukunft zu dritt. Sonst ... behaupte ich jetzt einfach mal, gäbe es mich heute vielleicht nicht. Es war jedenfalls exakt dieser Flughafenmoment, den sich meine Mutter auf dem Weg zur Tagesklinik mehrfach in Erinnerung rief. Den Mann, der mein Vater in dem Augenblick gewesen war und nicht sein verdammtes Hallodri-Double aus der Antarktis. Also den falschen, losgelassenen, vögelfreien Hansen. Jäger, Sammler und Rammler. Ein Schelm und Schatten seiner selbst.

Leider kam der falsche Hansen dann schneller zum Vorschein, als meiner Mutter lieb war. Schon im ICE nach Hamburg. Das erste Gespräch lief etwas schleppend an. Nicht zuletzt, weil sich mein Vater im Großraumwagen, zur Verblüffung meiner Mutter, ihr gegenüber an den Tisch setzte, statt kuschelig und Nähe suchend neben sie. Die gefühlte Distanz wurde dadurch fast noch größer als die zwischen Berlin und Antarktis kurz zuvor. Aber sie wollte das nicht überbewerten. War bestimmt nur pragmatisch gemeint, besser für die Kommunikation (»Besser vis-a-vis als dichte bi«, wie Hansen mal gemeint hatte). Solange man nicht miteinander geschlafen hatte, sprich, wie die Kannibalen übereinander hergefallen war, musste man sich erst mal wieder aneinander gewöhnen und alles richtig justieren. Schließlich saß man sich plötzlich zum ersten Mal fast schon als Familie gegenüber, als Mann und Frau, die drauf und dran waren gewissermaßen den biologischen Bund fürs Leben einzugehen. Ganz neuer Maßstab. Mehr ging fast gar nicht – als Mensch. Als sich gemeinsam zu reproduzieren.

Mein Vater sah dann viel zu früh viel zu lange aus dem Fenster. Mit diesem Blick einer Abrissbirne. Statt sich über sie und ihre aberwitzige Vorfreude zu freuen, dachte meine Mutter. Und den Korb, den sie mitgebracht hatte, die Blümchen. Und alles. Stattdessen fiel er schon nach ca. dreißig Minuten fast in sich zusammen, saß nur noch stumm da, nickte und guckte wie ein Karpfen. Meinte nur: »Aha, echt? Ach so, klar, kann ich mir vorstellen ... nicht wirklich, meine Güte«, stellte aber überhaupt keine Fragen bezüglich ihrer Schwangerschaft. Null. Als ginge ihn das gar nichts an.

Nach vierzig Minuten fing er sogar an, das erste Mal zu gähnen. Erst verhalten und dann unverblümt, wie ein Nilpferd. Spätestens das nahm ihm meine Mutter, trotz des ausgewachsenen Jetlags, ein bisschen krumm und machte eine, wie sie fand, dezente, noch nachsichtige Bemerkung.

»Sorry«, entgegnete er, »aber in Australien ist das Sandmännchen schon lange durch.«

»Außerdem, Fritzi« – der Versuch einer Entschuldigung: Der Mensch gähne immer nur da, wo er sich wohl- und nicht bedroht fühle. Sei bei Affen genauso. Das sei ein Zeichen von Nähe und Vertrautheit (hatte er gerade von Lisanne gelernt).

Meine Mutter nickte nur, schon weniger nachsichtig.

»Na, dann, Hansen! Gähn mich glücklich. Ich nehm's als Kompliment. Trotzdem schön, dass du wieder da bist!«

Er fischte über dem Tisch nach ihrer Hand.

»Ja, finde ich auch!«

Fragte sich nur, warum das so hohl klang?

Meine Mutter sah meinen Vater dann noch lange und forschend an. Nach einer Weile ließ sie sich von ihm einen Stift geben und schrieb was unterm Tisch. Ein paar Notizen oder die Konklusion ihrer Überlegungen. Kurz darauf hielt sie das Willkommensschild noch mal hoch, das »and« war durchgestrichen und durch »or« ersetzt worden. Fragezeichen am Ende.

»So besser bzw. richtiger?«, fragte meine Mutter.

Mein Vater las: »Honey-Hansen – lost or found?!«

Danach hatte es sich erst mal ausgegähnt.

Stimmt's, Papa?!

39.

Es kam noch dicker. Der Showdown. Ab einem gewissen Zeitpunkt hatte sich meine Mutter sogar auf all die Fotos gefreut, die mein Vater von seiner Reise mitgebracht hatte. Allerdings ist Vorfreude ja bekanntlich oft die schönste Freude. Und die Wahrheit selten eine Kuschelecke. Ausgerechnet der Anblick gewisser Bilder löste bei meiner Mutter dann dieselbe emotionale Erosion aus wie vor ein paar Wochen der Ultraschall, nur diesmal in die genau entgegengesetzte Richtung. Kurs Abgrund. Weniger Gipfelglück als Bodenlosigkeit. Schneller und steiler konnte dieses fragile Familienkonstrukt nicht in sich zusammenstürzen, noch bevor das Fundament überhaupt richtig ausgegossen war.

Denn auf Hansens kleiner Schnappschusskamera, einer Leica, war hauptsächlich eine ganz bestimmte und ganz bestimmt gut aussehende Frau abgelichtet:

»Und was ist das hier für eine ... Perle?«, fragte meine Mutter, knapp vier Wochen nach Hansens Rückkehr, im ersten Moment fast flapsig, weil sich das Gift gerade erst über Retina, Sehnerv, Frontallappen in ihrem Organismus auszubreiten begann. So, wie auch der Schmerz bei einem Schnitt mit scharfer Klinge immer erst nach einer Weile zu pochen beginnt.

»Welche Perle?«, fragte mein Vater und trat völlig ahnungslos aus dem Bad. Nicht etwa, weil er Lisanne schon wieder vergessen hatte, sondern weil er offenbar tatsächlich mit der Präsentation eines echten Schmuckstücks rechnete. Stattdessen erblickte er die Kamera in der Hand meiner Mutter, wo sie überhaupt nicht hingehörte. Ehrlich gesagt, es gab weltweit gerade keinen schlechteren Ort dafür. Ausgerechnet am Wochenende, da man gemeinsam erste Wohnungen besichtigen wollte. Im Prinzip hätte ihm meine Mutter genauso gut eine entsicherte Handgranate hinhalten können. Doch genau wie sie brauchte auch Hansen einen Moment, bis er realisierte, was da gerade vor sich ging, wie neuralgisch und explosiv alles war.

»Na, die puschelige Lady hier mit der Fellmütze … überall, auf jedem zweiten Bild«, sagte sie, jetzt schon um Beherrschung bemüht.

Klar, sie hatte sich die kompakte Leica ungefragt, in diesem brandneuen Wir-(Familie-)Gefühl, geschnappt – der einzige Vorwurf, den man ihr in der ganzen Angelegenheit machen konnte. Sie hatte lediglich ihr Doppelbett für die anstehende Wohnungsauflösung fotografieren und bei eBay einstellen wollen (Hansen hatte das bessere). Und dann das. Schöne Scheiße. Wobei, umgekehrt ging auch: Scheißschöne. Und zwar auf etlichen Bildern.

Wenn meine Mutter weiterklickte, dann nur um zu sehen, ob die Dame irgendwann auch nackt posierte (tat sie nicht). Was die Lady nach und nach auf den Bildern verlor, war nicht etwa ihre Kleidung, sondern eine gewisse Zurückhaltung (da konnte sie noch so dick angezogen sein). Man sah förmlich, wie sie trotz der Minusgrade vor der Kamera auftaute und immer lockerer wurde, auf den letzten Aufnahmen ungezwungen lächelte, während sie auf den ersten Bildern noch etwas angespannt dreinschaute, als würde sie sagen: Kann der Fremde nicht endlich mal Pinguine fotografieren wie alle anderen auch?

»Das ist nicht zufällig der *birdnerd*, von dem du erzählt hast, oder?!«

Für den Bruchteil einer Sekunde fühlte sich mein Vater fast geschmeichelt. Ein eitler, gockelhafter Reflex. Muss man sich mal vorstellen. Als präsentierte er eine Trophäe. Erst dann zog sich sein Gehirn zusammen wie bei einer Schnecke, der man kurz gegen die Fühler tippte.

»Ach, die, das ist doch …« Jetzt war guter Rat teuer. Er wusste nur die Wahrheit, das »Dornröschen aus Down Under«, »meine antarktische Affäre« konnte er schlecht sagen. Musste er auch gar nicht. Sechster Sinn einer Schwangeren. Ganz feine Antennen trafen da auf ganz, ganz schlechtes Laientheater. Meiner Mutter langten gerade mal ein Blick und vier oder fünf gestotterte

Silben: »Ach-die-das-ist-doch, den Namen hab ich schon wieder vergessen ...«

»Schick, Hansen, gratuliere, sieht echt knackig aus, die Misses!«

Tonfall muss man sich dabei ungefähr so zugig und unterkühlt vorstellen wie die Wetterlage vor Ort in der Antarktis, als die meisten der Aufnahmen entstanden waren. Als reichte da ein Tiefausläufer plötzlich bis nach Berlin.

Fakt war – und keine Frage in dem Moment, eine Frau, die so in Hansens Kamera lächelte, ja flirtete, musste entweder Model, sprich Profi, oder gerade mit ihm im Bett gewesen sein. Oder wenigstens willens da unbedingt hinzugelangen. Die drei Möglichkeiten, dachte meine Mutter. Bestätigt wurde ihr Verdacht, als sie mit detektivischem Instinkt die Funktionstaste drückte, die Auskunft über die Aufnahmedaten gab: Welche Blende, ISO-Zahl, Weißabgleich, Verschluss- und nicht zuletzt Aufnahmezeit.

4:32 Uhr stand da.

Keine weiteren Fragen, dachte meine Mutter. Nur noch Furor. Und nicht zu knapp.

Praktisch ganz steiler Sturz aus allen Wolken. Ohne Trapez. Alles war bereits geregelt, sie wollten es probieren und zusammenziehen. Wegen mir, versteht sich. Denn zwei Wohnungen und ein Kind machten keinen Sinn. Zumindest nicht als Paar. Jeder halbwegs normale Mensch sah das ein. Auch wenn es Engelszungen bedurft hatte, Hansen davon zu überzeugen. Und was da nicht alles bemüht worden war. Große Poesie: dass ein Kind, ich, eine Chance zu transzendieren sei. Quasi ein Quantensprung. Next level: Familie (nix »Familienfalle«, Hansen). Eine Chance, der ewigen Einzelzelle seines Egos dauerhaft zu entkommen (oder so ähnlich). Und er solle ihr jetzt bitte nicht mit irgendwelchem Künstler- und Selbstverwirklichungsquatsch kommen. Denn: »Wer sich zu sehr mit sich selbst beschäftigt, bekommt es mit der Angst zu tun.« Buddha. Später würde er ihr noch mal dankbar sein, wetten? Das würde der Mensch werden, den er am meisten liebte (was übrigens stimmte). Oder ob Hansen etwa als ewiger Junggeselle mit Huckleberry-Finn-Freiheitssyndrom lieber »emotional verslumen« wolle? Auf Dauer.

Obwohl das alles einigermaßen korrekt war, hatte sich Hansen wie ein Entfesselungskünstler gebärdet. Als sollte er inhaftiert oder domestiziert werden, was für ihn in etwa dasselbe bedeutete. Bei der bloßen Vorstellung einer gemeinsamen Wohnung zeigte mein Vater bereits erste Anzeichen von Hospitalismus, die sich praktisch den ganzen Sommer über hielten. Eine hartnäckige Bronchitis – für die gesamte restliche Schwangerschaft. Nervöses Gehüstel bis in den Kreißsaal. Übrigens laut Anouk, unserer Hebamme, bei manchen Männern nicht weiter ungewöhnlich. Klassische »Papiphobie«, wie sie es nannte, die sich dann allerdings schlagartig erledigte, als ich auf der Bildfläche erschien. Klassische Konfrontationstherapie. Wie so oft das Einzige, was hilft bei Zwangsstörungen.

Aber Vorsicht. Nicht, dass jemand jetzt den gleichen Fehler wie meine Mutter begeht und denkt: Na dann, wird schon alles. Bedaure. Erstens, was Hänschen nicht lernt, lernt Hansen nimmermehr. Zweitens, dafür war die Speicherkarte seiner Kamera entschieden zu voll – immerhin acht Gigabyte. Sie quoll geradezu über – mit ihr. Lisanne in allen Lebenslagen. Hunderte von Fotos, wie gesagt. Statt von Schnappschüssen sprach meine Mutter (ob freudsch oder vorsätzlich) von seinen »Schatzschüssen«.

Was dann folgte, war ein mustergültiges Lehrstück in Sachen Verhör, das jeder Polizeihochschule alle Ehre gemacht hätte, geradezu Guantánamo-tauglich. Mein Vater versuchte noch, ein paar Hasen- bzw. Hansenhaken zu schlagen.

»Ach, das ist …«, er wählte das Erstbeste, was ihm gerade einfiel, eingelegt im eigenen Adrenalin: »… die Freundin des russischen Kapitäns.«

Setzen, sechs, dachte meine Mutter sofort. Für wie blöd hielt er sie? Stilldemenz stand noch nicht an.

»Na klar, Hansen, die Konkubine des Käptens«, wiederholte meine Mutter nickend. Das war alles. Eine entwaffnende Zusammenfassung seiner Lüge. Selbst Hansen war hinter seiner Denkblockade sofort klar: Glaubwürdigkeit gleich null. So hießen höchstens Rosamunde-Pilcher-Romane: Die Frisöse des Freibeuters. Die Einladung des Edelmanns. Der Furz des Führers. Der Schwanz vom Hans. Die Konkubine des Käptens ...

»Und der hat dich dann höchstpersönlich zu seinem Hoffotografen gemacht, oder wie? Damit du ...«, sie klickte sich vor seinen Augen demonstrativ durch die Bilder, »hinterher ein Daumenkino mit der Dame machst. Oder wie soll ich mir das ...?!«

Mein Vater schüttelte den Kopf, hilflos, katatonisch fast.

»Nein, Quatsch, sie hat mich selbst darum gebeten, weil ...« Schon wieder war guter Rat teuer. Meine Mutter nickte schon vorher, auffällig affirmativ. Denn längere Redepausen gleich schlechtere Beichte. Sie sah meinen Vater an, als stünde da Baron Münchhausen oder Pinocchio persönlich vor ihr. Komplett entblößt. Als warte sie nur darauf, seine Nase und schlechtes Gewissen wachsen zu sehen. Man musste weder besonders schlau noch sensibel oder schwanger sein – und schon gar nicht alles drei –, um bereits seiner Anmoderation anzumerken, dass er die Kondition seines Kausalsatzes selbst noch nicht kannte:

»... also für ihren Blog«, meinte er, »weil die bloggt nämlich ...«, sagte er dann, »Biologie ... für die Uni in Sydney, und die will das sogar zahlen. Das war ein Job ...«

Hm, klar. Wieder nur Nicken. Fast in Zeitlupe, bisschen übertrieben zäh. Und stumm. Gedacht: Bestimmt ein Blowjob! Stimmt's, Hansen, du Arsch?! Aber eigentlich war ihr schon längst nicht mehr nach Scherzen zumute. Nicht mal nach tiefschwarzem Galgenhumor. Da war ihr nur noch nach Galgen. Zumal ihr ungefähr im selben Moment die ganze Ungeheuerlichkeit bewusst wurde bzw. um die Ohren flog.

Die Stimme meiner Mutter nahm den ersten wahrnehmbaren Schaden. Der Laut, der ihrer Kehle entsprang, lag irgendwo zwischen Wolf und Wahnsinn. Ungefähr. Oder als setzten gerade die ersten Senkwehen ein. Gleichzeitig fiel Hansens Kamera zu Boden, was clever war. Ausgefuchste FBI- oder CIA-Methodik. Obwohl ein echter Schwächeanfall und keine Show. An der Vehemenz seines Protests konnte meine Mutter den potenziellen bzw. homöopathischen Wahrheitsgehalt seines Rettungsversuches ablesen. Der klang so:

»Hey, sag mal, spinnst du, Fritzi? Was soll das denn jetzt?«

Softietonfall und -syntax. Eindeutig erbärmlich. Viel zu verhalten, angesichts der Tatsache, dass die Kamera immerhin achthundert Euro gekostet hatte, dachte meine Mutter. Als weiteres Indiz wertete sie die Tatsache, dass Hansen keinerlei Anstalten machte, seine kleine Edelknipse aufzuheben, etwa um zu gucken, ob sie Schaden genommen hatte.

Die Frage war: Warum nicht?

Die bestechend akkurate Antwort bzw. Auflösung meiner Mutter lautete: weil die Kamera ein vergleichsweise kleiner Kollateralschaden war – ein Ding, kein Lebewesen, ergo ersetzbar. Spätestens bei diesem Gedanken wäre sie der Knipse am liebsten gefolgt, also hinterhergefallen, sprich schnurstracks in Ohnmacht, der kürzeste und direkteste Fluchtweg aus dem ganzen Elend. Praktisch Notausstieg. Dann aufwachen und alles ganz anders. Oder wenigstens fast alles: anderer Mann, andere Wohnung, das ja, aber bitte – bitte – bloß keine anderen Umstände mehr.

40.

Zwischen der ersten Spurensicherung (Kamera) und seinem Geständnis bzw. der Einsicht, dass Leugnen zwecklos war, lagen – brutto – gerade mal sieben Minuten, was angesichts der Schwere des Vergehens einen Rekord darstellen dürfte. Netto blieben nur vier Minuten, ungefähr, die restliche Zeit ging mit Schockstarre, Schreien, Kopfschütteln und verschiedensten Verbalinjurien seitens meiner Mutter drauf. Ist ja klar. Plus einem albernen, wohl affektiven, aber äußerst nachvollziehbaren Attentat – ein Prügel-, möglicherweise auch ernst gemeinter Mordversuch, wäre die Waffe weniger weich und nicht so symbolisch gewesen. Hansens erstes Mitbringsel für mich. Das Stoff-Schnabeltier. Diese kuriose Kreuzung aus Ente und Biber, mit Fell und Schnabel. Das einzige eierlegende Säugetier unter der Sonne. Kurzum, ein biologischer Betriebsunfall und so gesehen ganz passend als Sinnbild für die vermurkste Situation.

Meine Mutter hatte damit – eher symbolisch – ein paarmal auf meinen Vater eingedroschen. Ein putziger Plüschpinguin wäre unter normalen Umständen sicher die erste und nahe liegende Wahl und überdies an Bord der *Khlebnikov* erhältlich gewesen, nur war gerade dieses Tier zu positiv mit einer ganz bestimmten Person besetzt, die eigentlich schon in seinem Bett absolut nichts zu suchen gehabt hatte.

Einmal überführt, übte sich mein Vater in Schadensbegrenzung. Gleichsam stellte er fest, wie schwer es war, druckreife Lügen aus dem Effeff aufzutischen, wenn man mitten im Trommelfeuer stand, die Nebenniere ausgewrungen und das Hirn gerade mit einem ganzen Sortiment an Stresshormonen geflutet wurde. Intellektuell regredierte er beim Verhör zwischenzeitlich auf das Niveau eines Cromagnonmenschen, während meine Mutter seine Affäre trotz Furor anatomisch genau sezierte. Zack, zack, zack ging das. Quasi schneller als ihr Schatten. Während Hansen immer langsamer wurde. Das war schon auffällig.

Ein Beispiel: Nach dem ersten, strategischen Sturz der Kamera hatte er sich nicht gleich gebückt und beließ es bei der Frage: »Sag mal, spinnst du ...?!« Was, auch wenn meine Mutter es anders interpretierte, wohl bedacht und äußerst einfühlsam war. Quasi Brandbekämpfung. Möglicherweise hätte es sonst für sie so ausgesehen, als sei ihm das Wohl seiner Scheißkamera bzw. die Speicherkarte darin wichtiger als das, was Fritzi gerade im Bauch trug. Wäre äußerst kontraproduktiv gewesen. Zumindest ging das meinem Vater, obwohl sauer über die mutwillige Sachbeschädigung, in dem Moment durch den Kopf. Tatsächlich ließ er sich richtig Zeit, sozusagen Schonzeit, bis er sich einigermaßen sicher war, dass meine Mutter das Schnabeltier nicht durch einen härteren Gegenstand, eine Vase oder was, austauschte und ihm mitleidlos über die Rübe zog. Erst dann machte er eine flüchtige Bestandsaufnahme der Beschädigung. Beschämt, beiläufig. An die Bilder dachte er dabei gar nicht. Wirklich nicht. Er stellte die Kamera nur kurz auf »on«, um zu sehen, ob sie noch funktionierte. Tat sie. Natürlich. Leica. Und wie zu erwarten, völlig richtig antizipiert, machte das meine Mutter noch wütender.

»Na, das Schätzchen noch drauf? Und was machen wir jetzt, Hansen? 'ne Diashow?«

Sie versuchte sich in Galgenhumor – und mein Vater gewissermaßen in Hängen.

»Fritzi! Es tut mir leid. Wirklich. Was soll ich denn noch sagen?«

Von außen betrachtet, hätte man ihm fast zugutehalten können, dass er ihr nicht eine abgebrühte Lüge nach der anderen auftischte. Einerseits. Andererseits: Fritzi war nicht Hildegard von Bingen, Johanna von Orléans, sprich eine Heilige, sondern meine werdende und gerade schwerst gehörnte Mutter. Fremdvögeln war in fast jeder Paarbeziehung eine Sollbruchstelle. Besonders delikat, wenn das Ganze in einer Schwangerschaft geschieht. Laut Selbstauskunft war das eine Art »Fremdgehen für Fortgeschrittene« und deshalb »fast schlimmer als Kriegs- oder

Kreuzfahrerwitwe« zusammen, wie sie gegenüber ihrer besten Freundin meinte.

»Ja, frag mich mal, Hansen, mir tut es auch leid, vor allem ...«, kurze Kunstpause, Fritzi fasste sich an den Bauch, als versuchte sie Kontakt mit dem Nebenkläger aufzunehmen, und meinte dann, mit sich überschlagender Stimme, »... für den hier drinnen, du Arsch.«

Als mein Vater merkte, dass Abstreiten sinnlos und sowieso alles supersensibel war, blieb ihm praktisch nur noch Schadensbegrenzung. Und Reue. Ganz grob geraspeltes Süßholz. Dackelblick dazu und Soll-nicht-wieder-vorkommen-Getue. Großes Indianerehrenwort. Mea culpa, Fritzi, mea maxima culpa! Also Hand aufs Herz (und Hoden). Als »Manöver des letzten Augenblicks«, wie das in der Seefahrt hieß. Was sollte er auch anderes tun, als bedingungslos zu kapitulieren und einzugestehen, dass er Scheiße gebaut hatte. Mehrstöckig. Und folglich im Sinne der Anklage in allen Punkten schuldig war. Ihm blieb nichts anderes übrig, als blankzuziehen, Kehle und Seele zu zeigen und Fritzi entscheiden zu lassen, ob sie trotzdem zubiss oder nicht. Familie – ja oder nein, Nachwuchs – hopp oder top. Ihre Entscheidung, während er in Ruhe auf Absolution wartete. Das war ja das Praktische an so einer Beichte.

Ich denke, dass es sich mein Vater gerade in diesem Punkt ein bisschen leicht machte, wie er sich schön kommod zurücklehnte, ein paar reuige Pirouetten drehte, sich als Geisel seiner Gene stilisierte (»wenn er steht – steht der Verstand«, »das Seebeinsymptom« usw.) und mit demselben Atemzug versicherte, sie, also meine Mutter, deswegen aber nicht weniger zu lieben. Motto: Die eine habe mit der anderen nichts zu tun. Außerdem seien vier Wochen auf See eine verdammt lange Zeit, Fritzi, und Treue bloß Theorie, ein Mangel an Gelegenheit, dachte er, sprich sowieso nur was für Schwäne.

»Und ... so ein Samenstau, Fritzi, ist eine schlimme Sache,

nicht schön, das kennt ihr Frauen gar nicht. Was das heißt: Triebabfuhr. Mit euren paar abgezählten Keimzellen. Wenn unsereins sein Leben lang nur 300 000–400 000 eingelagerte Samenzellen zu verwalten hätte statt 50 000 pro Minute oder 100 Millionen am Tag, sähe die Sache vielleicht ganz anders aus. Entspannter. Gäbe es weltweit mehr Eremiten als Erotomanen. Wetten? Das ist wie ein Fluch.

»Ach, und in Berlin nicht?«

»Was ... in Berlin?«

»Vier Wochen – keine lange Zeit.«

»Doch, klar. Gerade in Berlin.« Meinte im Prinzip: wo jeder mit jedem. Bumste. Und förmlicher. Die Promiskuität bundesweit am höchsten war.

Lag's an der Berliner Luft?

»Und? Wie wäre es denn umgekehrt. Würde es dich nicht stören, Hansen, wenn ich ...?«

Er zuckte mit den Schultern, noch bevor Fritzi die Frage gestellt hatte. Wisse er nicht. Dürfe man nicht so eng sehen. Komme in den besten Familien vor (sonst gäbe es viele davon gar nicht). Oder vielleicht sei es auch ein Generationsding. Sie sei ja eher mit Aids aufgewachsen, er noch »mit der Restblüte von Flower-Power« usw.

Am perfidesten wohl sein halbgarer Versuch, meiner Mutter hinterher die Schuld in die Schuhe zu schieben. »Überhaupt, Fritzi«, leitete er das Manöver ein, er habe schließlich nicht wissen können, dass sie schwanger sei. Seine erste von zwei Lügen, an der er festhielt, um dann im selben faulen Atemzug zu beteuern: Dafür habe er den Ultraschall einen Tick zu spät bekommen. Das Gemeine daran war: Ohne es zu wissen, traf mein Vater mit dieser Falschaussage irgendwie ins Schwarze, sprich mitten in den komischen Mandy-Komplex meiner Mutter, sprich ihre Schwangerschaft nicht gleich nach der Befruchtung bemerkt zu haben. Sonst, sagte er, hätte er sich – natürlich! – zurückgehalten (geheuchelt, ist ja klar). Denn Restanstand sei sehr wohl vorhanden.

Weil ihm meine Mutter daraufhin nicht sofort einen Piepvogel zeigte, sondern nur stumm nickte, wiederholte er noch mal allen Ernstes, dass er den Ultraschall angeblich einen Tick zu spät bekommen habe. Sprich danach. Also am Morgen, nach dem es zum Äußersten gekommen sei, dem Point of no return, wie er das im Protokoll nannte, ohne meiner Mutter jetzt haarklein alle Details aufs Brot zu schmieren. Er sagte nur »danach«. Also jener unvergessene Abend des *Captain's Dinner*, als Lisanne drei oder vier Pimm's intus hatte, die Kommunikation infolgedessen ins Stocken und die Zunge ins Schlingern geriet und plötzlich ganz anderen, sprich rudimentären Funktionen nachgegangen wurde – Putzverhalten, ganzkörperlich. Bodylanguage. Erotisches Esperanto. Das dann aber fließend. Und der Rest ist Schweigen. Und Stöhnen. Mehr möchte ich dazu nicht sagen. Schon aus Rücksicht auf meine Mutter.

Es kam ohnehin noch dicker für sie. Ihr plötzliches Verstummen hatte mein Vater irrtümlich als eine Art Akzeptanz interpretiert, so, als könne sie sich in ihn und diese widrigen Umstände hineinversetzen. Jedenfalls versuchte er seine antarktische Affäre auch noch kleinzukalauern, als er etwas weniger wackeligen Boden unter den Füßen wähnte, und deklarierte sie als eine Art Fick-Fauxpax bzw. Be-Trieb-sunfall.

Achtung, Wortwitz.

»Außerdem, Fritzi, du weißt doch«, sagte er, »Gelegenheit macht Liebe.« Ein Wunder, dass er das nicht wiederholte. Aber so richtig traute er sich wohl doch nicht. Sein begleitendes Grinsen blieb eher verhalten oder im Nebel seines schlechten Gewissens stecken. Zumal meine Mutter logischerweise keine Miene verzog. Sie nickte nur, schien eher mit Tränen – eine Art Spalt- und Nebenprodukt ihrer Wut – beschäftigt und dachte: Was quatschte der da? Unfassbar! Sie hatte sofort die passende Replik parat:

»Genau, Hansen: Und wo die Liebe hinfällt, fällt sie auf die Fresse!«

Seine Worte.

Egal, wen sie hinterher um Rat fragte, Bruder, Schwester, Freundinnen (ihre Eltern hielt sie da erst mal raus), von Gnade vor Geilheit keine Spur. Statt Nachsicht und Matrosenmilde eher Kastrationsgelüste und das Verlangen nach Gerechtigkeit, Tendenz Vergeltung: *Infinite justice*. Einhellige Meinung: Hansen – ein Arschloch vor dem Herrn. Wenn der so was bringt. Trotz Schwangerschaft. Wobei ihn meine Mutter, das war bemerkenswert, jedes Mal kurz verteidigte und meinte, dass er das angeblich vorher nicht gewusst haben will. Rudimente von Restliebe, nehme ich an. Ein ewiges Aufflackern, wie ein Brand, den sie nicht in den Griff bekam.

Ansonsten gab es kein Schimpfwort, das damals ihrem Furor gerecht geworden wäre. Und was da nicht alles im Affekt durch ihren Kopf ging und in den meisten Fällen auch unzensiert den Ausgang fand. Wahrscheinlich Überdruck, der abgelassen werden musste, bevor er in den Bauch ging und dort größere Schäden als Koliken anrichtete.

Am Ende ihres ersten Wutanfalls, als ihr schon fast nichts mehr einfiel und selbst das Schnabeltier stöhnte, fragte meine Mutter, ob er diesmal wenigstens ein Kondom benutzt hätte. Eine Art Strohhalmklammern. Und das war interessant, gutes Beispiel für die unterschiedlichen Betriebssysteme, von wegen Männer seien vom Mars und Frauen von der Venus: wieder völlige Verkennung der Situation seitens meines Vaters. Er glaubte darin – Wunschdenken, nehme ich an – den Ansatz eines ersten Verzeihens zu erkennen, Licht am Ende des Tunnels. In etwa: wenn schon Seitensprung, dann wenigstens technisch korrekt mit Nahkampfsocke. Sprich Safer Sex. Nicht so wie mit ihr. Immer.

»Ja, hab ich, Fritzi, aber ich kann trotzdem gern einen Aidstest machen, falls du das meinst.«

Mitnichten. Wie kam er darauf? Der Affenarsch. Im Affekt wünschte ihm meine Mutter von Feigwarzen über Syphilis bis Aids alle möglichen und unmöglichen Deckseuchen an den Hals und sonst wohin. Ist ja klar. Das hätte ihr im ersten Moment garantiert weniger leidgetan, als ihr vielmehr den Glauben an einen gerechten und möglicherweise wirklich weiblichen Gott zurückgebracht. *Infinite justice*, wie gesagt. Sprich Wunschdenken.

»Toll«, sagte sie seltsam erschöpft und schmiss das Schnabeltier in irgendeine Ecke, da sei sie aber echt froh, dass er bei seinen Untenrumausflügen diesmal vorsichtiger unterwegs gewesen sei: »Denn ... weißt du, Hansen«, fügte sie seltsam apathisch, wie für einen Hilfsschüler hinzu, »es ist nicht schön, wenn man sein Ding gut gelaunt in eine Frau steckt und denkt: Verhütung?! Ach ja, gibt's! Schon mal gehört. Ist aber ihr Ding. *Who cares?*« An dieser Stelle kämpfte sie kurz mit den Tränen. Dann fügte sie hinzu: »Mir doch egal, wenn die Alte trächtig wird – so'n bisschen Baby. Halb so wild. Kann man ja wegmachen, stimmt's? Quersitzender Furz quasi. Vorübergehende Verstopfung. Gibt ja Abführmittel. Die Pille danach ... usw.« Das saß. Hansen schwieg.

Gut. Was das betraf, war er wirklich ein bisschen lässig bis nachlässig unterwegs. Hätte er sofort zugegeben.

Meine Mutter nutzte die Gelegenheit, sein Schweigen, für eine extrem gut platzierte Träne. Nur ohne jede Theatralik, absolut authentisch, also echt. Kein Kalkül. Und trotzdem perfektes Timing. Zumal Tränen bei Frauen, Freundinnen, immer äußerst effektvoll waren. Das Schlimmste überhaupt für meinen Vater. Egal, wie locker die oft saßen. Konnte er sich nicht dran gewöhnen. Lösten immer irgendeinen Schuldreflex und seelisches Schachmatt bei ihm aus. Und das sollten sie ja auch, nehme ich an. Ging ja jedem so, bei dem mindestens noch eine Herzklappe funktionierte. Und Tränen waren, wie Hansen ja so schön gesagt hatte, die einzige Körperflüssigkeit, vor der sich Menschen nicht ekelten. Der verspätete Versuch, meine Mutter in den Arm zu nehmen, endete allerdings unschön. Mit einem schrillen, hochfrequenten Schrei. Als tönte da schon das Baby aus ihr, wie Hansen hinterher meinte.

41.

Unnötig zu erwähnen, weil unangenehmer Nebeneffekt: Meine Mutter gefiel sich überhaupt nicht in der Rolle als geprellte Olle, keifender Hausdrachen, Xanthippe, als die schlechtere Oma Rosi. Völlige Fehlbesetzung, fand sie. Äußerst undankbar. Alles. Noch dazu unter erschwerten, sprich schwangeren Bedingungen. Dass Hansen ihr diese Mutation abnötigte, machte sie noch wütender. Ihr ganzer schöner Babybuddhismus – schlagartig im Arsch. Einfach weg. In Wut aufgelöst. Vorfreude – weg. Sehnsucht – weg. Fassung – weg. Am liebsten alles weg. Vor allem Hansen, Hallodri-Hansen, mein künftiger Vater. Und sein ganzer *bullshit*.

Je aggressiver meine Mutter im Laufe der Auseinandersetzung wurde – und das wurde sie, logisch –, desto stiller, geduckter wurde mein Vater. Hier Eskalation, da Deeskalation. Und immer schön devot sein. Ja und Amen, wie gesagt. Mein Vater schaffte es – notgedrungen –, sich immer noch ein Stück weiter in sich zurück- und zusammenzuziehen. Fritzi machte einen Vorwurf, und mein Vater versuchte, sich drunter durchzubiegen. Eine Art Beziehungslimbo für Büßer. Er nahm es sportlich.

How low can you go, Hansen?

Bis es ihm schließlich, nach gefühlten Stunden, Tagen, Wochen, zu blöde wurde und er sich einbildete, in einer dieser trashigen Nachmittags-Talk- bzw. Freakshows gelandet zu sein: *Vera am Nachmittag* – oder wie die Scheiße heißt. Was er glücklicherweise nur dachte, nicht sagte. Seine Art, sich den Ernst der Lage, den ganzen selbstverbockten Mist, vom Leib zu halten. Eine Art Abstraktionsairbag, nehme ich an.

»Unser erster Gast heute meint: ›Es ist völlig okay, seine Freundin in der Schwangerschaft zu betrügen!‹« Sofort kollektives Gemuhe und Gebuhe (in Hansen Hirn). Dazu grinsende Typen mit Radkastenfrisuren und IQs von Franzbrötchen und Frauen mit US-Nails).

Egal, wie reuig und schuldig (oder auch nicht). Irgendwann konnte man sich nicht weiter in die Ecke treiben und zusammenstauchen lassen. Irgendwann waren auch die größten Nehmerqualitäten erschöpft. Und die teuersten Kameras kaputt. Und der minimalste Macho in einem aktiviert. Irgendwann musste einfach mal gut sein, fand er. Und alles nur, weil – weltweit größter Irrtum – Liebe mehr oder weniger heimlich immer mit Leibeigenschaft gleichgesetzt wurde.

Stimmt's, Papa?!

Allein die entwürdigende Situation, nonstop in recht hoher Stimmlage angeklagt zu werden. Das hielt kein Mensch bzw. Mann auf Dauer aus, sofern er noch Reste von Stolz und Selbstwertgefühl hatte. Mindestens anderthalb Oktaven höher als sonst, zu hoch, fand Hansen. Und deshalb derselbe Effekt wie bei Sirenen. Sie alarmierten. Sollten sie auch. Nahezu unmöglich, dabei völlig gelassen auf seinem inneren Schaukelstuhl der Selbstgefälligkeit Zuflucht zu suchen und stoisch zu bleiben. Mach das mal. Ding der Unmöglichkeit. Wenn man nicht gerade ein Zen-Meister war oder das ganz große Yogi-Diplom hatte.

Alles Absicht, dachte Hansen. Bestimmt. Hatte Mutter Natur nicht von ungefähr so eingerichtet. Am Ende war die immer viel ausgefuchster und schlauer als wir alle zusammen. Insgeheim war das wahrscheinlich ein Stress- und Belastungstest, dem die Männer unbewusst immer mal wieder unterzogen wurden, damit die Frauen sahen, wie ihre Partner/Beschützer in Gefahrensituationen reagierten. Ob der Schwanz bei der erstbesten bedrohlichen Situation eingezogen wurde oder dann erst recht erigierte. Wetten?! Ob also Anti-Schlappschwanz und Angriffslust oder zumindest Gegenwehr signalisiert wurde. Konkret: Ob sich mein Vater schon von einem Stoff-Schnabeltier in die Flucht jagen ließ oder ob er sie am Handgelenk packte und ihr mit züchtigendem Blick und tiefer Stimme ins Gesicht sagte: Hey, Baby, Vorsicht. Bis hierhin und nicht weiter. Praktisch Platzhirschgebaren. Und Alpharüde in einem. Irgendwann musste das ja mal kommen. Zu weit in die Enge getrieben, wurden ja selbst die feigsten Kreaturen gefährlich. Einmal Macho oder wenigstens Möchtegernmacho bzw. Mann statt Memme.

Gut, ging natürlich gerade ganz schlecht. Auch meinetwegen, meinte Hansen später. Von wegen Mutter- und Welpenschutz. Aber war eh nicht sein Stil. Hansen war sowieso nie ausfallend. Einer Schwangeren knallte er dann erst recht keine Kino- oder Bildungsferne-Randgruppen-Sprüche an den Kopp. Nix dergleichen. Statt in die Offensive zu gehen, irgendeine Demarkationslinie zu setzen, schloss sich mein Vater den Vorwürfen meiner Mutter artig an und hackte selbst auf sich ein. Also zwei gegen einen bzw. keinen praktisch. Nur mit unterschiedlichen Vorwürfen. Fast am meisten bereute Hansen nicht die Tatsache, dass er mit Lisanne angebandelt und alles Mögliche gemacht hatte, sondern dass er die ganzen Bilder nicht von der Kamera auf den Computer geladen, anschließend einfach auf »erase« geklickt und die Speicherkarte formatiert hatte. Er hätte sich und uns eine Menge Ärger und Aufregung erspart. Eine glückliche Familie und ein Geheimnis mehr auf der Welt. Na und? Ich hätte gut damit leben können. Hansen auch. Wir alle eigentlich. Kleiner Extrabonus: Obendrein wäre die Kamera wie zur Belohnung dafür unversehrt geblieben. Denn mit dem ersten Sturz auf den Boden, vor seine Füße, war es noch nicht getan bzw. um das Teil geschehen gewesen. Das war immerhin eine Leica. Die war ganz gut verarbeitet. Aber zwei Stürze in so kurzer Zeit?

»Weißt du, wann ich das erste Mal so einen Verdacht hatte? Ich bin, ehrlich gesagt, schon stutzig geworden, als ich gesehen habe, dass du der Lady fast einen ganzen Blog gewidmet hast. Erst wartet man ewig auf eine Veröffentlichung und dann das: von wegen ›Schutzpatronin der Pinguine‹. Was für ein wichtiger Job und so. Der ganze Sülz bzw. Scheiß. Als wenn dich neuerdings Pinguine interessieren würden. Die gehen dir doch sonst komplett am Arsch vorbei ...«

Mein Vater schüttelte den Kopf.

»Falsch. Stimmt nicht. Wie kommst du denn darauf? Mir gehen Tiere generell nicht ... egal ...«

Er traute sich kaum zu widersprechen.

»Okay, dann so«, meinte meine Mutter: Wenn diese Misses auch genauso ausgesehen hätte, wie man sich eine Wissenschaftlerin vorstellt, die in Pinguinscheiße rumprökelt und das Zeug in Reagenzgläser stopft, hätte es weder diesen Blog noch diese Situation hier gegeben, wetten?!

Achselzucken. Klar. Stimmte natürlich. Entsprechend auch kein Versuch meines Vaters, das abzustreiten. Höhere Gewalt oder auch *Proportio divina* – der Goldene Schnitt ... Selbst Babys reagierten schon auf die Schönheitsformel, sprich eine gewisse Symmetrie in einem Verhältnis von *GS = 1:1,6180317*, dachte Hansen. Nicht seine Schuld oder Erfindung. Alles bloß Mathematik und Biologie. Wenn man Babys Fotos von Claudia Schiffer hinhielt, verweilte ihr Blick viel länger auf dem Bild, und es wurde mehr gelächelt als bei Bildern von, keine Ahnung, Nosferatu oder Herrn Glööckler. Warum sollte er da ausgerechnet anders funktionieren?

Im Prinzip hätte Lisanne die Bordshop-Betreiberin der *Khlebnikov* sein können. Die Klofrau. Eine russische Raumpflegerin. Völlig egal. Weil für die männliche Beurteilung von Frauen nicht *form follows function* galt, sondern das genaue Gegenteil: Die Funktion folgte immer erst aus der Attraktion für die Form bzw. anders formuliert, ehrlicher: »Das Auge fickt mit.« – wie sein Freund Krise es mal etwas suffselig (und vielleicht umso wahrer) genannt hatte. Nicht gerade das, was meine Mutter in dem Moment gern gehört hätte. Selbst wenn sie sich vor Lisanne überhaupt nicht verstecken musste.

»Noch mal, Fritzi: Ich hab mich mit der nicht [bewusst abschätzig] durch die Antarktis gevögelt. Was soll ich denn sonst sagen?«

»Geschenkt, wie oft ist eigentlich auch egal. Du hast mir noch immer nicht gesagt, ob davor oder danach, Hansen.«

»Hab ich wohl. Davor. Ich hab ihr das Bild doch sogar gezeigt.«

Nun, ja. Das entsprach nicht ganz den Tatsachen. Was er nicht sagte, war, logischerweise, dass es eher passiv als aktiv geschehen war. Hansen hatte ihr das Bild nicht »gezeigt«, wie wir wissen. Lisanne hatte es zufällig entdeckt, was ihm schon mal ein schönes Warm-up eingetragen hatte für das, was Hansen mit meiner Mutter erwartete.

»Und das soll ich glauben?«

Was immer Hansen mit dieser Information bezweckte, meiner Mutter missfiel die Vorstellung, dass Hansen ihr Kind zum ersten Mal gemeinsam mit einer anderen Frau betrachtet hatte. Klar war das irrational. Aber nachvollziehbar. Wie sollte man auch rational bleiben, wenn es um das emotionalste Großereignis überhaupt im ganzen Scheißleben ging.

»Hätte ich das wohl sonst gemacht?«

»Was?«

»Na, ihr den Ultraschall gezeigt und gefragt, was das sei? Die hat gedacht, ich will sie verarschen.«

»Ach, die auch? Wie sympathisch. Die hat doch selbst Kinder. Zwei, oder nicht? Laut deinem Bericht. Die hat sie dir doch bestimmt auch nicht vorenthalten!«

»Ja, hat sie, zwei Söhne. Aber das kann man doch nicht vergleichen.«

»Und wieso nicht?«

So, jetzt. Schwierige Situation. Überhaupt alles. Total kompliziert. Stimmt. Aber erst recht im Zuge dieses Disputs, oder wie man das nennen will, mit delikaten Details rauszurücken, dachte Hansen. Deshalb lieber noch mal nachgefragt:

»Wollen wir wirklich darüber reden?«

»Sicher. Tun wir doch schon. Worüber denn sonst? Erklär's mir.«

Es war ihm unangenehm, mit Fritzi wie mit einer alten Vertrauten über seine Affäre zu sprechen. Das funktioniert nicht, dachte er, noch nicht. Den heißen Brei löffeln (schon gar nicht in aufgepeitschter *Vera am Nachmittag*-Studioatmosphäre). Vermeintlich entlastende Aussagen konnten schnell das Gegenteil bewirken und meiner Mutter endgültig kritische, unberechenbare Zustände bescheren. Erstaunlich genug, dachte Hansen, dass Fritzi zwischendurch immer wieder lichte, empfängliche Phasen hatte, in denen er fast sachlich mit ihr reden konnte. Obwohl es überhaupt nicht um Sachen ging. Also tote Materie. Sondern um sie beide. Um uns. Subjekte. Entscheidender, quasi größtmöglicher Unterschied. Untote, lebendige Materie. Leider. Voller Schmerzempfinden. Als Preis fürs Leben.

Entsprechend schwer tat sich mein Vater, vor meiner Mutter episch auszubreiten, was Lisanne für eine tolle, integre Frau gewesen sei, alles andere als eine *bitch* oder ein *easy laid*. Lisanne hätte mit Sicherheit niemals was mit ihm angefangen, wenn sie um seine delikate Situation gewusst hätte.

»Fritzi, die kam aus irgendeinem Scheißkängurukaff im Outback. Hat, wie sie selbst sagt, viel zu früh geheiratet und dann noch den falschen Mann, und das auch nur, weil der ihrem Vater so gut gefiel und ...« Während mein Vater sprach, konnte er an Fritzis Mimik erkennen, wie kontraproduktiv das war.

»Mir kommen die Tränen, Hansen, ehrlich! Hör auf ... Und da hast du dann schön den Lancelot gemacht und das Burgfräulein von ihrem Eheelend erlöst. Echt ritterlich! Wie nobel. Soll ich jetzt vielleicht auch noch stolz sein, oder was?!«

Mein Vater stöhnte schwergewichtig.

Aber, nee, stimmt überhaupt, sie könne sich ja mal von seiner Mutter coachen lassen. Die habe ihr da offenbar einiges voraus.

»Okay, der Sex war scheiße!«

Ganz neue Strategie plötzlich, als er merkte, die andere zog nicht.

»Wie, ›okay, der Sex war ...‹?!«

»Mein Beileid«, sagte meine Mutter giftig, konnte aber nicht umhin, eine gewisse Genugtuung aus Hansens letzter Aussage zu filtern. Und genau das sollte sie ja auch. Offenbar glaubte mein

Vater, Fritzi mit solchen Interna beschwichtigen zu können. Als Vertrauensbeweis. Intiminterna. Ihr Dinge erzählen, die er der anderen so sicher nie gesagt hätte, ob sie jetzt stimmen oder nicht. Reine Reparationsleistungen oder Schadensbegrenzung. Keine Ahnung. Er wollte jedenfalls nicht, dass sie sich irgendwas zusammenfantasierte und sich die Sache in ihrem Kopf zu einem Mammut auswuchs, das alles zerquetschte. Deshalb übertrieb er sogar: »Die war völlig unlocker, verkrampft ... das hätte man sich auch schenken können, ehrlich.«

»Toll. Hast du aber nicht, Hansen. Kleiner Unterschied. Und keine Details bitte. Ich kotz sonst.«

»Überhaupt kein Vergleich!«

»Womit?«

»Mit uns?«

»Ach, ich dachte schon, du meinst die Afrikanerin ...«, sagte meine Mutter, quasi als Ausweitung der Kampfzone.

Er verstand die Anspielung nicht. Oder hörte gar nicht richtig zu, weil er zu sehr mit der Verteidigung beschäftigt war. Was auch daran lag, dass selbst vermeintliche Befreiungsschläge und Beichten in Windeseile – wirklich in gespenstischer Geschwindigkeit – transformiert und wie Bumerangs zurückkamen. Wobei Bumerangs ja immer aus der Luft gegriffen wurden, wie man spitzfindig behaupten könnte.

»Tja, dumm gelaufen. Hättest mich ja mal fragen können, ob ich mitkommen will, Hansen. Aber die Idee ist dir kein einziges Mal gekommen, stimmt's?! Denn die liebste Begleiterin auf Reisen ist dir, na, ich zitiere: ›die Einsamkeit!‹! Ganz der Vater ...«

Er zuckte mit den Schultern. War was dran.

»Aber ganz so einsam ist dann doch nicht gut auf Dauer ...«, versetzte meine Mutter ihre Anspielung ins Ziel, »der eine schaltet Anzeigen ...«

...

»Mein Vater?«, fragte Hansen. »Was hat der denn auf einmal ... und was für Anzeigen?«

»Junggebliebener Mitfünfziger sucht Camping-Konkubine ...«

»Ach so, das ... Scheiße, verstehe, das Kaffeekränzchen mit meiner Mutter! Jetzt kapier ich auch die Afrikanerin und die ... stimmt, die Nummer war bitter. Das hab ich damals gar nicht mitgekriegt. Da war ich sieben oder so.«

»Ach, die war bitter?«

Ganz dankbar, die rote Laterne vorübergehend an seinen Vater abgeben zu können, vertiefte er die Sache noch: »Hat dir meine Mutter auch erzählt, wie sie darauf reagiert hat?«

»Allerdings, hat sie. Und nicht nur das. Ich glaube, deine Mutter wollte mich impfen. Was die Hansens für, keine Ahnung, ›Schlüpferstürmer‹ und ›Hallodris‹ vor dem Herrn sind. Zumal du ja schon von den Hebammen durchgereicht und praktisch auf den ersten Metern zum Polygamisten bzw. auf Vielweiberei konditioniert worden bist«, sagte meine Mutter. »Das war überhaupt das Schärfste, echt!«

»Und?«

»Was, und?«

»Ihre Reaktion damals?«

»Krass«, sagte meine Mutter. »Einfach nur krass, finde ich.« Das fiele wohl eher unter die Rubrik: aus der Not 'ne Tugend machen. Heldin wider Willen. Eine Titelgeschichte oder die große *Emma*-Ehrenurkunde in Gold kriege man dafür sicher nicht.

Da meine Mutter natürlich witterte, worauf mein Vater hinauswollte, fügte sie noch hinzu: »Und glaube ja nicht, Hansen, dass deine Mutter für mich als *role model* taugt. Hier!« Sie tippte sich an die Stirn. »Ich bin nämlich nicht froh, dass du dich schön woanders austobst, weil ich mir nicht viel aus Sex mache und lieber in der Zwischenzeit deine Socken stopfe.«

Und er habe auch nicht die besten, sprich potentesten Jahre seines Lebens in Sibirien verbracht.

»So hab ich das nicht gemeint, Fritzi.«

»Ach, nee? Ich aber, Hansen! Vergiss es. Das läuft nicht. Da läuft sowieso nichts mehr. Ich schlage vor, du fährst jetzt wieder schön nach Hamburg. Zu deiner Mutter. Und erzählst der mal, was Phase ist.«

»Wie jetzt? Du schmeißt mich raus?« Damit hatte er ganz offensichtlich nicht gerechnet. Mein Vater sah sie einigermaßen verdutzt an. Und auf ihren Bauch. In etwa: Und was ist mit dem? Den, die oder das auch?

»Dein Ernst, Fritzi?«

»Du glaubst doch nicht, dass ich das jetzt noch will!«, sagte sie versuchsweise, selbst nicht ganz sicher, wie sich der Gedanke anfühlte. Ob sie das ernst meinte. Oder bloß 'nen Schreckschuss abgab. Dass der Gedanke im ersten Moment nicht gänzlich ausgeschlossen schien, zeigte sich schon daran, dass meine Mutter plötzlich von einem abstrakten, bereits wie isoliert klingenden »das« sprach – sächlich, ein Ding, irgendwas Unbedeutendes, woran man sein Herz nicht hängen sollte. Fickfehler, wie gesagt.

Obwohl riskant in diesem Moment, fast schon Provokation, lachte mein Vater. Ein Hilfslachen, höchstens, mehr so ein verlegenes Schnauben durch die Nase, das ungefähr bedeutete: witzig. Das glaubst du doch selbst nicht, Fritzi. Dir kommen doch schon bei dem Gedanken die Tränen. Und da war sogar was dran. Allerdings weil sich meine Mutter vorstellte – kein ganz abwegiger Verdacht –, dass ihn das klammheimlich vielleicht freuen würde. Egal, was er in diesem Buch, dem *Zeugungsstreik*, vor lauter Gefallsucht für einen Scheiß abgesondert hatte. Weil ihm das irgendwie zuarbeiten würde. Wie ein Freiflug nach Sydney. Ein unerträglicher, aber vollkommen unbegründeter Gedanke.

Aber woher sollte meine Mutter das wissen? Sie befand sich ja praktisch noch immer im Sturzflug: »Ich fühle mich so beschissen, weißt du das? Total verarscht, Hansen. Ich hock hier zu Hause, trächtig, kann nicht ausgehen und nix, überlege, wie wir das alles irgendwie gewuppt bekommen. Ob wir zusammenziehen sollen, Berlin oder Hamburg, besuch deine Mutter.« Die sich wirklich total gefreut habe. Von wegen, dass sie das noch erlebe. Ein Enkelkind. Deine guten Gene ... »Und du, ich fass es nicht, du vögelst dich derweil munter mit so einer Eisprinzessin durch die Antarktis und machst alles kaputt. Wie kannst du so was bringen?«

Einen Moment lang schien sie sich mehr auf die Phänomenologie des Ereignisses zu konzentrieren als auf die eigene Betroffenheit. Gut so. Den wissenschaftlichen Blick (auf eine Art Liebeslabor) von außen anzunehmen schaffte emotionale Distanz.

Als Antwort zuckte mein Vater mit den Schultern. Sagte abermals: »Fritzi, ich hab mich nicht durch die Antarktis ... gevögelt.« Im Gegenteil, dachte er. Erstens, dafür war Lisanne nicht locker genug gewesen. Null. Und zweitens, so schnell wie sich das alles erledigt hatte – seine »Eiskapade«.

»Oh Mann, Scheiße, Hansen, ich fass es einfach nicht ...«, sagte meine Mutter.

»Was auch immer, Hansen. Ich will es, wie gesagt, gar nicht so genau wissen und eine Doktorarbeit drüber verfassen. Vielleicht verpisst du dich jetzt am besten.«

Sie sah ihn an, irgendwie apathisch, leerer Blick, wie nach einer Gehirnwäsche.

»Vor Kurzem hätte ich mich noch gefreut, wenn du gesagt hättest: Ich bin dabei, Kleine. Wir ziehen das durch. Ich freu mich drauf. Wir kriegen das hin!« Das würde man nämlich als schwangere Frau gern hören vom Mann, den man liebt, dachte sie. Bei der bloßen Vorstellung, wie weit sie davon entfernt waren und wie wenig Anstalten mein Vater machte, die ganze Scheißsituation irgendwie zu retten (wie auch?), bahnten sich erneut ein paar Tränen ihren Weg über Fritzis hohe und recht ausgeprägte Wangenknochen (weswegen sie mein Vater mal als sein »blondes Eskimomädchen« bezeichnet hatte).

Die erste Träne hielt sich dort eine ganze Weile, bis weitere nachdrängten. Erst links, dann rechts, während mein Vater wie ausgestopft dastand und nur somnambul nickte. Der Arsch, kann man nicht anders sagen – zu bleiern und nachdenklich, als dass meine Mutter diese Geste positiv für sich hätte werten können. Die sogenannte Stilldemenz setzte erst später ein. Hätte sie in diesem Moment seine Gedanken lesen können, wäre sie extra schockiert gewesen. Die Chancen auf eine intakte Familie schätzte mein Vater gerade auf null gegen unendlich ein.

Meine Mutter wischte sich die Tränen mit dem Handrücken ab.

»Fritzi ...«

»Nee, Hansen, komm, verpiss dich jetzt endlich, hau ab. Und warte ... das hier nimmst du am besten gleich mit. Als Andenken.«

Mein Vater sah meiner Mutter irritiert hinterher. Was kam denn jetzt? Sie ging in ihr Badezimmer und kam kurz darauf mit einem Päckchen zurück, auf dem *Mr. Storch* stand. Sie entnahm den Inhalt und sagte: »Hier, schenk ich dir. Brauch ich nicht mehr. Kannst du deiner neuen Freundin vielleicht als ... Lesezeichen schenken.«

Hansen verdrehte die Augen, stöhnte verhalten: »Oaah, das ist nicht meine neue Freundin.«

»Na, meine erst recht nicht.«

Meine Mutter reichte meinem Vater den Schwangerschaftstest, nötigte ihm das Ding förmlich auf. Etwas irrational alles. Keine Ahnung, warum. Als wollte sie sehen, wie er physisch darauf reagierte. Der Test als Test sozusagen oder eine Art Voodoozauber. Weiß ich nicht.

Ich weiß nur, dass Hansen dann den Schwangerschaftstest eher aus Verlegenheit entgegennahm. Fast hätte er sogar Danke gesagt, konnte er gerade noch unterdrücken. Anschließend warf er einen beiläufigen Blick auf den kleinen, babybringenden Balken. Skeptisch. Fast fragend. Ungefähr so, als hätte er eine Niete gezogen. Als wollte er sagen: Und wo steht da überhaupt, dass ich der Erzeuger bin? Irgendwas mit Copyright oder *made by Hansen*?

Stand da nämlich nicht. Nirgends. Und Zweifel waren angebracht. Gerade bei Fritzi. Auch kein Kind von Traurigkeit, dachte er. Seine Art der Offensive. Und am Ende fragte sich das doch jeder

Mann. Wenigstens ein Mal. Wäre zumindest angebracht, wenn man die Statistiken über Kuckuckskinder kannte (80 000 jedes Jahr – allein in Deutschland. Mehr als ins Olympiastadion reinpassten). So viel zum Thema Treue. Bei Frauen. Da wäre er mit einem Mal fein raus gewesen. Quasi Königsweg. Roter Teppich Richtung Freiheit.

»Und? Wie fühlt sich das an?«, fragte meine Mutter und blickte auf den Schwangerschaftstest in seiner Hand. »Macht das was mit dir? Sag was!« Gedacht: Und wenn's geht, bitte nicht das Falsche, du Arsch!

Er zuckte abermals mit den Schultern, sah einen Ausschlag wie bei einem Fieberthermometer. Eindeutig. Positiv. Stimmte schon. Da war was. Ein kleiner, babybringender Balken. Na und? dachte mein Vater kurz, reflexartig (wenn sie jetzt schon solchen Stress hatten): Fieber kann man bekämpfen. Es gab Mittel und Wege – die Pille: RU 486 Mifegyne. Denn eine Markierung wie *Herzlichen Glückwunsch* oder *Bingo, Baby* konnte er nirgends entdecken. So wenig, wie meine Mutter irgendwelche verwertbaren Reaktionen bei ihm. Sie sah meinen Vater mit einem Blick an, einem Röntgenblick wie bei *Jugend forscht*, was angesichts der Tatsache, dass sie knapp elf Jahre jünger war als er, ganz gut hinkam.

Ihm war vollkommen klar, welche Reaktion sie von ihm erwartete. Ein, zwei Tränen hätten vielleicht gelangt. Eine reuige, eine Glücksträne. Vielleicht wäre das sogar schon der Moment gewesen, in dem er alles hätte vergessen und sogar geradebiegen und wiedergutmachen können. Was von »Riesenfehler« sagen und »kommt nicht wieder vor, versprochen«. Und vor allem noch mal betonen, dass er nicht gewusst habe, dass sie schwanger sei. Seine wichtigste Notlüge. Das Fundament.

Aber irgendwer oder -was hielt ihn zurück. Und mein Vater war schließlich kein Scheißschauspieler.

»Hallo, Hansen?! Vielleicht sagst du mal was dazu?«

Er fragte, reines Ablenkungsmanöver:

»Ja, was ... wieso ist das eigentlich rosa?«

Meine Mutter sah ihn verdutzt an.

»Hat das irgendeine Bewandtnis, oder ...?«

»Rosa? Wieso ... verstehe ich nicht!«, sagte sie, und ihr Schluchzen verstolperte sich in ein kurzes, eher krampfiges, verächtliches Kichern. »Was denn sonst?«

»Weiß nicht. Hellblau, oder so?«

»Die Farbe ist doch völlig egal!«

»Echt? Sagt die nicht was über das Geschlecht aus? Also, ob mit oder ohne?!«

»Quatsch«, meinte meine Mutter, als hörte sie da einen heimlichen Jungswunsch raus. Sie schöpfte sofort neuen Mut, wischte sich mit dem Handrücken die Tränen ab und sagte: »Das entscheidet sich doch erst viel später, du Profi.«

Offenbar dankbar für jedes Interesse, das Hansen an ihrer Schwangerschaft zeigte. Zumal sie, was das anging, ein ziemliches Defizit hatte.

Mein Vater nickte, lange und nachdenklich. In Wahrheit war ihm mein Geschlecht gerade völlig egal. Am liebsten wollte er ein Neutrum bzw. Nichts. Er wollte sich nicht fortpflanzen. Jedenfalls nicht jetzt und hier. Mit Fritzi. So wie die Dinge lagen – maximal beschissen.

Außerdem, kam erschwerend hinzu, sie kannten sich zu diesem Zeitpunkt gerade mal fünf oder sechs mickerige Monate! Für eine Fruchtfliege mochte das viel sein, kann sein, dachte mein Vater, für einen Menschen war das ein Witz. Nach fünf Monaten hielten manche Paare zum ersten Mal Händchen, gingen tanzen, fingen an sich zu duzen. Aber nach fünf Monaten bekam man kein Kind und gründete eine Familie. Eine *fucking* Familie! »Drum prüfe, wer sich ewig bindet, ob sich das Herz zum Herzen findet! Der Wahn ist kurz, die Reu ist lang ...« Schiller. Schepperte es plötzlich in Hansens Hirn.

Und davon mal abgesehen, so toll und selbstverliebt war er nun auch nicht, als dass er sich unbedingt hätte reproduzieren wollen. Und das möglicherweise zu Recht, wie er gerade bewies.

»Hansen, was mich mal interessieren würde ... ich meine, auch, wenn das jetzt egal ist ...«, aus Angst vor der Antwort mochte meine Mutter ihre Frage kaum zu Ende formulieren, »freust du dich denn wirklich kein bisschen auf ein Kind?«

Er zuckte kurz mit den Schultern, dann schüttelte er den Kopf. Energischer als ihm lieb war. Trotzig fast.

»Doch, weiß nicht!« Er druckste rum. »Jein!«

Eine bleierne Stille entstand. Eine Art Vakuum oder Wurmloch fast. Fritzi sah meinen Vater maximal enttäuscht an. Oder war das schon Verachtung? Plötzlich tat sich die nächste Front auf. Ihre Augen verengten sich, Schießscharten fast, ihr Atmen wurde flacher. Dann eine erste, erlösende Eruption: »Na super, Hansen! Echt Weltklasse. Unabhängig davon, dass du gerade eine andere gevögelt hast, hättest du dir das ja auch mal eher überlegen können«, schrie sie und fügte ziemlich freudsch hinzu – wenn man an frühere Methoden des Aborts dachte: »Ich treib jedenfalls nicht ab, falls du das denkst. Oder hoffst. Das kannst du komplett haken! Vergiss es.«

»Nee, weiß nicht, aber ... das kommt alles ... so überraschend, Mausen.«

»Ach was, wirklich?! So kommen nun mal die kleinen Kinder in den Bauch der Frauen. Das kommt genau so überraschend, wie du es dir im Buch gewünscht hast. Und außerdem: für mich etwa nicht, oder was, du Arsch! Wer steckt denn hier noch im Studium – du oder ich?«

Mein Vater schrumpelte innerlich zusammen. Seine Mimik wie in Gips gegossen, als sei die faziale Muskulatur gelähmt. Erstens die Lautstärke. Zweitens »oder was, du Arsch?!«. Sind wir schon auf Sendung? Wie gesagt: Unter normalen Umständen hätte er schief, aber generös darüber hinweggelächelt. Unter anderen Umständen, schwanger, fiel plötzlich alles doppelt gewichtig in die Waagschale einer geglückten Partnerwahl. Einen Ehering konnte man abnehmen, einschmelzen lassen, verscherbeln und gut, dachte Hansen. Ein gemeinsames Kind nicht. Nie. Das war mehr als ein genuscheltes Jawort. Das war eine unwiderrufbare Hochzeit der Gene, eine lebenslange Verbandelung zweier DNS-Stränge, eine Kernschmelze mit all ihren Folgen. Gerade in Krisenzeiten zeigte sich ja angeblich der wahre Charakter eines Menschen.

Mein Vater blickte auf und sah meiner Mutter in die Augen. Obwohl sie schon ziemlich verheult aussah, fragte er: »Was schlägst du vor, Fritzi? Was machen wir jetzt?«

Falsche Frage. Falscher Tonfall. Zu jovial, zu onkelhaft, zu lösungsorientiert. Es erinnerte sie an ihren Vater.

Als hätte sie nur darauf gewartet, sich ein zweites Mal zu entladen, schrie sie: »Das Problem: Wir haben schon was gemacht! Und zwar ein Baby, genauer gesagt, auch dein Baby! Check's mal, Hansen. Ich sag dir, was wir machen! Du fährst schön nach Hause, und ich denk nach.«

Etwas leiser werdend und unter Berücksichtigung, dass Aufregung nicht gut war für ein Ungeborenes, was stimmte, aber vielleicht auch gerade egal wurde, fügte meine Mutter noch hinzu, dass ihre Möpse, falls das irgendwen interessierte, übrigens jetzt schon höllisch wehtäten!

»Wobei«, sie griff sich demonstrativ an ihre linke Brust, »kann auch das Herz sein! Ja, vermutlich, eher das«, meinte sie.

Mein Vater nickte daraufhin nur verständnisvoll. Statt sie endlich in den Arm zu nehmen, traute er sich nicht, fing ihm so ziemlich alles andere an, wehzutun. Eine Art Phantomschmerz. Oder Ganzkörperkrampf. Ausgelöst durch diese Krankheit namens Kind. Genauer gesagt, mich, Nickel Hansen, nehme ich an.

Er war die erste Treppe noch nicht ganz unten, stand im Treppenhaus, das an sich schon frustrierend genug war, als hinter ihm die Tür noch mal aufging.

»Ach so, hier, Hansen, vergiss die nicht«, sagte meine Mutter mit seltsam apathischer Stimme, wobei ihre Worte im Kontrast zu ihrer dynamischen Handlung standen. »Deine Schatzschuss-

Kamera! Man weiß nie, wann man die wieder braucht. Und falls du einen Flug nach Sydney suchst«, im selben Moment flog ihm die Kamera entgegen, »um die Ecke, in der Raumer Straße, ist ein Internetcafé.«

Hansen hatte keine Chance zu reagieren. Mit seiner Tasche in der Hand. Er konnte gerade noch ausweichen, wie beim Brennball, hinter ihm schepperte es. Seine Leica flog gegen die Wand und über Bande, die nächste halbe Treppe runter. Und diesmal löste sich nicht nur der Objektivdeckel. Sondern das ganze Objektiv.

»Ach so, ja, danke!«, sagte er. Immerhin ganz stilecht, indirekt einräumend, dass hier gerade mehr auf dem Spiel stand als eine Edelknipse.

Im selben Moment ging eine zweite Tür im Treppenhaus auf. Herr Vogelsang:

»Nanu, Polterabend, Fräulein Fritzi?«

»Scheiße. Ja, Polterfeierabend, fragen Sie den Arsch da!«

Im selben Moment schloss sich ihre Tür. Und Herr Vogelsang sah fragend auf meinen Vater runter: »Früher ham wa aba Teller jenommen!«

Hansen nickte nur, dachte: Früher war sowieso alles besser gewesen! Die Frauen auch! Und hob die Kamera auf. Die Linse hatte einen Riss, das Glas im Sucher war gesplittert und das Gehäuse so verzogen, dass man das Objektiv überhaupt nicht mehr ansetzen konnte. Kurzum, sah nach Totalschaden aus. Alles. In dem Wurf war Fritzis ganze Wut enthalten gewesen, auch darüber, dass Hansen tatsächlich nach Hause ging und wenig bis keine Anstalten machte, die Situation noch irgendwie zu retten. Weil er jetzt vielleicht wirklich mit seinen Gedanken in Scheißsydney war. Tatsächlich dachte er erst an Lisanne, als er seine defekte Kamera aufhob und die Speicherkarte in sein Portemonnaie steckte. Unter anderem daran, wie vergleichsweise verhalten ihr Wutausbruch an Bord der *Khlebnikov* gewesen war. Nicht zu vergleichen. Als sei sie Kummer gewohnt.

Mein Vater stieg gerade ins Auto, als sein Handy in der Gesäßtasche vibrierte, irgendwie wütender als sonst. Kam ihm so vor. Er erschrak fast. Als hätte er sich aus Versehen auf eine Klapperschlange gesetzt. So runter war er mit den Nerven. Was er dann las, glich so gesehen einem Biss: eine Textnachricht von meiner Mutter.

PS.: Flieg heute mal bitte noch nicht gleich nach Sydney ... falls ich demnächst in die Tagesklinik fahre, will ich, dass du dabei bist.

In dem Moment fing mein Vater endlich an zu heulen. Und nicht zu knapp. Irgendwie grotesk klingendes Geschluchze, das ihn selbst irritierte. Völlig aus der Übung. So kannte er sich gar nicht. Aber vielleicht täuschte das. Selbst für engste Familienangehörige immer ganz schwer zu sagen, wie viel Promille Selbstmitleid dabei waren bzw. original australische Krokodilstränen in Hansens Fall.

42.

Wenn man meinem Vater Glauben schenken wollte, was meine Mutter irgendwann tat, Wochen später notgedrungen bzw. babybedingt, war er bereits an Bord der *Khlebnikov* von seiner »Miss Pinguin« einigermaßen kuriert gewesen, ja, regelrecht entzaubert worden. Wobei er natürlich ein anderes Vokabular verwendete. Er sagte weder »kuriert« noch »geheilt« und schon gar nicht »entzaubert«. Er sprach im Zuge der ganzen Kamerakrise von einem »Ausrutscher«, »einem Versehen« und versuchte die Polartaufe als Betriebsfest darzustellen. Und Betriebsfeste – immer gut für böse Überraschungen. Und Ausflüge untenrum. Außerdem: Die sei ihm alles in allem viel zu verheiratet gewesen. Hansen beteuerte, er trauere »der« nicht die Bohne hinterher. Warum das allerdings so war, sagte er damals nicht. Das kann ich kurz nachholen.

Lisanne hatte sich damals auf der *Khlebnikov* durch ihr trotziges Teenagerverhalten gewissermaßen ganz schnell selbst disqualifiziert. Reichlich albern, fand Hansen, dass sie ihn so kategorisch schnitt und auf beleidigte Leberwurst machte, als sei man endgültig auf Klassenreise. An Bord ließ es sich kaum vermeiden, dass man sich über den Weg lief. Was dazu führte, dass er eine gewisse Wut entwickelte. Und Wut – immer gut bei so was. Altes Hausmittel, gerade bei Herzschmerz. Ganz hilfreich auch, wenn man im Zuge seines Zorns die rosarote Brille kurz abnahm und sich ausschließlich die negativen Aspekte eines Menschen vergegenwärtigte. *Wer suchet, der findet.*

Dass sie einen Hund hatte, dachte Hansen, Deutsch Drahthaar, ging ja noch, gerade eben. Und ihre tollen *two gorgeous beachboys*, das ganze Geschwärme, gut, geschenkt (Elternstolz – sollte er selbst noch erleben). Dass Lisanne aber im Rahmen ihres dämlichen Deutschlanddings gestand, sie würde regelmäßig *Kommissar Rex* mit Gedeon Burkhard gucken, war mehr, als Hansen verkraften konnte. Oder wollte.

Warum nicht gleich *Pumuckl?*, dachte er. Oder *Bauer sucht Frau?*

Das war, als hätte sie kurz ihr zweites, spießbürgerliches Gesicht gezeigt. Schneller konnte man sich nicht selbst demontieren. Denn wie, bitte, sollte er noch guten Gewissens mit einer Frau ins Bett gehen, die ihm offen ins Gesicht sagte, sie würde eine Serie mit Gedeon Burkhard und einem Scheißschäferhund gucken? Und das auch noch gern. Ob jetzt Tier- oder Gedeon-Burkhard-Liebe oder rein biologisches Interesse an Schäferhunden – auch egal. Dieses Geständnis war jedenfalls äußerst hilfreich für Hansen, fast heilsamer und effektiver als kalter Entzug.

Erst am Pier in Hobart/Tasmanien stand sie plötzlich im allgemeinen *Shake-hands-and-good-bye*-Abschiedstrubel vor meinem Vater, reichte ihm ganz förmlich, wie allen anderen auch, die Hand und sprang offenbar über ihren bzw. seinen Schatten:

Anyway, Mister Germany! It's been a pleasure meeting you.

Er nickte.

You are sure?

Sie lächelte.

Anyway, same here.

And good luck with everything ... especially with the little one!, fügte sie ohne einen Anflug von Ironie oder Sarkasmus oder Schadenfreude hinzu. Dann biss sie sich auf die Lippe, drückte ihm eine Businesskarte in die Hand und meinte allen Ernstes: *Send me a picture, please! Once it's there. Will you?*

Was? Vom Nachwuchs? Mein Vater war so verdattert, dass er nicht mehr als ein irritiertes *Okay* rausbrachte und vorschlug: *Or how about an autograph from Inspector Rex?!*, was er später tatsächlich machte. Halb Gag, halb Versuch einer späten Entschuldigung, nehme ich an. Auf eBay ersteigert: Gedeon Burkhard auf dem Bauch liegend, Kopf in die Hand gestützt, Kommissar Rex hechelnd auf ihm drauf, doggystyle praktisch, mit langer Zunge und erigierten Ohren. Rechts unten das alte *SAT 1 – Ich-drück-dich-Logo* der ersten Staffel. Und ich kotz gleich, dachte Hansen.

In Hobart, am Pier, hielt er Lisannes Hand länger fest als angebracht, fast besitzergreifend lange. Er wollte sie in den Arm nehmen und ihr was ins Ohr flüstern, denn jemandem die Hand zu schütteln, mit dem man vor Kurzem noch geschlafen hatte – auch irgendwie komisch, oder nicht? Doch Lisanne trat alarmiert zurück und meinte, fast panisch:

Oh no, no, please, it's okay, you take care of your family, and so do I. Best for everyone, believe me. I've got to go, Häns. My bunch is already waiting for me.

Ach, deshalb, dachte Hansen, die Dame wird abgeholt. Er sah sich so dezent um wie möglich, agentenmäßig. Sie nickte mit dem Kopf kurz über ihre rechte Schulter und tatsächlich, drei Männer, wie die Orgelpfeifen. Dann anderer Tonfall, anderer Blick, andere Aura, alles anders, Stimme gesenkt: *Shit, Häns! We shouldn't have done this, you know. It breaks my heart*, sagte sie und einen Moment sah das auch so aus. *It's not easy for me, you know?!* Dann ließ sie seine Hand los und verschwand.

Hansen sah verwirrt, wie sie ihren drei *boys* gegenübertrat, allerdings mit mindestens einer Träne im Auge, die ihm gewidmet war, würde ich tippen. Und mit einer Disziplin, wie sie wahrscheinlich nur Mütter mit *prussian roots* aufbrachten. Sie schaffte es tatsächlich, ihren ganzen Kummer in Rekordzeit in ein Begrüßungslächeln umzubiegen. Immer wieder erstaunlich, dachte Hansen, Frauen. Und ihr Survival-Ding, diese eingebaute Mutter Courage.

Sie umarmte erst den Kleinen, ihren Sonnenschein, den Sensiblen, Musischen. Dann den Mittleren, ein Klon seines Vaters. Und am kürzesten und förmlichsten Maurice, das Original, ihren Mann, der dastand wie ein Chauffeur. Ganz anderer Typ als Hansen. Gegenteil fast. Mehr Beamter als Bohemien. Kein Kuss, keine Blumen, nix. Die umarmten sich nicht mal! Oder nur angedeutet, für die Jungs.

Hansen glaubte, immerhin bei Maurice einen Anflug von Freude auszumachen. Zumindest Erleichterung, dass die Frau mit all ihren Funktionen zurückkam. Die Hausfrau im Hamsterrad, die zu Hause den Laden am Kacken hielt, wie man so sagte, die die Brote schmierte, die Kids zum Sport fuhr, die Hausaufgaben überprüfte, den Grill anschmiss, den Garten machte, einkaufte (und das Geld dafür selbst verdiente), und, und, und. Die sich außerdem seinen Frust im Geschäft schon seit Jahren geduldig anhörte und hin und wieder, egal wie lustlos und unwillig, tröstend die Beine breit machte, während ihr Mann mal müde, mal militärisch auf ihr rumruckelte. So ungefähr stellte sich Hansen das vor.

More shitstudies to come, dachte er noch und schämte sich, dass er seinen Teil dazu beigetragen hatte, und dass das »Projekt Dornröschen« oder die »Mission Mutti«, wie Fritzi das später nannte, so furios gescheitert war.

Im Taxi zum Flughafen dann der Blick auf ihre Visitenkarte von der Uni. Bis auf Namen, E-Mail- und Skype-Adresse war alles geschwärzt. Sämtliche Telefonnummern waren der Zensur bzw. ihrer Panik zum Opfer gefallen, was Hansen in dem Moment weniger ärgerlich als albern fand. Als ob er so bescheuert wäre, bei ihr zu Hause anzurufen wie irgendeine Knallcharge aus *Kommissar Rex* und, keine Ahnung, Maurice zum Duell rausforderte! Oben drüber stand nur: *Amore Australis*? Mit Fragezeichen. Mehr nicht. Da wurde Hansen dann noch mal kurz etwas plüschig zumute.

Wie gesagt, reuig wurde er immer erst hinterher. Hansens blaue Blume. Oder sein »Shangri-La-La-La«, wie er mal meinte. Liebe als Idee. Eine schöne Utopie. Nicht wirklich leb- bzw. verfilmbar. Oder warum sonst war *Titanic 2* nie gedreht worden? Jack Dawson doch nicht tot, dann Hochzeit, Ehe, Kinder – quasi der nächste, schleichende Untergang. Statt Eisberg große Gefühlskälte. Was Absurderes als die Ehe hätte man sich wirklich nicht ausdenken können. Da lauerten numinose Untiefen und jede Menge Eisberge, an denen eine Beziehung zerschellen konnte.

So gesehen waren meine Eltern ganz gut auf Kurs. Um die Kamerakrise halbwegs zu überstehen, gingen sie noch vor der Niederkunft zu einer Paarberatung. Meine Mutter machte keinen Hehl draus, dass sie Hansen ganz gepflegt den Laufpass gegeben hätte – ohne mich im Bauch. »Ein Mann im Mond mehr«, nannte sie das. So aber waren sie praktisch gezwungen, sich Mühe zu geben, für den guten Zweck bzw. Zwerg. Neununddreißigste SSW und schon knapp 2,6 Kilo. Kaum mehr zu übersehen. Mein Vater empfahl meiner Mutter auf die Frage, was es denn werde, am besten »ein Kürbis« zu antworten. Alles andere wäre unglaubwürdig.

Er schien sich seinem Schicksal tatsächlich zu fügen und sich – ja, sogar das – regelrecht zu freuen. Auf das »letzte große Abenteuer im Leben eines Mannes«, wie es immer etwas affig heißt. Den »Pampers-Parcours«, wie Hansen es später nannte. Dass ihm dennoch der Arsch täglich ein Stück tiefer auf Grundeis ging, ließ sich schon daran ablesen, dass er im Hochsommer plötzlich diese psychosomatische Papiphobie bekam. Sein Altherrengehüstel als bronchiale Botschaft, nehme ich an. Als wollte er meiner Mutter damit unbewusst nahelegen: Du bist so jung, Schätzchen, zarte dreißig, hast dein ganzes Leben noch vor dir. Überleg's dir noch mal mit mir altem asthmatischen Knacker. Oder willst du bald zwei betreuen? Er selbst deutete es als erste Feinstaub- bzw. Anti-Berlin-Reaktion, nachdem sich meine Eltern für Prenzlauer Berg als Brutgehege entschieden hatten. Auch als eine von numinosen Reparationsleistungen meines Vaters.

»Nee, kein Feinstaub«, mischte sich Anouk, unsere »flotte Hebamme« ein. Kenne sie schon, dass Männer in der Schwangerschaft plötzlich krank würden. Nix Neues. Sie sagte das so keckspatzig und »ossi-ostentativ«, dass sie bei Hansen schon auf den ersten Metern verschissen hatte. Sagen wir so, er bettelte förmlich nach Gründen, sie nicht gut zu finden. Was natürlich als Mann ganz, ganz schwer war, eine Frau richtig abzulehnen, die ziemlich gut aussah. Und Aussehen – wie gesagt – weltweit die höchste Währung überhaupt bei Frauen. Ist so. Kann man sich auf den Kopp stellen.

»Gott ist groß, Biologie is bigger«, O-Ton mein Vater.

»Irgendwie mag die mich nicht, die hat was gegen Männer, kann das sein?«, fragte er.

Meine Mutter zuckte mit den Schultern und erwiderte, wie gut, dass er nicht das Kind bekäme. Sie komme jedenfalls gut klar mit der. Die sei patent. Außerdem könne ihn ja nicht gleich jede so dufte finden wie seine Pinguinpussy, fügte Fritzi, gelegentlich noch immer ihr Restgift verspritzend, hinzu. Nervte auch, fand Hansen

»Oder du«, erinnerte er.

»Oder ich, stimmt. Das langt ja wohl auch fürs Erste!«, sagte meine Mutter dann immerhin lächelnd über ihren wahnsinnig prallen Bauch hinweg.

In Sachen Australien hatten meine Eltern zu einer normalen Tonart zurückgefunden. Es herrschte eine Art halbstabiles und wackeliges Stillhalteabkommen. Von sich aus sprach mein Vater das Thema nie an und war bloß froh, dass Lisanne keine Amerikanerin war. Thank God. Einmal sensibilisiert, wunderte man sich nämlich, wie oft selbst vom blöden Down Under bzw. »terror australis« in den Medien berichtet wurde: Würfelquallenplage an der Ostküste (die tödlichen), irgendein vom Hai angeknabberter Surfer, der endlich als Heiligtum der Aborigines anerkannte Ayers Rock, ein verirrter deutscher Backpacker im Outback. Kurzum, dachte man gerade, das da hinten, unten, interessiert eigentlich keinen Schwanz – zack, wüteten plötzlich irgendwelche Jahrhundertbuschbrände, und dann auch noch ganz nah bei Sydney. Alles Munition für meine Mutter. Sie ließ es sich natürlich nicht nehmen, irgendwelche Anspielungen zu machen, egal wie albern und zweitklassig: »War wohl deine heiße Lady, Hansen«, als Teil des Heilungsprozesses. Ihre Art der Katharsis, nehme ich an.

Mit Abstand am schlimmsten und häufigsten aber, fast schon eine Plage: Pinguine. Vor allem auf den dritten Programmen: Adeliepinguin, Brillenpinguin, Dickschnabelpinguin, Eselpinguin, Galápagospinguin, Gelbaugenpinguin, Goldschopfpinguin, Haubenpinguin, Humboldtpinguin, Kaiser- und Königspinguin, Magellanpinguin, Snaresinselpinguin, Südlicher Felsenpinguin, Zwergpinguin, Zügelpinguin. Mein Vater kannte sie alle. Beim Zappen zuckte er jedes Mal zusammen und war drauf und dran, zu seiner Babybronchitis eine Art Pinguinparanoia zu entwickeln.

»Nee, lass mal, Hansen, die sind so niedlich, in deren Scheiße würde sogar ich rumprokeln.«

Hansen verkniff sich in der Regel jeden Kommentar. Sagte maximal: »Ja, ist ja gut jetzt!« Alles andere machte es selten besser.

Nur einmal ging es nicht anders. Fritzi war bereits im achten oder neunten Monat, also »prächtig trächtig«, als sie meinte:

»Und die haben bestimmt alle ihr Leben deiner Dings zu verdanken, stimmt's?!«

Weil mein Vater wie immer erst mal schwieg – sein Stockfischsyndrom oder Kohl'sches Aussitzen – und meine Mutter sein Schweigen noch immer falsch interpretierte, fügte sie seltsam melancholisch, fast schon philosophisch hinzu: »Stell dir mal vor, das hier drin, unser Kind, hätte es wegen deiner Lady fast nicht geschafft!«

Mein Vater nickte nur.

»Oder wärst du jetzt lieber bei der?«, fragte Fritzi ein paar Gedanken überspringend und mit einem Blick, der, selbst wenn Hansen in dem Moment »Ja, was denkst du denn« gedacht oder gefühlt hätte, das Zeug gehabt hätte, ihn schlagartig zu bekehren.

»Was?! Nee, null, überhaupt nicht!«

Dreifache Verneinung und damit schon fast verdächtig.

Als späten, quasi nachgereichten Beweis seiner Gleichgültigkeit führte Hansen dann an, das sei wahrscheinlich auch der Grund, weshalb er gar nicht auf die Idee gekommen sei, die Bilder auf seiner Leica zu löschen oder runterzuladen (das war ihm offenbar noch immer peinlich, seine Doofheit diesbezüglich). Subtext: Guck mal, wenn das alles so akut amourös gewesen wäre mit der, hätte ich doch alles von ihr vernichtet. Jedes verdammte Indiz.

Leider ging sein Argument nach hinten los.

»Kann sein, Hansen, kann nicht sein. Hab ich auch schon drüber nachgedacht«, entgegnete meine Mutter. »Vielleicht wolltest du ja, dass ich sie entdecke ...« Verstand er nicht und fragte nach. »Na ja, so wie manche Täter ganz froh sind, wenn die Tat hinterher auffliegt und alles nicht so schwer auf ihrem Gewissen lastet.«

»Wa-as?! Das ist doch Quatsch, Fritzi!« Ich hab die ja nicht vergewaltigt, dachte er. Im Gegenteil.

»Oder du warst zu feige, mir frontal ins Gesicht zu sagen, dass du dich verknallt hast, kein Kind willst und heimlich gehofft hast, ich fahre in die Tagesklinik. So wenig Anstalten, wie du gemacht hast, das zu verhindern.«

»Ich hab so wenig Anstalten gemacht, das zu verhindern, Fritzi, weil ...«, sagte er mit Blick auf ihr medizinballartiges Geschwür (und dachte kurz darüber nach, ob das Geschwür vielleicht mithörte und sie leiser sprechen sollten), »... weil man in Deutschland nur bis zur zwölften Woche abtreiben darf, soweit ich weiß! Und du warst längst drüber.«

»Legal in Deutschland, stimmt! Und in Holland?«

»Du hast selbst gesagt, du würdest das nicht bringen.«

»Hansen, ganz ehrlich, das war so was von knapp«, erinnerte ihn meine Mutter. Sie sei doch schon beim Beratungsgespräch gewesen nach § 5 und § 6 des Schwangerschaftskonfliktgesetzes (SchKG) und alles.

»Weißt du doch.«

Er würde ihr noch mal dankbar sein, wetten? Manche Typen müsse man einfach zu ihrem Glück zwingen. Was er allerdings noch nicht wisse ... an dieser Stelle zögerte meine Mutter.

»Was?«

»Ach nee, ist egal.«

»Doch, sag mal bitte!«

»Unschönes Thema«, meinte sie. Sie habe sich sogar schon vorgestellt – abermals Zögern –, wie sie ihm hinterher den abgetriebenen Fötus in einem Einmachglas schicken würde. Per Kurier. Als Andenken. Ja, klar, aus Rache, was denn sonst? Vor allem die Vorstellung, er würde in der Zwischenzeit womöglich nach Flügen suchen, habe sie, ehrlich gesagt, »gekillt«.

An dieser Stelle sagte Hansen nix mehr, nickte nur kurz, musste regelrecht schlucken und meinte dann, das hätte höchstwahrscheinlich ihn »gekillt«.

»Das hättest du echt gemacht?!«

Meine Mutter zuckte mit den Schultern.

»Ich war so scheißverletzt ... und im Affekt machen Eifersüchtige noch ganz andere Sachen.«

Am meisten, erwiderte meine Mutter, habe ihr die Dame bei der Abbruchberatung geholfen. Die sei echt cool gewesen. Ganz tolle Frau. Habe sich alles angehört und am Ende bloß gesagt, sie müsse unbedingt abstrahieren. Nicht dass sich sonst alle Aggression auf was völlig Falsches, Unschuldiges und Unbeteiligtes richteten.

»Die sprach sogar von einer Arschlochabstraktion, Hansen, und meinte, wen wohl – dich!« Der für sie entscheidende Satz aber habe dann gelautet: »Wut ist nie ewig, so ein Entschluss schon.« Der sei irreversibel. »Dann wollte sie noch wissen, ob ich mir jenseits meiner ganzen Wut vorstellen könne, dass der Erzeuger des Kindes trotzdem ein guter Vater werden würde.« Und angeblich habe sich meine Mutter dann selbst gewundert, wie schnell sie unter Tränen »Ja, klar!« gesagt und fast ein wenig schnippisch ergänzt habe: »'türlich. Sonst hätte ich doch im Bett mehr aufgepasst!«

Hansen nickte nur. Reichlich beschämt. Kurz darauf nahm er meine Mutter in den Arm, so gut das noch ging im neunten

Monat, der Bauch stand praktisch wie ein aufgeblasener Airbag zwischen ihnen. Als wollte er sich revanchieren, meinte mein Vater: »Übrigens, ich habe kein einziges Mal nach Flügen geguckt, Fritzi. Nicht mal daran gedacht.« Und er sei jetzt schon froh … und versprach, er würde auf jeden Fall sein Bestes geben. Immerhin wisse er von seinem Vater schon mal, wie man es nicht mache.

43.

Unsere Hebamme, Anouk, kam, noch vor meiner Stunde null, immer ziemlich kokett und aufgebrezelt in unser neues Zuhause in Prenzlauer Berg und machte Hansen das Leben damit nicht leichter. Kurzes, spätsommerliches Blümchenkleid, tiefst dekolletiert, Eyeliner, Lippenstift, Stiefel, Pferdeschwanz, dass man eher an die Avon-Beraterin oder einen Escort-Service dachte. Nicht nachvollziehbar, warum sich Fritzi gerade für die entschieden hatte. Mein Vater gab sich alle Mühe, sie in ihrer Funktion wahrzunehmen und die Form völlig zu ignorieren. Er stand natürlich unter besonderer Beobachtung. »Der etwas andere Vaterschaftstest«, wie er das nannte.

Beim Verabschieden traute er sich kaum, Anouk die Hand zu geben. Zumal doppelt delikat alles und generell nicht die sexuell aktivste Zeit eines Mannes – um den Schwangerschaftszenit herum. Vielleicht sogar Anfang vom Ende, weil, wie gesagt: Fortpflanzung folgt. Mit Dammriss oder -schnitt vielleicht. Und dann? Thema Sex sowieso erst mal durch bei vielen Frauen. Bis auf Weiteres. Was man so hörte. Körper oft auf ewig verformt, was man sah. Außerdem alles noch wund, Brüste voll Milch und Kind plötzlich mit Abstand auf Platz eins. Zwei Bedürftige neben sich im Bett und an der Brust waren definitiv einer zu viel.

Stimmt's?

Stichtag war längst drüber. Und noch immer keine Senkwehen. Heißes Bad half nicht. Hansens Prostaglandine halfen nichts.

»Der macht's aber echt spannend«, meinte mein Vater.

»Stimmt, gut Kind will Weile haben«, meinte Mama.

Sie war schon zwei Wochen über den Termin. Sprich superschwanger. Ein echtes Mutterschiff. Plus zwanzig Kilo. Wovon allerdings die Brüste allein schon die Hälfte ausmachten, bestimmt. Gibt Fotos davon auf Hansens Rechner. Ein Unterordner namens: *Lolo Ferrari – fast!* Spaßeshalber blödelten meine Eltern, ob eine Webseite wie z. B. www.stillmöpse.de nicht die sicherste Möglichkeit wäre, das Kind über die Zeit der Muttermilch hinaus zu ernähren. Übrigens Fritzis Idee.

Für die Geburt hatten sich meine Eltern gegen die Charité und maximale medizinische Sicherheit und stattdessen für Holzbetten und himmlische Hilfe in der Havelhöhe entschieden, sprich eine anthroposophische Klinik am Wannsee. Sie fühlte sich hier einfach am wohlsten, in dieser Anlage inmitten eines Parks, etwas außerhalb der Stadt. Wie im Ökohotel und nicht wie in einer Legebatterie. Irgendwann bekam Fritzi dann trotzdem ein Wehenturbomittel, schätzungsweise Placebos. Traubenzucker. Wirkte aber wie wild. Meine Eltern waren gerade im Garten, Pilze suchen, als meine Mutter plötzlich eine Etage tiefer sackte und der Erdanziehung erliegen wollte. Sie hielt sich wie von einem Hexenschuss gekrümmt an Hansens Arm fest und meinte:

»Oh ... oh, Hansen, ich glaube ... Showtime!«

Und das traf es ganz gut.

Für Hansen dann allerdings ein bisschen zu viel *Rocky Horror Picture Show*. So gänzlich unvorbereitet. Das war grenzwertig und drüber. Ganz schlechter Trip. Als stimmte der Schwachsinn mit dem Apfelbiss, Sündenfall und so. Gebären unter Qualen. Und dann noch über Stunden. In denen mal eben, wie Hansen meinte, die ganze zivilisierte Welt aus den Angeln gehoben und man mit einer rohen, animalischen Urgewalt konfrontiert werde, wie er sie so noch nie erlebt habe (außer in *Der Exorzist* vielleicht).

Wieso, zur Hölle, hatte einem denn keiner gesagt, dass eine Geburt eher einer Austreibung glich? Konnte man sich überhaupt eine schlimmere Art der Fortpflanzung als diese rohe, animalische Ausscheidung vorstellen, die das Geburtshaus in ein Schlachtfeld verwandelte? Und wie viel poetischer war da die Vorstellung vom Storch.

Schon klar, dass eine Geburt für eine normal gebaute Frau kein Spaziergang war – aber das?, dachte Hansen. Als setzte ein Erdbeben ein, eine vulkanische bzw. vulvakanische Aktivität, während er nur still auf der Bettkannte sitzen, Händchen halten, Schweiß abtupfen und Mut zureden konnte: »Komm, Kleine, ja, du schaffst das, klar.« Obwohl er spätestens in der zweiten Stunde dachte: Nee, Scheiße, das sieht eher umgekehrt aus.

Ab einem gewissen Zeitpunkt kroch meine Mutter auf allen vieren über den Boden und gab Geräusche von sich, die nach Notschlachtung klangen. Oder Abu Ghraib. Und noch schlimmer: Niemand machte was dagegen. Arzt und Geburtshelferinnen taten, als sei das alles ganz normal. Das Einzige, was noch ein bisschen Restsicherheit suggerierte, war der Anblick einer Geburtshelferin, die meine Mutter anfeuerte wie beim Schlammcatchen: »Ja, gut! Jetzt pressen! Ja, pressen, pressen, ich kann den Kopf schon sehen!«

Darauf waren meine Eltern beide nicht richtig vorbereitet gewesen. Sonst hätte Hansen doch Wechselklamotten mitgenommen. Ölzeug am besten.

Seine Hose war irgendwann über und über mit Blut und Schleim und was nicht alles besudelt. Wie nach einem Massaker. Absolut kein Wunder, sondern sehr weise und weitsichtig, dachte er, dass Fritzi darauf bestanden hatte, er möge sich unbedingt Backstage, also am Kopfende aufhalten und nicht in der ersten Reihe womöglich Filmchen und Fotos machen und »Kuckuck« sagen, »Ja mei, wen ham mir denn da? Popeye in klein?«

Mein Vater meinte hinterher mal – nicht ganz ernst gemeint, hoffe ich zumindest –, dass eine Geburt für den Mann fast genauso schlimm sei wie für die Frau, zumal die ja irgendwann jenseits von Gut und Böse sei. Was meine Mutter sogar bestätigte. Sie war dennoch heilfroh, dass Hansen dabei war, selbst wenn sie sich hinterher ganz viel von ihm erzählen lassen musste, zumal sie ab einem gewissen Zeitpunkt wirklich nur noch delirierte.

Beispielsweise hatte sie überhaupt nicht mitbekommen, dass mein Vater nach drei oder vier Stunden eine Pause brauchte, kurz kapitulierte und quasi das Wickeltuch warf. Er fragte die Geburtshelferinnen, ob er mal raus könne oder ob er dann »was Wesentliches« verpasse (etymologisch einwandfrei, weil wesentlicher ging es ja gar nicht).

Rausgehen, ja, verpassen, nein, hieß es nur. Muttermund sei noch nicht weit genug geöffnet, woraufhin Hansens Kinnlade umso weiter aufklaffte. Kein Witz.

»Aber ... das muss so sein, hat alles seine Richtigkeit, ja?!«

Mit anderen Worten: alles noch im grünen, gynäkologischen Bereich?

Ein irgendwie vorwurfvolles Nicken als Antwort.

Nicht dass er Mitleid erwartet hätte. Aber ein schöner Single Malt oder wenigstens Ohropax wären nicht schlecht gewesen.

Draußen im Vorzimmer nämlich die Multiplikation werdender Mütter. Wie in einem animierten Hieronymus-Bosch-Gemälde. Gemuhe und Geblöke in Dolby Surround. Oder Gottes Abu Ghraib, wie gesagt. Ging schwer an die Substanz. Vielleicht weil sich Hansen zwangsläufig auch ein bisschen wie ein Folterknecht vorkam, da ursächlich nicht ganz unbeteiligt. Da musste man Rühmkorf im Nachhinein entschieden widersprechen. Von wegen: »Licht aus, Licht aus – Mutter zieht sich nackend aus – Vater holt den Dicken raus – einmal rein, einmal raus – fertig ist der kleine Klaus.« Von wegen. Biologisch nicht ganz korrekt. Man merkte, dass der selbst keine Kinder gehabt hatte.

Als mein Vater nicht weiterwusste, sich völlig schutzlos und ohnmächtig fühlte (es aber nicht wurde), tat er das, was viele Männer in diesem Moment tun: Er flennte. Frag nicht. Rotz und Wasser und was weiß ich nicht alles.

Was Elementareres hatte er schließlich noch nie erlebt. Als würde die ganze Welt aus den Angeln gehoben und man selbst plötzlich für immer in einen anderen Orbit gehievt. Die Elternellipse, wenn man so will. Er musste plötzlich an das Scott-Tagebuch denken. Sein letzter Satz: *Wohlan. Traum meiner Tage – leb wohl!*

Schade nur, dass es niemanden gab, der diese Initiation irgendwie geleitet hätte. Eine Art Geburts- oder wenigstens Wiedergeburtshelfer für den Mann als werdenden Vater. Jemanden, der einen coachte. Mein Vater traf vor dem Portal lediglich einen ähnlich verstörten Typen, der rauchte, als würde er dafür bezahlt. Man nickte sich kurz und solidarisch zu, wie zwei auf Fronturlaub. Beide zu sehr neben der Kappe für eine anständige Konversation. Der andere sagte beim Kippeausdrücken: Jetzt wisse er auch, warum selbst so eine Flitzpiepe wie Boris Becker mal gemeint hatte, verglichen mit der Geburt seiner Kinder sei der Wimbledon-Sieg nix gewesen.

Hansen nickte nur.

17:21 Uhr dann letzte Presswehen in meinem Fall. Meine Mutter verstummte, blau im Gesicht, dunkelblau, pflaumenfarben fast. Wie eine Wasserleiche. Auch so voluminös. Als hätte sie zwei Wochen im Wasser getrieben. Dann der ermutigende Satz der Geburtshelferin: »Ja, bisschen noch. Jetzt haben wir's gleich geschafft, nur noch die Schultern!« Mit anderen Worten: Licht am Ende des Tunnels – für alle Beteiligten.

Kurz darauf ging alles ganz schnell. Grenzerfahrung und Gipfelglück in einem. Letzter Vulvakanismus, ganzkörperliche Konvulsionen, eine Art Kampfschrei und voilà! – ein Erdling mehr.

»Frisch gepresst!«, meinte mein Vater hinterher und bekam eine Schere.

»Bitte sehr, Ihr Part«, sagte die Geburtshelferin. Er erschrak regelrecht. Im Arm hielt sie mich – doch ein Nacktmull, dachte Hansen, schon total verzückt. Quasi *bonding* auf den ersten Blick. Am anderen Ende lag meine Mutter, völlig erschöpft, wie ausgeweidet. Und genau so sah das auch aus. Alles.

»Wer? Ich?«, fragte er und begriff erst gar nicht. Oder viel zu gut. Je nachdem.

»Sicher, Sie sind doch der Vater«, erinnerte ihn die Geburtshelferin. Eben. Deshalb ja. Und Ödipus lässt gleich grüßen, oder wie?, dachte er.

Vor ihm die Nabelschnur – ein zu lang geratener Wattwurm, der gerade noch pulsiert hatte, fast wie die Dinger, mit denen sein

Vater und er früher bei Hvide Sande Schollen aus der Nordsee geangelt hatten. In Gummistiefeln. Die Brandung im Ohr, die Dünen im Rücken. Eine der wenigen positiven Erinnerungen, die er überhaupt an seinen Papa hatte.

Die half beim Schneiden.

Aber richtig wohl war ihm nicht dabei. Die eigentliche Entbindung. Du meine Güte, was für ein symbolischer, staatstragender Akt, dachte Hansen. Das Lebensband durchtrennen und irgendwie ersetzen. Kleiner Schnitt für eine Schere, kolossale Verantwortung für einen Vater. Da brauchte es doch eine Rede. Oder mindestens eine Entschuldigung, wenn man mal eben sein Kind von der Mutter losschnippelte (und wenn eine Beschneidung schon als Verstümmelung galt, was, bitte, war das denn?), dachte mein Vater und nahm die Schere trotzdem entgegen. Hätte er wohl doch den Geburtsvorbereitungskurs mitmachen sollen.

»Auf die Plätze, fertig ... los« vielleicht?! Viel zu prosaisch. Und: »Frucht meiner Lenden, Fessel meines Lebens ... hallo!« konnte er schlecht bringen.

Anouk, unsere Hebamme, kam dann des Öfteren zur Nachkontrolle und guckte u. a., wie bei mir das restliche Stück »Wattwurm« an meinem Bauch verheilte. Ich war gerade zwei Wochen alt, da unterhielt sie sich mit meiner leicht wochenbettdepressiven Mutter. Thema, man glaubt es kaum, Männer. Mein Vater stand daneben und tat – wie ein Vater bzw. Volldepp.

»Kann man sich echt nicht vorstellen«, kokettierte Anouk, hochhackig, endaufgebretzelt, was sie da teilweise schon erlebt hätte!

Ohne Worte.

»Wieso, was denn?«, fragte meine Mutter, ohne den Blick von mir abzuwenden, worüber Hansen ganz dankbar war.

»Ach, es gibt Typen«, meinte Anouk, die sie bei den Hausgeburten anbaggern würden. Also während die eigene Frau quasi noch in den Wehen liege. Echt wahr!

»Wa-as?! Krass«, meinte meine Mutter, mit erstaunlich gemäßigter Empörung. Mit der sanftmütigsten und rücksichtsvollsten Stimme, die man sich vorstellen kann, sprach sie dann komischerweise zu mir gewandt:

»Aber so einer wirst du nicht, stimmt's, Kleiner?! Wehe. Da passt die Mama schon auf.«

Und Hansen, mein Vater? Der hielt sich vorsichtshalber raus. Traute sich kaum, mit den Schultern zu zucken. Tat, als ginge ihn das alles nichts an. Als hätte sich das Thema ein für alle Mal erledigt. Biologischer Auftrag erfüllt. Als könne er es gar nicht abwarten, seine Fürsorgepflicht zu erfüllen, mit mir endlich Fußball zu spielen usw. ... Seinem »Mini-me«, wie Lisanne das mal genannt hatte. Übrigens laut Selbstauskunft schon bald das Beste, was ihm passieren konnte. Ein Geschenk. Und ganz nebenbei, seine Worte, eine der besten Übungen, um Liebe zu lernen.

Hat noch keinem geschadet.

Stimmt's, Mama?!

Neidisch oder nicht sah er zu, wie mich meine Mutter dann an ihre wirklich üppige und schöne Brust anlegte.

Danksagung

Mein doppelter Dank geht an die Mutter meines so weit so wunderbaren Sohnes (dessen Zeugung ich übrigens noch keine Nanosekunde meines Lebens bereut habe). Löblich auch ein generöses, fast vorbildhaftes (Kunst-)Verständnis für die Nöte bzw. Notwendigkeit eines Schreibers, im Dickicht der sehr dynamischen Grenze zwischen Fiction und Faction zu wildern. Danke für den Satz: »Komplett dein Ding – da halte ich mich raus!« Als erklärenden und ergänzenden Nachtrag an alle Spurensucher im engeren Umfeld: Dieses Buch ist ein Roman und *keine* Autobiografie. »Es war nicht ganz so – aber auch nicht ganz anders.« Many thanks daher einer Freundin aus Down Under, die das am allerbesten bestätigen kann.

Ein sehr freundschaftlicher wie kollegialer Dank geht an Frank Schulz für frühes Gegenlesen, Ermunterungen und Anregungen aller Art, und vergleichsweise moderaten bis mildtätigen Tadel (wenn man an seine unerhört und unerreicht guten Bücher denkt). Vielen Dank auch an Maik – *the man* – Brüggemeyer, quasi als Kuppler und Geburtshelfer, dass dieses Buches im Schoße des Berlin Verlags erscheint: »Schick deinen Text doch mal an meinen Lektor, Andreas Paschedag, der sucht gerade deutsche Manuskripte ...« Bei eben jenem ich mich dafür bedanken möchte, dass er mein Manuskript dann »gefunden« und zum Buch gemacht hat. Dank auch unbekannterweise an Sarah Iwanowski, die sehr, sehr gründliche Volontärin vom Text-TÜV, deren rote Redaktionsvorschläge mich an frühe Deutschklausuren bei Lilo Lottermoser erinnerten (bei der ich mich postum für ihren didaktisch-destruktiven Stil ausdrücklich nicht bedanken möchte!).

Mille grazie mindestens an Signora Ursula Romik-Kirsch, die mir in der Toskana eine traumhafte Schreibklausur mit Blick auf das verschneite Korsika ermöglichte (was den für Autoren angeblich so essenziellen Leidensdruck nicht unbedingt erhöhte! Merkt man den »italienischen« Passagen hoffentlich nicht an).

Danke, Florence, für Kaffee und frühe Küchenanhörungen. Kester Schlenz für Rückendeckung aller Art, Telefonscherze und ewig ermutigende Worte (»Schreib das Ding endlich fertig«). Dito Manni(tu) für Motivationshilfe. Dr. Dick, Sanni, für kurze Schwangerschaftsberatung.

Und ein ganz besonderer Dank bzw. die Bitte um Nachsicht geht an Anneliese Jepsen, meine arme Mutter, die noch immer darauf wartet, dass ihr Sohn eines Tages mal ein »anständiges« Buch (à la Fontane) schreibt, das man auch verschenken kann/mag.

Deshalb auch mein ganz besonderer Dank an alle, die das möglichst anders sehen.

JJ, Berlin,
im Dezember 2013